黄永玉题写文集书名

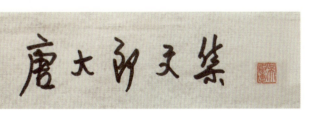

吴承惠题写文集书名

黄永玉绘画《戊戌中秋读大郎忆樊川诗文》

20世纪30年代唐大郎在上海郊外

20世纪40年代卡尔登大戏院办公室内的唐大郎

约1947年春唐大郎和龚之方在无锡探梅

友人書來，詢予近況，作律句

二章報之。一年來予好为俳諧詩

諸兄失笑耶？極之

閉門曙色抹樓臺，作黑房隱僻

卜鄰，饞嚼杏仁，貪玩樸

先健精炎，欲穿望眼來書信，又

不捨心別未豔，向老讀詩興趣

異謝眺耗照又闌珊

煎煮魚鮫調楚辣，龍家葉味

蘇辣甜病圃哮喘歌天燠，誰信

先生律已嚴，早是甚心華雁恨

好尋險韻押凡咸。我頭照樣圓

，在不尖，蕭娘未削來。

蕭娘者，劉姨也。

附者中指為一天弥来是圓，在却为

蕭娘去削矣。

唐大郎《律句二章》手稿

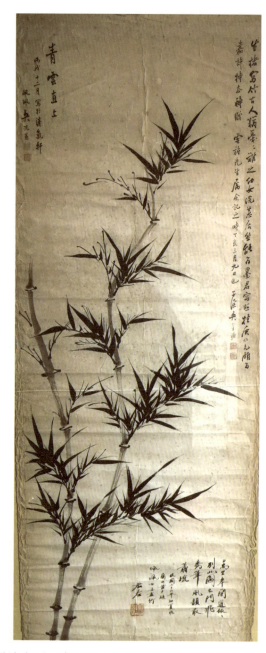

吴待秋女儿吴浣蕙画《青云直上》图,吴待秋题赠唐大郎,易君左题跋

江栋良绘唐大郎像，刊1935年12月15日《金钢钻》报

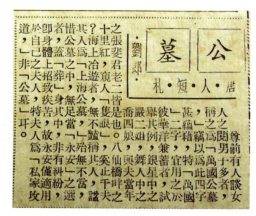

唐大郎(刘郎)《唐人短札·公墓》,
刊1945年4月14日《光化日报》第1号

"唐诗江画"初次合作,刊1945年4月14日《光化日报》第1号

唐大郎文集
唐人短札

张伟 祝淳翔 编

上海大学出版社

图书在版编目(CIP)数据

唐人短札/张伟,祝淳翔编.—上海:上海大学出版社,2020.8

(唐大郎文集;第7卷)

ISBN 978-7-5671-3886-5

Ⅰ.①唐… Ⅱ.①张… ②祝… Ⅲ.①书信集—中国—现代 Ⅳ.①I266.5

中国版本图书馆CIP数据核字(2020)第096794号

责任编辑　黄晓彦
封面设计　缪炎栩

唐大郎文集
唐 人 短 札
张　伟　祝淳翔　编
上海大学出版社出版发行
(上海市上大路99号　邮政编码200444)
(http://www.shupress.cn　发行热线021-66135112)
出版人:戴骏豪
*
江阴金马印刷有限公司印刷　各地新华书店经销
开本890mm×1240mm　1/32　插页8　印张14.25　字数397千
2020年8月第1版　2020年8月第1次印刷
ISBN 978-7-5671-3886-5/I·588　定价:88.00元

版权所有　侵权必究
如发现本书有印装质量问题请与印刷厂质量科联系
联系电话:0510-86626877

小朋友记事

黄永玉

大郎兄要出全集了。很开心,特别开心。

我称大郎为兄,他似乎老了一点;称他为叔,又似乎小了一点。在上海,我有很多"兄"都是如此,一直到最后一个黄裳兄为止,算是个比我稍许大点的人。都不在了。

人生在世,我是比较喜欢上海的,在那里受益得多,打了良好的见识基础。也是我认识新世界的开始,得益这些老兄们的启发和开导。

再过四五年我也一百岁了。这简直像开玩笑!一个人怎么就轻轻率率地一百岁了?

认识大郎兄是乐平兄的介绍。够不上当他的"老朋友"。到今天屈指一算,七十多年,算是个"小朋友"吧!

当年看他的诗和诗后头写的短文章,只觉得有趣,不懂得社会历史价值的分量,更谈不上诗作格律严谨的讲究。最近读到一位先生回忆他的文章,其中提起我和吴祖光写诗不懂格律,说要好好批评我们的话。

我轻视格律是个事实。我只愿做个忠心耿耿的欣赏者,是个不愿做奴隶的人(们);我又不蠢;我忙的事多得很,懒得记那些套套。想不到的是他批评我还连带着吴祖光。在我心里吴祖光是懂得诗规的,居然胆敢说他不懂,看样子是真不懂了。我从来对吴祖光的诗是欣赏的,这么一来套句某个外国名人的话:"愚蠢的人有更愚蠢的人去尊敬他。"我就是那个更愚蠢的人。

听人说大郎兄以前在上海当过银行员,数钞票比赛得了第一。

我问他能不能给我传授一点数钞票的本事!

他冷着脸回答我：

"侬有几化钞票好数？"

是的，我一个月就那么一小叠，犯不上学。

批黑画的年月，居然能收到一封大郎兄问候平安的信。我当夜画了张红梅寄给他。

以后在他的诗集里看到。他把那张画挂在蚊帐子里头欣赏。真是英明到没顶的程度。

"文革"后我每到上海总有机会去看看他，或一起去找这看那。听他从容谈吐现代人事就是一种特殊的益智教育。

最后见的一面是在苏州。我已经忘记那次去苏州干什么的。住在旅馆却一直待在龚之方老兄家，写写画画；突然，大郎兄驾到。随同的还有两位千金，加上两位千金的男朋友。

两位千金和男朋友好像没有进门见面，大郎夫妇也走得匆忙，只交代说："夜里向！夜里向见！"

之方兄送走他们之后回来说：

"两口子分工，一人盯一对，怕他们越轨。各游各的苏州。嗳嗨：有热闹好看哉！"

"要不要跟哪个饭店打打招呼，先订个座再说，免得临时着急。"我说："也算是难得今晚上让我做东的见面机会。"

"讲勿定嘅，唐大郎这一家子的事体，我经历多了！"之方兄说。

旋开收音机，正播着周云瑞的《霍金定私悼》，之方问怎么也喜欢评弹？有人敲门。门开，大郎一人匆匆进来：

"见到他们吗？"

"谁呀？"我不晓得出了什么事。

"我那两个和刘惠明她们三个！"大郎说。

"你不是跟他们一起的吗？"我问。之方兄一声不吭坐在窗前凳子上斜眼看着大郎。

"走着，走着！跑脱哉！"大郎坐下瞪眼生气。龚大嫂倒的杯热茶也不喝。

"儿女都长大了,犯得上侬老两口子盯啥子梢嘛?永玉还准备请侬一家晚饭咧!"

大郎没回答,又开门走了。

第二天一大早我上龚家,之方兄说:

"没再来,大概回上海了!"

之方兄反而跟我去找一个年轻画家上拙政园。

大郎兄千挑万挑挑了个重头日子出生:

"九·一八"

逝世于七月,幸而不是七月七日。

2019 年 6 月 13 日于北京

给即将出版的《唐大郎文集》写的几句话

方汉奇

唐大郎字云旌,是老报人中的翘楚。曾经被文坛巨擘夏衍誉为"勤奋劳动的正直的爱国的知识分子"。他发表在报上的旧体诗词,曾被周总理誉为"有良心,有才华的爱国主义诗篇"。他才思敏捷,博闻强记,笔意纵横,情辞丰腴。每有新作,或记人,或议事,或抒情,或月旦人物,都引人入胜,令人神往。有"江南才子""江南第一枝笔"之誉。我上个世纪50年代初曾在上海工作过一段时期,适值他主持的《亦报》创刊,曾经是他的忠实读者。近闻他的毕生佳作,已由张伟、祝淳翔两兄汇集出版,使他的鸿篇佳构得以传之久远,使后世的文学和新闻工作者得到参考和借鉴,善莫大焉,功莫大焉。

2019年6月11日于北京

序

陈子善

唐大郎这个名字,我最初是从黄裳先生那里得知的。20世纪80年代初的某一天,到黄宅拜访,闲聊中谈及聂绀弩先生的《散宜生诗》,黄先生告我,上海有位唐大郎,旧诗也写得很有特色,虽然风格与聂老不同。后来读到了唐大郎逝世后出版的旧诗集《闲居集》(香港广宇出版社1983年版)和黄先生写的《诗人——读〈闲居集〉》,读到了魏绍昌、李君维诸位前辈回忆唐大郎的文字,对唐大郎其人其诗才有了进一步的了解。再后来研究张爱玲,又发现唐大郎对张爱玲文学才华的推崇不在傅雷、柯灵等新文学名家之下。张爱玲中短篇小说集《传奇》增订本的问世是唐大郎等促成的,而张爱玲第一部长篇小说《十八春》也正是唐大郎所催生的。于是我对唐大郎产生了更大的兴趣。

十分可惜的是,唐大郎去世太早。他生前没有出过书,殁后也只在香港出了一本薄薄的《闲居集》。将近四十年来默默无闻,几乎被人遗忘了。这当然是很不正常的,是上海现代文学史研究的一个重大缺失,也是研究海派文化不得不面对的一个严重问题。所幸这个莫大的遗憾终于在近几年里逐渐得到了弥补。而今,继《唐大郎诗文选》(上海巴金故居2018年印制)和《唐大郎纪念集》(中华书局2019年版)之后,12卷本400万字的《唐大郎文集》即将由上海大学出版社推出。这不仅是唐大郎研究的一件大事,是上海现代文学史研究的一件大事,也是海派文化研究不容忽视的一个可喜成果。

1908年出生于上海嘉定的唐大郎,原名唐云旌,从事文字工作后有大郎、唐大郎、云裳、淋漓、大唐、晚唐、高唐、某甲、云郎、大夫、唐子、唐僧、刘郎、云哥、定依阁主等众多笔名,令人眼花缭乱,其中以高唐、刘郎、定依阁主等最为著名。唐大郎家学渊源,又天资聪颖,博闻强记。他原在银行界服务,因喜舞文弄墨,约在20世纪20年代末弃金(银行是金饭碗)从文,不久后入职上海《东方早报》,逐渐成长为一名文思泉涌、倚马可待的海上小报报人。当时正是新文学在上海勃兴之时,在最初一段时间里,唐大郎与新文学界的关系并不密切,40年代初以后才有很大改变。但他的小报文字多姿多彩,有以文言出之,也有以白话或文白相间的文字出之,更有独具一格的旧体打油诗,以信息及时多样、语言诙谐生动而赢得上海广大市民读者的青睐,一跃而为上海小报文坛的翘楚和中坚。至40年代更达炉火纯青之境,收获了"小报状元""江南才子"和"江南第一枝笔"等多种美誉。

所谓小报,指的是与《申报》《时事新报》等大报在篇幅和内容上均有所不同的小型报纸。20世纪20年代以后,各种小报在上海滩如雨后春笋般涌现,是上海市民阶层阅读消遣的主要精神食粮;后来新文学界也进军小报,新文学作家也主编小报副刊,使小报呈现更加丰富多彩的面貌。完全可以这样说,小报是上海都市文化的一个重要标志,海派的一个独特的文化现象。近年来对上海小报的研究越来越活跃,就是明证。

唐大郎就是上海小报作者和编者的代表。他的文字追求并不是写小说和评论,而是写五百字左右有时甚至只有两三百字的散文专栏和打油诗专栏。从20年代末至40年代,唐大郎先后为上海《大晶报》《东方日报》《铁报》《社会日报》《金钢钻》《世界晨报》《小说日报》《海报》《力报》《大上海报》《七日谈》《沪报》《罗宾汉》等众多小报和1945年以后开始盛行的"方型报"《海风》等撰稿。他在这些报上长期开设《高唐散记》《定依阁随笔》《唐诗三百首》等专栏,往往一天写好几个专栏,均脍炙人口,久盛不衰。他自己曾多次说过:"我好像天生似的,不能写洋洋几千字的稿件,近来一稿无成,五百字已算最多的了。"(《定依阁随笔·肝胆之交》,载1943年5月14日《海报》)唐大郎的写作史有力地表明,他选择了一条最适合发挥自己特长、最能得心应手的创作之路。

当然,由于篇幅极为有限,唐大郎的小报文字一篇只能写一个片断、一个场景、一段对话、一件小事……但唐大郎独有慧心,不管写什么,哪怕是都市里常见的舞厅、书场、影院、饭馆、咖啡厅,他也都写得与众不同,别有趣味。在唐大郎的专栏文字中,谈文谈艺、文人轶事、艺坛趣闻、影剧动态、友朋行踪……,无不一一形诸笔端,谐趣横生。如果要研究20世纪20年代至40年代上海的都市文化生活,唐大郎的专栏文字实在是一份不可多得的生动的教材。又当然,如果认为唐大郎只是醉心风花雪月,则又是皮相之见了,唐大郎的专栏文字中,同样不乏正义感和家国情怀。在全面抗战时,面对上海八百壮士可歌可泣的抗日事迹,唐大郎就在诗中写下了"隔岸万人悲节烈,一回抚剑一泛澜"的动人诗句。

归根结底,唐大郎的专栏文字和打油诗是在写人,写他所结识的海上三教九流的形形色色。唐大郎为人热情豪爽,交游广阔,特别是从旧文学界到新文学界,从影剧界到书画界,他广交朋友,梅兰芳、周信芳、俞振飞、言慧珠、金素琴、平襟亚、张季鸾、张慧剑、沈禹钟、郑逸梅、陈蝶衣、陈定山、陈灵犀、姚苏凤、欧阳予倩、洪深、田汉、李健吾、曹聚仁、易君左、王尘无、柯灵、曹禺、吴祖光、秦瘦鸥、张爱玲、苏青、潘柳黛、周鍊霞、胡梯维、黄佐临、费穆、桑弧、李萍倩、丁悚丁聪父子、张光宇正宇兄弟、冒舒諲、申石伽、张乐平、陈小翠、陆小曼……这份长长的名单多么可观、多么骄人、多么难得。唐大郎不但与他们都有所交往,而且把他们都写入了他的专栏文字或打油诗。这是这20年里上海著名文化人的日常生活的真实记录,这些人物的所思所感、所言所行,他们的音容笑貌、喜怒哀乐,幸有唐大郎的生花妙笔得以留存,哪怕只有一鳞半爪,也是在别处难以见到的。唐大郎为我们后人打开了新的研究空间。

至于唐大郎的众多打油诗,更早有定评,被行家誉为一绝。"刘郎诗的重要特色就在于在旧体诗的内容与形式上都做了创新的努力,而且确实获得了某种成功。"唐大郎善于把新名词入诗,把译名入诗,把上海话入诗,简直做到了出神入化的地步。论者甚至认为对唐大郎的打油诗也应以"诗史"视之(以上均引自黄裳《诗人——读〈闲居集〉》)。这是相当高的评价,也深得我心。

  本雅明有"都市漫游者"的说法,以之移用到唐大郎身上,再合适不过。唐大郎长期生活在上海,一直在上海这个现代化大都市里"漫游",他的小报专栏文字和打油诗,使他理所当然地成为上海都市文化生活的深入观察者、忠实记录者和有力表现者。唐大郎这些文字也理所当然地成为海派文化和江南文化历史记载中的宝贵遗产,值得我们珍视和研读。

  张伟和祝淳翔两位是有心人,这些年来一直紧密合作,致力于唐大郎诗文的发掘和研究,这部12卷的《唐大郎文集》即是他们最新的整理结晶,堪称功德无量。今年恰逢唐大郎逝世40周年,文集的问世,也是对他的最好的纪念。作为读者,我要向他们深表感谢,同时也期待《唐大郎文集》的出版能给我们带来对这位可爱的报人、散文家和诗人的全新的认知,使更多的读者和研究者来阅读、认识和研究唐大郎,以更全面地探讨小报文字在都市文化研究里应有的位置和所起的作用。

2020 年 6 月 14 日于海上梅川书舍

编 选 说 明

本卷内容分别来自《铁报》《东方日报》《光化日报》《七日谈》《沪报》《力报》《光报》,其中《铁报》上的专栏名多变,始于《涓涓集》,后依次改为《围炉新语》《将近狼年斋随笔》《郎虎随便写》《将近狼年斋碎墨》《已是狼年斋碎墨》和《聊以自娱室丛谈》。

《东方日报》上的《狼虎集》《郎虎集》,前者几乎全是打油诗集,后者说是由《怀素楼缀语》改名而来,却多以近体诗集为主,辅以精简的散文短篇。

《光化日报》创刊于抗战末期,唐大郎在该报上写散文专栏《唐人短札》(偶尔拟为《唐人小札》),这一专栏具有相当的延续性,也出现在抗战结束后的《七日谈》(方型周报)和《沪报》上,故以之为本卷名。

《力报》《光报》上的专栏名分别为《么二三集》《入梦篇》与《入梦新篇》,内容驳杂且延续时间较短。

目 录

涓涓集(1935.7—1935.12)

大众语与苏白 / 1	冬郎名诗 / 9	潦草之稿 / 17
袁美云 / 1	赖债 / 10	孟小冬 / 18
随星日记 / 2	额手称庆 / 10	放秋假 / 18
王虎辰一事可取 / 2	嘉震来访 / 11	青鹤夫人挽夫人联 / 19
正秋哀思录 / 3	灵谷 / 11	
电影界之三大损失 / 4	看郑正秋去 / 12	骂登少爷 / 19
还是谈麒 / 4	闻人曹梦鱼 / 12	天窗诗 / 20
影迷之痴 / 5	走火先生 / 13	自惕 / 20
倪公妙简 / 5	戏不如文 / 13	徐善宏婚礼一瞥 / 21
公园坊 / 6	袁中郎启事 / 14	酒酿圆子 / 21
一诺堂 / 6	二伍 / 14	芥老不到晶报 / 22
两个混蛋 / 7	风尘 / 15	调吞声 / 22
十年来渐故人稀 / 7	戈公振临终二语 / 15	妒妇 / 23
对面隔壁卢溢芳 / 8	《小晨报》与白玉霜 / 16	俞振飞 / 23
徐来之年灾月晦 / 8		死之前 / 24
老丁小丁 / 9	顾竹轩与大西洋 / 17	吴开先诗 / 25

围炉新语(1936.1—1936.2)

朗西风趣 / 26	白塔油与狗 / 28	送逸芬之京 / 29
两块招牌 / 26	关于鸦片 / 28	绿绒幔子镇天垂 / 30
怪女人 / 27	知己 / 29	飞艇送灶 / 30

慧剑宜居北方 / 31　　姚民哀谈幽默 / 32　　一年编三本书 / 33
看樱诗 / 31

将近狼年斋随笔（1936.2—1936.3）

题记 / 34　　　　　长署名 / 36　　　　万秋归去 / 39
多此一举 / 34　　　止舟诗 / 37　　　　评白玉霜 / 40
病起杂记 / 35　　　兰花 / 38　　　　　记客谈史氏父子事
乡音 / 35　　　　　女名人 / 38　　　　　／ 40
心波书 / 36

郎虎随便写（1936.3—1936.4）

鬼祟 / 42　　　　　　张季鸾 / 45　　　　"唐成强" / 48
姅母五十寿辰 / 43　　白玉霜留影 / 46　　雨斋之居 / 49
三女明星 / 43　　　　天韵楼竹枝词 / 46　看相 / 49
姅氏五十寿诗 / 44　　"时代宠儿" / 47　　茄公袜底 / 50
笑话 / 44　　　　　　夜梦 / 47　　　　　唐槐秋不老 / 50
《十里莺花梦》/ 45　《碎琴楼》中语 / 48 《黄熟梅子》/ 51

将近狼年斋碎墨（1936.12—1937.2）

题记 / 52　　　　　马君武价高 / 57　　古墓 / 63
广陵潮试片 / 52　　家庭教育 / 58　　　恐怖案 / 63
骂山门 / 53　　　　铁观音 / 58　　　　牟菱 / 64
影舞新闻 / 54　　　新年 / 59　　　　　《时代电影》/ 64
金玉兰之死 / 54　　姚苏凤 / 59　　　　畏友 / 65
慧云和尚 / 55　　　书呆子 / 60　　　　友人慷慨 / 65
小舟之言 / 55　　　张效坤 / 60　　　　《岁暮怀人》/ 66
《锡报》征稿 / 56　香奁断句 / 61　　　薛白雪 / 66
硤石风俗 / 56　　　朱国梁 / 62　　　　金素琴 / 67
白杨女士 / 57　　　汪精卫回国 / 62　　病中 / 67

唐氏好客 / 68

已是狼年斋碎墨（1937.2—1937.6）

谢乐天之徒 / 69	"胡天不吊" / 78	九溪十八涧 / 87
《世界晨报》/ 69	雄飞四十 / 78	春游诗 / 87
叶古红与魏新绿 / 70	谢小天特刊 / 79	《戏迷传》/ 88
朱培德 / 70	唐府听书 / 79	独鹤嫁女 / 88
演员改名 / 71	小抖乱 / 80	看婚礼 / 89
醉疑仙 / 71	张翠红 / 80	芳君招宴 / 89
蝉红三十 / 72	送客 / 81	弹词名家 / 90
蔡兰言 / 72	路明 / 81	将游金焦 / 90
红豆先生 / 73	请客 / 82	我佛先生 / 91
先兄 / 73	俞振飞 / 82	恂子近作 / 91
薛玲仙 / 74	借钱为活 / 83	央求与命令 / 92
《兴华日报》/ 74	玉狸诗词 / 83	遇叶如音 / 92
某女侍 / 75	失眠 / 84	潮货 / 92
灵犀招饮 / 75	陈铿然丧子 / 84	丁寿之戏 / 93
《归儿记》/ 76	《密电码》试映 / 85	京江某寺方丈 / 93
谢小天 / 76	佩佩陈 / 85	丁寿 / 94
江亢虎诗 / 77	牛鼻子 / 86	朱天庙香火大盛 / 94
醉疑仙之目 / 77	游杭州 / 86	编辑人语 / 95

聊以自娱室丛谈（1937.6—1937.8）

题记 / 96	叔范归来 / 99	《三星伴月》歌舞场面 / 102
丁府寿戏 / 96	能诗不能酒 / 99	
玲珑至今未娶 / 97	儿时情状 / 100	某闻人怪啸 / 103
与世勋谈杭州 / 97	张翠红美 / 101	张若谷编《神州日报》/ 104
身体发福 / 98	谈冲动 / 101	
拜神 / 98	钱夫人精鉴人术 / 102	宋词人稚骏 / 105

张龙朋生前／105
星社聚餐／106
写春联／107
洪深来沪／107
李阿毛在日时／108
外人住宅区／109
元遗山诗／109
媚琴楼尺牍之一／110
媚琴楼尺牍之二／110
国际饭店顶上之国旗／111
影评人丁丁／112
苏州河之火／113
空屋皆满／113
嘉定老仆／114
自来水不通／114
吾扇被撕／115
多购咸鱼／115

狼虎集（1939.9—1940.12）

与王琴珍偕舞／117
题《狼虎集》／117
与梦云在笔头上开玩笑／117
刘鱼／118
和宓令一首／118
中秋示刘姑一首／118
"第一枝笔"／118
出差汽车价高／119
舞姿／119
南京张翠红来沪／119
看宋德珠演《虹桥赠珠》后／120
"双十"吟／120
荫先兄书来／120
友人远道损书／120
"十三"／121
宓令下嫁／121
过丽都舞厅，怀素琴香港／121
舞人吴秀凤／121
王唯我君来书／122
答劝我勿再荒唐者／122
舞女陈娟娟／122
过霞飞路金神父路口有感！／123
过伊文泰见菊花口占／123
念郑过宜／123
数与陈娟娟舞／123
丁府上与吴素秋一面，为赋长句／124
迎熙春／124
闻孙翠娥唱《绣花鞋》，书一绝句／124
赠舞人何奈风／124
答姜云霞／125
记事诗一章／125
"别苗头"／125
爆花舞／125
念张翠红女士／126
文坛诸郎／126
明月与沟渠／126
蜀脾一筵上／126
赠孙翠娥／127
《碧血花》选角／127
闲中偶为乔金红写一绝／127
评剧家挨骂／127
为《文素臣》影片献映作／128
老凤谓我畏粪翁如虎，报以一绝／128
代答余余／128
梦云乱认大衣／128
乱毛／129
答婴宁兄／129
素琴又有归来讯诗以连之／129
送玉蓉北返／129
改变生活习惯／130

答心如先生 / 130
鲁玲玲自大华加入卡乐有赋 / 130
闻梦云兄流鼻血,以诗寄慰 / 130
闻小鸟近事有感 / 131
闻刘美英将移根卡乐,为成绝句 / 131
新年 / 131
为大新舞人陈雪芳作 / 131
排《雷雨》/ 131
卡乐影城厅中小坐 / 132
周夫人三旬妙诞 / 132
闻绮罗香下嫁杜文林 / 132
夜坐口占 / 133
窥浴 / 133
示陈娟娟 / 133
闻素琴归来度岁,喜有小诗 / 133
闻张文艳病危!/ 134
西风脸孔 / 134
予与小蝶合演《拜山》,小蝶谓将以黄酒饮场,因奉一绝 / 134
薄饮有赠 / 134

招金红同坐 / 135
与舞人王慧琴同坐 / 135
闲中喜赋 / 135
新春杂咏(一)/ 135
新春杂咏(二)/ 136
新春杂咏(三)/ 136
谢屠企华招宴 / 136
送林楣归去,车中口占 / 136
与朱霞飞跳新式舞 / 137
答巧姐 / 137
网篮考篮之争 / 137
陈曼丽照相本 / 137
本刊长篇小说 / 138
小红生日 / 138
舞场杂咏之一 / 138
舞场杂咏之二 / 139
舞场中遘旧识红弟 / 139
沈淇之名误植 / 139
舞女之言 / 139
问巧姐 / 140
"囮粪" / 140
涂雅集 / 140
王玲玲改名 / 141
胡燕燕 / 141
涂雅集餐叙 / 141

张翠红风华盖代 / 141
先生阁易名 / 142
陈栩园遗事 / 142
黄天霸 / 142
与钱雪英同游,题一绝句 / 143
与林楣游顾家花园,记一绝句 / 143
侯玉兰北返前一夕,闻其歌《探母》/ 143
忽有所忆乃成一律 / 143
易立人发广告 / 143
与刘佩贞舞 / 144
女人着软木底鞋 / 144
马连良将登台于黄金,书此志喜 / 144
看阎世善演《大补缸》/ 144
瘪三坐汽车 / 145
捧舞女之西装客 / 145
王慧琴雅号 / 145
读漫郎漫话孝子顺孙篇,感而赋此 / 146
舞场中有二女郎上台歌唱,记座上人言 / 146
送素莲赴甬 / 146

闻慧琴将下嫁，贺以一绝 / 146
三光诗 / 146
古装片竞拍 / 147
久不见熙春，昨遘之筵上，为成绝句 / 147
今年新订卖扇润例，因而赋此 / 147
若瓢和尚 / 147
读报记张自忠将军殉国 / 148
闻顾兰君移爱于李英，书此为贺 / 148
寄周天籁先生 / 148
投机失败 / 148
绍兴荒灾，上海筹赈 / 149
某种手表 / 149
国华公司有《孟丽君》/ 149
梅花馆主辞更新经理 / 150
沈延哲逝世 / 150
老翁恋舞女 / 150
变脸 / 151
四平非大锤 / 151
雷击毙猪 / 151
名医吴莲州夫人自裁 / 151

七夕闻枪声 / 152
明星出入方便 / 152
郑过宜纠谬 / 152
严次平购汽车 / 153
谢吴江枫 / 153
将门之子 / 153
绑架案不时发生 / 154
某菜馆标语 / 154
吴素秋母夫人 / 154
素雯之剧 / 154
数遇张少泉 / 155
玄武湖入夜游客如云 / 155
赵君艳之娘姨 / 155
放肉弹 / 156
闻张翠红又育一雄 / 156
青鸾居士剧赏赵君艳 / 156
"猫狗表兄" / 157
顾兰君与李英 / 157
某坤伶来沪 / 157
寿丁先生一首 / 157
对窗少妇 / 158
《学府春光》太夸张 / 158
何海生拜吴素秋为义母 / 158
吴素秋录海生弟为义子 / 159

入土 / 159
三十三岁生辰感赋 / 159
黄包车索价高 / 160
上海物价飞涨 / 160
五芳斋 / 160
淫雨欲成灾 / 160
南京路大水 / 161
卡尔登看水 / 161
谈《父母子女》/ 161
苏少卿论伶人运会 / 161
看吴素秋之《盘丝洞》/ 162
见姚水娟演时装戏《蒋老五》，奉献一首 / 162
为上海戏剧学校庆 / 162
沧洲美厨 / 163
江西路桥下行 / 163
补品广告 / 163
"保君发财" / 163
何五良赐宴 / 164
"上海病" / 164
题《秦淮世家》/ 164
李万春来访不遇 / 164
蟹名 / 165

戒烟法 / 165
见登报寻狗赏洋三百元有感 / 165
对窗有妇 / 165
观俞振飞演《狮吼记》 / 166
共舞台广告 / 166
读《半月戏剧》某期 / 166
赵君艳在共舞台 / 167
热被头 / 167
闻名不如见面 / 167
近将习《华容道》之关羽 / 167
接生广告 / 168
新艳秋歌罢,赋此寄感 / 168
西平有疾 / 168
咏大三星结婚时之恐怖案 / 169

白克路一腻窟 / 169
一大山人与某女星 / 169
诸公来拜 / 169
电话费用涨 / 170
《新闻报》广告 / 170
风雅 / 170
"探庄小唱" / 170
遇晚甘侯先生 / 171
电话谐声 / 171
闻米价出百元大关 / 171
《赛金花》公映 / 171
米吃不起 / 172
剥猪猡 / 172
"味祖宗" / 172
闻素琴卧病,书此慰之 / 173
胡蝶发福 / 173
咏吃角子老虎大王遘

迹事 / 173
膏滋药无补生死 / 173
言慧珠南来 / 174
黄雨斋跻身名流 / 174
余尧坤索稿 / 174
小丑挂头牌 / 174
赖稿 / 175
年糕与葵花子 / 175
王铁口 / 175
瑞龙强身汁 / 176
派克路人行道一人饿死 / 176
圣诞节前夜 / 176
看信芳演《六国拜相》 / 176
羊毛围巾 / 177
海生发福 / 177
行路难 / 177
留学金 / 177

狼虎集(1941.1—1941.12)

元旦 / 179
国药号广告 / 179
剪贴"事业" / 179
荣利 / 180
电影西施 / 180
草纸价飞涨 / 180
白米作奖品 / 180

稚子喓米 / 181
将晓 / 181
红烛 / 181
暖冬 / 182
米蠹判刑 / 182
遇素琴 / 182
引凤楼主人称觞

/ 182
米价又涨 / 183
碎米 / 183
识顾正秋 / 183
某补丸广告 / 184
新春怀冯梦云 / 184
张园十咏之一 / 184

张园十咏之二／184
张园十咏之三／185
张园十咏之四／185
张园十咏之五／185
张园十咏之六／185
张园十咏之七／186
《投机指迷》／186
李万春张翼鹏对垒／186
念因风阁上诸友／187
看李玉茹演《凤双飞》一段／187
锡箔涨价／187
二月十二日雪中口占／187
书此志歉／187
张园赛灯／188
唐拾义死／188
陶冷月之画／188
梅霞漫郎笔战／189
四乡荒歉／189
米价继续涨／189
唐槐秋打人耳光／189
唐若青之威势／190
春夜不眠／190
鸡缘／190
某医院广告／190
产科女医生广告／191
荷兰人劫司机／191

知止先生作《晚辩》／191
二月二十八日晨，得一女／192
煮粥／192
为女儿题名，久不可得／192
儿科徐丽洲之脉案／192
李玉茹与陆露明剪彩／193
荀慧生南来／193
"看错"／193
恩怨／193
"叫声妹妹王瑶琴"／194
咏剃头店砒霜案／194
叹穷／194
丁先生丧女／194
误关为王／195
电台女报告员／195
为三友药丸义务宣传／195
咏日光节约／195
春回／196
《困愁》一首／196
明星剪彩／196
儿女皆病／196
虞洽卿赴港／197

送行一首／197
为中行别业诸君压惊／197
赠廖家艾女士／197
王艳琴被戳死／198
王艳琴治丧／198
铁椎久无消息／198
某游艺家为母祝暇／198
黄楚九七旬冥诞／199
天衣辟一室于逆旅／199
王筱新编新剧／199
为寡嫂征婚／199
瓢庵写兰／200
谢听潮赠醋／200
"回春妙口"／200
女婴夭折／200
又逢素琴／201
"清明过后尚奇寒"／201
某君不通／201
《返魂香》有人捧／201
看恐怖影片／202
虎口余生／202
老友赐唁词／202
念因风主人／203
国际疗养院／203
富维他／203

夹大衣 / 203
友人惠书 / 204
邻家囤火油 / 204
某小说写按摩女 / 204
老凤父子 / 205
小米稀饭 / 205
发寒热 / 205
"羼躯" / 205
叉麻将 / 206
在松楼吃素斋 / 206
熙春病 / 206
米蠹暴毙 / 206
于素莲破腹去患 / 207
素琴割双眼皮 / 207
章逸云 / 207
立夏日口占一首 / 208
米蠹狼狈 / 208
顾允中爱竹 / 208
平襟亚赠书 / 208
二房东女人泼辣 / 209
赴丁府吃饭 / 209
忽热忽冷 / 209
范叔寒招饭 / 210
顾兰君待产 / 210
与友人论诗 / 210
骂二房东 / 210
某庸医害人 / 211
姓名特别 / 211
闺人缝衣 / 211

乳粉当饮品 / 212
陈小翠仕女图 / 212
赠阎世善一首 / 212
读知止先生《啼笑因缘》篇 / 212
用因风阁乞灵诗韵 / 213
连三日大热 / 213
鸣谢戒烟医院广告 / 213
《白蛇传》 / 214
文坛八寿图 / 214
受贿 / 214
白云割双眼皮 / 214
吃肉粽而找不着片肉有感 / 215
"污" / 215
卖扇 / 215
药纸 / 215
星命家何可人 / 216
异猪 / 216
马连良跳河 / 216
米蛀虫 / 217
夫妇画展 / 217
米价回落 / 217
寒热大作 / 217
寒热已退 / 218
陈云裳搬家 / 218
牙医严大生 / 218

网球场上 / 219
两个吴三 / 219
薛佳生病逝 / 219
徐东霞东明姊妹 / 220
寄张中原君 / 220
严周事件 / 220
严华被警告 / 220
代严华送一首诗与前妻周氏 / 221
戒烟 / 221
看素琴唱《奇双会》之夜 / 221
路上积水 / 222
陈小翠赠便面 / 222
争张恨水《夜深沉》著作权 / 222
头颈硬翘翘 / 222
梁小鸾南来 / 223
见周璇启事 / 223
文武状元 / 223
律社票房 / 224
名伎人爱好修饰 / 224
裸女岛 / 224
征求 / 224
行人热甚 / 225
周曼华不肯着三角裤 / 225
天奇热 / 225
中学生行劫 / 226

戴明夷批流年 / 226
西瓜贵 / 226
金谷饭店三角间 / 226
《拿破仑》/ 227
严周离婚 / 227
咏《惜分飞》影片 / 227
移风社解散 / 228
庸医 / 228
煤球质地 / 228
杨草仙题字 / 228
博局 / 229
吉祥寺素斋 / 229
染发 / 229
新艳秋在津结婚 / 230
越华剧团成立 / 230
两子将开学 / 230
黄霉 / 230
某菜馆标语 / 231
吴温如风神绰约 / 231
素雯之剧 / 231
人比物价贱 / 232
赤膊人 / 232
马樟花吃绿豆汤 / 232
药房伙计漫客 / 233
李淑棠即李鹏言 / 233
予与英茵合影 / 233
蜂尾骂暴发户 / 234
姓胡的女明星 / 234
秋后仍淫雨不已 / 234

某服装公司道歉 / 235
隔壁有人唱西洋歌 / 235
鸿翔公司 / 235
在黄金顾曲 / 236
叹苦 / 236
东邻少妇 / 237
龙华寺和尚涉讼 / 237
囤米殃及无辜 / 237
"忍痛割让" / 238
某舞人 / 238
肉票 / 238
日全蚀口占 / 239
无钱作义举 / 239
程砚秋杨宝森来沪 / 239
张文涓十九生辰 / 240
秋风振爽时 / 240
接两子 / 241
储医生诊所 / 241
以银行为题 / 242
艳秋之歌 / 242
墨水售价 / 242
罗文幹死 / 243
"持菊赏螯" / 243
郎中广告 / 244
热疮 / 244
"老蟹" / 244
汽油限量 / 245

老枪猝死 / 245
时间恢复 / 246
密司沈 / 246
《萧萧》/ 246
黄雨斋遭祸 / 247
西园寺筹资 / 247
徐案 / 248
睡女人 / 248
米店排长队 / 248
肥皂涨价 / 249
种种补剂 / 249
周惠礼遭讼 / 249
暴雨骤至 / 250
打电话费事 / 250
唐若青以电话相责 / 250
旅舍无热水 / 251
香槟票方兴未艾 / 251
罗迦陵死后 / 251
"恶虎" / 252
电话惊梦 / 252
题海生弟《心底的哀鸣》/ 253
《浮世杂拾》印梓 / 253
房事纠纷 / 253
周筱卿死 / 254
"满堂" / 254
顾兰君酥胸半袒 / 254
无米悬梁 / 255

乡人售米 / 255　　　瘪三冻死檐下 / 255

狼虎集（1942.1—1944.11）

元旦口占 / 257
感怀 / 257
酥胸引人 / 257
颠倒时间 / 258
猢狲倒霉 / 258
轧米长蛇阵 / 258
王汝嘉开汤团店 / 259
医生得意 / 259
白玉霜尚未死 / 259
蜂尾先生 / 260
影星自杀 / 260
郑过宜夫人丧 / 261
英茵殡葬 / 261
张中原书画义卖 / 261
菜市涨价 / 262
米荒 / 262
《美人鱼》上映 / 262
报萧泊凤君 / 262
瘪三一死一活 / 263
杜米限购一升 / 263
烟价飞涨 / 263
除夕嗟穷 / 264
邵万生火腿 / 264
初四夜打牌九通宵 / 264
《贵妇风流》/ 264

闻薛玲仙潦倒而死 / 265
为西平作遣嫁词 / 265
"五也" / 265
天降雪珠 / 266
朱小姐征男友 / 266
大雨滂沱 / 266
"全禄" / 267
《洞房花烛夜》未公映 / 267
白克路一丐妇 / 267
正德药厂送样品 / 268
《杨贵妃》/ 268
立春以来阴雨不止 / 268
火柴奇缺 / 269
与之方刘琼闲步静安寺路 / 269
标准过房爷 / 269
共舞台后台走电 / 269
路人皆饥 / 270
妇习自行车 / 270
杜米廉让 / 270
整顿房租 / 271
囤货 / 271
海生"斯文" / 271

葛雷泰嘉宝结婚 / 272
于素莲面上生刺 / 272
朱瘦竹讲故事 / 272
假药害人 / 272
卫公鸣岐 / 273
万愚节谣言 / 273
布店获利惊人 / 273
空欢喜 / 274
金胡结婚 / 274
缪东垣 / 274
李氏兄弟母夫人七旬华诞 / 274
贺吴鹤云结婚 / 275
熙春嫁人 / 275
新鞋 / 275
文友被罚站岗 / 276
李雪枋私奔 / 276
当筵绝艳人 / 276
自行车并踏 / 276
遇毛羽诸君 / 277
陈蝶衣与《万象》/ 277
骂人无用 / 277
谢蝶衣指教 / 278
陈烟帆画展 / 278
丁一英订婚 / 278
枇杷上市 / 278

女子骑车 / 279
二宋来拜 / 279
熙春结婚 / 279
名目繁多 / 280
慕尔摄影室 / 280
黄金下期角色 / 280
黄桂秋 / 280
筱文滨近演《余之妻》 / 281
秋翁讲笑话 / 281
因雨不克赴约 / 281
高乐歌场将开幕 / 282
角黍真小 / 282
高乐歌场之清唱女儿 / 282
大不同 / 282
吃不起粽子 / 283
二房东与三房客 / 283
文人无用 / 283
陈云裳丧母 / 284
旧戏翻新李绮年 / 284
闻白云演《三笑》 / 284
陆露明演缝穷婆 / 284
商店停业 / 285

张园群芳会 / 285
邓荫先索打油诗 / 285
米中石子 / 286
热在心里 / 286
西瓜大贵 / 286
乘风凉于晒台 / 286
飓风初起之夜 / 287
灵犀自比瘪三 / 287
《海上大观园》禁映 / 287
熙春即将临盆 / 288
歌场频开 / 288
共舞台演《家》 / 288
歌场之兴 / 288
热甚 / 289
暑气未消 / 289
立秋后一日，夜风甚劲 / 289
七夕之夜 / 290
雨后无凉意 / 290
王玉蓉南来 / 290
天衣请看戏 / 290
亡妇五周忌辰 / 291
读《万象》两巨头摩擦

记一文有感 / 291
饮咖啡于舞场后 / 291
赠吴温如女士 / 291
吴淞道上 / 292
浦善人 / 292
灯火管制之夜 / 292
绸布庄平价 / 293
李玉芝初来 / 293
"雅恋" / 293
"标准过房爷" / 293
灯火管制 / 294
买小电筒 / 294
伸手不见五指 / 294
"双十节" / 295
吃讲茶 / 295
活马 / 295
重阳诗 / 296
虞洽卿路遇野鸡 / 296
信芳将登台 / 296
头痛 / 296
看《小山东》绝倒 / 297
王去非自缢 / 297
霞飞路步行 / 297
吊英茵未果 / 298

郎虎集（1944.3—1944.7）

题记 / 299
死于股 / 299
魁？/ 300

引风炉 / 300
罗绮烟霞 / 300
"心理" / 301

向荣 / 301
春晨 / 302
叫猪猡 / 302

焚香 / 302
春游诗 / 303
老态 / 303
周璇 / 303
岸上人 / 304
忆旧游 / 304
黄宗英 / 305
魁 / 305
石麟来 / 305
有怀 / 306

题谢豹鬻字 / 306
潘与白 / 306
看秤人 / 307
痛饮记 / 307
迎送 / 308
倒贴 / 308
款客约 / 308
某闻人手下无文士 / 309

赠忘我庐主人 / 309
猫狗 / 309
闻叫天登台 / 310
潘柳黛之喜讯 / 310
苦热 / 311
拍戏去 / 311
西瓜 / 311
题瓢师画展 / 312
丁芝与屠光启 / 312

唐人短札（1945.4—1946.9）

公墓 / 313
小纪之死 / 313
许氏姐妹 / 314
老兔 / 314
舌癣 / 315
女伶的归宿 / 315
拆白 / 316
谢启 / 316
电车上 / 317
罚咒 / 317
妒妇座谈会 / 318
琴心小品 / 318
旗袍 / 319
诗情画意 / 319
二女星 / 320
为王渊谢 / 320
女人与酒 / 321

记女歌手 / 321
雪艳琴南来？ / 322
请吃饭 / 322
换季 / 323
书生本色 / 323
裸影 / 324
"吃小报"兼记常州四士 / 324
悯四凤 / 325
辛夷与玉兰 / 325
雌鸟 / 326
晤陈燕燕 / 326
柳黛剖腹前一日 / 327
红闺画事 / 327
鞋话 / 328
园宴记 / 328
说书先生 / 329

关于张善琨先生 / 329
从苏青"慈娘"想起 / 330
鸦片与夫人 / 330
游海会寺 / 331
顾兰君舞场"回拜"始末 / 332
文人的心迹 / 332
学费的建议 / 333
为本报两稿而起"恻然"之感 / 334
艺人之会 / 334
听李丽之歌 / 335
过蓝田路 / 335
短打 / 336
寄白光：你到底阿有路格？ / 336

眼波 / 337
克仁这个朋友 / 337
我不"尖刻" / 338
买舞票摸出了当票 / 338
女作家的"私底下" / 339
唐江"拆档" / 340
近日情怀 / 340
白香山诗 / 341
想起阎王的话 / 341
一只眼 / 342
与丁芝谈：女人的魅力 / 342
看不顺眼与听不惯 / 343
除夕诗 / 344
新春纪事 / 344
我们需要的稿子 / 345
人世难堪之境 / 345
初识张慧剑 / 346
低回常受阿兄怜 / 347
看《宇宙锋》 / 347

我羡慕过张善琨 / 348
领导改良平剧 / 348
吸毒者死 / 349
荡媮之闻 / 350
直将皮肉污红妆！ / 350
我与童芷苓 / 351
敏莉登场之夜 / 352
我同太太的做人态度 / 352
劝童芷苓唱《纺棉花》 / 353
关于舞女大班 / 354
"琳琅满眼" / 354
仁义 / 355
没有了丈夫的女人 / 355
原子炸弹投在"垃圾桶"上 / 356
"吃捧女人饭" / 357
太忠厚了 / 357
林小云老八死耗 / 358
于素莲忆语 / 358

记李玉茹 / 359
小菜场上的女人 / 359
谭富英听者！ / 360
女先生 / 361
沉默 / 361
二名净 / 362
周信芳与张镜寿 / 362
送桑弧上七里泷 / 363
记万墨林 / 364
闻华慧麟沦落！ / 364
如花消息 / 365
捎边记 / 366
垃圾桶砸，飞机跑了 / 366
感念友情 / 367
小先生 / 367
切口 / 368
生命力强盛的人 / 368
所谓郁案 / 369
财阀夫人仰药别记 / 370
宜惩淫伶 / 370

唐人短札（1946.10—1947.4）

如花消息 / 372
朱尔贞初习皮黄 / 372
"阿伯苦恼" / 373
窥向记 / 373

怕老婆的故事 / 374
面上朱痕 / 375
重壳轻友 / 375
消灾之道 / 376

不得梅俞期之欧阳 / 376
钱无量之艳妻 / 377
我当承过 / 377

女人的照片 / 378
这就叫"怪现象" / 379
"硬滑稽"的痛苦 / 379
听韩秋萍记 / 380
王玲事件 / 381
引起"食欲"的女人 / 381
竖子 / 382
谭富英大轴之夜 / 382
狐臭 / 383
家世 / 384
姊妹花味道 / 384
孟丽君流转归来 / 385
李宁夫人 / 385
冷天的跳舞场 / 386
一代怪物 / 386
与其散漫毋宁浓缩 / 387
小白脸 / 387

雾面 / 388
看一位督席的老人 / 388
张大千画赠看巷人 / 389
有事酒 / 390
挨过年关再付学费 / 390
李素兰印象记 / 391
年夜饭 / 391
"万金油"的第一名 / 392
失犬记 / 392
勇酒 / 393
敬男 / 393
韩森死矣 / 394
搁电话 / 394
题画 / 395

劝君自肃 / 395
吃花酒 / 396
吃与白相 / 397
为张月亭祝福 / 397
摩天楼是延阳楼 / 398
乏角之言 / 398
天火烧 / 399
看房子 / 399
臂痛 / 400
行不得 / 400
王启梅 / 401
周寿女宾 / 401
健笔凌云 / 402
吴苑吃茶 / 402
春心 / 403
四淫 / 403
徐琴芳讲故事 / 404
朱尔贞酒 / 404

么二三集（1947.4—1947.9）

题记 / 406
殉难报人 / 406
郎虎 / 407

虹桥诗 / 407
游虞山记 / 408
电话簿 / 408

一窝风 / 409
招牌两块一般红 / 409

入梦篇（1947.5—1947.8）

无米之嗟 / 410
寻春 / 410
香岛之行 / 411

广东龚满堂 / 411
上海男星 / 412
鬼跑马 / 412

星期六下午 / 413
记潘玲九 / 414
过节记 / 414

"倚醉"的滋味 / 415　　只为夫人是女人 / 417　　孟小冬 / 419
青山西林间 / 415　　　礼貌 / 418　　　　　　惆怅词 / 420
多情来作秘书郎 / 416　万人如海一花无 / 418　七夕 / 420
一万张嘴 / 416　　　　我的写作 / 419　　　　白雪这个朋友 / 420
袁简斋 / 417

入梦新篇（1947.9）

怀人诗 / 422　　　　　"云郎念白" / 423　　　唐某快意之作 / 424
百乐门座上 / 422　　　对苏青撒谎 / 423　　　中秋前夕 / 424

一部连续几十年的私人观察史（《唐大郎文集》代跋）/ 425

涓涓集（1935.7—1935.12）

大众语与苏白

　　昨本报记上海将有白话日报出版，其中文字，皆为通俗语言，如人与人对话然，故无论通信社之电报，亦须译为白话。闻主持此版者，为黄转陶君。黄为吴人，说一口苏白，若翻译电文时，将不免有吴侬软语，流露于字里行间矣。

　　◆ 怜悯的同情

　　小洛谈麒有知言，谓信芳唱《明末遗恨》，大可废除唱工，此真精当之论也。昨又偕其观《群英会》，则小洛之言曰：大郎之捧信芳，谓其唱亦佳，以我观之，盖出于怜悯的同情。信芳嗓既暗，而已能唱到如此地步，听戏者先已将水准压低，故觉其好。譬如小儿之翻杠棒，此非绝艺也，特以其年纪小，乃谓其格外佳耳。

（《铁报》1935年7月6日，署名：淋漓）

袁　美　云

　　有人在联华公司遇陈嘉震君，陈告以新居地址，其人乃录之于手中所持之《联华年鉴》中。后其人又赴艺华，乃晤袁美云女士，袁欲一读《联华年鉴》。读时，其人忽告美云曰，刚才我见到陈嘉震的。袁闻言已，不觉噗哧一笑，其表情甚美，而不知其会意乃何如也。

　　◆ 写手册

　　邵洵美君，文笔极美，顷见其为小丁题手册曰：你父亲的年纪不会老,你自己的声名不会小。又孙师毅君之言曰:丁先生的画名老,丁师母的酒量好,酒与画的交响调,小丁你样样都跨灶。末书曰孙师毅放肆。皆妙构也。

(《铁报》1935年7月8日,署名:淋漓)

随星日记

陈嘉震君,以多摄电影女明星之照相鸣于时,摄影之外,兼工文艺,近在某刊物作《随星日记》,余虽未读其内容,然一望而知其所写者,多为女明星事也。一日友人小集,座有嘉震,余正色告之曰:"随星"二字,得勿有妄自菲薄之憾,不知足下之人格者,且误以为足下是女明星之文明跟包,宜改之为得也。小洛兄谓大郎之言甚是,我意"随星"亦应改"星随"为是。星随者,女明星跟我也,非如随星之我跟女明星也。小洛之言,有双关之妙,座中人无不点首而笑矣。

◆ 奇事

当此周胡归国,各方在热烈欢迎声中,而姚苏凤君,戛戛独造,忽在《每电》作一攻击胡蝶之文,读者无不惊异曰:奇谈奇谈。

◆ 大观之婚

红蝉致力于出版,去年有《消夏影集》之发行;今年十月,红蝉结婚,乃闻又有《上海游览大观》将出版,出版后,婚费将由此出焉。谑者谓此之谓大观之婚。

(《铁报》1935年7月12日,署名:淋漓)

王虎辰一事可取

王虎辰,亦一普通之淫伶耳。上海北里中人,与之昵者,为数甚众,故其行为,了无足取。惟闻其人事母甚孝,去年母病,及病愈,王赴城隍庙还愿,行一步,一下跪,自家至庙门前,不以为苦也。(编者按:本报前记其事为父病,但其父早死,此说较是。)

◆ 云中旌旗飘

大郎字云旌,一日,大郎以语侵片羽室主人。片羽室主人,寄一笺与大郎,首二言曰:"云中旌旗飘,飘到我的头上来了。"或谓片羽主人文字之作,此二语可以代表也。

◆ 舒服一个月

余以为吃鸦片烟,为天下第一舒服事。一日过一医者,余问医生,谓吃上鸦片,亦有把握戒除乎?医曰:上瘾三个月,则一星期可以断根矣。余闻之大喜,乃拟吸烟一月,以资舒服。惟烟具宜精致,则此一笔开办费,亦殊可观。思之,又觉灰心矣。

(《铁报》1935 年 7 月 24 日,署名:淋漓)

正秋哀思录

友人灵犀、毛铁二兄,皆与已故之郑正秋先生善。先生死,二兄备极哀悼,刻闻将集先生死后各报对之所发吊唁之文,汇为一册,名之曰《郑正秋先生哀思录》,将于他日之追悼会中分送之。苦心煞费,不能以秀才人情目之也。明星公司方面,亦通知各职演员,悉草一文,以发挥正秋先生之死后感痛者。已有不少人交卷矣。

◆ 糖炒栗子

在舞场中,闻某君呼某女相家为糖炒栗子,颇不知其取意何自。波罗馆主人,在杨闻莺生前,颇有交谊。杨死,与天真女郎,亦敦友爱。人乃称主人为钓鳌客后一人而已。

◆ 种荷花

闻苏凤于正秋大殓之日,未往躬奠者,以风传有某导演,将加之不利。声言欲以种荷花之法,施于苏凤。苏凤惧,卒不敢往。其实苏凤骇矣。种荷花者,北方人所下下烂之举动也。安得出之堂堂导演之所为?矧即如此,更为公理所不容邪,故苏凤之不吊正秋,苏凤之失当也。

(《铁报》1935 年 7 月 25 日,署名:淋漓)

电影界之三大损失

或谓今年电影界人才之凋没,实为最大损失。阮玲玉死与郑正秋之死,已足使有心人兴无穷慨喟,今聂耳先生,又死于日本之海,论者谓是损失乃较郑老夫子之亡,或尤重大。老夫子为影业功臣,惟年高体弱,已无复有前途。若聂先生则锦片前程,正不可限量。吾人正冀其有造于中国电影事业者方殷,而不料其中途遂夭折也。痛哉!

◆ 看家戏

天气大热,平戏院之生涯日淡,即如麒麟童盛名之下,亦难于号召。"黄金"今年不歇夏,演员无不叫苦。金少山语人:"反正我们是出不出汗的。"亦幽默之至矣。闻《追信》与《明末遗恨》,虽暑天亦能卖至千元以上。余昨遘信芳,谈至此,信芳谓此两出戏,已为麒派之看家戏矣。相与莞尔。

(《铁报》1935年7月26日,署名:淋漓)

还 是 谈 麒

有人请余为白玫瑰冰室作专刊之稿者,曰:白玫瑰为袁森斋与张中原诸君所创办,张为名须生麒麟童之快婿也。余辄随吟诗曰:"极目中原尊泰岱,麒麟快唱冷于冰。"上句写张与周之关系,而下句有"冰麒麟"三字,至冷于冰者,则信芳将演《绿野仙踪》之主角也。见者乃谓此二语不在捧白玫瑰,而仍在谈麒也。

◆ 测报字

潘萧九将重营旧业,吾报已有记之者。潘为尤半狂君堂舅,半狂谓潘为人非特聪明,抑且风趣,曾见有人取某报之报头上所写一行书之"报"字请于潘曰,买奖券可得中乎?潘曰:测此类者最难,因囿于心理,既明知奖券之不易中也,然姑试之,不足以言灵验矣。顷之潘曰:便能"幸"而得中,亦不过"一尺"血耳。盖报之一旁为幸,另一旁则似一尺两字所构成也。

（《铁报》1935年7月27日,署名:淋漓）

影迷之痴

影迷对于电影女明星,有写信而致其倾倒之忱者,是常事也。今乃闻有四川某君,慕海上之黎莉莉,有寝馈不忘之慨,近乃不辞跋涉,自成都来,赴龙德邨黎寓门前,守候数日,欲一窥色相。数日顾不得遇,怅甚,有廉得其情者,乃劝其赴联华公司访问,必见之矣。嗟夫！此影迷痴之尤也。

◆ 烟台人看戏

闻国人看平剧之凶,无过于烟台人矣。往年烟台无电灯,看戏者,各持一灯笼,抵院后将火吹灭。及角儿上场,则座上之灯火俱燃,角儿见此,每为心慌,做戏遂不自然。台下人看出漏洞,辄有人在场中,举火向上,一人领导退出戏院,其余人皆随之而行,宛如火龙,而角儿次日即不能登台。其有镇静不为所乱者,台下人认为满意,遂熄火而观,戏毕,更燃火而去,真趣事也。

（《铁报》1935年7月30日,署名:淋漓）

倪公妙简

画家倪耕野先生,余谓其名似谐"伲个爷",倪君见之,昨乃以一书抵余,其词甚妙:"昨天《铁报》说敝人的姓名叫倪耕野,谐音是'伲个爷',遂讨尽了天下人之便宜,然据丁先生说,我已大大的吃亏了,原来我的祖籍崇明,常听外帮人说起,崇明人非常恭敬客气,见面时候总要叫他一声阿爹,现在'伲个爷'已做了崇明人的儿子了,想想自己也着实有些吃亏,大概是市面不景气,特别大减价大拍卖的缘故,你想对吗？"

◆ 同一不知趣

一日,陈嘉震君以读者来书示余,其中有问,某女明星曾生私生子,有无其事?或某女星有姘夫在半打以上,有无其事?陈君谓叫我如何能回答?余笑曰:此真与有人请灵犀多谈时局,同一不知趣之尤也。

(《铁报》1935年8月1日,署名:淋漓)

公　园　坊

公园坊为刘呐鸥君之产业,新屋落成,迁入其中者,都为新文艺作家,如姚苏凤、穆时英、戴望舒、陆小洛诸君。苏凤所编《晨报·每日电影》,时英、呐鸥、小洛等皆为其写稿,有人谓,"每日电影"可以改名曰"公园坊",则贴切而多妙趣矣。近闻吴云梦君,亦迁居其中,余问云梦,公园坊为文艺区域,君故亦居其中矣?云梦笑曰:勿必肉麻,不过其地空气甚好,房子亦不错耳。

◆ 身后应声

天衣居拉都明霞邨,巷外一平房,近乃缢死一男子。天衣曾往一窥,则犹高高悬起也。其地极荒僻,入夜一二时已无人踪。天衣于深夜归去,在弄口叫门,仿佛其后面平房中,有人应声曰:来哉,龚先生刚刚转来。天衣每为之毛骨悚然。其实此为一种心理作用,人人如此,初不仅天衣然也。

(《铁报》1935年8月3日,署名:淋漓)

一　诺　堂

上海季云卿先生,其堂名称"一诺堂",译上海方言,则"闲话一句"也,见者无不叹"一诺堂"三字,真写尽了季先生一生行谊。

◆ 文艺闻人

杨邨人曾与鲁迅笔战,自后杨在文字中,时对鲁迅讽骂。《星火月刊》,为杨所手编,每期有文坛忆语七小段,皆出杨手笔,杨称鲁迅为文艺闻人,盖谓有许多新作家,拜鲁迅为老头子也。

◆ 照片明星

貂斑华先后仅主演一片,而各报各杂志,捧之者甚多,貂之照片,乃各汗牛充栋焉。有某报记者,讽貂为"照片明星",此四字真刻毒之至。

(《铁报》1935年8月4日,署名:淋漓)

两个混蛋

某君请陆小洛题其手册,陆信笔书曰"一代艺人",其旁乃请灵犀再写,则为"两个混蛋",不仅对仗工稳,且蕴意深长,然表面看之,则灵犀似与小洛之夫子自道也。

◆ 树敌之众

苏凤以有人说他树敌之众,故自谓一个人被许多人在嫉妒他生存,这人便已够伟大耳,自古以来,惟奸而能雄者,始为万人嫉妒其生存,奸而不雄,是非伟大也。然则苏凤实是奸雄,宜其言下之洋洋自得矣。

◆ 为衣服而拘束

数年以来,不常坐电车,而近以遍访诸友,烈日之下,恒以电车代步,乃觉坐电车亦深有妙趣。着一身熨过之夏布长衫者,坐在电车中往往立而不坐,恐皱其衣也,是为衣服而拘束自由者,余一辈不能如此也。

(《铁报》1935年8月5日,署名:淋漓)

十年来渐故人稀

大雄先生,吊张春帆先生于中国殡仪馆,归后以一文哭之,有言曰:"痛哭春帆之余,复感念《晶报》老友林屋寒云瓤蝯倚虹涵秋文农诸子。"由是观之,真可见《晶报》资格之老,当年人才之众。而大雄于此,念黄公度"六合外从何处说,十年来渐故人稀"之句,想不胜其悽怆悼恸也。

◆ 旅馆减价中之趣语

某旅馆在此竞争卖买之日,住一天送一天之外,复打一七折,且加送赠如航空奖券钻戒之属,某君见之,笑曰:这样便宜,不要将来住的客人倒发了财,而旅馆以过于廉价故,竟不可支持,乃使旅客将全部旅馆,盘了下来,亦未可言也。

(《铁报》1935年8月14日,署名:淋漓)

对面隔壁卢溢芳

某舞女于电话中,有"阿是溢芳"之语,文坛传为艳话。近闻芳君与北里娇虫有周旋之雅,若文九娘每对人提起芳君者,曰对过卢溢芳,雪九娘则曰隔壁卢溢芳。对过隔壁云者,盖以芳君常在汕头路之华东通信社,其对面与隔壁,固尽是枇杷门巷也。

◆ 吾家大郎

章行严先生于文字中,称太炎辄曰吾家太炎;余昔日为文讽唐友壬先生,亦曰吾家有壬;而以生平倾倒唐瑛女士故,每曰吾家棣华。唐瑜兄时恨余无状,辄不愿姓唐,然近见其署金陵名于某报作见闻杂记,有言曰吾家大郎,乃知瑜兄尚自承姓唐也。

(《铁报》1935年8月17日,署名:淋漓)

徐来之年灾月晦

维也纳之会,结果牺牲者为徐来一人,明白人皆为徐来可惜,顷且闻徐来与明星合同,已生问题,或曰,徐来不幸,乃遘此年灾月晦也。

◆ 题画

一夜,余卧于烟榻上,裸身露足,形态绝佳,有人为作一速写之图,器具悉备,图成,余题二十八字曰:"一人一鸟一根枪,鸟在茶壶人在床。常放光明灯上火,清烟密雾是真乡。"

◆ 张鸾

某报有记南北二张鸾者,尚有一人,亦姓张名鸾,字来方,嘉定人,余之受业师也,死于清党之役。余幼年无知,语张先生曰:苟姓名之上,加个"一"字,则甚为难听矣。先生怒,披余颊,余任匿笑已,可见少日跅跪之状也。

(《铁报》1935年8月27日,署名:淋漓)

老 丁 小 丁

张正宇曰:"老丁没有老,小丁已不小。"
◆ 徐行恭
诗人徐行恭,号曙岑,曾为北方政府财政部公债司长,南归后,为杭州兴业银行行长,所谓宦而作贾者也。为诗格律严谨,为时人所称赏,余识徐弟轶尘,因亦与先生有数面之雅也。先生曾为余治一笺,余爱其一诗云:"夜雨淋铃只铸愁,南园依旧盛歌喉。重临文宴追欢地,满眼莱芜冷过秋。"
◆ 低级趣味
一人扬其家中富有,谓有红木家生两套,一为梳头匣,一则花瓶座子也。又有皮统子二,则青骡羊之领,狐嵌之耳朵套也。此种笑话在昔最盛时,今人则往往嗤为低级趣味者。

(《铁报》1935年9月2日,署名:淋漓)

冬 郎 名 诗

余爱冬郎诗,当此时日,最喜诵其"愁多忽讶天凉早,思倦翻嫌夜漏迟。何处山川孤馆里,向灯弯尽一双眉。"又曰:"碧栏干外绣帘垂,猩色屏风画折枝。八尺龙须方锦褥,已凉天气未寒时。"
◆ 政治问题国际交涉
钱化佛仆仆京沪,跻身于党国要人之林,曾与主席林子超先生,合摄一影,影成,钱喜极,挟之来沪上,先以一页付《申报图画》登刊,图画编者见而告钱曰:是关于政治问题也,恐不能登。钱怏怏出,乃托人寄一帧于某西文报纸,不数日,果为之刊出,有人告钱,谓可将此报送阅于申报画刊编者,而谓之曰:政治问题,初未引起,而国际交涉,亦太平无事也。

(《铁报》1935年9月6日,署名:淋漓)

赖　　债

甲友寄书问乙友曰:"我欠人债,可以赖乎?"乙友因覆书曰:"安得不可以赖? 在此乃看汝之聪明,看汝之手段,将如何赖法耳。"

◆ 爱红豆室主人

清芬在他报作《虞山两日记》,既竟,忽有苏人俞又清君,投函云裳,问清芬为何人,其人近辑一书名《虞山小志》,见清芬文藻斐然,将于其书重版时,刊入此文。然俞君有一别署,曰爱红豆室主,红豆亦清芬笔名,然俞复不识清芬,此所谓文字因缘,抑何其巧邪?(编者按,又清旧名友清,为余同学,常熟人,现任苏州萃英中学教员。)

◆ 唐先生

忽于卡尔登值红蝉兄,执吾手曰:唐先生,竟无别言,可知其难过之甚。顾又如何不见唐先生有"当年三顾之雅,我何能忘"之忏悔名句邪?

(《铁报》1935年9月7日,署名:淋漓)

[编按:清芬,即红豆室主、俞逸芬。]

额　手　称　庆

近日社会人士,有额手称庆者,则曰:将除一大憨也。

◆ 听潮与茄公之女

听潮育子女六人,亡其一,留四儿在沪,尚有一女,则寄养于潮州岳氏家。别父母姊弟七八年矣,近忽返家,见听潮夫妇,已不知为父母,姊弟皆歧视之。女自乡间来,肤黑,不甚言语,在故里时已读书,初至上海,言语不通,故不能入学也。友人茄公,有长女读于苏州,平时不恒来沪,惟茄公夫妇,时赴苏视女,故女能识茄公夫妇为父母,偶来沪上,与二弟则若不相识也。女年已十五六,二弟尚稚,分瓜果辄及姊,弟亦歧视之,语姊曰:你不来我们可多吃些,你来,父母亦派你一份,你非吾家人,胡为剥我弟兄之食哉? 姊闻二弟言,大怒,饮泣不已。茄公夫妇无以慰女,亦不忍责二子,以其事语友人,辄为大笑不已也。

(《铁报》1935 年 9 月 14 日,署名:淋漓)

嘉 震 来 访

前夜一宵未眠,朝暾既上,始入睡乡。九时,陈嘉震兄来访,携一稿,嘱转听潮,盖于貂斑华扫除一文,有所辨正也。余倦极,撑惺忪之眼,见嘉震立于床前,而糢糊不辨其面目,第觉有一派可怜之色,笼罩其身。嗟夫! 随星之人,而精神上之损失,与夫自身之一切烦恼,乃使今日之吾友嘉震,将悉数丧失其青春矣。余无以慰之,及其去,亦不遑谈几句话也。

◆ 豆腐记号

陆小洛为文,一贯以"吃豆腐"姿态演出之,即记一极正经事,而其中必杂几句寻开心的话。余譬之如凌霄汉阁,徐彬彬先生,为人极风趣,其作文,不肯扮起正经面孔,往往如唱戏中之玩笑旦。曩为《时报》写稿,凡徐之通信,虽写国家大事,必将要人之姓名,易一极滑稽之浑号,此则亦如上海人所谓"吃豆腐"的作风也。

(《铁报》1935 年 9 月 15 日,署名:淋漓)

灵　　谷

浦蔼庭君,近请陈瀣一治一簃,先生为写近人诗一绝曰:"灵谷流云接定林,无人知我入山心。最怜白下骑驴叟,志业难行直到今。"初不知出何人手笔,及见梁众异先生作秦淮杂诗十四首中,有此四语,则为游灵谷而咏也。

◆ 蠹鱼

诗人意识之有绝端平庸者,譬如陆放翁言"老死爱书心不厌,来生恐堕蠹鱼中",此种见解,在平常人亦有之,特以其浅俗,不敢入诗,而置之放翁诗集中,遂无人非议之者,亦可笑也。

◆ 心冷

友人言,闻上海之舞女,十九可以现钱交易者,当余软玉温香抱满怀之际,一念及此言,辄为之心冷起来,不知何故。

(《铁报》1935年9月19日,署名:淋漓)

看郑正秋去

一夕,于友人室中,忽蝶衣至,众问其顷间何往者,蝶衣曰,我去看郑正秋个。众大骇,则曰,我看的是新剧《郑正秋》也。

◆ 假凤虚凰

张秋虫近作一小说曰《假凤虚凰》,有人告之曰,你在骂姚苏凤夫妇耳。秋虫不解,或为之解释曰:苏凤夫人,姓徐名凰,岂不罟姚氏夫妇为虚假矣。时叶灵凤在旁,屡言曰:如此说来,我亦被他骂进耳。

◆ 秋郊

秋渐老矣,缅想郊外风光之美,辄神往不已。读黄山谷"数行嘉树红张锦"之诗,益觉悠然神越矣。

(《铁报》1935年9月26日,署名:淋漓)

闻人曹梦鱼

二三年前,《小日报》刊海上一百闻人表,其时曹梦鱼已弃文而贾,获利甚厚。一日,走访黄光益,语黄曰:奈何不才如我,亦不容列闻人之群乎? 光益语于作者某名士。某笑曰:曹君以斯文称,乃不知闻人两字,并非好名词,而为一挖苦人之称呼乎?

◆ 黄秋岳与梁众异

黄秋岳先生诗,似近石遗老人,余独赏爱梁众异先生之作。一日,青鹤主人语余曰"你现在不大喜欢黄秋岳了吧,梁众异诗当然是你欢喜的咯?"的是知言。

◆ 撑头

或谓白玉霜苟长住春江,宁不至佳。一人曰,是宜有撑头耳,不视华慧麟腾踔一时乎?众乃无言。

(《铁报》1935年10月2日,署名:淋漓)

走 火 先 生

《晶报》有九一三先生,亦署走火名,是即商务英文编辑周越然先生。余以毛铁、灵犀之招,在川味香夜饭,适大雄在隔壁,大雄与罗素诚兄为同学,罗则余之十年老友也,因相欢宴。顷之,入一人,年四五十间,目短视,而精神奕奕,大雄又为余介绍,盖即余十年前受学时所读英文书之作者周越然先生也。

◆ 艺术叛徒

余近来识二名流,一为川味香座上之走火先生,一则艺术叛徒刘海粟先生也。余识刘先生于丁楼,刘前夫人亦在,体貌伟岸,一握手间,真觉欢逾生平矣。惟余以偕丁先生赴徐朗西先生宴,遂不获久谈耳。

◆ 永安六层楼

他报于一文中大骂小报,谓小报人才,无非大世界天韵楼人物,可谓一网打尽矣。然另一文中,则有人作随笔曰,重九之夜,登永安六层楼,不知永安六层楼,其地乃为何地邪?

(《铁报》1935年10月11日,署名:淋漓)

戏 不 如 文

灵犀记半狂之言,谓唐大郎是上海第一枝笔,白玉霜是上海第一张嘴。"上海"二字,灵犀乃误为中国,范围尤广矣。惟灵犀曾一度看白玉霜,归后叹曰:看白玉霜戏,犹不如看大郎、梯公捧白玉霜之文也。可见灵犀对于白老板之茄门矣。

◆ 肥路鸡

余于十年前之此时,方自北方返沪,一夜过固镇,月明如昼,车驻不前。余下车在月台上散步,站之木栅外,小贩争呼食物,有卖肥路鸡者,以一元得三枚,鸡如经熏炙,而风味之美,实为平生所未尝。余每年至此日,恒念肥路鸡,而固镇车站上之一幕,亦深印于脑海中,不易淡忘也。

(《铁报》1935年10月12日,署名:淋漓)

袁中郎启事

近有某书局做广告,在报上大书曰"袁中郎启事",见者无不笑为荒唐。

◆ 施叔范

施叔范君,不知为何许人,而同为以笔耕自给者,则可知也。余甚爱其诗,其诗清和淡远,若不食人间烟火者。近在白下,见其作《新秋杂诗》云:"太湖十顷白荷花,淞水荒荒数亩瓜。莫唱戎歌惊客子,藤枯藕老不归家。"(竹枝词)"钩起泪灯缈缈思,莎根披石记儿时。如今袖手风檐下,一任哀凉化鬓丝。霜湿蛛丝月堕杯,哀风漱齿四园开。道人新暑秋虫长,尔许吟魂点卯来。"(蟋蟀)"披风续续吐檐角,负日蠕蠕窥瓦沟。倾腹丝纶酬一饱,怜渠辛苦嚼蝇头。"(蜘蛛)

(《铁报》1935年10月15日,署名:淋漓)

二 伍

梁赛珍有二客,皆粤人,是不足为奇也。皆姓伍,犹不足为奇也。一伍字联德,一伍则字德联,此则可异矣。伍联德为出版界之名人,捧梁赛珍于舞场中,大沪主人奉为上宾;伍德联则为轮船公司之买办,亦广于财,二人并翩翩年少。伍联德常言,三五年来用去十万,大半耗于赌,小半则掷之于梁赛珍身上也。

◆ 才子与儿女

山华阁主人有诗曰:"才子本无三十寿,女儿妙有一分憨。"盖言才子者,不许过三十岁者也。余近题《王尘无兄之吞声小记四绝》,有一首曰:"才子不留三十寿,廿年欲尽女儿憨。人生此愿蹉跎过,无味将来百不甘。"亦本主人之原旨也。

(《铁报》1935年10月22日,署名:淋漓)

风　尘

曾见章行严先生为虞澹涵夫人题画诗云:"古木寒原到处秋,几间茆舍任勾留。夫人似念风尘苦,写此林泉着胜流。"或曰,"风尘"二字,得勿为章诗语病?盖身堕风尘,惟用于薄命女子始称之,虞夫人固不可加也。其然,岂其然欤?

◆ 船家女与桂英儿

看《船家女》初试,徐来犹一蓬门女子,风姿绝美,无论怎样一个镜头,总可以看出徐来之美。座中一人曰,我到杭州去了不知多少趟,然从未见有船家女有如此之美者。片中有索逋之无赖,告其船家女之父曰,你有这样一个绝色女儿,难道还愁穷一辈子吗?余闻此语,因忆及有女票唱《打渔杀家》,珠翠盈头,不类一以捕鱼为活之女。于是教师便发了话了,说道,萧恩,你有这样一个爱打扮的女儿,居然说渔税还不出,你明明是赖。真同一意味也。

(《铁报》1935年10月27日,署名:淋漓)

戈公振临终二语

戈公振于弥留时,曾语周剑云先生曰:"我这一次幸亏回来了,使我死在故国,同时又使我知道中国有这样一个医院,有这样一位医生。"又对其家属曰:"我的躯壳牺牲了吧,请他们把我详细的解剖吧。"可见其对于此次诊治手续之痛恶矣。

◆ 戈公振死于思想太新

或谓戈公振先生之死,死于思想太新,其病初起时,不过寒热而已,而入疗养院,医生乃无中生有,谓其患急性盲肠炎,因盲肠炎而开刀,卒至送命。此在常人,决不关寒热而疑有大病,若不进医院,听其自然,自能平复矣。故咒骂新医药者,辄怨医生之捕风捉影,观于戈先生之死,乃觉生病真是一件最宜慎重之事也。

◆ 戈公振训子勿骄傲

戈公振逝世之日,语其子曰:"你去读书,不要骄傲。"但此八字,而与子终别矣。

(《铁报》1935年10月28日,署名:淋漓)

《小晨报》与白玉霜

白玉霜之来,初不为新闻界所注意,及胡梯维君在《小晨报》投一稿,题曰《荡哉白玉霜》,于是白玉霜之荡,为人所属目矣。及大郎观白玉霜,遂为访问之记,与夫荡哉之诗,而白玉霜三字,从此益藉藉于人口。姚苏凤君,见报纸之所记,亦不觉神痒,亟欲一观,以证究竟。顾阻于全运会,不果也。一夕者,白演《珍珠衫》,苏凤始拨冗往观,观后大悔,以为若而人者,亦足使人颠倒邪?于是报纸偶及白,苏凤辄摇首,近且有讥诽之文,见于《小晨报》矣。盖前后矛盾也。

◆ 市招

海上市招,特以"宝记"为沈曾植书,"易安"(已关)为杨守敬书,最称名贵。余甚爱谭泽闿为九华堂一匾,及西藏路上之中国灌音公司,为最可观也。

(《铁报》1935年10月29日,署名:淋漓)

顾竹轩与大西洋

大西洋菜馆,说者皆以为顾竹轩一人所创办,其实顾在大西洋,仅有股款千元,惟其势力则甚巨。大西洋仆欧,对之尤恭顺,皆以四老板呼之。推其故,则顾在平时,颇肯帮大西洋之忙。而顾凡有宴,必在大西洋,一年中大西洋做顾之生意,为数綦巨也。

◆ 晶晶重见行云书

钱芥尘先生,为《晶报》写稿,笔名行云,亦署道听、西阶。其写小报上木刻之美,为当代第一。芥尘先生书法,与叶恭绰先生几可类真,而飘逸有时过之。今年夏,先生一病甚危,旋愈而目疾继作,几至亡一睛,以刘以祥医师之诊,得告无恙。今皆健复,故先生近又为《晶报》作稿,其美观之木刻,又与吾人重见于报上矣。

◆ 友情可念

余旧疾既复发,午后始起,即将事,乃无暇更问医。友人颇念余疾,辄以名医相介,明耀五先生介罗佑众,而钱芥尘先生则介殷木强,皆可见友情之厚也。

(《铁报》1935年10月31日,署名:淋漓)

潦 草 之 稿

写稿之一笔直下,无只字更改者,包天笑与孙癯蝯二先生外,其他实不多见。余之潦草,印刷所中,惟有一人能排余字,故其人常因此向印刷所中,加以要挟,一旦掼纱帽,势须另易一人,而校对者苦矣。近知王尘无君之作稿,字迹亦费辨认,而校对者言,愿看余写稿,犹不愿认尘无之字也。

◆ 新人

电影界之新进演员,辄称之为新人,新人中颇有人捧袁绍梅与梅琳者。梅琳貌似阮玲玉,是其便宜之一点,余则甚爱电通之陆露明,然其人已为许幸之夫人矣。

◆ 袁小修日记

袁小修为中郎之弟,近书局有为之出日记者,某君谈之,谓中郎已平常,而小修更等而下矣。

(《铁报》1935年11月4日,署名:淋漓)

孟 小 冬

孟小冬之成名,琴师圣手之孙佐臣先生为力良多。十年前孟在旧京,其时最红,有女叔岩之目,誉之者,且谓驾小余而上之,亦捧到三十三天上矣。小冬姿容玉美,装成雍容如贵家命妇,故小梅爱之。惟李子刚一案发,小冬与兰芳,遂大不利于人口,至今有人谈李死状之惨,对孟梅尤多切齿也。今小冬又卷土重来矣。

◆ 殊趣

胡蝶将嫁,胡蝶之群众皆叹气不已。闻翠英吉期已定,闻之群众亦不胜其失望似者,此与王小隐之"亦算向平心愿了,祝她极贵又长生"者,盖殊其旨趣者也。

◆ 大令去了

维也纳舞女张小方,卜居于汪北平之邻,芳君时过北平家,遇小方,小方语之曰:君非×××之大令邪?芳君笑曰:我游舞场,诚未有过大令,特欲待卿之诗来,做我大令耳。今小方已迁去,芳君呼曰:未来之大令去了,我将终身不得大令焉。

(《铁报》1935年11月9日,署名:淋漓)

放 秋 假

《小晨报》被惩,停刊一星期,听潮曰:此放秋假也。时小洛在旁,语听潮,总主笔,吾们《社会日报》要不要放秋假,若要,我倒有这一个本事,可以办得到的。你说一礼拜也好,展期休息也好。

◆ 按摩院楼上

小丁谓有一个漫画会开在霞飞路,其楼下为一按摩院,我进去时,不知者总以为我是进去按摩的。

◆ 要人

丽都映六中全会影片,见阎锡山、蒋介石诸人,蒋老矣,而英姿奕奕,在镜头上之意态至为萧闲。美髯者二人,一于右任,一则林子超主席也。

(《铁报》1935年11月11日,署名:淋漓)

青鹤夫人挽夫人联

青鹤主人陈甘簃夫人既逝世,于十四日在中国殡仪馆大殓,灵前,有陈先生一挽联,联文曰:

百余日病榻缠绵,回首欢颜堪痛哭。两数载夫妇齐眉,伤心垂死竟无言。

◆ 圣爱娜风雨之夜

十三之夕,风雨不已,余与灵犀、蝉红赴圣爱娜。陈小蝶先生与十云夫人及高弟老七、高彩云老九,男友有胡伯翔先生、周瘦鹃先生诸人。圣爱娜一元二舞,一舞分音乐二次,舞者必酣必酡,不舞者如余,则殊感寂寞之苦矣。

◆ 与陆小曼貌似

圣爱娜有一舞女,貌似陆小曼年青时,然举止轻浮,陆究不失为大家闺秀也。

(《铁报》1935年11月15日,署名:淋漓)

骂登少爷

近有报纸攻击平襟亚君之中央书店所出版之珍本丛书者。其报出版后,报方即遣人请平先生登其出版书籍之广告,平先生拒之。而报上诟詈之声又起。平先生乃作一书与报馆编者曰,你们要骂就骂,广告登不登在我,假如为了你们要骂,而我便来登广告,则我不将做骂登少爷邪?

◆ 唐《素娥篇》秘笈

唐《素娥篇》秘笈,为襟亚以二百元易归者,其书已成孤本,有图,则三十六宫之画也。此书襟亚将印而赠友朋,如《银梨花下》一书之为非卖品也。《银梨花下》,已成绝版,最后一册,为周越然收去,襟亚谓纸版尚存在,然不欲为人所注意,故亦不作再版之想矣。

(《铁报》1935年11月17日,署名:淋漓)

天 窗 诗

芳君在"玫瑰花"中,有开天窗之诗,其时犹第一次也,不图昨日又见一次,余因为芳君续作一诗曰:"偶一开窗原呒啥,多开便觉不希奇。若果从今开不已,慎防梅毒第三期。"

◆ 屈映光名片

屈映光先生,近年来息影沪上,为慈善事业努力,普通酬酢,印名片一种,大而厚,其一面书"屈映光"三字,其一面则为外国字,则屈文六之译音也。

◆ 白龙山人印象记

近有人访白龙山人,谓向时以山人静参禅悦,其面孔必如一菩萨,然一见之后,则非是,则谓山人之声音笑貌,与上海之一般大亨无二也。

◆ 一春一像记

一春可以对万秋,一像可以变群像,一春一像,可以反崔万秋作《女性群像》也。

(《铁报》1935年11月22日,署名:淋漓)

自 惕

每读白香山诗"不敢妄为些子事,只因曾读数行书"二语,每用以自惕。

◆ 潘仰荛先生

每从报间读潘仰荛先生诗,先生即潘仰尧先生,名文安,余之受业师也。旧文学极有根底,作诗则欠于天才,故陈蝶衣兄曾为文薄其所作,亦自有道理也。

◆ 卫海

卫海和尚,为净土庵住持,当年豪阔,征逐伎林,今则贫至于不堪自给矣,然其友好,皆以卫慷慨成性,尚有人称道之者,偕一妇税一楼而居,无钱之日,往净土庵倒香钱之竹筒,亦可见窘状之一斑矣。

(《铁报》1935年11月23日,署名:淋漓)

徐善宏婚礼一瞥

胡蝶女士与潘有声结婚之日,更有一桩喜事,则为文友徐善宏君之与陈宝琪女士结缡也。礼堂在大中华,来宾达二三百人,亦复济济称盛。下午四时行礼,新娘装束甚美,而女傧相尤风韵绝世,然众不知其为某女士也。证婚人袁履登先生,主婚人为徐申如先生,来宾致词,则由冯梦云君,梦云谓,胡蝶结婚,使人兴奋矣,而善宏结婚,亦有使人兴奋而为胡蝶所不如者,则以善宏新妇之姊,嫁与善宏之介弟者也,所为亲上加亲,为不可多得。又曰,善宏之弟已二得男矣,今欲看善宏之身手如何,苟并其弟而勿如,亦无乃太难为情矣。其语甚妙,闻者无不绝倒。

(《铁报》1935年11月24日,署名:淋漓)

酒 酿 圆 子

芳君于《听鹂轩缀语》中,谈酒酿圆子,趣矣。余今述酒酿圆子,则别有见解也,当猫厂主人招陈小小坐台子,语猫厂曰:你不来,我又要吃汤团矣。时余在旁,告小小曰:你吃汤团,则成了酒酿圆子矣。小小问何解,余笑曰:小小汤团,非酒酿圆子而何哉?

◆ 潘夫人

余细细留心,自胡蝶女士结婚到现在,报上对胡蝶女士之称呼,仍称胡蝶女士,从无人称之为潘夫人者,称之,以余今日为嚆矢也。

◆ 尘无诗

尘无兄近作一诗,语多凄婉,其言曰:"黄泉无恨母心死,红豆相思刻骨深。从此清宵眠不得,泪珠洗面为卿卿。"尘无谓,言之有物。

(《铁报》1935年12月1日,署名:淋漓)

芥老不到晶报

钱芥老文章,名满天下,《晶报》刊其文,可以增声价,故大雄先生,极崇拜芥老,闲时辄访芥老谈。芥老有稿,大雄躬往取之,十余年来,芥老乃未尝一到晶楼也。所闻如是,不知确否?会将询之芥老。

◆ 《四进士》总讲

武进新闻,近刊《四进士》总讲。《四进士》一剧,余近年来向往之,苦不得其脚本,本欲过信芳时问之,乃近见该报有刊登此稿,读一二期,皆与信芳所藏,无甚出入,或为余尧坤君所觅印者,俟其刊毕,将托余兄集而寄余,俾得一窥全豹也。

◆ 君迈舅氏

俞逸芬先生,为张嘉森先生外甥,逸芬称嘉森为君迈舅氏,或谓王绍基枉有四十八个,乃无有一个比君迈更吃价矣。

(《铁报》1935年12月5日,署名:淋漓)

调 吞 声

有人作调吞声诗,吞声即王尘无先生,王先生近来颇有绮行,其心上人则亦诗亦影,在诗中乃亦及之也。诗云:"开过荼蘼了了春,佳期正值此芳辰。圈中自有颜如玉,何必临渊羡别人。"

◆ 一句诗

大郎作一句诗曰"听潮白鹭怕雄飞",释其意,则为白鹭在听潮,而不肯高飞也。此七言中,有名字三,一为陈听潮,一为张白鹭,一则胡雄飞。雄飞办《社会日报》,适听潮主文字,白鹭主图画,故以全句看来,又似此二人乃怕彼一人者,亦双关妙构也。

◆ 友道尚存

或谓射虎生死,不见红豆来,怪之,其实不足怪也。红豆亦厚于友谊者,不见双盦主人身遘奇凶,红豆尚殷殷以小简觅之乎?

(《铁报》1935年12月6日,署名:淋漓)

妒　妇

《广笑府》记三人之妻皆性妒,一日,相值一处,各述其妻之好妒。甲谓内人不许纳婢,婢来一二日,辄被逐走;乙谓内人不许佣女奴,女奴在吾家,至多三日,亦被逐走;丙曰,二位嫂夫人皆贤德,若内人,非但不许蓄婢佣奴,连买一把夜壶,用过一二次辄被打碎矣。

◆ 费穆

费穆在中国导演中,比较肯用功的一个,其人不为酬酢,所谓埋了头苦干者也。交接既少,人缘亦好,有弟,当罗明佑在北京经营真光大戏院时,其弟在真光作说明书,擅长英文,兄弟皆有美才者也。今亦来沪矣。

◆ 了了

《立报》编辑点心栏者,本为吴秋尘,自吴去后,继之者则为萨空了君,其别署则"了了"二字也。萨在北有敢言之目,在《立报》之言论,亦常露锋芒。

(《铁报》1935年12月14日,署名:淋漓)

俞　振　飞

俞振飞,本为上海昆剧名票,年前始北上,加入程砚秋剧团中,正式下海也。俞松江人,生长苏州,故平时一口苏白;父亦吴中曲家,与吴瞿安先生,并称双杰。自北南来,见之者皆闻其讲京话,俨然名优气度矣。

◆ 嗜眠

嗜眠之人,资质多愚,自来大事业家,绝少睡眠。拿破仑一日睡眠,仅二小时;吾国行政院蒋院长,亦向闻其每日只睡四小时。昨于友人筵上,某君谈程砚秋,则极嗜睡眠,一日非有十二时之睡觉,其精神必不爽,故其身体发胖,嗜眠亦为一重要之原因,然其人敏慧绝世,多睡而能妨碍聪明,正不一定靠得住也。

(《铁报》1935年12月17日,署名:淋漓)

死 之 前

夏间,余死表嫂,死之前神志极清,将人欠欠人之赌债,谁家欠她钱几百,谁家她欠银数毫,清清楚楚,丝毫不乱,结算既毕,始气绝,人皆异之。此一事也。小凤之死,死前犹唱歌二折,又唱半曲,忽其睛上泛,闭口而逝。此又一事也。

◆ 穷形极相之一幕

迩来小舞场中,常以"人体美"为号召。此种所谓人体美,皆雇自雉妓院中。一日,某舞场又雇用人体美矣,及时,犹不见此种香艳之表演,于是座客大哗,忽闻幕后有女子声,座客静而听之,则在讨价还价也。所论者,做几分钟,应纳资若干,闻者皆大笑,此一幕活剧,亦可谓穷形极相矣。

◆ 裘丽琳

裘丽琳,裘剑飞之妹,周信芳夫人也。其人甚美,发作金黄色,卷曲似西洋人,腴而美,为中国之典型美人。周甚畏之,惟命是从。论者谓丽琳真驭夫有术也。

(《铁报》1935年12月18日,署名:淋漓)

吴 开 先 诗

吴开先生诗,外间所见者不多,记其游真茹黄氏畜植场,曾作二绝,有一句云"牡丹富贵葵倾日",此语吴先生盖不胜感慨言之矣。

◆ 应酬之作

山华舅氏谈,无论喜庆丧葬之应酬诗文,第征文小启或哀思录中事迹之一端,发为文章,则其文必好看;若取其中所叙之事迹,一一人之文内,则杂乱无章,欲求熨帖,不可得矣。

◆ 三座高山

黄锦镛、杜月笙、张啸林,法租界之三闻人也。上海人称之为三大亨,而本埠某西文报纸,曾名之曰"三座高山"(译),尤妙。

◆ 萧瑟之夜

前夜为星期六,往时听潮必舞于舞场,余亦每取丁家之道,以娱竟夕,顾近来二人之萧瑟特甚,则于十时后,即伏一室中燃炉,埋首作稿,至三时,治餐果腹,且饮酒进酽茶,吸烟不已。既微醉,继亦感疲,醺然睡去,而此良夜过矣。

(《铁报》1935 年 12 月 23 日,署名:淋漓)

围炉新语（1936.1—1936.2）

朗 西 风 趣

自白玉霜拜徐朗西先生为义父后，以白之风魔于时，于是吃豆腐朋友，皆对朗老曰："我是你的干女婿。"朗老俱一笑置之。一日，朗老忽接一电话，对朗老曰："我是你的朋友，不是你的干女婿。"朗老曰："以我观之，汝非辟谣，特为吃醋而已。"朗老之风趣如此，闻者莫不噱然。

◆ 易哭厂诗扇

友人从冷摊上得一箑，为易顺鼎所书也。其诗绝美，而书则初无逸致，记其诗曰："琵琶弹恨满江关，怅触愁心不可删。三五年华三五月，一重烟水一重山。鲛人听曲啼红雨，龙女求诗恽翠鬟。记否端州船上酒？今宵赢得鬓毛斑。"

◆ 热心朋友

热心朋友，往往贻怨于人，譬如昨日所记裘逸苇是也。介绍医生，最宜谨慎，戈公振之死，今日谈此事者，往往谓马荫良介绍医生之不得其人，是马亦热心朋友也。

(《铁报》1936年1月8日，署名：阿唐)

两 块 招 牌

白玉霜自来沪，经魏廷荣一捧而红，玉霜知恩图报，于是数数与小魏周旋，外传小魏有百辆迎归之意，或谓苟玉霜果嫁魏者，则魏家有两块招牌矣。一曰美丽牌香烟之吕美玉,一为雪花膏之白玉霜也。

◆ 滑头称呼

中国人对陌生朋友,有一种滑头称呼,则不叫先生而称密斯忒。又有一例,凡已拜老头子的人,往往不愿叫老头子,则在外必称之曰"亚尔曼",亦密斯忒之滑头称呼也。

◆ 题若谷纪念册

张若谷君,近以纪念册倩友人题字,灵犀与聚仁皆有所作,余乃记一诗曰:"张先生要我题诗,急景凋年无好思。阁主曹公双健笔,前头珠玉更何辞。"

(《铁报》1936年1月11日,署名:阿唐)

怪 女 人

客有谈一女人,至怪!谓:女蓄财甚广,豢一男子,日付二金,为其平时费用。男子不能餍其欲,则请益之;女勿允,男子即施鞭挞,然后畅其性。女乃曰:我愿以多金相奉矣。其赋性之怪,有如此者,亦海堧奇谈也。

◆ 冷摊上

邮票大王周今觉先生,有姬人,既亡去。一日,过邑庙冷摊上,见一工笔仕女,视之,容貌酷肖其亡姬,大喜!购之归,周先生有诗记其事,有句曰:"怜汝凤飘鸾泊苦,千金不惜赎蛾眉。"

◆ 大郎不羁

大郎在某银行任事,亦不羁。一日,人事课令填一行员调查表,其中有一条曰"有无产业",大郎辄举笔而书曰:"有了产业,何必来做一小行员。"主事者见而大怒,以为大郎不恭,大郎受斥之后,笑曰:"写过一张,没有什么。"

(《铁报》1936年1月12日,署名:阿唐)

白塔油与狗

有人自法兰西归,述巴黎女子好豢狗,其蓄狗,盖别有妙用者。谓蓄狗之女,皆有所癖,当其蓄狗之初,恒饲狗以白塔油。久之,乃以白塔油塞下体,令狗食油,油尽,明日复如是。更久之,乃以白塔油置手掌中,先以下体饲狗,狗不得油,移时,始出掌中之油,更饲狗,狗乃知食油之前,须先有此一种工作也。

◆ 鲛人听曲啼红雨

前记易哭厂诗,有一句为"鲛人听曲啼红雨",忽亡佚"听曲"二字,今乃补志于此。

◆ 大郎

白玉霜唱潘金莲,在"杀夫"一场,金莲口中,频频呼大郎,时唐大郎与胡梯维在座,梯维笑语大郎曰:叫得如此肉麻,尔得勿有动于中乎?大郎大窘,因语曰:早知如此收场,真不愿署大郎之名矣。

(《铁报》1936年1月13日,署名:阿唐)

关 于 鸦 片

有人谈:吃鸦片烟之舒服,天下无他事可及矣!惟成痼癖,则不易洗拔。瘾作时,虽门外有金元一千,亦不愿去取也。又谓:鸦片特为一种心理作用,友人有此癖者,尝赴杭州,三日无烟吃,初不觉难过;及返沪,火车上已不可支持,车抵站,人已颓倒街前矣。又谓:某律师有烟霞癖,其前,面容极瘦瘠,及既吸烟,忽然发胖,此亦奇闻也。

◆ 信芳二女

周信芳夫人,碧睛黄发,腴而美,如西洋人,诞二女,亦发作黄金色,面一白如雪。梯维谓:生此二儿,看看也觉得舒服。

◆ 秋岳近诗

睇向斋主人,以《秋岳近诗》见示,题曰:《八月十四夕湖上》。凡二

绝,其句云:

　　一片非烟三面山,金波独醮北风间。莫嫌山影压船重,归载南湖月色还。

　　南月秋深一倍咽,月湖更着子歌声。过江弹指一千日,要眇相哀惟此情。

(《铁报》1936年1月15日,署名:阿唐)

知　　己

　　《晶报》钱芥尘先生,近作一短文曰:"迩来小型报纸,皆有充实内容趋向,人才杰出。愚于唐云旌先生,不独佩其文章,亦且佩其书法。颜平原开宋代四宗匠染翰之门,唐取法乎上,直可与南园松禅抗手。古云书如其人,唐之峻骨嶙峋,可于书法觇之。"芥尘先生,真为余生平知己,而其奖掖后生,盛意弥可感也。

◆ 稳公测字

　　蜀中名士杜稳公,比以相字称。有投函垂问流年者,拈"常"字。稳公以书复之曰:"行将当当,当后得一'巾'字,巾惟悬梁自缢耳。"又一人以"测"字问财运,稳公曰:"中间'贝'字,是为正财,顾一面一条水,一面一把刀,是非正财,而成劫财矣。"

(《铁报》1936年1月16日,署名:阿唐)

送逸芬之京

　　张公权先生,既为铁道部长,友人俞逸芬君,公权先生之甥也,先生延揽高才,遂电召逸芬入京,于前夜成行。余与子佩浩然送之,逸芬谓此行匆匆,不及为故人道别,滋歉然也!

◆ 孤云再记

　　余谓陈灏一先生署孤云名,据灏老言:典出陶渊明诗。此署名昔在《东方时报》写社论时已用之,初不自今日始也。

◆ 至今耿耿

唐有壬生前,作香奁诗甚美,又工双钩字,以飞白名于侪辈。余托中行董孝逸先生代托有壬治一笺,而至今不果。昨在精美遘孝逸,孝逸谓负君之托,至今耿耿,余亦笑曰:余亦至今耿耿也!

(《铁报》1936年1月17日,署名:阿唐)

绿绒幔子镇天垂

舅氏钱山华先生常言,余诗松薄不类,绝无工力,于余香奁诗中,独赏一绝云:"烟香茶冽榻清闱,废尽初来宾主仪。春睡方浓休唤起,绿绒幔子镇天垂。"舅氏言,末一句得唐人气息也。

◆ 中英文名字

友人有绝好中文名字可以译英文也,为梯维之"胡",用TV二字,浑成之至。而王绍基君,绍基乃用普通"乔治"之译音,乃曰乔治王,真天衣无缝矣。

◆ 马调

世人以马调好听,其实以《四进士》论,"上写田伦"一段,连良唱来,浮散无复韵味。信芳则字字有劲,腔亦动听,故信芳不仅以做工圣手称,即哑嗓儿亦饶有味儿也。

(《铁报》1936年1月20日,署名:阿唐)

飞艇送灶

相传灶君上天,计程七日。盖自腊月二十三日至大除夕也。今年腊月为小月,仅六日,据别力白君言:虽途程少一日,然灶君亦能赶至大宫,因今年灶神上天,大多人家,并不以轿子相送,而改用纸扎之飞艇,则行路自速矣。

◆ 请灶君带去呈文

易立人君,雅擅妙思,自谓其家送灶之日,易君曾托灶君带去上玉皇大帝之呈文,请开岁之后,对大帝别无要求,惟望开第十八期航空奖券之时,其头奖号码,乃落入我衣袋中耳。

◆ 拜土肥原

广座间忽闻有人作戏谑之言曰:"目下拜哪一个老头子都没有什么噱头,最狠,莫如拜日本人之土肥原。"其言似调侃,然细思之,实极沉痛凄凉者,特往往为粗人忽略过去耳。

(《铁报》1936年1月22日,署名:阿唐)

慧剑宜居北方

闻张慧剑兄,将辞《朝报》副刊编辑,而往北平。张数游旧京,写北方人情风俗之文章,无不精警可诵。故慧剑其人,实宜居北地者,盖其与北方有特殊情感也。

◆ 画家之言

闻某画家言:上海小书摊上之小书,其连环图画,往往有画笔绝美者。此种人盖皆无名英雄也。

◆ 小桃源坊

黎锦晖自与徐来异居后,即迁去蝶村。黎则小住于其友家,友在辣斐德路之小桃源坊。或曰:岂所谓"寻得桃源好避秦"乎?特不知此秦人,又为谁邪?

(《铁报》1936年1月23日,署名:阿唐)

看 樱 诗

只为繁樱出郭看,明明又见碧成团。我来着意酬清丽,天许多情逗薄寒。尽态极知仍色相,痴心还欲护弹残。何殊光武陵边杏,相对徘徊发永叹!

风前强笑缟衣人,绝胜繁樱烂漫春。明月不来当独夜,余寒犹劲况荒滨。霜筠雪竹随年改,山杏江梅到处尘。喜汝孤标还我待,为呼二客与逡巡。

上二诗一为敷厂所作,一则李释堪先生为也,清丽不可方物,余爱赏不忍释者。

◆ 第一篇好文章

读苏凤文章十年,当《小晨报》永别之日,苏凤作一告别文章,实为余所见苏凤文章中之最好一篇。三复读之,为之陨涕!或曰:全文固美,惟有外国字则不佳。余曰:此无妨,此苏凤之作风。苏凤有苏凤之作风,少此,且不成其为苏凤文章矣。客为点首。

◆ 见得

余近来见得向朋友借债,越来越不容易。惟一办法,只有让我发财,给债与朋友耳。

(《铁报》1936年2月3日,署名:阿唐)

姚民哀谈幽默

姚民哀君,擅长文艺外,兼为弹词名家。近在苏出唱于吴苑中,日日满堂,其盛况为苏州数年来所未见。友人浩浩在苏,曾往一聆,为言姚噱谈杂出,听者解颐。曾谈幽默二字,谓世人读《论语》者多矣,因读《论语》,于是尽为林语堂之幽默所迷。一日,曾往茶肆,闻有北方人谈话,此北方人盖亦幽默信徒也。甲问乙曰:老兄贵姓?乙曰:姓杨。甲曰:姓羊,姓羊,如何没有角的?乙以甲之将人比畜也,大怒,遽言曰:狗入的!甲闻言唯唯归座,不发一言。姚以是细思如何乙骂甲为狗入出的而甲乃不怒?继乃悟曰:甲盖幽默者也。闻乙之姓羊而言不生角,乙后告以狗入的,因狗入的羊,故羊不生角也。

按:此笑话二十年前曾闻之,殆见于旧书,姚亦拾人牙慧也。

◆ 瞳人与鸦片

吃生鸦片烟而服毒者,其瞳人必缩小。闻吸鸦片者其瞳人亦较寻常为小。故瞳人之大小,实与鸦片有关也。

(《铁报》1936年2月5日,署名:阿唐)

一年编三本书

席紫声君,继倡才未竟之志,在沪上编小电话簿子者也。当掉头汛里,席君每晨即往各堂子弄堂查看门灯,谁家掉在何处?谁家又掉在哪里?可以一目了然也。余因笑语席君曰:不图君终年在沪,亦有三本书好编辑发行者,谓非著作家何哉?

◆ 友人之光

友人中,惟唐公世昌,仪表既美,服饰尤华,汽车之新,以及身上贮藏之厚,无有人可以伦拟者。故曰:此友人之光也。

◆ 女人

审美之眼光不同,故男人对于女人之赏爱,诚各有殊见。余以为韩庄情侣美矣,而吾友芳君力言不美,且谓远不若其邻女三娘也。时志孟居士曰:芳君之误,审美之眼光各别,不可以强天下人以同我也。而余谓邻女三娘,且为丑恶之尤,记余初见三时,三即满口与余讲人格与道德,余颇勿悦,尝讽之曰:有人格,亦有狗格者乎?其人大窘。

(《铁报》1936年2月12日,署名:阿唐)

将近狼年斋随笔(1936.2—1936.3)

题　　记

　　吾年二十九。昔人曰:三十而立,余则以三十为狼年也。谚不云乎?三十如狼,四十如虎。则三十谓非狼年而何哉?二十九去三十仅一年,是则余为将近狼年之人。二十期航空奖券果有望,必建一精舍,曰"将近狼年斋"。今题以斯名,亦预为祝告之意也。

　　妓女喜欢伶人者多,当堂子里女人,提起陈鹤峰、陈小穆诸君时,必曰:个格赤老,胡调祖宗,看见之也惹气的。其实,口之所不忍,正其心之所难忘。若鹤峰、小穆,试加以青眼,无不如熟煤头一点就着者。余盖见之多矣。

　　郎虎先生口中之韩庄情侣,初见之日,其友志孟居士语女曰:汝记之,郎虎先生想汝半年矣,今日才得汝至。其言初听之,似在媚女,而细细一想,好像半年来积不起二十块钱,到今日才得偿愿也。

(《铁报》1936年2月15日,署名:阿唐)

多　此　一　举

　　报载,自黄柳霜抵沪后,因颇愿与国人作多数之进接,故拟习国语,延师每日授二小时,期于短时间速成,意甚善也,惟黄乃不知,中国人洋奴性成,平时明明都是生长在国内之二人,相见时,往往操西语对白,故黄虽不谙华语,说英文总有人可以对付,学习国语,诚多此一举也。

◆ 一缕青痕

近有相者某,为一文士看相,文士之妻,有外遇,看毕,相者语文士曰:"足下一辈子穷不了,且深得荫下之福,足下以为然乎?"文士大喜,遂去。相者之友有知文士者,语相者曰:"汝亦知他做乌龟乎?"相者曰:"安得不知,眼眶下一缕青痕,不是克妻,定做王八。"友曰:"然则相士真神相也!"

(《铁报》1936年2月16日,署名:高唐)

病 起 杂 记

余病本为感冒,重伤风。甚时,入维也纳舞场,是为上星期六,场中空气至混浊,触之尤涕泗常堕,不可耐,亟窜去。而一卧三日不起床。是夜,寒热交作,星期与星一两日,为势最猛。及热少退,而牙痛遽发,痛可五日不已,至今犹是,则以长一尽头牙也。牙根既具,萌之龈外,龈内奇厚,故奇痛,事前苟预知,以刀划破其肉,则即生牙,亦勿痛矣。

席上晤周邦俊先生,挺身示众人曰:"今日春寒尚厉,我仍衣袷,讵非勇乎?"时余坐其旁,着絮袍,新病乍起,萎缩若衰翁,乃叹周先生之老而弥壮。顷之,周先生出烟敬客,余谢之,谓"病后吃香烟,如布毛臭,故不能吃,且咳嗽多痰,烟非宜也"。先生则立出一种德国名烟曰:"试燃之,功能消痰解咳者,且必无异味。"余受而吸之,味绝适口,因笑谓周邦老随身多良药,无怪有万家生佛之称矣。

(《铁报》1936年2月22日,署名:高唐)

乡 音

芳君为梁溪人,在其谈话间,可以见其乡音未改也。然芳君则力言:无锡话已绝无仅有,且谓本来已脱尽无锡音矣。及将其夫人迁来沪上,始渐渐再有无锡话上口,亦怪事也。

◆ 黄花岗烈士

一夕,某君踉跄自外而归,语室中诸友人曰:我今日做了黄花岗烈士矣。众问其故,则似白玉霜之被人飨以"堆老"也。或问曰:然则何谓黄花岗烈士。曰黄花木樨也。投秽者,初警告于我,我不之理,乃终于被暴,此非烈士而何哉?众为解颐。

◆ 华清池

近《东方日报》有《陇上语》,作者为大郎舅氏钱梯丹先生,记十八年前西征事所见也。钱先生诗文并美,昨记华清池,更有一诗,为文中所不及,用录之曰:"艳绝华清水一池,残香犹借好风吹。今来策骑匆匆过,妒煞痴肥一禄儿。"

(《铁报》1936年2月24日,署名:高唐)

心 波 书

徐心波兄,为人甚趣,其作书往往有妙语。近寄之方一函,向之方索稿也。其言曰:"务请帮忙写稿,不妨就把它当做我死了,你替老朋友办丧事般辛苦一次吧。"其言说得甚惨,然亦甚趣也。

◆ 走马灯式的过房娘

徐来为大郎之过房娘,徐来出走,大郎谓过房娘跟人逃走矣。然黎先生又得爱人,大郎又曰:去了一娘来一娘,走马灯式的过房娘。

◆ 逃难

秋雁身上无钱,友人强之入局聚赌,秋雁不能说苦衷,勉强就座,心中祷曰:不望赢,但求勿输,因谓此际局促之状,不是赌钱,竟是逃难。

◆ 宓

"宓"字,江浙人有读如"密"者,然往往闻北方人念之为"服",若宓妃是也。

(《铁报》1936年2月25日,署名:高唐)

长 署 名

王绍基君,有时口吻极妙,尝谓苟投稿于报纸,署名亦算字数者,则我将用一长署名,为"国民政府军政部巩县兵工厂总务部庶务科科员吴门麟派名票古越找不平凡公子王绍基",几得四十字矣。

◆ 双修盦主人

红豆先生笔下之双修盦主人,即号称名公子之徐琦仲君也。琦仲自被讼累,十丈软红尘中,久不见此君驱车过市矣。近顷云裳得其书,询红豆居处也。书中不详其居处,亦可见隐秘之深矣。今揭其函,代达于旅京红豆之前,亦可以片函慰故人之偃蹇无聊。其词曰:"久不见云裳先生,渴念无似,想动定胜常,一如所颂。红豆京寓何处?欲递邮而不得,先生知之必详,可否见告,至感至盼,匆颂晚安。弟徐双修顿首。"

◆ 家室

友人一庸常言,家室不可有,亦不可不有。之方病中,余访之,则曰:我近始感有家室之便,余亦云然,惟尝问猫厂,年三十余而不娶,亦念家室乎?则曰:从不作此想,当以为怪,余以贫困,当以家室为累,然恒念之,苟余今日而更度孤居生活,亦必觉困苦,故余最服膺一庸之言也。

(《铁报》1936年2月26日,署名:高唐)

止 舟 诗

止舟姓徐,即别号双修盦主人徐琦仲君也。其人虽为上海之白相少爷,然雅能文艺,虽不高,较之庄湘孟、韩沛宪诸人之胸无点墨,一味狂放者,固亦有上下床之别矣。迩者,止舟以家居岑寂,辄吟哦自遣,尝有语曰:"有亏何碍月团圞。"见者初不解其意,旋悟徐虽少年,而有妾媵三,诗盖讽示其夫人者也。

◆ 小抖乱书法

余既述止舟之能诗,因又连想及叶仲芳以小抖乱名,然其人不独文采斐然,即书法亦优美无伦。其作书,一笔不苟,望之至为悦目,古人谓书如其人,证以仲芳之字,而拟以其人之狂放不检者,余终以为古人之言实诬也。

◆ 大炮幽默

红豆先生寄大郎书,有言曰:久不闻大炮声(浩然)幽默语(灵犀)矣,浩然以大炮名,其实大炮有时亦工幽默,举一例,则其最近为灵犀加一别名曰"潮州孔子"也。

(《铁报》1936年2月28日,署名:高唐)

兰　花

《朝报》有人作《谈兰花》一文,谓生平对于咏兰之诗,惟服膺郑板桥二言曰:"也被春风勾引出,和葱和蒜卖街头。"余谓此二语者,自为《随园诗话》中之绝妙一节也。

◆ 人名隐写

作小报文稿者,往往以碍于情面,将事实中之人名作隐写。譬如芳君之写秋雁为春鸿居士,而红豆先生笔下写富春楼,乃为赏秋阁,此皆不见得妙,惟有人写"黄玉麟"为"白金龙",则浑成贴切,无过于此矣。

◆ 回力球场遇姚子

有人遇姚子于回力球场中,姚子告曰:"三天来负五百六十余元矣。"其人谓"君何苦来赌",姚子则曰:"因为无处去耳。"其人闻言已,私忖曰:"无处去而跑回力球场,不是自我烦恼,有几个钱,跳舞不是蛮好吗?"

(《铁报》1936年2月29日,署名:高唐)

女　名　人

蝶衣桌上,剪某报所刊上海一百女名人表,所谓女名人者,一举其名,为社会人士所耳熟能详者。今彼报所述,如江道樊、田瑞宝、杨美贞,特为一部分人所知。又名宋庆龄,可以为中国女名人,不能作上海女名人看也。

◆ "黠不人憎赖有痴"

云裳举慧剑旧诗有"黠不人憎赖有痴"语,谓以此而量北里女儿,惟雪艳老九,当之最切。红豆主人为言,今之女子,大半可恶,以其黠也。然虽黠而能痴,即此一痴,遂为男子所醉心,云裳之倾倒于艳九者,正是一例耳。

◆ 慧安

北里中有一帜曰慧安,有人见而摇首曰:"这一家的生意好不了。"或问其故,则曰:"慧安,非若尼姑之法名欤?以一枇杷门巷中人,而取名乃绝富空门色彩者,岂不怪哉!"

(《铁报》1936年3月2日,署名:高唐)

万 秋 归 去

崔万秋先生,济南人,旅沪数年,未尝回去,今乃忽归故乡。姚子苏凤,尝谓吾友崔万秋先生甚美,余亦咏黄山谷诗"济南潇洒似江南",以崔先生实得灵秀所钟也。

◆ 打电话之别一方法

筵前,闻一妓人谓得打电话独得之秘,盖不必在普通之轮盘上旋转号码,第须从听机置权之强力处,以手揿数,亦能通话,妓谓可以使电话公司不能记数,亦可以使锁住电话者,无法禁人私打。妓言时,意态甚得。其实,妓特妄人之语耳。揿数目果然可以通话,然通话非接线不可,既须接线,电话公司安能无纪录,妓真浅人也矣。

◆ 某舞女

某君习舞将半年,常与一舞女跳,女对之殊落落,然亦未尝示爱憎之颜色于某君之前也。近顷,某君忽又入别舞场,与某舞女舞,女絮絮为其述家世,且通名姓,留电话号码。某君大奇,谓与彼一舞女舞半年,未尝有此,而莫舞女则一见如故,讵非异遇。以告友人,友曰:君从此宜谨慎,以前所历,皆平坦之途,今后皆崎岖之路矣。

(《铁报》1936年3月3日,署名:高唐)

评白玉霜

外埠报有评白玉霜者,谓观其演《莲花庵》,情节悲壮,演唱传神,博得观众热泪不少。观其演潘金莲,则大失所望,窃怪所谓"海派观众",殊不足以衡人艺术之短长。盖花衫剧以悲哀较泼辣为易能,抒情则较淫荡为难工。而白之所长,则除悲哀泼辣而外,其描摹淫荡之动态,则粗暴生硬,绝不似有动乎中,而发于外者。虽以潘之身分卑微,不必温文尔雅,然其粗鄙率直,绝无传神阿堵之妙,以是程度较高之观众,均以为未尽演剧之能事。盖白之所长,"泼"第一,"荡"次之,至于"写情"则非所工,盖绝少内心表演也。

◆ 吴子玉集联

南京某大鼓书场,悬有吴佩孚所书集句联两副。其一:"名属教坊第一部,笛弄晚风三四声。"其二:"此曲只应天上有,今朝都到眼前来。"两联有下款而无上款,疑为赝鼎。

(《铁报》1936年3月7日,署名:高唐)

记客谈史氏父子事

《申报》主人史量才先生生前,以拥资绝厚,故出外时之戒备甚严。史氏不特防卫其自身,即对其公子咏赓,关心亦切。当咏赓肄业于圣约翰大学时,每星期六回家一次,史氏与公子约定,自家中派汽车赴校迎接,及公子上车后,即令人在校中以电话报告史氏,公子之车已开行矣,限令车夫在十分钟内,将车驶抵家门,若逾时不至,史必以电话报捕房,疑公子已遭匪绑矣。以是之故,车夫在途中不敢怠慢。顾有一日,迎公子之汽车已驶出,史氏乃守于时计之旁,顷之家人以鸡汤进,史氏方举瓯欲饮,而校中之电话忽至,则报告公子已开车矣,史于是停瓯不饮,往视时计,目不转瞬。不图是日公子之车,在途遇阻,致延时间。史氏见距开车已逾十分钟,大惊,方欲执案上之电话,而门外公子之车归矣,始为释然。于是可以观史氏父子之笃爱,而读吾报者,得勿叹豪富人之不易为邪?

◆ 凌霄烟癖

徐凌霄先生老矣,或谓此老痼于烟癖,亦有谓此老绝无嗜好者,特其人貌清癯,复不修边幅,故若中烟癖耳,前者得之报上传谈,后者则得之凌霄友人所言,较可信也。

(《铁报》1936年3月11日,署名:高唐)

郎虎随便写（1936.3—1936.4）

鬼　祟

迩时常读前人之狐鬼笔记，以言之凿凿，恒生恐怖。《社会》刊清芬《鬼祟记》，则近事，使人尤不可断鬼之必无。吾母自乡间来，述月前舅氏家女佣，见亡妹显灵，谓一日夜深矣，女佣方洒扫于堂事间，回身之际，忽见一女子从其身旁边，徐徐入左厢中而没，女子似病足，故行时为步甚艰，女佣因有胆，亟谛视其人，妹也。更视之，影乃既杳，独留一灵座于厢房之隅，不觉悚然！是夜，女佣遂梦，梦吾妹来，告之曰："汝为我安心侍父母，勿背勿离。"妹死才半载，死于外症，故行步良苦，而女佣所见，则宛如其生前之状焉。

盈盈三媛，亦北里之佳儿，温文而美，所谓脱尽倡门恶习者，近时诚不可多觏也。尝听歌，为客曰："小翠花是男人，如何也能形容一浪妇人态？年轻子女，真不能看也。"客亦妙人，语之曰："然则卿观之乃如何？我意卿观翠花剧，亦春心撩乱矣。"三媛摇首，客又曰："其实小女子而看翠花剧，正宜有一种自解，譬如目注视舞台上，而运其思念于小翠花为一四十余岁之老夫，发长披其肩，巨目如茶杯之底，则纵其舞台上之功夫，如何淫，如何荡，如何使人至于沉醉痴迷，一念及此，尽情消释矣。不比男子，男子看白玉霜，白玉霜犹当妙年，见其舞台上之春情欲荡，往往悬想至苟放其人于床笫间，则某部如何？某部如何？而宛转娇啼时之神态又如何？此设想乃真不可解。"客语至此，因重问三媛曰："卿固熟知吾旨乎？"三媛犹摇首不已。

（《铁报》1936年3月23日，署名：郎虎）

妗母五十寿辰

吾妗母五十寿辰,舅氏为之作一文,我则制四诗,第一首曰:"舅家门外水如潮,阿母携儿住几朝。记得年烹中饭熟,欢颜席上接归桡。"此儿时景象也。舅氏常言,外祖母既死,骨肉仅我母舅,故笃爱吾母,妗氏秉其志,爱我母亦如爱其同枝之姊,因爱母乃爱及我。我家居嘉定城中,而舅家则在距城三十里之安亭,逾月,吾母必归宁,携我及吾妹便行,坐早航往,到安亭,方停午,妗氏知母往,必为制盛馔,款我母子三人。船将傍岸,妗氏已俟于埠,慈蔼之状,犹萦回心目间,未尝一日泯灭焉。

近时深恐负逋之苦,我迩日不若往昔之放浪,时念一身肩负之巨,辄悚然不能进食,于是思如何使我能月入较丰,而渐归逋土。此策划日系心怀间,三年前尚不知有此一天也。

(《铁报》1936年3月25日,署名:郎虎)

三 女 明 星

中国电影女明星以艺术称者,得三人,杨耐梅、宣景琳与阮玲玉也。兹三人者,阮已离世,宣则养疴北上,杨且适人退隐;生死虽殊,而息影于银坛则一也。愚先识景琳,后识玲玉,独与耐梅无晤对之雅。近顷耐梅小息沪滨,偶于友人座上遘之,虽谢秋娘投老风情,而玉容无减,浅妆不饰,风致嫣然,善谈,如晋人。陈小蝶谓陆小曼其人细而文,我意耐梅今日亦细而文者也。尝自言已无心银幕,以在野之身,看时代上人取短争长耳,其词若有憾,我且谓前辈风仪,苟耐梅而不吝现身说法者,倾倒者犹千万人不止也。

徐来久不见,颇念其人,徐来所谓"主意太无,人太好"者,使人常留此好感,闻其局促,益用咨嗟,或告我"若宜一观徐来",我亦以为是,然卒果不行,正虑徐来有所忌,吾友迩与徐来常共游处者,我以心事告之,则曰:俟之时日,当约徐来至,使我与故人得一倾谈之会,则滋感矣。

耐梅颇丰腴,可知其嫁后光阴,较曩时为胜,独徐来则益尫瘵,亦勿问医,境遇且不如昔,使人缅怀既往,不尽低回已。

(《铁报》1936年3月26日,署名:郎虎)

妗氏五十寿诗

妗氏五十寿诗既刊其一,尚有三绝云:"常切饥寒三十里,弟兄放学戏前阶。晚航昨寄新春米,又见朝航送布鞋。""儿病经年母鬓霜,更添妗氏泪成行。怜余瘦影咨嗟曰:舅父归来试一方。""人天比爱信漫漫,莫当儿时尘影看。写我诗怀亲祝寿,无边嫕德集毫端。"

梯维之书法美矣,而其文尤美,其诗亦复绝一时,曩作《十里莺花梦》,索诗于张丹斧先生,作《求丹》二绝句曰:"秋月春光老此身,妆台事业已成尘。琳琅红泪辛酸史,写示莺花梦里人。""锡山海上两丹翁,诗赋文章异曲工。安得双雄齐着力,莺花吹起半天红。"嗟夫!"贾生才调本无伦,偶入风诗亦可人。"我于文哥,真同此钦感矣。求丹之翁,丹斧有和韵曰:"小杜扬州早脱身,回车敢逐少年尘。名流叙跋皆传作,骥尾休忘步韵人。""稗官可可一文翁,化俗工于化蜀工。红学红楼几家考,梦中颜色比比红。"

(《铁报》1936年3月27日,署名:郎虎)

笑　话

当《论语》初出版时,我尝述一笑话投之,所以迎合林语堂之幽默文字也。其事谓有闽人夫妇,入某大公司中购物,妇姿色殊美,柜旁有儇薄少年二人,甲指妇而语乙曰:"此少妇人绝丽,我今生苟得其共一夕肌肤之爱,则必升大登仙界矣。"乙方唯唯,彼二人言时,说闽语,以为夫妇不知也。夫闻言已,辄行近少年之侧,不笑亦不怒,告甲曰:"彼少妇人,内子也,我已与彼同榻十年,至今未登仙域,故二君殆不必尝试矣。……"昨夜与浩浩神相谈,有类于此事,言之亦可以喷饭。黄雨斋之弟,一少年而白皙者也,旅鄂久,生平爱修饰,一日,入汉皋某理发肆中,理发者为浮滑之流,忽指其头上而操湖北之土语而告其伙伴曰:"此少年殊美,我殆有心一捣其后庭也。"同伴闻言,颇惶急,告之曰:"汝慎之,少年为此间常客,彼固能解汝语也。"理发者若不会意,既毕,黄先付值,后语理发者曰:"汝家主人,老友也。今何在?我有事相托,客一见乎?"理发者为觅主人,主人至,见黄礼甚恭,黄从容曰:"汝家伙友,见我貌美,欲捣我后庭,主人将何以卫我?"主人闻言遽震怒,辄卸其伙之衣,逐之门外,黄始笑谢而去。

(《铁报》1936年3月28日,署名:郎虎)

《十里莺花梦》

春宵无事,挑灯读文哥之《十里莺花梦》,此中有人,呼之欲出,汪池中不知是否为作者化身?果是,则张家嫂嫂又为何人?文哥少年好弄,骂人亦大为刻划,然视今日之文哥,则又迥异曩时矣。

生平好读长篇说部,然《十里莺花梦》,必欲穷两宵之力,以尽读之,则以作者为至友也。读至友之书,益亲切有味,况书中人,我又能指其二三者乎!譬如恨水,以小说名,然我绝未一读其书,与恨水有一面之雅,顾未尝为深谈,虽读其书,亦索然寡趣矣。

(《铁报》1936年3月29日,署名:郎虎)

张 季 鸾

《大公报》之招宴也,来主人二人,则胡政之先生与张季鸾先生也。季鸾先生,当世之政论家,文章风采,举世同钦。今见其人,则瘦影癯然,发已斑白,其实季鸾年方逾四十,以其埋头刻苦,发遂星星欲白矣。《大公报》于昨日发行沪刊,中国报纸,殆无如《大公报》之以精警称者,今日海上,为报纸同业添一良俦,值得吾人之欢迎鼓舞,而快睹其成也。

巧夫人之殡,忽来一丽人,盈盈下拜,是为维也纳舞伴方美莉女士,当巧夫人三年前在香港鬻舞之时,与方友爱殊笃。及来沪,巧夫人适顾东方君,而方则犹浮沉舞海中,偶相值,情好益至。巧夫人病,美莉频来省视,及闻耗,则一恸灵前,见者咸叹其多义焉。

(《铁报》1936年4月2日,署名:郎虎)

白玉霜留影

吾友吴子珧医师,精摄影术,在白玉霜盛名之下,颇欲为其留艳影,屡托愚介绍,昨日,乃同赴朗老寓所中,以电话约玉霜来,则午睡乍起也。发蓬然不理,亦勿施粉泽,春色扑其眉宇间,为观甚丽。吾友为之取影八张,仪态各具。摄影者欲使影中人之体态曲屈有浪纹,故请玉霜置其腕于身后,可以见"峰""波"之美,而玉霜雅不愿;又尝劝其伏身于汽车之横板上,亦不愿。北方女人,来海上未久,似犹未能尽泯其封建遗意,亦可取也。玉霜以海上生涯不恶,一时无还乡之愿,说上海话几不可成语,然力效之,以非似,则又自笑不已。

乘玉霜摄影之便,子珧亦为朗老浩然及愚留数影,生平不喜拍照,常以为一生拍照,送与说亲者为人证之用,始是得意之作。我娶既六年,已无需此,虽拍出一只照会来,亦不过供芳君多说几句春宫面孔耳。

(《铁报》1936年4月6日,署名:郎虎)

天韵楼竹枝词

三年前,偶游天韵楼,作竹枝词曰:"满腹萧骚诉未休,人间何地署无忧?绝怜卷袖垂鬟女,歌唱班头第一流。""行行在处识云英,歌舞凌霄夜有情。同是天涯漂泊惯,丈夫似汝是流氓。""银河取月更摩星,扶上琼楼最上层。楼上有人招手笑,儿家家住近洋泾。""花开玫瑰比容颜,茶冽烟清坐夜阑。小朵绒花簪鬓白,七香车里语绵蛮。"时芳公于楼上识一茶娘,美丰裁,以白绒花簪于鬓上,颇婉美有致,末首即咏此也。芳君后亦有三绝,述其句曰:"偶随仙侣到层城,忽逐云英上至京。座畔王乔漫相笑,成连生性惯移情。""行行高处不胜寒,一曲清歌听素兰。今夜良期今夜梦,白糖梅子已流酸。""鞠尘寂寂来钿车,倚醉归来每月斜。愁绝春风人面句,白绒花竟是桃花。"

(《铁报》1936年4月9日,署名:郎虎)

"时代宠儿"

杨耐梅在新光登台,王汉伦女士,闻风来视,前二人者,十年前之所谓"时代宠儿"也。我于汉伦,认识不多,惟比年以来,知其受磨折的情海中,老去秋娘,以此益使其伤感矣。其人既老,而好为艳妆,一若忘其青春之遥逝者,亦福人也。

生平绝不向慕西湖,一半亦为了忙也。今年少暇,拟从诸友作湖上之游,已得若干人,若天衣、唐瑜,俱不失为隽侣者。我以远游如不当有女人,惟看蹦蹦戏,开房间,则少不了女人了。

余谓艳冰老之诗,为树上所赏爱,其实此诗惟上下四句尚可读,两联之劣,几不成其为诗也,原句云:"潋滟清芳绾一枝,江南何事不相思?英雄气概如何在,优孟声华及几时。此日不辞千盏醉,醒了已觉十年迟。绝怜堂唱包车上,一朵秋花向晚垂。"

(《铁报》1936年4月12日,署名:郎虎)

夜　梦

玲仙以小玲过房与之方,更期以一子过房与我。小玲之余,尚有子女三,不知叫我干爷者,又为哪一子?又为哪一女?玲仙有干父母,则丁慕琴夫妇。玲仙称我亲家,故多迫我称丁氏夫妇为干爷干妈也。妙哉!

泪史先生,有烟霞之癖,癖深,在写作之际其口虽不吃烟枪,亦豁然而张,留一可容枪头之缝,闻之人言,人身上之洞,有物塞之,可以过瘾,塞之既久,而一旦不塞,则瘾必作,譬如性交,是一例证。故烟癖之流,常犯瘾发,以我观之,殆不以烟有毒而瘾作,特以枪头不塞而瘾作了。质之高明,以为何如?

春来睡眠殊适,夜多梦,梦境又奇美,我乃愿永永在梦中,昔有句云:"故知春睡能多梦,偶寄人书作小行。"今日读之,犹叹妙语如珠也。

(《铁报》1936年4月14日,署名:郎虎)

《碎琴楼》中语

《碎琴楼》作者,以满腹萧骚,尽吐于楮墨间,今之伤心人也。书中虽多悟语,如琼花姥姥曰:"开眼数十年,觉世界如我烹水于釜,水沸泡腾,滚滚相竞,及吾揭盖扬薪,则万泡俱寂矣。"又如敬侯之诫其子曰:"且汝亦当阅历,识此物情,喜怒之来,特在人耳。于吾躬固无与。然苟性根弗定,与物滋漓,则颠倒张皇,其苦弥甚矣。汝须知天下物事,正如喷水昆仑,横突四逸,是肆力狂簸,遂成江河者,有泞为小渚者。或渟为小渚,忽为大流所括,遂纳丁洪河人流者。自外象观之,似奇怪谲皇,顷忽万状,其实本原所在,正如行所无事,胡第行所无事,殆可直言曰无。天下以无为太元,而世界万有,乃颠倒矫揉。凌汨自乱,此天下之势所以日异也。人事阶级,既层层叠生,七情亦因之而判,其实反本归原,吾躬在世,不外一泡,东流西流,随势为之,即集众而巨,抑遇梗而灭,胥任之耳。"

(《铁报》1936年4月17日,署名:郎虎)

"唐成强"

今春,梦云博负,达二千金之巨,一夕,挖花负七百元,大懊丧,告人以:"胡佩之与某某人都欺瞒我。""欺瞒"二字,是小孩子口吻,或者为女子所常说,出之我友冯大少爷之口,真觉天真得可发一噱也。

昔有人代老牛作乞命之诗，其词曰："一声长叹老牛哀，跪向屠门乞命来！自忍临殒魂欲断，纷纷泪落口难开。""耕田辛苦几经年，颈破皮穿未敢眠。老命自知无足惜，前情还望主人怜。"读之，使人不忍再食牛胾。

朋友中之好人好得可怜者莫如瑜妹，瑜妹姓唐，天衣兄为之起一雅号曰"唐成强"先生，初不知何意。成强谓尝为某报写稿，四五月来仅得稿费一成而强，故曰"成强"。我始愧然而笑，因曰："成强还好，再过一月，苟绝无所获，岂不成弱矣。成弱，则瑜妹诚可怜之尤耳。"

一年前之今日，友人之排日相处者，为之方与听潮，他若苏凤、老滕诸子。其后常与听潮游，今夜则不然，听潮虽同客一隅，而见面之时极少。我忽与佩之、浩浩，常相依为命，此亦小小沧桑也。

（《铁报》1936年4月19日，署名：郎虎）

雨斋之居

入春以后，天恒冷，自一赴龙华后，绝未作郊外之游。昨日，雨斋束邀，宴于大江湾寓邸，同行偕文友，滋是乐也。

雨斋之居，曰冷雨草舍，拓地不广，而位置井然。距市中心区不远，其门前皆田野，泥草之气，扑鼻沁人心意，久处尘嚣，到此乃苦念故乡垂杨修竹，风物之幽蒨，初不让此间，儿时尘影，不尽低回矣。

友人小议，将为春游，秋雁欲往佘山，我则谓资力少充，必一探雁岩天台之胜，昨晤汪仲贤先生，谓奇景俱在浙东，而雪窦亦美，近所涉足，则黄山似得一险也。

（《铁报》1936年4月20日，署名：郎虎）

看　相

前年看相，谓我去年必好；去年看相，谓我今年必佳；及今年再看，则相者之言，又似延约至明年后年矣。因知相者之语，乃如多逋之人，主逋索其逋,则往游移时日,偿逋何时,固未有期也。

小洛归,谓我当主笔如故。我笑曰:"我特太上编辑,手下属员,以张小泉一人,得力殊多也。"小洛大笑。

(《铁报》1936年4月22日,署名:郎虎)

茄公袜底

案上置《碎琴楼》,吾床头人蠢,指书而语我曰:"碎琴楼,非一北里中女子之名乎?"我曰:"否。"因又为之解释曰:"是书申述一闺女能理琴,而琴终于碎于其楼上,盖一节伤心史也。"渠似悟,良久又曰:"苟此琴而碎于楼下者,则书名必碎琴下矣。"我闻言气塞,喟然曰:"蠢妇人特能为我治衾裯耳,他非所知也。"

一夜,与茄公驰车过中虹桥,茄公好博犬马,近年来丧资于此中者,何止数万,近则敛手矣。至是,乃闻其叹息曰:"我昔日引翔港归来,必过此桥,今日到此,良多感触。"车中另一友冷然曰:"君何必到此始感触,苟启汝之履而见汝袜底,底层层皆厚布者,则随时皆感触矣。"语已,我失笑,茄公亦为之哑然。盖茄公虽溺于博,然自奉俭,袜旧而敝不可易,使其人为之缀厚布于其上,袜底乃恒其履托之高矣。

(《铁报》1936年4月24日,署名:郎虎)

唐槐秋不老

应崔子万秋之约,餐于维也纳。维也纳舞场,在上海佼佼有声,然其治馔之劣,几于不堪下咽,价又贵。我屡在舞厅吃饭,近十日来,吃两次,一在逍遥舞厅,一在昨夜之维也纳,然菜之优美,维也纳且不如逍遥,亦意料所勿及也。嗟夫!难乎其为主人者矣。

大东女侍者之美,类有性感,然失之庄严,太庄严为顾客所不满,不必以轻薄出之,也何妨带一些玩笑,较之汤白之林,一太过,一不及也。

唐槐秋不见甚老,而女公子若青,则亭亭如春花之艳发,意锦晖在

"张绪当年"之日,明眸亦既为时代美人矣。

(《铁报》1936年4月28日,署名:郎虎)

《黄熟梅子》

正宇为李丽招宴,李丽为海上之舞女,我未尝于舞场中遇其人,特于座筵间聚首者频,席上胜友如云。平襟亚先生久不见矣,辄互道相念之苦。李姑娘容颜似不老,而俊爽犹昔,词锋所迫,殆集中于我一人,意者,报间之役,重委愚躬,遂奇窘,合座哗然曰:"郎虎先生被小妇人难倒矣。"

济群以《黄熟梅子》见贻,书为友人拂云生所作也。挑灯读其半,述王彩云姊妹事,彼铁花者不知何人?堂会上之相遇,游戏场中之瞥然一影,此种情景,十年前我一一历之,乃疑拂云生腕底之书,即我当时之笔,我于上海女苏滩家,亦极赏王家姊妹,赏见听其歌,时在素兰之先,亦影云姊妹之黄金时代,今俱老矣。

(《铁报》1936年4月30日,署名:郎虎)

将近狼年斋碎墨(1936.12—1937.2)

题　　记

事冗,久不为吾铁写述矣。子佩来访,嘱履前约,因续书《将近狼年斋碎墨》云。

张恂子先生言,三十如狼,四十如虎,此二语以描绘女子者也。云郎须眉,何以当此？余不谓然,以为男女性欲,正复相类,女人如此,男人又安得勿如此？余年廿九,不及三十者一龄,故曰:将近狼年也。

设余果有才子之称,则此才子之寿命,亦只在今年一年矣。山华主人有句云：

才子本无三十寿,女儿妙有一分憨。

幼时,读章士钊记太炎事,辄曰"我家太炎"。当时以为士钊、太炎为昆仲,不知一为余杭,而一为长沙也。然世人误二章为兄弟者甚多,不仅余一人而已。

(《铁报》1936年12月1日,署名:云郎)

[编按:《将近狼年斋碎墨》,写至1937年2月9日后,改为《已是狼年斋碎墨》。]

广陵潮试片

常闻史悠宗兄喟然长叹曰:"一个人穷了之后,听别人说话,自己常常要多心,越多心,越觉得别人说话,是指着自己而发。"余尝细味悠兄之言,实有深理！

《广陵潮》试片,已快先睹,故事之曲折,导演手法之灵空,与夫演员之能克尽其职,实为近时国产片中,所不易多见者。艺华于惨淡经营中,得此巨构,可知于电影事业之努力矣。

灵犀作数问题请白松轩主人解答曰:"喜彩莲之嗓音比白玉霜甜,身段比芙蓉花好,而表情又比朱宝霞美,何以喜彩莲不能为在沪评剧四大名旦之冠,是何故欤?"白松轩主人,于评旦无认识,不能答,余在旁,则挽言曰:"喜彩莲以蝶衣芳君灵犀之捧,已为四名旦之冠,故灵犀之问,根本不能成立。惟此中有一事须为灵犀声辩者,则喜彩莲之身段,在平常时候,或者比芙蓉花好,亦未可知,特在近数月来之非常时期中,则决不能比芙蓉花为好,以质蝶衣兄,或亦深喻此言也。"

(《铁报》1936年12月4日,署名:云郎)

骂 山 门

本人骂山门,最怕揭人痛疮,笔战亦然,所谓搔着痒处,碰着痛疤,同一难受也。同文之擅长此技者,云裳为一人,而陈蝶衣兄尤雅工此调,半狂兄曾为之啼笑皆非,然此皆不失为蕴藉。若愚之骂人,则讲究痛苦,生性使我不惯作皮里阳秋也。(蝶衣按:在下纵工此调,然未尝敢施之于云裳,若云裳则"编辑房间"之辣手文章,早使在下啼笑皆非矣!)

一报在手,如军人之有地盘,利用地盘开笔战,乃如军人之黩武,余亦黩武之军人也。幸而还有地盘,若勿然,早他妈把我气昏矣。(蝶衣按:近日报间翻遍,无一字诋辱足下者,气从何来耶?)

近来一瓣心香,私祝喜彩莲女士,汉上声誉之隆,又祝其他日重来,比前之享名益盛。嗟夫!耿耿此心,可昭天日!

脾气蹩扭时,什么人说话听不进,有人劝余,何必以不相干事,而我之答语曰:譬如朋友一旦溘然长逝,叫我去再谈什么情谊?

(《铁报》1936年12月7日,署名:云郎)

影舞新闻

影舞新闻上有文字一节,奇趣横生,中述,一舞女本有一拖车,后此拖车负心,离女而去,其后女又得一腻友,然虽相悦,而处处防之綦谨,盖"前车之鉴",女果不能不寒心也。大意如此。余读至"前车之鉴"四字时,不禁拍案叫绝,以从前的拖车,而称为"前车",一语双关,不知作者如何想出来也。

小舟书来,谓京中已飞雪。小舟居玄武湖上,雪后之玄武湖,必可观,读小舟书,对名湖向往不已,然小舟夙居其地,转以大雪为苦,则又惘然!

兰言每次游沪,归后必于无锡作游沪印象,锡人攘攘,终年不获一游沪上者,意其读兰言文,亦可以慰情聊胜,而窃美兰言之往返于沪锡道上,其乐固不为一般人所及也。

(《铁报》1936年12月10日,署名:云郎)

金玉兰之死

曾记金玉兰之死,易哭厂哭以诗曰:"天原不忍生尤物,世竟公然杀美人。哭汝只应珠作泪,无郎终保玉为身。"余以为此四句乃为一律中两联也。顷读某君叙往事,谓易之前二句,系闻金遭枪毙而作,后二句则金患猩红热而死,易吊之也,诗固出哭厂一人之手。

陈乃乾先生,别号共读楼主人,与其如夫人紫琼九娘同居,九瘦骨支离,为一十足之病美人,偶闻习气甚深,以病故,嗜阿芙蓉,面部益少华彩。陈为雅士,得此如夫人而不堪共读,实辜负楼名也。今闻九已席卷而去,闻者金谓九荡检踰闲,本不足为才子之匹也。

白雪来沪,忽忽三数面,遂别去,近有书来,余故报以诗云:"才调如君非寂寞,尺书寄我亦殷勤。"

(《铁报》1936年12月15日,署名:云郎)

慧 云 和 尚

余曩以听潮之介,得识慧云和尚,慧师能诗,近以《烟水庵诗集》遗余,读集中《读曼殊和尚全集》及《西湖谒曼殊诗僧墓》数首,字里行间,盖不胜其惺惺相惜也。《读曼殊和尚全集》云:

十年前记识名初,癖爱君诗今未除。毕竟情深难自悔,可怜才人向谁舒?天涯飘泊怀诗友,身世萧条见手书。死后文章增重价,名山事业定何如?

燕子山僧擅怨词,八云筝里久沉悲!人间虽有情兼泪,爱里宁无妒与痴。七字参寥应拜手,孤吟贾岛合为师。笑他多少闲儿女,喜读曼殊本事诗。

《西湖谒曼殊诗僧墓》云:

飘零湖海怨孤征,破钵艰难泪眼倾。留得呕心诗卷在,千秋儿女识师名。

萧然一塔闍黎坟,寂寞桐阴鸟雀喧。行脚人来重问讯,湖山无语黯销魂。

(《铁报》1936年12月19日,署名:云郎)

小 舟 之 言

记樊樊山尝赠易实甫诗,有云:"安排素食过僧夏,多少横波为汝秋!"盖易实甫之与女伶周旋,樊山口气,乃不觉深羡其结缡也。此类诗在《随园诗话》中,所见甚多,如云"国初诸老钟情甚,袖里裙边半姓名"与夫"红楼翠被知多少,如此销魂定姓花",皆同一格调。

吾友小舟之言曰:送贺年片与朋友,本不必有,况穷甚,不送亦可省钱,但所以必送者,正以告其久别之朋友,为我尚未死耳。小舟之论穷,于字里行间,不觉得寒酸,此浩浩神相之所以谓惟小舟谈穷,只觉可爱,不觉讨厌。

自陕变之后，于右任先生，致张学良一电，有《汉书》笔法，为之百读不厌。

（《铁报》1936年12月21日，署名：云郎）

《锡报》征稿

《锡报》元旦特刊，征稿及余，余作评旦诗二首，一赠喜彩莲，一赠白玉霜，皆俳俳体，然前一首为蝶衣兄读之，必有牢骚，至今日不敢抄示与蝶兄者，正以此耳。

余友允以一款偿余，及期，不见交来，乃以书询之，友忽踵我庐曰：失约甚歉，此款果已筹措舒齐矣。惟至今不能奉上者，则以肆学徒，突患急症，将死，患其不测，则得挪此款为备棺盛殓之资矣。余又迷信，急曰：拿去拿去，过几时来还不迟。余友之言本可信，特予多顾忌，勿再向之追索，余以为将此可作祛孛述者之奇策也。

丁悚先生见潘有声君，丁悚先生语之曰：潘先生日益发福矣。潘应声曰：我为人亦日益发戆，戆大戆大，越戆则身体越大矣。

有女戚某，犹待字闺中，执教鞭于某小学，一日，问余曰：近有一女学生忽讼一男学生于我，谓男学生要撽她药水铃，我以不解，问女学生何以名为撽药水铃？则亦茫然，以若之博，必有以教我也。余闻言，几为之啼笑皆非，惟乱以他语而已。

（《铁报》1936年12月22日，署名：云郎）

硖石风俗

硖石乡间风俗，在冬至须每人进补。吾友禅红，硖石人也，故于冬至之夜，家人无论上下，各吃白术再及别直参，所谓冬至补一天，功效达一年也。此在吾乡，乃无是俗，亦可见硖石地方人之富庶矣。

东兴楼又老店新开。东兴楼为河南馆，以江子诚先生之亟口揄扬，遂著名于沪上。其实东兴楼固有美味，然非老吃客则不能得尝。前年冬,黎锦晖先生,邀愚同餐,先生点十余菜,无一不可口者,可见上馆子正要同老吃客去,不然往往不可惬意也。

余向不考究服饰,常穿友人之已经穿服者,以为新衣裳着在身上,便觉一面孔暴发户,故友人皆谓余非弃旧怜新者。其实余于衣服如是,于女人则殆无把握矣。

(《铁报》1936年12月25日,署名:云郎)

白 杨 女 士

白杨女士,已将单眼皮割为双眼皮矣;不足,又将其鼻准改装;更不足,又削去两颊上之嫩肉两片。以人之手术,修成一绝世美人者,或谓真苦了白杨个肉矣。

然余有说焉,白杨为电影为明星,但以面孔生得好,以博取群众,若白小姐不为电影之星,而为艳宫之隽,则其所以博人欢心者,要不仅面孔之好看,又着重在某种生理构造之巧妙矣。女儿爱好,性出天然。白杨爱好人也,苟其某种构造,而不足以博大嚼者之欢心,我知其必设法改造之,果然,余当为白杨叹曰:又苦了白杨的肉也。

白杨本为马彦祥夫人,羊与马离,马于田母寿筵吃羊肉,大唱"一见白羊好心肠"。其实老马何必心伤,看见白羊,只记着羊肉之臊,羊肉之臭,便不生恨矣。

(《铁报》1936年12月26日,署名:云郎)

马 君 武 价 高

大学教授中,以马君武之价钱最高,每小时为二十四元;徐志摩、胡适之,皆将近二十元。马曾贫困东京,拉黄包车度日云。

欧元怀先生,亦当世名教授也。其人邃于汽车机械学,谑者乃为之上一号曰:汽车博士。

行戏做得厌腻时,辄想到小学堂里去吃几天粉笔灰,以为风味必勿恶，又念若一旦有钱时设一幼稚园，日与童子为伍，一片天真之气，正可以怡神悦性者，此愿乃不知何日得偿也？

报载张学良入京，翻阅京沪各报，苟见讨逆之声四起，不知作何感念，张学良已□□□□，□□□□，□□□，而方寸电台，正漠然不知其所觉为何事了。

（《铁报》1936年12月28日，署名：云郎）

家 庭 教 育

儿子居安亭久，初来沪上，满口皆安亭语，后此将变其方言，为阿拉阿拉之上海声；更久之，且将口口声声，说触俫触俫，侬老头子啥人矣。上海弄堂环境，不过如此，而余之家庭教育，更不见得好，余虽不望吾子将来为上海流氓，然亦不要他学规行矩步之道学先生，否则与他老子性格，相差太远，亦不成话也。

久不获白门小舟书，不审其近况何若矣？岁当云暮，其人穷困之状，又至如何程度，近时读报间小品，惟爱小舟谈穷，明知谈富贵足乐，谈穷则扫兴，惟小舟之谈穷，乃感人至深。谈穷，而不厌其寒酸者，亦惟出之小舟笔下，小舟之所以为我千里深交也。

王渔洋有怀人三十二首，皆诗人。岁暮之时，听潮亦嘱作怀人诗，数之，为怀者，不得牙牌之数，仅十余人耳。方地老尝怀三十二个女人，朋友无可怀，怀女人不尤趣乎？此地山之坦率无私，终为余一生倾倒耳。

（《铁报》1936年12月30日，署名：云郎）

铁 观 音

《化身姑娘续集》，明日起放映于卡尔登矣。大好新年，吾人在欢欣鼓舞中度过之，则看影戏亦当看有趣味而能使人捧腹者为宜也。使人发噱之影片为何？曰：惟艺华公司之《化身姑娘续集》矣。此片之故事已包含笑料万千,而使韩兰根与关宏达二人,一一搬演之,乃足使人绝倒也。故论新年而不想寻欢乐则已,寻欢乐而趋电影院者,则只有《化身姑娘续集》一片了。谨为读吾报者,作一忠实之介绍。

茶业中有铁观音,颇名贵,曩年有友自闽中来,贻予一罐饮之,乃不觉其美,浑身俗骨,不能考究吃茶,只知龙井之清香沁人神气耳。应时在沪时,幸过其家,吃潮州茶,以极沸之水,冲之始有真味,然余以杯太小,一口辄尽,不能过瘾,当时应时颇以予之俗得过分,引为讪笑者也。

(《铁报》1936年12月31日,署名:云郎)

新　　年

新年矣,新年必有新希望,余往日作新年诗曰:"新年第一祷无忧,吃是山珍着是绸。欢舞愿联王小妹,狂嫖想娶富春楼。官司尽打签求吉,奖券当开彩是头。乐得吾家唐艺说,阿耶不复慕封侯。"作此诗时,当在三四年前,富春楼久隐良家,王小妹犹浮沉舞海,而官司尽打之语,亦惟有吾辈为笔墨生涯者,始有此愿,不吃官司,不是好记者,更何可不打官司。若余之想打官司,而尚希求得好签者,亦不免贻畏怯之讥也。

政府既令禁用阴历,于是文字上有用阴历者,辄称之曰废历。其实称废历最不通,历既废矣,称之为何,近顷中法药房之日历上有"聊备"阴历者,则名之曰:农历。旧历为与中国农人,确有密切关系,故称农历,实觉自圆其说得妙也。

(《铁报》1937年1月1日,署名:云郎)

姚　苏　凤

姚苏凤君,亦吴门星社社友。星社至今日,且有复兴之象,屡次集会,而苏凤之席常缺矣,或曰:星社者,当年礼拜六派之文人集团也,苏凤亦雅负鸳鸯蝴蝶之名,故为星社社友,及至今日,苏凤一人转变矣,其他人则犹是也。星社社友,因视苏凤既格格不相入,即苏凤之视星社旧友,亦似有独醉独醒之概,于是集星社之每次"雅集",俱使苏凤闻风却步矣。

其先,吴门星社,非苏人不可入会,门户之限甚深。今已不然,有网罗天下群才之势。上次陈灵犀君已加入,此次俞逸芬君又翩然戾止,陈以能文鸣于时,俞为人又雅得可怜(按此"怜"字,作"爱"字解),星社社友,得此二人参加乃势为之一壮矣。

(《铁报》1937年1月3日,署名:云郎)

书　呆　子

兰言又来沪上,述惘然在狱中,勤于写作,于是益为仇者所嫉,此种书呆子,有劝之不听之苦,直无办法。以"莫须有"三字,身系囹圄,原宜静待解决,又何必以无聊文字,贻人口实哉?

余写稿多,兰言为分其劳,心殊感之,然往时兰言作稿一大批,而予则日刊数百言,兰言苦之,以为难乎为继也。乃此后改稿,加以限制,日发一页,为二三百字矣。

信芳灌《四进士》一片,在无线电话中,未尝闻有播送者,而余最爱听此片,盖宋士杰当堂上了刑一段,音节苍凉,而韵味弥厚,实佳构也。

小洛来沪,其请假理由因京居苦闷,来沪将稍得休息。既来,则忙于访友,而第一夕与苏凤谈至天明,乃谓欲得休忽反而受罪,人生固在矛盾中过活也。

(《铁报》1937年1月4日,署名:云郎)

张　效　坤

昔万春在沪时,尝述其年方十八时,应济南张效坤之招,往演堂会戏,演毕,张邀就博,万春谢勿能,张曰,你不是怕输钱吗?拿十万去。言已,即掷十万元支票与万春。万春乃入局,心惴惴颇不宁,俄顷十万已尽,而效坤又从身后授以十万,令再博,又负去,万春乃起立,效坤则大笑曰:这孩子真不会赌,我还道他客气呢。明日万春行,别效坤,效坤绝不言昨日博负事,若绝无其事者,我人乃知张宗昌自有张宗昌可爱的地方也。

袁美云女士,前夕在新新酒楼,为陆氏喜礼为傧相,短发掠于脑后,其状乃如一惨绿少年,见者谓苟着西装,乃为一美男子矣。无怪《化身姑娘续集》中之扑朔迷离,使一旅舍侍者,如堕五里雾中焉。

昔锦娶尝就姑氏余屋,一年而勿纳费,姑死,锦娶哀之,嘱为一联曰:

记当日孤寒无告,容我一椽,深感慈云常掩覆。
痛此时肝肺俱摧,呼天不语,有怀何处可商量?

(《铁报》1937年1月11日,署名:云郎)

香奁断句

香奁断句,予前爱"好似晚来香雨里,戴篷亲送绮罗人",又如"人间何处无灯火,不是伊人相对时"。前二句不知在何处看到,而全首如何,乃未见。余谓此种艳事,非都会女儿,所能有此。三四年前,得一梦,梦中与女子同行于霞飞路之端,而渐入徐家汇,由徐家汇而渐涉荒郊矣,维时大雨,余擎一伞,女亦匿身伞下,梦中乃念"好似晚来香雨里,戴篷亲送绮罗人",及醒,此二语犹未忘,更一念之,则前时所见之成句也。

之硕有别署曰:绛岑居士,为诗,有突飞猛进之概,我辈能诗中,当推此君为好手,近一觇之,则其人之意态尤深沉,故发之于诗,亦尤幽远,可佩也。

当年作香屑诗,无健全之作,如云:"香丝初剪绿参差,辨影闻声识是谁。渐解神情兼解怨,仅能入书不能诗。"上四句尚好,而下四句乃又不知所云矣。

(《铁报》1937年1月12日,署名:云郎)

朱 国 梁

朱国梁君,为近时苏滩界中惟一之人才,于今日起在大世界登台,文艺中人,投赠之什甚夥,余亦写牧之句送之曰:

　　绝艺如君天下少,闲人似我世间无!

有客游于盛泽者,携烟具往,税一逆旅而息,顷之,出烟具而一榻横陈,侍者至,大惊而呼曰:你们要我们客栈封门矣。可见内地禁烟之烈,瘾君子不能利于行旅矣。

他报有作《黑海回澜记》者,所言殆记无锡朱开观事。朱现为上海鱼市场副理,乃不知回澜记中所述,又为何事邪?

海上办报之难,非个中人不能知之,办报要挣面子,无获利之望,种种环境之压迫,使努力于新闻事业者之灰心,于是群趋歧路,言之可浩叹也!

(《铁报》1937年1月16日,署名:云郎)

汪 精 卫 回 国

当汪精卫回国之后,吾人乃可见褚民谊、曾仲鸣诸公活跃之状。或曰,以此而喻之梨园子弟,则曾褚诸公,俱为汪氏之班底也。

马儿落拓归乡矣,村人亦遄返岭南,旧友虽散,辄用惘然,我闻二兄俱有书抵灵犀,谓在粤初无美状,第求衣食,始奔走耳。嗟夫!苟能得故人胜蹈消息,则亦已矣,乃闻故人犹依然故我,则悒悒不欢者,又不自已也。

闻朋友之办报办到灰心时,恒愤愤曰,光起火来,去捐一块洋商牌子。办报而不能伸其志,环境有以致之也,捐一块洋商牌子云者,亦与环境作消极之抵抗耳。余以中国新闻事业之以洋商出面者,至此已成一问题,贤明当局,不知将何以处之?

(《铁报》1937年1月18日,署名:云郎)

古　墓

此次朱凤蔚先生家在海盐故乡栗主升祠,灵犀、农花二兄,皆往观礼。既归,谓余述在数年前,海盐因筑公路,忽于道旁掘出一古墓,毁其棺,出棺中物,则一陈死人也,衣服面目,悉如初殓,于袖底得一纸,路引也,述死者为明时人,距今已五百余年矣,生前为一监生,其家殆饶于财者,故此五尺桐棺,乃为极贵重之木材,虽盛尸五百年,棺木勿朽,其肉亦无异状也。发掘之后,未就掩埋,越一夕,是夜忽大雨,至明日更往观,则衣服已飘散,而面目亦不复可睹,盖为空气所化也,遂别置一棺,盛而葬入土中,取其路引,付装池,更取其棺木,置之于民众教育馆中,供人观赏。某君于刀斧之下,得木尺许,引火燃之,发奇香,遂灭火而留之,此次浦东陈子馨君赴海盐,或以此木赠,陈将加以雕凿,将作古玩之供设也。

(《铁报》1937年1月19日,署名:云郎)

恐　怖　案

海上某逆旅之恐怖案,姑勿论其事之如何,惟后来传说甚广,而述当时之情形,亦渐不一致,有人谓遇此恐怖案者为舞场中之仆欧,又有人谓富家之女眷,而吾友任事银行者,则谓系中央银行之行员,亦可见传闻之愈来愈谬矣。吾友言:传闻之误,最易测验,昔肄业于学校中,集学生一二十人,第一人由教师所讲述一故事,由第一人而传说于第二人,以此而至最末之一人,由最末之人,更语之于大众,则与教师所述者,或完全两事矣。

步于艺华公司之摄影场中,夭桃万树,杨柳成行,如行春郊,乃知人工造物之奇,更听女明星之笑声呖呖,如莺莺啼燕语,恍疑春光已到人间,而满园春色场面之雄伟可觇矣。

(《铁报》1937年1月20日,署名:云郎)

牟　菱

小明星有牟菱者,隶于艺华公司,年才六岁,而聪慧有神童之目。或挈之来见,则卷发如波,明姿如玉,方就读,校中授以国语,已能上口,众人嬲之演说,则曰:先生所教也,容试为之。遂讲援绥救国,都百余言,而能抑扬中节,又嬲之舞,则起落翩迁,一如名手,又跳荡,自谓拍戏生涯,乃至有味,若欲践此前途,而迈进无疆者,则又似老成之谈矣。朱秋痕女士言,中国电影小明星,我未尝见此奇才,十年来从事于银幕舞台,今睹此儿,甘拜下风矣。

唐瑜兄来访,见吾室燃火取暖,衣单裳作稿,辄曰:乃知故人之穷,犹如昔也,第勿审吾友之佳况,乃为何如?则曰:我自晨出,即语侍者,室中之火,必令常炽,勿容稍熄,盖我归在夜深,既归,不能不使我室常温也。余笑曰:然则吾友豪矣,顾何以勿设一水汀,煤火奇燥,于尊体勿宜。唐瑜勿答,因更为设计曰:八仙桥之著名几家,皆有此设备,吾友又何勿日税一榻,在此中打公馆哉。

(《铁报》1937年1月21日,署名:云郎)

《时代电影》

闻之人谈《时代电影》近为一文讽骂及我,《时代电影》当之方兄编辑时,精彩百出,固每日读之也,自之方卸职,此册不知沦于何人之手?若有人曾以《时代电影》四字,托予为文宣传者,今亦忘托我者为何人矣!关于影评人与余之争,当时在火气头上,混战一场,事后颇不自安,譬如以"丙""丁"二人,予勿相识,则混骂之后,至多永远不相识可也。若"乙"则为若干年之老友,予乃不恤放以一枪,抚躬自思,何以解释?当我文发表之后,我日夕盼望"乙"之还詈于我,骂越凶,我之良心上越得安慰,而结果"乙"则默然不作一语也。余尝为之数日夜眠不安席,有时连饭也吃不舒服,而觉对我之老友实惭愧莫名矣!予曾数数与之方、蝶衣,语我此意,而不知之方、蝶衣,亦曾在故人之侧,代达微忱否?登门请罪,余所甘焉。(蝶衣:尊意屡转达于"乙"君,"乙"君始终处之泰然,足下亦不必介介于怀也。)

(《铁报》1937年1月24日,署名:云郎)

畏　　友

　　余生平无畏友,且有莫逆之友,有无所不谈之友,有亲如手足之友,却不知什么叫畏友也。一日,忽然大悟,余盖亦有畏友者,余尝贷友人钱,延期不归,友又良久勿见,一旦相逢,忽忆旧欠,竟欲引避,此种友人,殆即余之畏友也!

　　芳君、蝶衣之捧喜彩莲,无论如何,其收获远胜于余之捧白玉霜。喜自汉皋归,辄访二君于大晶楼上,"来了佳人喜彩莲",其艳事遂为朋辈所艳称。余则一无所有,新年者,白既不来对我磕一个头,临了离开上海,也不来拜别,思想起来,真叫人……也。

　　灵犀兄有舞场妙侣,兄久不婆娑,彼人辄托兄友寄言曰:即不跳舞,也叫他来坐坐,为什么连看也不来看我一看,一往情深之致,溢于言表。余闻此言,乃自叹曰:枉为纵横于脂肆者数年,而欲得一垂念于我之欢场妙侣,竟不可得,思之不自禁其凄恻矣。

(《铁报》1937年1月28日,署名:云郎)

友　人　慷　慨

　　有生二十九岁,从来未曾于过年过时时,有人忽然送一千或八百洋钿来用用,以势觇之,今年之希望又微薄矣。

　　友人有极其慷慨者,有钱时,叫朋友去帮忙一同花尽为止。某次,不知于何处得五千金,其时尚有银币,遂悉兑之而盛入荷包中,置于其床下,适逢午节,友人闻风而告贷者綦众,友辄指床下而语众人曰,要多少,自己去拿,不二日,所有已罄。然此友人虽慷慨若是,惟其人长贫,若此次之阔,实为第一次也。其在无钱时,则亦随意向友人借取,而常常无归偿之一日。

余迩来亦有百病丛生之苦,岁暮之际,何以堪此,芳君之忧患特乘者,余亦正复相类耳。

(《铁报》1937年1月31日,署名:云郎)

《岁暮怀人》

近见尘无兄有《岁暮怀人》之作,清声丽句,我辈勿如,其有二语云:"眼中君是佳公子,楼上人非小丈夫。"虽勿知其意何在,然诗之清越,则可爱也!

友有征小乔红堂差者,谓酒酣耳热时,听其琵琶一阕,正不必多琵琶,安知非授自薛小卿君者,更设想印象,亦足使君倒尽胃口矣。

上海学风之劣,于今尤甚。报载,有赠航空奖券,而为招生之号召者,循此以往,必有使校长夫人,涂脂抹粉,坐于校门之侧,口中呼来谑来谑,叫行路人入内读书者矣!

(《铁报》1937年2月2日,署名:云郎)

薛 白 雪

薛白雪君,虽身处囹圄,而时时以书信慰其好友,予得兰言书,必曰:某日,白雪有快信来,渠甚念兄等也。吾读尘无怀白雪之诗,不禁又惘然者久之!

某公于岁尾之时,自祷其来年命运曰:进项不想增多,但求朋友少来向我借贷,又求浪费之钱,少用几文,则可以偿五千积逋矣。其友某,在旁曰:第二条望你做到,苟明年而我可多钱,则第一条亦望你办到。

卡尔登之舞女,以名小苏州者,为此中翘楚,其实尚有一人,则徐顺华也,其名如太古公司之轮船,其人则婉妙多姿,善笑如婴宁,余尝招之侍坐,则诉其身世,曰:父在商人,频年折阅,家道遂微,母乃命我业舞,年稚,颇善羞,辄觉此业非我志也,故郁郁居此耳。当余二十岁时,闻女子作可怜语,恻然悯之,今既麻木,闻徐娘言,几无所动矣。

(《铁报》1937年2月3日,署名:云郎)

金 素 琴

金素琴女士,明春将出演于天蟾舞台,乃于报间刊一丽影,并登一启事广告,其开头两句曰"素琴以蒲柳之姿,葑菲之艺",予阅竟笑曰:难得这妇人肯说老实话,蒲柳葑菲之句,乃不知出何人手笔也。

芳君曾以艺华公司秘书潘子农君,在扬子开一长房间,上书"银记"二字,因作调侃之语曰:此二字乃绝似爱来格路上之招牌。子农读之,颇勿悦,屡为予言,予笑曰:事实如何?不必谈,纵使能下资本开咸肉庄,亦何尝非发财之道,人生游戏耳,开咸肉庄不为贱,做什么委员不为荣,吾友之介介何为哉!

演讲西安夷族问题之高玉柱女士,予尝想像其人,如玉柱而高者,必美人也。"高大之马"四字嫌其俗,"高玉柱"三字,又何其雅!

(《铁报》1937年2月5日,署名:云郎)

病 中

余病矣,辍吾稿者凡两日,今始起床手颤脚软,作此稿时,几勿能成字焉。

病中勿吸香烟者两日,以喉痛不敢吸耳,十年来,与香烟绝缘者亦只此两日,然一起床,又雪茄入口矣!

某君出狱后语人曰,公安局来捉他时,他问"我犯了什么罪,你们要来拿我?"一警士作尴尬之声音曰:"你是爱国的人就请你去吃爱国的官司。"此警士之口才并不劣,又何必有尴尬声音哉!

既在人称自己之父,往往不大肯说出口来,譬如说"我的爷",往往婉转其词曰,我的"法瑞"(英文译音)。严幼祥君对人称大尊人严春堂先生必曰"老板",此则以艺华公司立场言,或曰,小开真一面孔眉眼矣。

(《铁报》1937年2月8日,署名:云郎)

唐氏好客

近月以来,友人皆小集于唐家,以唐氏伉俪皆好客,客乃愈聚愈众也。唐公家之供应尤丰,吃饭有鸡鸭鱼肉不稀奇,吃酒用白兰地,亦不稀奇,所奇者,余近以喉疾,然至唐家,则出以敬客者,为"福美明达",此为西药中之治喉妙品,在唐家亦如烟酒之奉,受者自多感,语之他人,他人闻者,不将称奇乎!

某乙有作假殷勤者,在年底问其友曰,可曾舒齐否?然其言至此,更无下文,既无下文,又何必管人家舒齐不舒齐哉!

尘无作怀乡小语,末一句是用了一言七字诗,写曰"今年又作未归人",然报纸上印出者,则"今年又作'夫妇人'"。"未归"二字误排"夫妇",吾友尘无之啼笑皆非可知矣。

(《铁报》1937年2月9日,署名:云郎)

已是狼年斋碎墨(1937.2—1937.6)

谢乐天之徒

　　连二日在一友人家中,听谢乐天师徒与醉疑仙之书。乐天之徒名小天,年方十六七也,其艺果授自乐天者,顾闻之叔良兄言,小天为乐天之女侄,不知可信否?小天之貌非绝美,但双瞳如水,而天真之气未尽也,说话之声调极动听。乐天老练,小天则嫩一点,然正好在嫩一点,无小天之嫩,又何以显乐天之老辣哉!

　　醉疑仙毕竟可儿,众赏其貌之美,实则疑仙双目,迥不及小天之清,惟脉脉柔情,逗人欲醉耳。此豸复工酬肆,能使座上俱欢,予初见其人,犹清癯,今则略丰润矣。

　　在海上游艺界之女艺人,至今日乃有目不暇接之概,小天与疑仙,并我所欲捧也,而刘至鸾(月霞)亦我所欲捧也。嗟夫!世人重乡土之情,则疑仙与小天延扬之责,自属吾曹矣。

(《铁报》1937年2月16日,署名:云郎)

《世界晨报》

　　唐大郎君曰:我编《世界晨报》之一版,在去年岁暮之前,忽呈冬眠状态,然随我而呈冬眠状态者,乃有二人:一为刻木刻者,其所刻之劣,令人不堪逼视;一则校对先生也。大郎谓,平常不看己编之报,然有时偶而着目,则见平均每四百字中,必有四十个讹字,疑来先生并不雇用校对,排字房于排好之后,即上机器。编辑冬眠,木刻冬眠,校对亦冬眠,当兹春回大地,料冬眠者将一一腾跃起矣。

吴承泽编《艺海》,年虽少,而暮气已深,于是《艺海》之内容,永远地古趣盎然。或笑吴曰,年纪轻,不把东西弄得轻松活泼点,是何道理。吴则摇首而笑,以告人曰,轻松活泼,便失却报纸之本来面目,如果背道而驰,饭碗还能靠得住乎?

(《铁报》1937年2月17日,署名:云郎)

叶古红与魏新绿

叶古红死后,之前曾语魏新绿曰,尔方少艾,宜择人而侍。其实叶纵有此一言,而使吾辈旁观者,亦不能不为魏之终身担忧也。闻京友来谈,常晤新绿,谓其人之貌如豕,形状极不雅,况自率众行凶后,女流氓之名,已藉藉人口,试问谁有好胃口,更欲娶此白相人嫂嫂,为终身之侣哉!

《随园诗话》有句云:"我已轻舟将出世,得卿来作挂帆人。"是则叶古红与魏新绿,魏固叶之挂帆人也。

或曰:叶古红未尝不重友谊,所以与十余年老友,悍然翻脸者,魏新绿一人为梗耳。古红以花甲之年,得此少妻,已心悦神服矣,及魏既殴胡丹流,叶明知为魏之不是,而勿敢抑之,且从而与胡张树敌焉。识者遂谓叶只顾床头人,而忘友道,其实叶之苦衷,正应深体,至其临终,乃对人云:我负恨水,可知其人固非绝不可言友道者。

(《铁报》1937年2月18日,署名:云郎)

朱 培 德

朱培德将军逝世矣,论军人之德行无亏者,朱将军可以称矣。予于将军,生平留一印象,则当总理奉安之日,朱将军献素心兰千余盆,辄觉将军之雅度,为不可及。

白雪既出狱,因须向苏州友好道谢,故迟一日,乃返无锡,将在锡约同兰言来沪,听潮闻讯,谓请白雪吃饭,不是接风,而饮一杯压惊酒也。

年初四夜,与一友同在唐公家,未至十二时,友先辞去,问其故,则笑而不语,时有人即发觉此友之归去,盖接财神也。因语于众,予好戏谑,则笑曰,不必去接,已被我留在舍间了。既而思之,颇悔失言,以人人都是财迷,何必叫人闻我言而扫兴,什么话都可以寻开心,不该拿这话来,打断人家兴致也。

(《铁报》1937年2月19日,署名:云郎)

演 员 改 名

潘子农先生,近为艺华演员者,李萱已改称李红外,又为马陋芬改造新号,久久不可得,因谓讨厌是他姓了马,譬如我姓了潘,要题一个好名字,实在不难,予因为真姓了潘,倒有办法,姓潘而单名曰驴,岂不大妙,虽然驴字究嫌犷野,不如姓邓而名小闲也。

于舞场中闻某君形容 ABC 舞场装冷气后,引擎发动后,安乐宫之房间,全部摇撼,旋客大惊,以为地震,群集于马路上,看其屋颠动之状,然为日既久,知为 ABC 之冷气使然,始相安息。

某甲闻醉疑仙女士姓金,因自署曰"拜金",谓拜倒于姓金人之旗袍角下也,因有诗云:此生总算财迷矣,为了卿卿始"拜金",亦岂所谓一往情深乎?

(《铁报》1937年2月20日,署名:云郎)

醉 疑 仙

九功先生,近为醉疑仙揄扬备至,文字间称疑仙曰:醉娘,此与蝶衣往日开口喜娘,闭口喜娘,叫得同一亲切也。疑仙述其双辫裁去事,记于九功笔下,神韵欲流,予以为有此一段事,何勿编一只开篇,以九功手制,而从醉娘檀口中轻轻唱出,其为韵事,足以垂千载而不朽矣。

恂子之诗,毕竟不恶,《钻报》刊近作四绝俱美,而第二首尤多神韵。此老近年偃蹇,写作又多,乃不能使其常以佳唱示我人,辄深悯悯。

近来以咳呛为苦,昨夜益甚,连咳二小时,始颓然入梦。予以病,百药皆进,卒无效,对症发药之不易,而以此深信生老病死,惟"病"为痛苦之尤也。

(《铁报》1937年2月25日,署名:云郎)

蝉红三十

蝉红三十称庆,朋俦发起公份贺祝,张冶儿演出一剧曰《喜临门》,脱胎于平剧之《鸿鸾禧》而成,张去金松,妙语如环,尤能于随随便便之白口中,充满爱国情调,绝无丝毫牵强,令人轩渠,此种噱头确使观者发生兴趣也。

慕琴先生是夕亦翩翩莅止,与悯然尚属初见,席散后,悯然殷殷以慕老近状为问,状至诚敬。悯然谓,去冬在狱中时,尝捧读廿载前某杂志,书中载一造象,为慕老结婚时所摄,丰神冲度,固一美少年也。流光如驶,小丁年已逾弱冠,亦将完姻矣,而慕老依旧张绪当年,殆必驻颜有术,始克臻此,慕老亟呼曰:我固老态龙钟,渐入暮境焉。

(《铁报》1937年2月26日,署名:云郎)

蔡 兰 言

昨日所记,为友人蔡兰言先生代笔。兰言近与悯然来沪上,悯然自入狱之后,知海上友人关怀綦切,故特作沪上之行,以谢友好颙颙之望也。悯然被禁,谓在内待遇殊优,有火炉取暖,有笔墨可以作字,每日恒写作数百字,投寄与苏锡沪三地之报纸,而外间各种新闻纸,俱可寓目。守禁之巡士,皆为悯然之读者,当悯然未曾入狱之前,守禁者已震悯然文名。悯然既囚,守禁者乃如睹故人也,故报纸记悯然在狱内情形,守禁皆见之;悯然于入狱之写作,散发于各报者,守禁者亦见之。于是两方之情感亦渐切,而悯然亦深愿与守禁者缔交矣。既言朋友,悯然于词应上尤为周适,函件之往返皆无禁,莫非守禁者为之设法递送也。惘然出狱后,面色视二月前为丰润,语予曰:生平未尝享受羁囚滋味,得此亦使我多一种阅历也。

(《铁报》1937年2月27日,署名:云郎)

红 豆 先 生

红豆先生屡次来沪,予访之于逆旅为邕谈,乃觉其人之可爱,实逾于往昔者多,然予能自信,决不为红豆先生是做了官了,予始有此心理也。

予等朋友中,某甲之起居绝豪奢,出入有巨型汽车二,巨官富商不啻也,然一夜者,友人三五方楼居,而某君亦悄然至,则曰:夫人应酬于外,我今日乃微服出行者,谋寻竟夕之欢,定其顺序,于是皆徒步出门,造一丽人之居,及退,已在深夜,复安步当车,为状弥适。平日某君必坐飞车,予等访其家,外行,必共坐其车上,然今夜乃同行于马路上,转觉心安意泰,逾于高车之并载也。嗟夫!人谓余性嗜冷,以此观之,则余性果嗜冷者乎?

(《铁报》1937年3月2日,署名:云郎)

先 兄

章先梅先生,朋友俱称之为先兄,其实《东方日报》邓荫先君,亦何尝不是先兄!

谢乐天女士病,故徐耻痕母夫人之寿辰堂会中,小天偕其妹同来,小天乃为上挡矣。初以为小天年纪小,口齿必嫩,而不知其亦能头头是道,加之神情之妙,直令座上人为之叹赏不绝口。予以为小天将来成就,必勿在疑仙之下,即其他人亦都非其匹,唐夫人钟爱小天甚,今日始知夫人之法眼无虚也。

醉疑仙书台上,有一桌帏,其下款为琴川梅迟生,以意测之,则送此帏者,大有失恋的悲哀之意,盖明明为懊悔他迟了一步也。杜牧之所谓"自恨寻芳去较迟,不须惆怅怨芳时",可为此君咏者。

独脚戏只能听一次,第二次便觉讨厌,然有人谓惟王无能百听不厌,其实此亦颂死人得过分耳。

(《铁报》1937年3月3日,署名:云郎)

薛 玲 仙

《三星伴月》为艺华公司预备开拍中之新剧本,剧中有以歌舞为场面者,艺华则请薛玲仙女士主其事。薛时与王人美、胡茄、黎莉莉,并为歌舞界之四大天王,忽隐已久,以艺华之一再敦请始允重露色相,而嫉之者,乃喻薛为其舞界团体中之人物,以艺华不得龚秋霞,遂罗致此为人厌弃之物,其语亦尽挖苦之能事矣。微闻为是言者有妹,卖肉腿于江湖,频年不得志,狼狈返沪上,苦无出路,闻艺华有《三星伴月》之剧,遂托人往告曰:吾妹方自火奴鲁鲁载誉归,撅臀耸乳之技,固所擅长,苟公司不遐弃者,当为效劳。公司鄙其人,亦鄙其妹,拒焉。其人怒,以方为报间执笔,遂放此一矢,辱及玲仙,斗筲之徒,固不足责;第丁慕琴先生,为玲仙义父,如何不发一言,为其娇儿白诬邪?

(《铁报》1937年3月5日,署名:云郎)

《兴华日报》

南京近有《兴华日报》出版,吾友小舟主辑副刊,颜曰华园,小舟驰书告予曰:华园要说正经话,而且又要"文"一些,实为苦事。可见今日写作者咸视正经为畏途,余固有同感也。

于酒楼上,忽晤信芳公子,其人本肥硕,今忽奇瘦,则谓患扁桃腺,开刀以后,乃有此象。又闻其入航空学校,今已毕业,于是深庆信芳之有后也。

有人看最近共舞台之《红莲寺》,归为余言,此剧为一喜剧,在座上看戏时,对于剧中情节,头头是道,每为之笑口常开,然而走出场子,便什么都记不起来,等别人问我剧情时,已完全茫然矣。

(《铁报》1937年3月7日,署名:云郎)

某 女 侍

饭于某餐肆,有女侍美丰仪,同餐者一人问女曰,你姓什么?则曰,敝姓王。又问名字叫什么?则曰:小名××。你家住在何处?则曰,舍间住在闸北。及女行后,此人问我曰:好事可成乎?余摇首曰:不成功不成功,男女人间,最忌客气,若开口,敝姓小名,又是舍间,则"苗头"全无矣。有一例可以证明者,看《梅龙镇》之正德皇帝,问李凤姐姓甚名谁,凤姐曰:我姓李,叫凤姐呀。回答得何其亲切,一客气,便是后来成功,此种女人,亦无意趣也。

某君之家,其邻皆男女明星之居,昧爽,即有歌声传邻室,其歌皆外国调,闻之毛发悚然,某公因愤愤曰:此种人闻其声已讨厌,我便不欲见其人也。

余赠疑仙诗,有句云"今为卿卿署拜金"。京中某报乃谓"不知醉嫂因何故?又被旁人乱拜金!"京中报人皆称醉为醉嫂,不知何故?

(《铁报》1937年3月12日,署名:云郎)

灵 犀 招 饮

灵犀招饮,席上遇施叔范、邓钝铁、王小摩三先生。施先生以诗鸣于时,邓先生则为当代书家,而王先生则以画名驰海内,诗书画一绝,今日乃荟萃一堂矣。三君皆豪于饮,陪席者尚有李培林、薛白雪、蔡兰言、王尘无诸兄与曹聚仁先生,然此数人,皆不能酒,予复涓滴不可沾唇,故席未终,予先辞去,应之方约会于丁家也。

自丁家而至华宗府上,则施、邓、王三君与培林随灵犀同至,此来转为听小天妙奏也。堂会自此夕始从芸房生子起,跂足俯首,听小天之宛转娇啼,乃令座上人如饮醇醪,陶然欲醉,无怪灵犀兄曰:想不到在家吃饱了来,到此更尽几杯浓酒也。

唐夫人爱小天綦切,逾于亲生,众乃庆小天际遇之佳,得此阿母,受用不尽,世间财帛非为宝,特慈母之心,为不可多得耳。

(《铁报》1937年3月15日,署名:云郎)

《归儿记》

云裳之文言长篇,初名曰《家山客梦记》,而《东方》同时刊云溪宦隐之说部,则曰《宦海微沤录》,此五字适与《家山客梦记》,成一偶语,云裳以字面上之不适当,遂更避,而为今之《归儿记》也。

朱紫霞女士生辰,或代邀余饭其妆阁者,阻以他方,竟不获往,余诚与朱氏姊妹,悭此一餐之缘,殊为憾事!

曾与某君谈诗,其人薄放翁诗,竟使予大动肝肠,近顷又闻某君薄悲盦书,实与某之轻蔑放翁,同为不能称心也。

(《铁报》1937年3月16日,署名:云郎)

谢 小 天

顷见蝶衣兆丰花园之断句,皆甚美,余昨在园中,亦得二言曰:"弥望春光艳色里,更无一树女儿红。"殆为小天咏也。

幼时作诗,皆不留稿,十二年前,始备一册,犹记第一首为《雨后在外滩公园》,则七绝一章也,记其句云:"长虹飞去一山青,吹散乱云现数星。童气未除痴未改,来从江上觅流萤。"

尝过中南,醉疑仙下场后,乃不走一人,颇以四百多听客中,独无一人,赏疑仙之艳色来邪?余近日连续听乐天、小天书,如捧春醅,如饮醇醪,真有此物不可少之感。乐天起角色之好,无愧女名手;而小天之婉转娇啼,尤令座中人感动,乃知二人自能号召。三年来颠倒于小女子之前,小天而外,更无第二人耳。

小天又能书,书法秀丽,是非冰雪聪明,何能有此?乐天谓小天读书少,年十三即辍,余初意欲课小天,今见小天,文章斐然,使余直有难色矣。

(《铁报》1937年3月17日,署名:云郎)

江亢虎诗

近人诗,余极爱江亢虎先生诸作,京中某报载其游桂诗七律一章,不第工力颇厚,即格调亦高,若《别桂林》云:"一舟容与下岩城,两岸青山笑面迎。篷角云开知日上,樯头风动觉潮生。喜逢旧雨如新雨,莫问前程与后程。丛桂依依留不得,来朝更有海东行。"又《离舟江中》云:"细雨轻尘唱渭城,征车才卸又舟迎。波光潋滟月初上,山气蓬蓬云所生。帆影低迷烟树外,橹声摇曳水边程。横江欲击中流楫,诗酒清谈愧此行。"

九功先生,有一语最神妙,谓唐师母捧谢小天,是爱其天真也。惟吾辈男子,则以捧醉疑仙的好,与疑仙就灯下作娓娓清谈,自然陶醉,此言实有至理者,余不反对也。

(《铁报》1937年3月20日,署名:云郎)

醉疑仙之目

醉疑仙之目,善流盼,然其型较小,而瞳人尤勿大,又面色亦欠红润,有时竟作惨白色,若饱受风尘者。故人谓疑仙之目美,其实亦坏在不足当曼睐微眄也。苟其目而美,又能于粉颊之上,晕泛朱霞,则疑仙且百美无一损,美人胎子,特疑仙一人耳。

小天常于午后,临吾宗家,余乃数数遘之,小天见予闲,颇诧异,予亦哑然。杜樊川所谓"绝艺似君天下少,闲人似我世间无"。惟此十四字,正可以为予与小天咏也。

雄飞为小天印一专页,将近发行,而以纂务属与予,海上之文艺名流,网罗殆尽,各纾妙论,乃有"妙语如珠"之叹,洛阳纸贵,自可风行,而小天声价之增,亦可卜也。

(《铁报》1937年3月21日,署名:云郎)

"胡天不吊"

送谢小天之四字言,而必以天字嵌入其内者,有人乃送"胡天不吊"四字,问其意,则曰:"谢小天为什么不吊×子,而至今犹是云英未嫁身也。"听者绝倒,余谓用"天哪!天哪!"此四字最亲切而有味,似舞台上伶人之白口,苟请信芳来咬字,必可听者。

黄金大戏院,本为黄金荣先生创办,今闻已让渡与金廷荪之子接办,先黄而后金,黄金大戏院之题名,若预示其朕兆者,此一异也。

小丁偶为司弦索,而我唱大退,昔与白松轩主盘桓时,予歌,日有进境,曲不离口,殆为恒例,乃有进无退,于是颇缅想轩主,不知轩主如今何在也?

(《铁报》1937年3月23日,署名:云郎)

雄飞四十

雄飞四十诞辰,请滑稽家表演者两挡,一为程笑亭,一为江笑笑,程笑亭之好,好在管无灵之搭挡,真有相得益彰之美,二人之"表演"皆不免粗野,然活龙活现,使人笑口常开。江笑笑夙以冷隽著称,然世人好"趋炎",冷实不适宜也,故相形之下,江自不及笑亭。程与江,昔日予常观之,因往时以为江好于程,今则程比江美,一则进步,一在退化,江殆不免淘汰耳。

近来数遇张一苹兄,欢快似生平,兄谓与足下交游,正宜谨慎,否则不免采入龙门笔下之"传记"中也。予大笑,以为雅谑,不必旧事重提矣。一日张兄打电话,闻其在电话问炘炘行踪,予忽觉炘炘之名亦大熟,于是写两句曰:"想起炘炘想毛羽,听人争不念丁丁。"以示之方,之方亦笑而大呼曰:全部刺戟。

(《铁报》1937年3月26日,署名:云郎)

谢小天特刊

《社会日报》附印词家谢小天女士特刊,已改于下星期三出版,海上文坛迷之者,各有诗文,丁悚先生亦致一文,以雪艳琴说起,而归根到谢小天,其语俱有见地,至可珍也;而慕老书来,力逊其不能治文事,前辈虚心大都若是,又以其近影赠余,则渐有衰象,神态间渐非张绪当年矣。书中又言及见《新闻报·艺海》,及《金钢钻》上俱刊谢小天师徒双影,是则皆为丁公子所摄,而慕老之言曰:"小丁拍的都是苏俄镜头,那是大不合他们的个性,他一味好新奇,也不看看对象是怎样的一个典型,真所谓小儿不更事也。"其实小丁聪明人,出其手造之物,无有不随时代进化者,偶为摄影,手法自新,诚如慕老言,特勿宜施之于二谢耳。而慕老口之所不忍,正其心之所难忘,亦于字里行间,可以辨别得出,生子如小丁,我敢祝慕老之晚景堪娱矣。

(《铁报》1937年3月27日,署名:云郎)

唐 府 听 书

一夕,惘然在唐府听书,识谢小天,惘然谓小天无锡人,与彼同乡,其兄且为其学友,自幼即见小天,则一"小鬼丫头"也。予止之曰:此四字不好听,且在唐府上,更不可如此说法。兰言在旁,辄为解释曰:否!小鬼丫头,为无锡人叫女小孩之专门名词,犹苏人之谓"小娘鱼"也。本无侮辱之意,予始释然!忽有人集小天联,予因治偶语曰:

小鬼丫头,天地良心。

前后不过八字,初无深意,不过在我则不免牢骚!

夫人又来沪治疾,消瘦至无人状,心窃悯之。妇谓哲儿才五岁,而性情大变,有好勇斗狠之概,深为忧虑。其实夫人不知者,儿女陶情之说不可恃,生儿女,惟有淘耳了。夫人更事不多,故见识亦窄,予以此慰之。

(《铁报》1937年3月29日,署名:云郎)

小 抖 乱

仲方以小抖乱著称,实则其人天性甚厚,虽以少年放任,不免流于乖僻,然固未伤其天君也。自来最重义气,一昨走访之,别来无恙,相见欢然! 渠知予妇病瘵,因介绍立博赐保命针药,谓治虚有奇效,且其所藏者多,将转赠与余,予初以为朋友关怀,仲方言过则不复记,不意明日下午,果饬僮送来矣。季康子馈药之情,滋可感也。

尘无将赴西湖疗养。尘无少年,而枯索如入定老僧,奇冷似冰,与少年良勿宜,今果病矣。闻其此行,一载为期,入山以后,拟略事写作,以寄沪上报纸。又谓于诗殆不能忘情,故又拟多作诗,因祷尘无能日健,又多作佳诗,使春江文苑,赖尘无之诗,而有绚烂之象也。

(《铁报》1937年4月2日,署名:云郎)

张 翠 红

张翠红女士,以艳美称,水银灯下之女人,似未有若翠红之美者,其人身世不可考,则谓张虽在韶年,已二得男矣。余近尝以友人之介,因而识张,颇审其家庭状况,张依老母而居,初未闻其尚有二雏,谁不作望子之想,特今日者,张方欲奋进于银坛之上,亦恐以有子为累耳。

粪翁名片之后,印四戒条,其他三条皆不能奉行,惟有一条,则为"世俗应酬,概不来往",今已告成功。朋友既知粪翁以此为戒,亦不复以红白柬帖寄之,或有不知者,投寄粪翁,亦为掷之字簏中,不稍展视也。

(《铁报》1937年4月3日,署名:云郎)

送　　客

送客赴甬江,于江天轮,乃见陈布雷先生,以蒋委员长既自沪返奉化,陈亦附轮赴甬也,状貌清癯,而于儒人气度中,蓄有神威。吾友言,陈先生除两耳特大之外,其余部位,不知何所凭依,而能致贵?余尝见张季鸾先生,其模样正与陈先生无异,以势觇之,张殆终一转宦途之一人欤?

生平未尝一睹西子之面,每岁之春,游杭者众,所谓"苏州杭县人如织,皆是游春皆闰人",念此时用惘然。十日以后,友人将去杭,乃邀余同往,予近来又摆脱纂务,借此一洗襟怀,自然快事。尘无方去,蝶衣终归,湖边春信,吾友领略广矣,安得以新诗示我,使予先作卧游,然后再临其地,则愉快之收获加倍矣。

(《铁报》1937年4月5日,署名:云郎)

路　　明

电影明星成名之速者,殆无过于路明女士,所谓一鸣惊人者也。路年才十七八,敏慧异恒侪,尝读于女中,故亦饱蓄学问,一登银幕,即以表情之细,为观众所歆动,平时操南北方言皆流利,与其姊徐琴芳女士善,艺华公司今已视路为最重要之基本演员矣。

近来常见友人于报端作诗,连读三首,不知其说些什么。第觉其练字尚有工夫,与韵调之铿锵耳。然有此一条件,岂可成为诗者。今人读诗重性灵,予则谓性灵诚不可少,然性灵之外,又乌可不顾意境,诗有意境,自然优美。予诗固不工,第看诗亦有本领,一诗入目,好歹立辨,意境清远者为上乘,性灵次之,斤斤于平仄之调,与夫练字之精,自是下乘耳,不作诗也并不枉生一世也。

(《铁报》1937年4月7日,署名:云郎)

请　客

难得请客,有人接我设宴之柬,纷纷垂问曰,今非是足下三十初度乎?果然者,我辈且挟寿仪俱来,而蝶衣兄则直指为"不无作用"!又曰"执柬在手,心胆俱栗",作此"惊人"之语,使予读之,亦为之心胆俱栗,若蝶衣兄者,其余之畏友乎?

天蟾舞台,生涯仍不见起色,其实论布景有几场甚好,所以不及共舞台者,一不如共舞台之热闹,二赵如泉之"豆腐"戏,赵之滑稽,未始不能引人发笑,然看戏者化了钱,亦要看一点情节回去,专事滑稽,何不看独脚戏?以天蟾人才之盛,何患其营业不能发展,特在赵老板好好为之耳。

周麟昆说白之坏,殆为任何角色所不及,即唱亦难听,闻其武工甚好,何不多开打,与高雪樵肉搏,必能使台下喝采,此则亦应为如泉上一条陈也。

(《铁报》1937年4月9日,署名:云郎)

俞　振　飞

俞振飞在票友时代,亦一隽爽人也,及下海,为程剧团之中坚,则一面孔程老板眉眼,伶人之习气甚深。犹之言菊朋,初任职于审计院,为一放浪之士,及由菊友而下海,则着一双双梁鞋,处处皆摹仿老谭生时神气,一若非此不足以称谭派老生者,怪哉。

饭于慕老府上,严华于酒后,兴致大好,与玲仙唱《桃花江》,周璇女士,至今已为银幕明星,似敝屣当年之歌曲矣。顾以为众所瞩,唱《追韩信》,之方一旁为予记荒腔走板,统计则走五段有半,而慕老则谓予戏已有进步,迥不若以前之一塌糊涂矣。其实余近来苦于无人吊嗓,如何能进步,特慕老以豆腐飨我耳。

(《铁报》1937年4月12日,署名:云郎)

借钱为活

　　昨本刊记褚慧僧侄流浪事,吾友陈子谦言,谓禾中以借钱为活者,有二人,褚侄之外,尚有一金某,在二十年前,子谦方任事于外,已见此人蹀躞于嘉兴车站上,向同乡人称贷焉,然为数亦不多,但小两角,已满其欲。所可异者,二十年前如此,二十年后之今日,其人犹在车站上,操其旧时生涯,子谦每周必归,其人见之,即向前代其携行李。第一次尚不开口,故意放一些交情,留待下次,则告其窘乏,而露乞助之意。久之,同乡无勿知其人,亦勿待其开口,即授其所欲之数矣。

　　锦娶既老去春华,诚不足为闺房之伴,余乃令其摄一影,影成,而老态不可掩,余大失望,而锦娶不解余意,以其影颇得意,悬之床侧,令人有不能俯仰之苦,谁谓锦娶固聪明人哉!

　　(《铁报》1937年4月13日,署名:云郎)

玉狸诗词

　　一月中,必与吾友通缓急者一次。予作书与友,令余于信内署名舍予,信缄,则书一好字,友见此名字,必能会意。昨日又作一书,则具真名,其下又附字一行曰,大丈夫行不改姓,坐不更名,为了铜钿银子,不做大丈夫久矣,今要伸一口气,惟朋友谅我!

　　春光明媚中,黄雨斋君,又将招宴同文于冷雨草舍,陇头麦秀,陌上柳新,正可借此一涤襟怀,穷措大向往于湖上春痕,得此或亦足聊以自嘲矣。

　　吾友玉狸诗词皆隽,尝有诗赠女友曰"夜深无梦不温柔",因用其句,乃作赠张翠红女士诗:"静波一道任沉浮,好似金鳞最自由。惆怅窥臣憔悴曰:夜深何梦不温柔?"盖一日者,余见翠红与李红合拍《初恋》一剧,浮二人之艳景于巨镜中,正如戏水金鳞,为观弥趣。

　　(《铁报》1937年4月14日,署名:云郎)

失　　眠

　　近来似又患失眠矣,致患之由,则起居太勿节。予患此病,在十余年前,当时在予所作日记中,写失眠之痛苦,有甚于刀山剑树者。不图今复尝之,上床既不能卧,乃读诗,山谷七律,尤所酷爱,如"但知家内都无恙,不用书来细作行",又如"伯氏清修似舅氏,济南潇洒似江南",讽诵至此,辄为意远,独怪曾文正公,不为之密密加圈,其见识可怪矣。

　　魏翁诗云:"及悟青山真有味,始知白发果无情。"诗人以青山对白发者多矣,山谷七律中,名句如:"白发齐生如有种,青山好去坐无钱。"又曰:"自来白发生有种,强似青山保不磨。"皆是也。

　　山谷诗有"青春白日无公事,紫燕黄鹂皆好音",美矣。又曰"紫燕黄鹂驱日月,朱樱红杏落条枝",又曰"风裘雪帽别家林,紫燕黄鹂已夏深"。三用紫燕、黄鹂,而意境各别,为之嗟赏。

　　(《铁报》1937年4月16日,署名:云郎)

陈铿然丧子

　　陈铿然兄,有一子,顷以脑膜炎而殇,铿然夫妇,哭之甚哀,以悲怀难遣,遂辟一室于逆旅,以不欲睹其子丧亡之地,而重增愁绪也。世人之纪念亡者,往往留其生前遗物,其实人死则万事空矣,宜取其遗物亦一一毁灭之,睹物而伤逝者,更无谓矣。慕琴先生,昔痛丧明,将其室内布置,另易一居,即此意也。

　　闻许多人言矣,粪翁书法甚高,颇欲乞其墨宝,特其下署为粪翁,"粪"字乃使人起恶心,故不欲求也。其实粪翁之下款署粪翁,犹为近年事,往者,固用"钝铁"之名,书画家恒厌熟人来揩油,邓君殆以"粪"字抵抗之,其法固妙,然虽足为揩油者惩,不能为化钱者劝,又将奈何?

　　(《铁报》1937年4月17日,署名:云郎)

《密电码》试映

《密电码》试映之晨,予以起身太迟,未及往观,小丁为予曰:战争场面甚好,口号太多,是一出正经戏也。

尘无在湖上作《杜鹃篇》,"杜鹃"二字,诗人常用之,然予未见此花,或者见亦不知其名也。予对于事物,向来不求甚解,友人有作诗曰"辛夷树底久徘徊",盖系游半淞园而作,予问辛夷树是怎样的一种植物?友乃告以往日同游时,曾于此树下久立者,乃恍然。予每次与友人同游,友其花树之名称,或加考究,而予则一例自吟曰"琪花瑶草不知名"。

《湖上春痕》诗,为毕倚虹生前为丁先生摄影题咏也。凡十绝,如"梦里光阴即是禅"之句,真为倚虹佳作,此人逝矣,后起者不可得,恒为惘然。

(《铁报》1937年4月19日,署名:云郎)

佩 佩 陈

吾友玉狸曰:星日春雨绵绵,独至邓脱摩,曾以电达,竟不值,适听潮叔范偕临,相与开樽款叙,佩佩(女侍一号,人称佩佩陈)之殷勤,得未曾有,旋听潮所约之沈秋雁、王积安先后贲至,对佩佩皆一致赞赏,当其把盏至予时,忽停而不语,听潮异之,佩佩曰:他不善饮酒,勿强为佳,嗟夫!此一种温存体贴之情,座无大郎,致不能以生花诗笔记之,岂不惜哉。

女人固有体贴温情者邪?此而出于餐肆女侍,又出之于广座间,乃为一种"表演",非真真体贴温存也。吾友骏耳,乃不知女人体贴温存之伪也。无论体贴温存,出之于广众座上,即关紧房门,女人之体贴温存,亦靠不住,予年长玉狸,更事较多,为此言,必非故弄轻薄也。

(《铁报》1937年4月21日,署名:云郎)

牛 鼻 子

读黄尧先生《牛鼻子假使集》,余谓:"假使我是黄尧,牛鼻子已叫人看得讨厌了,从今不再画牛鼻子了。"

叔良盛称,醉疑仙女士能绘事,又称醉亦仙女士,苏书法娟秀,二人若于夏季中合作扇面,在中南书场出售,每页五元,生意定然不恶。

拟作湖上之游,然行年三十,曾未向往西湖,一大半心理以为"人人都说西湖好,我又何必赶热闹"?故不去也罢,惟友人有自备汽车往,则欲附之同行,春雨绵绵,又使人扫兴,苟天放嫩晴,则成行必矣。

黎明晖、童月娟、史东山等到平游览,各报居然用电讯记载,无怪大报电讯之不易缺乏,而影刊文章之多马后炮矣。

闻广东字之"冇"即作无有解,广东有生字甚多,此字造得最巧妙。

(《铁报》1937年4月23日,署名:云郎)

游 杭 州

出发赴杭州之前,予遍致兰言、蝶衣诸兄书曰:行年三十,未尝一睹西子之面,故此行拟暂摒海上笔务,偷得些些清福,诸兄当能谅我也。二十三日下午启程,以汽车往,沪杭公路,平坦如砥,车行其上,既稳又速,凡四时半而至湖滨,天遂雨。在杭居四日,几无日不雨。第二日游灵隐韬光,雨且如注;第三日游浙西之七里泷,益大雨滂沱。然同行者曾不因雨而阻其游兴,予凡三易其履,亦想见天之加虐于吾侪矣。

在杭夜间无所事,绝早已睡,而乍曙已起,虽为期在暂,然起居已上轨道,故精神弥奋,早起立阳台上,看西子晨妆,悠然神远。予等所居者,为新新旅馆,面对湖山,其后为葛岭,盖胜地也。此馆膳食尤美,以楼外楼之有名,亦勿遥,厨人氏王,杭之名厨,尤为旅行者所称道。

(《铁报》1937年4月29日,署名:云郎)

九溪十八涧

到杭第二日,游九溪十八涧,昨夜大雨,故山泉急湍,景色弥幽。遇《申报》旅行队,阻于泉,不能前进,予则亟欲一穷其妙,故首先去鞋袜,易以草履,梦云亦易草履行,秋雁与唐氏夫妇,并坐轿,每过一溪,梦云必留一影,而予涉水之雄姿,皆入画中。山回水复,野趣无穷,行将尽,予胫为草履所伤,血流如注,其时予太兴奋,曾不知痛,舆人告予,始觉,然仍勇往迈进,憩于新龙井寺,始以巾裹创痕,为乐既永,遂亦忘其小挫矣。

在杭州屡尝佳茗,虎跑以泉水之美,茶自可口,然犹不及龙井茶也。同行者皆买茶而返,沿途见农妇采茶,翁家山上,茶店有人焙其叶,以手而炙之于釜中,殆以游人少,茶店多而主顾缺,有夫妇二人,营一茶肆,客过其门,妇央告曰:我家茶价贱,非如别家之昂贵者。则其鸣哀矣!

(《铁报》1937年4月30日,署名:云郎)

春 游 诗

客有录示昔日作春游诗者,凡二律,谓作者系偕女侣同行,故其诗多风华之句,然格调殊高,拟之唐时韩偓,不多让也。

篮舆一路傍山形,梅柳连村送复迎。衣润渐知春雾重,腮红不借夕阳明。一天画意兼浓淡,四面岚光杂雨晴。×××××××,看君一试楚腰轻。(末二句为录者所忘,可惜!)

折取寒葩三尺归,琼英添得玉肩肥。避风合借花为障,奔月初裁雪作衣。陌上有人归缓缓,斜阳送汝也依依。一双蝴蝶痴于我,故傍綦巾宛转飞。

第二首尤胜于第一首,而腰联弥劲,不知何人清才绝调,乃有此佳作也。

(《铁报》1937年5月1日,署名:云郎)

《戏迷传》

有人看林树森与李桂云之夫妻《戏迷传》，谓桂云一上场，便曰："我李桂云，配夫林树森。"爽直至此，李何不为台下人一设想哉！

艺华公司《神秘之后》，今已全部摄竣，惟近日以来，白杨女士，仍日至公司，则补镜头也。艺华既珍视此片，故凡稍有勿惬意，辄修改之，非臻至善至美之境，不欲公映。读者俟之，会将有国产巨片，以飨我无数影迷耳。

灵犀兄与龚翁、叔范诸君作虞山游，于昨晨出发，昨晨大雨，然皆冒雨而往，诗酒风雅之士，其勇气乃至可佩矣。

信芳此行，有灵犀、拟容五人之诗以饯之，叔范、龚翁、灵犀各工绝，余亦以八句分二首付之，其一则为吾报之蝶衣。灵犀临行前，嘱予转告蝶衣，明日发排，而今日须交卷也。

(《铁报》1937年5月2日，署名：云郎)

独鹤嫁女

独鹤先生嫁女，贺者盈门，道喜既毕，见独鹤，无不慰问伤痕者，颇代独鹤感觉麻烦，故予以为独鹤宜发一告示于礼堂上，书曰："贺客不必慰问伤痕，定某某时间内，作一总报告可也。"

杨云史有二诗贺严汝瑛女士嘉礼者，诗不能尽忆，惟每首末一句，皆有"几生修得"四字，第一首为"几生修得占春光"，第二首则"几生修得住江南"也。

兼巢老人，有一联贺严先生嫁女者，送来已迟，未及张挂，颇以不得一睹老人近日之法书为憾。

梅兰芳博士，躬来贺喜，作便装，而态至温恭，来宾皆争瞻梅郎丰采，亦有开麦拉为梅郎留影者。

行婚礼时，已在下午五六点钟矣，严先生挽女公子，徐行立婚礼台上,或曰:在家靠父母,出外靠丈夫,此所谓办交代也。

(《铁报》1937年5月5日,署名:云郎)

看 婚 礼

人家行结婚礼,其言曰,别人结婚,与我何干?其一人则谓结婚看看亦无妨,但看了之后,便要对不住自家老婆,每次看过后,必如此,屡试屡验,亦一奇矣。

友人中风趣者,一为周世勋兄,一为应云卫兄,余当时与世勋不相识,笔墨常有犯言,及为朋友,则知世勋为热情人,不特谈吐之可爱而已。

予近为某报作《逆耳集》,皆不中听之言也,然予近日有诗云"论诗每逆群公耳",则此《逆耳集》者,大可颜于"诗话"之卷首耳。

宝霞去后,彩莲又来,半狂初复丰腴,而蝶衣又多形销骨立矣。

与老滕偶聚于舞榭,老滕依然故态,"黏不人憎赖有痴",外史氏之所为外史也。

(《铁报》1937年5月6日,署名:云郎)

芳 君 招 宴

芳君招宴于小有天,芳君一病几殆,今则渐复健康;我人以为此君病后,必摒绝绮华,然一日者,有人来报,谓于游宴之场,晤芳君,同行者为其"女友",不觉大异,情之所钟,端在吾辈,虽罹病困,亦胡足短吾友之气者,芳君真情场之勇士哉!

《神秘之花》为潘剑农君继《弹性女儿》后佳著也,剧由岳枫导演,而白杨女士则为主角,王乃东、秦桐诸人助演,乃使全剧精彩百出,今定于明夜在新光献映,可以见《十字街头》后之白杨又易一风格矣。

上馆子亦诚一难事,今日风味绝好,明日来则远不逮昨日。余吃锦江,有一次中饭,皆胜味,及最近两次,则俱非可口,故曰:颠扑不破者,惟陶乐春一家耳。

（《铁报》1937年5月12日，署名：云郎）

弹词名家

近来颇悔当时对于诸开篇名家之指摘为不当，以今思之，彼开篇名家者，亦必有一度呕心沥血，而始得告成，纵不知其丑，然成此名制，使女弹词家之檀口中，缓缓唱出，其情已可悦，此蛮夷大长老所谓聊以自娱也。天下人惟能聊以自娱者，不必责，以余视之，此辈实高出于工愁善病之流，故余亦深讳之矣。

十二日，英皇加冕，予于此日杜门不出。上海人之热情表现，往往为友邦而发。法国民主纪念，顾家宅花园之人山人海，余皆未尝躬参盛典。太冷，予固不欢喜，太热，亦殊使人无聊也。

（《铁报》1937年5月13日，署名：云郎）

将游金焦

又将与唐公为金焦之游，四五年前，赴邗上，过京江，未尝一览其地，此次则拟不复赴扬，或自镇而游于京华，访在京诸友，未始非快事也。

女人有欲往跑马厅看庆祝英皇加冕典礼者，予劝之曰不必去，眼福未必能饱，奶奶则不免被人白摸几把，听者皆以余为谰言，实则我倒是一番好意也。

丁太夫人寿辰，将请至友登台彩排，过宜大为兴奋，拟演《汾河湾》，而与名优赵桐珊合作，惟是日被邀中，亦有胡梯维先生。《汾河湾》亦梯维名作，故友人欲怂恿二人相匹，过宜欣然曰：如桐珊来，我为挂名列于首，若易梯维，则我肯屈居次矣。

（《铁报》1937年5月14日，署名：云郎）

我 佛 先 生

我佛先生,游于杭,一日而返,告我以在杭之游踪,颇可噱也。谓到杭之次晨,即雇人力车赴灵隐,其时晨曦未上,灵隐寺中,乃无一人,徘徊片刻,辄赴岳坟,饮于杏花村,微酣,遂至湖滨,买一舟,舟人问其何往,则曰,随你摇,即不摇亦不在乎!惟至正午十二时,则须登岸矣,不料荡舟未久,陡觉身体发烧,额上亦有热度,亟令舟人拢岸,偿房值,收拾行装,匆匆觅归途矣。既到上海,病已除,予谓先生之赋性僻也,苟无此热寒之一烧,又胡能见其此行之趣,而使听者之绝倒哉!

白杨女士,有半裸影,可以睹乳峰之阜起,予友得其一幅,放大为八寸,丐白杨签字于其上,白杨写"给某某"三字,予见之诧"神秘之花",此则又坦率得令人咋舌也!

(《铁报》1937年5月15日,署名:云郎)

恂 子 近 作

恂子兄近作《穷居说》诗,述某君之断句云:"却教忙煞双眸子,近看清流远看山。"景状如在目前,无怪恂子为之密密加圈,而为及门弟子中之佳才也。

秦哈哈君在艺华拍戏之艺名曰秦桐,今世之浮子也。秦有妇,秦之友人不称之为秦师母,而称之为哈师母。"哈师母"与"哈士蟆"同音,是亦趣矣。

王汝嘉君,近设红玫瑰餐室于回力球场之对面,或曰,赌钱的人,输了也想吃,赢了更想吃,故预计红玫瑰之生涯必不恶,况其庖厨固曾经挑选过来者。

三弟来,携竹笋与蚕豆饷予家,令人颇动乡思,予七年不返里门,故园景物,时萦魂梦,康吾劝我归,我归乃不知何日也。

(《铁报》1937年5月19日,署名:云郎)

央求与命令

王唯我曾办一戏剧刊,曰《戏剧画报》,至第四期而寿终正寝,当时为其编纂者,则为二郑,过宜与子褒也。此次丁府堂会,戏提调即属此二郑,唯我闻之大喜,欲加入串演,乃至余处商量,谓对此二公,用"命令",抑用"央求"。予问"命令"如何?"央求"又如何?则谓央求便跑到他们二人跟前,为了要过戏瘾,应该低声下气,请他们给我排上一出。若用命令,则当写一纸条曰:"丁府寿戏,予唱打严嵩,望即排入为要,此上过宜子褒二位编辑,主干王唯我。"予闻言大笑,骂曰:你是什么东西,什么主干,谁是你的编辑,最好的办法,还是央求。

(《铁报》1937年5月21日,署名:云郎)

遇叶如音

此次游扬州镇江,而赴京留一日,到京在下午十时,车上遇叶如音先生,此君趣人也。予等在和平门下车,直赴夫子庙欲一听林小云老八之麒腔佳奏,久觅不得,乃赴月宫书场,佳丽甚众,上海小广寒勿建也。《铁报》在南京之销数极广,以其载南京新闻多也,予尝为毛铁建议,在夫子庙设一南京分馆,专印南京版,必不胫而走。余在书场买南京小报数份,皆幼稚不可读,举一例,如谓某歌女为警察抓去,不写警察,而写"敬言先生",假使谓此系技巧,则此技巧亦稚拙得可怜矣。

梦云自小学打弹好手,其实在上海已是庸才,一到夫子庙,便觉技痒,辄试身手,亦复平平,同行者为之面上无光。

(《铁报》1937年5月25日,署名:云郎)

潮 货

梦云在镇江车站时,拟往买水果,然久久不见一水果店,则购罐头菠萝蜜,问之肆中人,始知镇江无潮货可买,而镇江人实不大吃潮货也。镇人称水果为潮货,其实镇江之潮货店,何尝无之,在江边镇扬汽车公司之傍,即有一家,此殆专卖与到扬州的人吃邪?而镇江人果不吃潮货邪?

友人不吃潮货者,惟佩之一人,此次归来,见佩之,皆谓其为镇江人,佩之不解,旋得究竟,始亦大笑。

南京人讲话,舌头大,唐先生屡学之,而不能似也。予谓一瓶啤酒、三杯威士吉下肚,舌头自然会大,南京话自然成腔,固不必牙牙学语也。

(《铁报》1937年5月26日,署名:云郎)

丁寿之戏

王绍基于丁寿堂会中,唱打严嵩,拟约关鸿宾为匹门官,关谢曰:什么都唱,惟门官不能为,不知如何,我乃与打严嵩殊无缘者,譬如刺汤之汤勤,杀家之教师,则莫不从命矣。

绍基编《今报》"小戏馆"时,尝与某戏馆主笔通信,某主笔致其一函,备极揄扬,尊为剧坛先进,此次丁寿堂戏,某戏报列剧目,以王之打严嵩为开锣戏,王见之大愤,曰:我何尝唱开锣,我明明唱开锣第四出。其友某,在旁语之曰:剧坛先进,今为剧坛先出矣。

丁寿之戏,争码子者甚众,其实客串票友,争码子犹为情理所许,若熟朋友,大可不必玩这一套,余不能登台耳,果能登台,班串之后,即我上场矣。

(《铁报》1937年5月29日,署名:云郎)

京江某寺方丈

客有寄居于京江某寺者,渐久与方丈渐相习,因缔交也。一日,方丈语之曰,既为朋友宜设宴为公寿,足下入吾山,饫藜藿久矣,勿有佳鲜,则肠胃且征异状,故明日下午,当沽春浆攀风雅也,客唯唯而谢。明日,僧果招饮,首上一肴,则鲥鱼也,鲥鱼为京江名产,镇人治兹馔,优于其他,僧语曰:此活烹鲥鱼,非属佳宾,且勿出此以飨,公可以下箸矣。客念佛地干净土,不必因我一人,而乱其清规。僧频频劝醉之余,初则将箸着鲥鱼之鳞,继且以箸着鲥鱼之肉,客方愕然,而僧已举箸入唇,且力扬其味之不薄,客出意外,始悟和尚所谓斋戒者,亦不能穷其底细耳。

鲥鱼出水即死,故从无活烹鲥鱼者,然赴镇江,入餐肆无不知告客以活烹鲥鱼,其实欺人之谈也。

(《铁报》1937年5月30日,署名:云郎)

丁　寿

丁寿礼堂中,来宾最为人触目者,李秋茵女士也。李御欧装,御墨晶眼镜,柔婉如东洋人而西化者,美矣。玉狸词人,赞不绝口,玉狸来已迟,乃不及见李女士粉墨登场之凤姐身段,应叹眼福之悭矣。

王绍基一上台,有人在台下叹息曰:上了周信芳当矣。梯维言:信芳如何可学,学的人无不走样者。此言甚是,王绍基德薄能鲜,再学二十年,亦称不了麒派人才也。

沈少飞之《四进士》,唱了一半,台下开筵,人声喧杂,下半出戏,竟把他糟蹋了,可惜!少飞台步极佳,闻学自潘月樵之子,非麒派而为潘派,故有许多地方,是与信芳异曲而同工者。

秋雁夫人,亦平剧妙才,重演《起解》,女票青衣中,后起之秀,推沈夫人矣。

(《铁报》1937年6月1日,署名:云郎)

朱天庙香火大盛

近日,上海朱天庙之香火大盛,旧俗,四月廿四,为朱天诞辰也。朱天为佛,不知始自何时,有谓即自缢于煤山之崇祯皇帝,则荒诞矣。清河生,亦虔奉朱天之一人,朱天诞期,生茹素,以示礼敬,因语余一事:

"某年,朱天诞日,有群媪买舟往进香,泊于河畔,岸上有屠夫过,见群媪,口中皆念念有词,屠夫大惊,念此群媪,崇佛者也,佛劝人以戒杀放生,而我操此业,死后不知沦于何所?因至船上,向群媪忏悔,谓我将自剖其心肝,为我供朱天神前,冀其为我解脱,因扬刀剖其腹,出心与肺,遂死。群媪取而赴朱天庙,有和尚迎之,闻若辈亦有人托带东西来乎?媪皆异,亟献与僧,僧取而投之灯油中,忽有莲花放灯前,僧曰:放下屠刀,今果成佛矣。"生之言至此,记之,亦为朱天辰庙,作一点缀之写述也。

(《铁报》1937年6月4日,署名:云郎)

编 辑 人 语

蝶衣兄辞退之后,从今天起,这一版的编辑责任,是由我担负起来了,写枯了这一枝笔,有什么好东西来贡献与读者,不过毛先生殷殷敦劝,未便过拂了老友的盛情,还是来试一试的。

不撒谎话,我的确很忙,要像以前一天写三五千字不希奇,到现在已没有这能力了。担子是负了起来,要开步走,还是要仗许多好友来替我提他一把,或者推动一下,这才不至于吃不消放下来,甚至有"倾覆"之虞。

本版的文字,我有一个大略的计划,便是注重登载新闻。随笔之类的东西,让我一个人做,因为这些东西太多了,实在生腻。

近来因为个人爱好戏剧,想借本版一角地,来谈谈旧戏,这一栏更欢迎赐稿,什么都可以谈,需要富有趣味的,因为编者根本没有发扬平剧的抱负,何妨吃吃豆腐。

(《铁报》1937年6月5日,署名:云裳)

聊以自娱室丛谈（1937.6—1937.8）

题　　记

往时读《汉书》,爱赵佗之言曰"老夫聊以自娱",今之人都勿解此旨,终日营营,自苦其心意,果何为者？上海人有"吃豆腐"三字,范围极广,苟能徘徊于三字之间,妙绪无穷,通其术,便是造"老夫聊以自娱"之境矣。少时所读书,皆不可忆,独于赵佗一言,犹萦回心曲,至今奉为法旨,今作此文,取此四字名我题,第乞谅于爱我之人,不必邀君子之一笑也。

近日有两个人自杀,叫人看不过去者,一唐纳,一则梁桐芳也。唐纳之自杀,此为第二次,然此次自杀,又谓出之讹传。唐纳与蓝苹,夫妇也,二人皆从事影业,然无进取之志,而出风头之心,又不肯后人,于是常以情变轰动社会,其实不值一笑。至若梁桐芳,亦好出风头的一个宝贝,几个月报上不见名字,便来玩一套巴戏与人看看,预料此次自杀后,再过几个月,必有说不定什么新玩意儿,利用报纸,映演于我人眼帘矣。或曰:唐与梁,皆老夫聊以自娱也！然而苦已。

(《铁报》1937年6月5日,署名:老夫)

丁府寿戏

丁府寿戏之日,穆一龙君在台下为登场之名票摄影,郑过宜先生,唱《汾河湾》,亦留一影,则出帘时所照也。影中之过宜,其目紧闭,人谓过宜之唱,真有谭味,余见此影,始恍然曰:过宜真像叫天。或问曰:此汝不谓未及见叫天邪？如何亦知过宜之相似？余曰:猜想起来,叫天入殓时,弥似图中之过宜矣。

在满头大汗时,或神思疲倦时,有一把热手巾揩面,其舒适殆无可伦拟。闻之人言:客有请哈瓦斯社社长西人某君,饭于大西洋,饮酒既酣,汗出如浆,仆欧绞热手巾至,某揩面既毕,翘指赞叹曰:真中国之好习惯也。

秋雁办新家生,置新行头,谈者遂侈言秋雁近来之忽然富丽,人是不能久困于穷,穷则便该穷一辈子,稍苏其气,便有人据为奇闻矣。

(《铁报》1937年6月6日,署名:老夫)

玲珑至今未娶

玲珑订婚六年,至今未娶,近始欲为家室之谋,友人闻之,皆兴奋,欲助其筹备喜事,玲珑喟然曰:你们帮我忙,为效有限,惟有两个朋友,不肯帮我忙,苟使二人,仗义而出,我妻早在我家矣。众不知其故,问朋友为何人?则曰:一个是袁世凯,一个孙中山耳。

有一时期,天天卧于烟榻上,朋友装一筒烟,令我吸之。我亦勿拒,天天吸之,虽不觉其味之如何可口,然吃了亦并勿难过,又尝买八卦丹一盒放于身上,时时吃之,似颇能借以振发神气者,会而尽之,亦勿复念此兴奋尽丹,为强神之剂。一日离烟榻,亦忘了在榻上时之悠然神远,可见我本无嗜好,别人吃鸦片而有瘾,我独能脱然无累,故我反覆而言曰:惟金钱与女人,将为终身之癖矣。

(《铁报》1937年6月8日,署名:老夫)

与世勋谈杭州

与世勋谈杭州,其言曰:游杭州,与其春天,不如秋天,春天游人多,而不知西子湖秋色之美,甚于春日者,春天到杭州,所费多,秋天可节省,无论坐船乘舆,以致于住客店,皆较春天为便宜。又谓杭州之所以热闹,三种人造成之,一为死人,一为半死人,一则活人也。死人者,名人之墓也,半死人,则出家人也,活人则指往杭州之游客。又古迹多在杭州,譬如武松墓,武松在历史上是否有其人,不可考,然其墓则至今不湮;又有孝女井,孝女井不如武松墓之有名,相传为岳武穆女,死于其中,世勋尝一履其地,见其井无井眼,问之,则曰:此为假设者,真井已废除久矣。为之哑然!又谓名人墓往往年久圮废,今人乃斥资重修之,故西湖上之苏小小塚,及武松墓等,皆以水门汀筑之,作馒头形,此真杀风景矣。既为古迹,亦宜保持其古时之真迹,故外人之修葺旧墓,往往先将其原状摄为照相,然后将内部用钢骨水泥,固其根基,再就其表面,造成原状,此法可师也。

(《铁报》1937年6月9日,署名:老夫)

身体发福

人谓身体发福时,其人多放屁,愚近来日见丰腴,不能例外,故亦多屁,多至有一呼即至,怀此本领,常在朋友面前"表演",向朋友曰:我要放屁矣,在座诸君,要听响的,还是不响的!意盖欲使朋友点戏也。此言一发有的都惊而却走,有的则曰:要响的。愚乃放其一,众皆叹为绝技,而高声要再来一个,遂再放一屁,放已,自己大笑,众人亦都掩鼻而笑。人生游戏耳,有一分本事,便该放一分出来,又何必顾在座者之不可向迩哉!

曹聚仁先生于《辛报》作《一箭之远》文,谈语体文与文言文之优劣,对文言乃大施非议,不免过火。愚以为语体与文言之优劣,在各个本身不能摘一节来比较,现代语体文有写得不如曹先生而使人读之讨厌者,不知有多多少少,惟惜曹先生不忍指摘耳。

(《铁报》1937年6月10日,署名:老夫)

拜　　神

十年前,愚以病瘵,吾父引至新重庆路某弄堂中,入一屋,楼上有神坛,登其室,则香烟密布,有人忽令愚去头上之冠,谓冠则不敬也,吾父以吾病久,群医皆束手,故来问神。时当坛者,为一壮年男子,体格极魁梧,坐于坛前,口中念念有词,以神附其体也。神者,济颠僧,僧以世人多疑症,故梦示此男子设坛,且广收门徒,称坛弟子。愚往拜神橱,请赐药,拜已,男子为愚方脉,视其人作醉状,诊已,给药一包。视之,皆神座前炉内之香灰,因窃笑不已,以其不取我钱,故乐得观此异状。及返,投其药至病愈而未食也,愚近来每夜经重庆路,其居宛在,不知此中尚有济颠坛否?

(《铁报》1937年6月12日,署名:老夫)

叔范归来

叔范自华北归来,灵犀、龚翁、聚仁诸兄,为之洗尘,会尘无返自杭城,故亦在座,良朋快晤,欣慰无穷。席上十一人,皆能酒,独愚不胜蕉叶,然以酒令故,亦尽数滴,几醉矣。席上行口字令,各人念一句古诗,或现成名词,或成语皆可,惟其字中须有"口"字,或字之构造中,附有"口"字者,例如愚诵"一辆汽车灯市口",则顺次而数,第五人与第七人皆饮酒。又如灵犀言,"皆大欢喜",则第三与第四人,各饮两杯,盖"欢喜"二字,乃有两个口字也。于是有人念浑浑噩噩一语,"噩噩"两字,每人各吃四杯。而座上杨君,忽念一人名曰:沙不器,于是第三人亦饮四杯,一时谑浪笑傲,喧然并作。

当入席之始,各人座上,皆有名单,惟并不直写其姓名,而作类如廋语之文句。愚号大郎,则书曰:且问郓哥儿,直以愚为三寸钉矣。又如灵犀曰"一点通",蝶衣曰"金粉",尘无则曰"玉洁冰清",胥出龚翁之手。

(《铁报》1937年6月13日,署名:老夫)

能诗不能酒

愚以略解吟哦,辄有人对愚为婉讽者,谓能诗而不能酒,缺憾也。

又有人曰:"我未识大郎面时,以为其人必能痛饮,又安知既识面后,此人乃不亲麟蘖哉!"近来又常弈于友人家,然久弈而勿精,与愚同时习者,类多有出奇制胜之子,而愚则每弈必北,于是又为弈者笑我之拙,以为枉作文人,既拙于棋,复无饮量也。愚闻此言,恒发极曰:要这许多风雅做什么?不知天下之风雅人,恒困于财,未尝闻风雅人而腰缠十万者,惟脑满肠肥之流,始能广聚。我已悔当初学诗,一误庸堪再误,故终我之世,不欲博酒徒之名,亦勿欲当国手之举也。

信芳之剧,贵在有精神,故看其演戏,只觉浑身是劲,而看的人也大呼过瘾。看惯信芳戏,别人之戏,多嫌淡薄,若《斩经堂》一剧,尤神完气足,尝疑此剧为信芳一人之戏,他人不能做,做则必松弛。故论麒派戏,若谓麒派戏以"精神"为至贵者,则华安之摄《斩经堂》于银幕上,其意义多矣。

(《铁报》1937年6月14日,署名:老夫)

儿 时 情 状

偶念儿时情状,往往为之哑然失笑者,忆夏日诸姊妹买折扇,买后各书姓名于其上,志辨别也。愚其时即好弄文墨,则于扇上写"××扇子,其风甚大也"数字,其时十龄童子耳。即好用个把虚字眼,不知即此为将来没出息之基本,良可笑矣。

舅氏自百粤归,贻愚一折扇,以油纸为之,竹骨尤粗糙然,其风极大,出门,携之手上,可以引凉风,可以蔽太阳,然同行者皆以此为有失场面,而嘲讽之声,不绝于耳。

今年无人请作便面,以愚书法之劣,而往年亦有来乞"墨宝"者,此嗜痂也。吾友施乔云先生,写茫父书,神韵欲绝,然轻易不肯为人写,愚昔曾投以一诗,有言曰:"今年不向人求扇,除是施公为我书。"而乔云亦不顾,谓为藏拙,无乃不是。

逍遥舞厅,每年夏季,必有新装,而每次新装开幕,必请名女人行剪彩礼。三年以来,所请之名女人,愚一人包办之,第一次为徐来,第二为白玉霜,而今年则为艺华新人张翠红女士。张固红绝一时,慨然允愚之邀,逍遥开幕之日,光耀多矣。

(《铁报》1937年6月18日,署名:老夫)

张翠红美

张翠红女士,美人也,论貌,今之电影明星中,殆无如翠红之妩媚之姿矣。前日逍遥舞厅行剪彩礼,丐愚为邀翠红,约既定,乃于下午往迓之,则翠红方沾小病,强疾一行,逍遥场内外,竚瞻风采者,何止千人?翠红衣银色长衫,望之如被月桃花,光艳逼人两目,乐声纵处,徐步入场,银剪初持,掌声四起,盖观众以得睹此绝代佳人,不觉借掌声以纾其快意,而翠红顾盼之间,乃淡然为潮晕也。

既送翠红返家,归来闻汪仲贤先生噩耗,怆恻不能饮食。仲贤病中,愚屡欲偕听潮往省之,终未果,今闻其死,使人抱无涯之戚。愚识仲贤才二年,一夕,同观信芳剧于黄金大戏院,雄飞为愚介绍,先生于报间读愚文,辄多奖励,愚甚感之,自后时相过从,及其病,至死不遑得一面。嗟夫!诚不自禁其腹痛心伤矣!

(《铁报》1937年6月21日,署名:老夫)

谈 冲 动

丽园招宴之夜,愚以便急,乃入厕所。男厕所之邻,为女厕所,溺已出门结裤带,忽女厕所中,亦出一人,则为西装之妇,掉首之间,为状至堪失笑也。

一夜,集寂寂、杨枝、红蝉与愚四人于一室,红蝉颇怔瘁,愚谓萎缩若此宜无所冲动矣。红蝉则曰:不然,平均一个月中,亦有三次。杨枝乃曰:然则此殆《十日戏剧》也。众人皆笑,愚问杨枝,红蝉诚为《十日戏剧》,以足下之绕膝群雏,得勿为《社会日报》乎?杨枝曰:否!不闻寡欲多男乎?从实而供,则如目前之《今报》,《今报》一月之中,凡八九刊,我每月之排泄亦等是。众又问寂寂,寂寂曰:内子大归,我乃吃独睡之丸,若喻出版物,殆为年鉴,愚不造诳语,自承曰:我新申两报也。新申两报,休息之机会极少,而愚亦需要至亟,偶间一日,殆如劳动节之休刊,所略异者,一年之中,劳动节比报纸为多,且亦不以五月一日为期耳。

(《铁报》1937年6月22日,署名:老夫)

钱夫人精鉴人术

宋词人谈:有钱夫人者,留学于欧西,精鉴人术,尝谓男女仆役,能从其相而鉴其人之勤惰。譬如言,男佣行路,须择其身体前向者,则其人必心细而有胆略。又言女佣,视其双瞳,瞳须黑多而白少,则其人慎敏;若白多而黑少,其人必怠惰有私谋,此为家庭主妇者,不可不谂也。

乡居多蚊蚋,愚妇不敢燃蚊香,患蚊香不宜于儿童之呼吸。然避蚊不得,儿子手臂间,累累皆红痕,儿子苦于痒,搔之,肤嫩易裂,愚妇乃命我买明星香水。谓明星香水,搽于痒处顷刻可复。愚生性不顾问家庭琐屑事,故愚妇虽言之,而愚则屡志而屡忘矣。比日以来,愚每夜必谈于友人府上,及返,恒在深夜,过跑马厅派克路口,见中西药房之广告,"明星香水"之大字,横于马场外之长沟中,辄瞿然而忆愚妇之言,又念儿子此时,或有蚊虫吮其体,不觉自愤曰:为儿子做牛马且不辞,又何惜买此一瓶香水哉!

(《铁报》1937年6月23日,署名:老夫)

《三星伴月》歌舞场面

《梦里乾坤》中,有插曲一支,谈瑛之唱词,有一句曰"脱我血衣裳",若有一个轻薄者,在旁小语曰:"阿是身浪来哉?"必定奇趣。

艺华公司近拍方沛霖之《三星伴月》,有歌舞场面,其华艳为国产影片中,自未有过,少女五十人,皆肌丰肉丽,裸大腿及于小腹。拍戏之时间,每在深夜,及晨光已昀,少女皆倦极而眠,即在摄影场中,就桌椅而卧,卧时仍作戏上装也,于是此偃彼扑者,皆条条肉腿。一日,愚于上午到公司,睹此奇观,无论静行僧、高年叟,亦不得不对之而骨痒神酥者,何况尚有一口气之老夫哉!

溢芳看《武则天》后,谓《武则天》之剧词中,有"我要干,我要干!"因言:我要干者,前进朋友之口号,放之于唐代武则天口中,无乃不类。愚谓不然,苟武则天而在宫廷深处喊"我要干",亦为情理所许。盖喊罢"我要干"三字后,是一种动作,此动作,则马上解裤子带也。

"电影公会推派为粤片赴京请愿之严幼祥等五代表,均已事毕返沪",唐大郎君为艺华宣传,若写此二十七字于报上,当电影消息,将严幼祥一人写出来,其余人则一笔抹煞,小气朋友曰:"此标准宣传工作也。"然而大郎又不肯为之,大郎曰:让儿子孙子们去干吧!

(《铁报》1937年6月24日,署名:老夫)

某闻人怪啸

去年,某闻人因暗杀案而系于狱,庭谳之日,忽发堂啸之怪状,愚曾为文记其事,读者无不心有余悸也。近与数友闲谈,谓警务中人,都迷信神鬼之说,谓其迷信,然往往因借神鬼之助,而得侦缉上之便利,则又大可异矣。故警务中人恒言,凡发生枪杀事件,官方缉凶之令至严,捕者于出发前,往往在死者之身体上,击曰:放点灵性出来。言已,燃纸钱,意欲丐死者助其锄敌也。以是破案必速,尝闻行凶者于被捕之后自言曰:非侦缉者之功,是神鬼欲死我也。盖行凶之后,神志大乱,欲遁,而不知所适,四方奔窜,若皆有警网张于前,故欲窜亦永不可得,结于被截,此一事也。又闻某君昔日尝司刑法,一日,与同事坐办公厅中,忽来一童子,告曰:我自某处来,有冤魂附我体,遣我来此,告与诸公,将丐诸公为彼昭雪。某君大诧,犹叱之曰:汝言冤,果何事而蒙冤?此童子乃作死者口气曰:我商于某处,被盗所杀,弃我尸于野,今有进口之轮,杀我之盗,即载此轮上,愿公遣人随童子往,能指而获之。某君益愕然,曰:汝谓附魂于童子,汝魂果在何所?则曰:在童子之膝盖间,童子,不知至此,我送其来,其家距此,路甚修,苟非我托其至此,必勿胜脚力,虽然,盗至埠矣,愿公速往。某君果发侦骑,会船将傍岸,盗下船,童子于人丛中指曰:是三人者,皆杀我之盗,侦者遂截之,谳于庭,盗皆供认,曰:死者报仇,我亦无术翻案矣。某君生平不信神鬼,惟谓此事则为亲目所见,至今思之犹不禁毛发悚然也!

(《铁报》1937年6月26日,署名:老夫)

张若谷编《神州日报》

伍联德、明耀五二兄,营图文图书公司于四川路时,愚往盘桓,良久不去,图文之邻,则为上海向导社。上海向导社,根据日本欧洲之向导事业而设办者,不如今日之下流也,故其社员,皆秀美能通文墨,无事,亦至图文,久之,渐与若辈谂,谂而为友矣。有罗秀芬女士,尝肄业于启秀女校,瘦骨姗姗,而人极娴雅。愚于图文遭遇之先,曾识之于中国饭店,则应本报子佩之征也。既至,子佩戏询之曰:我要到舞场,盍作伴行乎?则曰:送至舞场门口,而不入场内也。又央之逛窑子,则曰:未窥门径,亦辞不往,可见当时"上海"组织之严。今日超山一文,乃知罗已作古人,闻耗,不胜怆恻矣。

身体上肌肉渐丰满,昔之念四肋骨,根根可见者,今已为肌肉所蔽。最近,忽觉宽紧带奇紧,裹于腿,殊不适,初不以为意,比觉吾腿大苦,乃又发现腿上之肌肉已大增,独怪两手犹瘦小,何以发展之不获平均,或谓,足下戕贼于下层者多矣,既戕贼于下,而丰于下,瘠于上,是则奇之又奇耳。

张若谷兄,近为《神州日报》编本埠,谓通信稿上之末一个"云"字,不可要,故《神州日报》已废去之,此意甚佳。愚尝谓,大报之"云"字,是证明大报对于刊出之新闻,不负责任。云者,有传闻之意,然沿用至今,已成为一虚词,或语助词矣,编辑者既不体察于细微,而读者亦随便放过,若谷能一语道破,已非易,何况能坐言立行乎?

(《铁报》1937年6月27日,署名:老夫)

宋词人稚骏

昔日稚骏之气未脱,尝念苟得一咏絮佳人,为闺房之伴,此生不虚矣。及涉世渐深,此念亦不知于何时已磨泪,及至今日,惟冀交接之妇人,为尤物,为姚冶而又不羁才者,始悦吾意。昨宋词人以书来,有言曰:"尘海茫茫,亦有锦绣佳人,赏此焦桐调古之音者乎?吾当奏高山流水以迎之矣。"嗟夫!宋词人有生二十六年,其稚骏之气,犹蕴结未尽,辄为窃笑,不知当时之我,亦正复如是耳。

大众茶室,新来一女侍,有媚态,然沉默不苟言笑,异矣。闻其同事者,此人昔尝执役于大千世界,愚乃爽然曰:在大千世界之女茶房,茶客可以动手动脚也,今此人棱棱有傲骨,宜不为登徒所喜矣。其同事闻愚言,一笑,徐曰,我乃勿知。噫!此一笑之用意深长矣。

在《新闻报・新园林》《申报・春秋》投稿之孙筹成君,读者或有知其人者,新申两报之稿费,优于他家,以孙之所谓"戎马书生"与夫够得上与夫举行银婚之一把年纪,则其大文,至少亦可以卖千字三元也。愚初未识其人,此次在丽娃栗姐园游会中,与此君比肩坐,因其行动异,说话多,更注意其人,顷之,酒菜上来,孙忽高声语众人曰:"今朝的大菜,在五块钱一客。"愚大讶,自语曰:"倒不容易吃,起码一千七百个字。"闻者皆绝倒,独孙君犹未能体会吾言之有伤忠厚也。

(《铁报》1937年6月28日,署名:老夫)

张龙朋生前

张龙朋生前,以医术名,以其诊金廉,日往求治者,凡数百人。夹阴伤寒之症,为张所专擅,张虽耳听失司,然犹好问,答之,张无所闻,其子在侧,扬声于其耳际,见者罔不失笑。张脾气不好,遇少年男女患隐疾往治,辄厉声斥之,病者以其宅心仁善,亦谅之,不敢迕也。贫苦人求诊,张每悯其穷,返其诊金二角,又取二角畀其人,曰:得此可为买药之资矣。求治者皆善其为人。

某词人文采翩翩,其女友则精欧学,二人论交时,词人制歌十二绝赠其友,撷香摘艳之章。果为才女,宜如何歆动,友则若无所觉,词人恚甚,乃曰:世无有锦绣佳人也,其语为怨声。友闻之,辄语其闺友曰:词人何以薄视女子之甚?闺友以其言告词人,词人益废然长叹,自咏曰:枉抛心力作词人!

(《铁报》1937年7月3日,署名:老夫)

星 社 聚 餐

曩时,以丁慕琴、徐碧波先生之介,加入星社,几次聚餐,烟桥先生每以书来,嘱往参加,然每以琐事而梗,自来未得同社诸君共聚一堂,亦憾事也。昨日聚餐,又在半淞园举行,时在上午,以起身迟,又误良约,先是通知单上,凡社友参加者,须各带制作品往,灵犀因谓:若果参加,必携一子一女同行,以生平未尝有可观之制作品,惟膝下群雏,实为历年来之最好出品。此君诚无往而不发妙语也。

艺华公司距吾居甚遥,坐人力车一往,所费为三毫,然论价时,不过两角。天热,车夫行不快,愚性躁急,在车上时,必自念曰:若此驽钝即到达时,亦不愿有丝毫奖益,然到车子停下时,又心平气和,悯其苦恼,则授以三毫,对此种人最不容易发脾气,愚乃屡屡如此。

史久瑜先生字仲瑾,秀水人,为沈曾植太史之甥,书法极高逸,诗古文词,尤旷代一人,与吾友媿翁,交甚笃,因与愚亦论交,死于三年前。愚尝为文及仲瑾、玉虹先生,乃贻书垂询,是诚不佞之亡友,其人恬淡自居,尝有人以厚币敦聘曰:我挣的几个钱,够用了,多要何为者?亮节高风,不似今世人耳。

(《铁报》1937年7月5日,署名:老夫)

写 春 联

第一次动笔写春联,张于故乡门首,则为唐人诗曰:"遥知杨柳是门处,似隔芙蓉无路通。"第二年则写白居易之"负郭田园八九顷,向阳茅屋二三间",吾家虽住于嘉定城中,而门前悉为田畴,可以遥望城垣,风景极为幽蒨。"一·二八"之后,愚足迹久不履故乡,乡人来,乃谓嘉定人在上海发财而归者,为数甚众,于是门前之田,皆为富人所购,将营新屋,已圈地矣。闻此消息,乃恨富人杀风景为第一本事,自此将使我后顾无林泉之乐,何物荒伧,安得赶回去一把胸脯,问个明白,脱其言语支吾,再刮他三百嘴巴哉!

今年吃杨梅极多,又饱啖荔枝,曼殊大师诗曰"十指纤纤擘荔枝"。调冰弄雪之外,此亦别饶韵事也。蝉红曾言,往时游舞场,日购白杨梅两角,令侍者要冰沙滤水一巨杯,杨梅浸其中,为色极鲜艳,邻座人勿知为何物,则向侍者索此琼浆,侍者无以应,告以故,每相顾哑然也。

人到中年,便有伤乎哀乐之感,芳君乃自署其斋曰"伤乎哀乐斋",语发乎心,可知中年人诚不易为。愚曩赠某歌者诗,有:"又见歌尘掀十丈,十分憔悴近中年。"则不暇自悲,先为他人恤身世矣。

(《铁报》1937 年 7 月 10 日,署名:老夫)

洪 深 来 沪

久不与影剧中人周旋矣,洪深兄归自广东,止沪上,乃偕幼祥约其夜游大都会,座上乃晤金山王莹诸君,既陶伯逊君来,云卫夫妇亦至,西苓又从维也纳翻大都会,英茵亦到,及愚出门时,东山夫妇亦来乘凉,凡此皆愚旧友,萍踪本不易聚,得此良晤,亦机缘。洪先生自来沪,无片刻暇晷,连睡觉工夫亦无有,前数日,曾患疟疾,注射而愈,故精神弥困,而双目尤疲不能张,劝其起舞,谓照此情状,舞一匝,必晕绝场中矣。洪先生将于十八日去沪,之匡庐,事毕,更往岭南,其夫人犹留于广州也。

与云卫谈甚凼,云卫不羁,其言乃风趣,是一个艺人,便应该在随便中发其天才,若矜才使气,而装成所谓"艺人"模样,则狗矢矣。

夜花园里,漂亮女人多,漂亮女人而为老头子带着同行者尤众,此则最令人大动肝肠。曾见一绝色丽人,陪一老头子散步,老头子不能健步,策一杖,老头子而为丽人之父,可以心平气和,若是夫妻,他妈的我真是要同老畜生拼命!此言,我尝为隔座某君言之。

夜深矣,园中发现一婴孩,其父抱之来游,洪先生大为摇首,叹曰:野蛮野蛮!云卫则言:相信他小时候老太爷、老太太也带惯他游夜花园的,不然,何以到如今觉得夜生活过得这样舒服!

(《铁报》1937年7月12日,署名:老夫)

李阿毛在日时

李阿毛在日时,为上海《社会日报》写"日本通",出以诡谲之笔,日人怒焉,顾不知为何人所作,于是搜查在日华人之寄书与沪上者。李阿毛乃秘其发书之地,今日在甲地投一函,明日又在乙地付邮,而信封上则不署发书人姓名,亦不写上海之报馆地址,仅某某路某某人收,日本邮局中人,不易侦索,始终未有一缄扣留,而《社会日报》之"日本通",益为读者称道勿衰矣。

叶娟娟贫病而死,娟娟此豸,不相见者,二三年矣。有一时期,叶与岳枫交甚笃,岳时携之来访,因相习,旋又闻与其夫敦伉俪之好,而病日深矣。其病患在项,固不治之症,而困于贫,医药之资,时虞不继,绵延不愈者二年,乃于前夕死于上海,身后萧条颇可悯也。

愚于话剧人才,爱王雪艳,汪仲贤先生死之日,愚赴皇后后台,访先生,亦与雪艳谈。近顷丁先生晤雪艳,乃告之曰:仲贤之丧,唐先生之损失巨矣。雪艳问何故?则曰:汪先生在,犹可来后台;汪先生死,唐先生与君达夫妇,交殊浅,于是亦永不能与王小姐有倾谈之缘矣。丁先生以其语白于愚,愚转为大窘。

(《铁报》1937年7月18日,署名:老夫)

外人住宅区

外人住宅区,往往不愿有中国人迁居其内,以外人起居,大多有一定时间,中国人则每至深夜,犹有喧声。乃闻有某甲者,近卜居于沪西,四邻固皆碧眼黄髯之流,迁入第一日,主人至清晨二时始返,后面忽以钥匙遗失,汽车夫乃步至前门,向楼上高呼,声震,西人皆醒,推窗作咻咻声,欲止车夫之高声也,无何。西人于每夜九时,皆入睡,某甲家之女佣,逾九时,犹在巷内乘凉,不免絮絮作清谈,而西人闻之,又推窗向女佣威吓,令其噤声也。平时在室中随便谈笑,然为西人所闻,则隔室有"泼里司"之声,送来耳际。"泼里司"者,即请某甲家中,稍安静也。以是某甲殊勿耐,图报复,一夜人静,忽觉隔室有鼾声至巨,某甲乃潜至窗外,察其声之来,实为隔室之西洋男子,因亦立阳台上,大呼曰:"泼里司!泼里司!"西人为其声所扰,遽醒,责某甲喧扰何为?某甲冷然曰:汝不应有鼾声扰我清梦耳。

愚家迁安亭,近邻为一铁肆,儿子来,见《铁报》,因问愚曰:《铁报》者,非报馆之下,亦设一铁肆乎?众闻言皆笑,非孺子,又胡来此妙语?

(《铁报》1937年7月20日,署名:老夫)

元 遗 山 诗

元遗山生逢乱世,其诗亦多刻骨之悲,十年前读好问诗,熟能背诵,如《卫州成事》一首云:"白塔亭亭古佛祠,往年曾此走京师。不知江令还家日,何似湘累去国时。离合兴亡遽如此,栖迟零落竟安之?太行千里青如染,落日栏杆有所思!"更有一律云:"河外青山展卧屏,并州孤客倚高城。十年旧隐抛何处,一片伤心画不成!谷口暮云知郑重,林梢残照故分明。洛阳见说兵犹满,半夜悲歌意未平。"北望燕冀,风云日促,遗山之诗,真令人一读一惘然也!

"一·二八"淞沪之战,翁照垣守吴淞炮台,翁作沉痛之宣言曰:

"欲以最后一滴血,洒在炮台,台在,人亦在,台亡,人亦亡。"语何壮烈!当时闻者,无不热血沸腾,今吉星文将军,守宛平城,日寇宛平城多日矣。城中皆焦土,所存者,特一孤城耳,吉誓死抗战,卒不能下,勉其兵士曰:"为我杀贼,我今以此身殉此城,城亡,则葬我于宛平耳!"忠勇之气,又如何不使人奋激?故今日之中国,无所谓畏强敌,敌能死我,我何尝不可死敌?敌有利器,我则有民气,民气大振,则力量之宏,胜于利器。和平之声不足听,吾民爱听者,杀贼而已!

(《铁报》1937年7月23日,署名:老夫)

媚琴楼尺牍之一

云裳大兄如握:久未莅中南,迩者公余之暇,重为冯妇,可笑也,连日醉霓裳缺席,庖代者,为稚年黄口之醉疑仙,童真可喜,令人悦目多矣。山塘女儿烟视媚行,辄为神往。惟一念及各报所登暗室隽闻,以及兄等所见婉转偎倚于老头子左右之状况,不禁中怀欲呕,此意真不足为某大夫道也。谢乐天近患牙癬甚剧,筱天遂踞上座,曩者,弟有"疑仙科白小天歌"之句,以为各有胜场,不能侵越,不意筱天说白,风流蕴藉,有乐天之顿挫,而无其粗旷,细腻处眉目传神,具意在笔先之妙,倘使其独当一面,则照耀词坛,又岂常人可及?虽然,从来怀才立志之士,不为环境所许,终致屈居人后者,岂独筱天而已,此圣叹所以痛哭古人,痛哭今人欤?弟中南座位,每在筱天趾次,天香深处一狸奴。

仁兄得勿笑我痴耶!弟狸顿首 二十四日
(《铁报》1937年7月26日,署名:老夫)

媚琴楼尺牍之二

云裳大兄有道:连夕书场中踞坐小天趾次,因得"天香深处一狸奴"之句,得句匪艰,成章不易,此意惟大兄能体会之也。前日醉疑仙在中南饭店以步履不慎,跌伤臀部,至未能起坐,乃兄醉霓裳以告书场听客,弟忽得十四字云:"此身愿化疗卿药,一片温馨贴玉肌。"俨然欲自况于伤膏药矣,迄亦不能成一章耳,惟忆昔年负笈中央大学时,意有所触,偶获"叹今生缘已前生定"一语,竟演敷而成《莺啼序》一阕,长二百四十字,自谓哀感顽艳,使普天下有情人读此,必为之唏嘘太息也。词曰:

难抛旧愁万缕,忆明珰雾鬓,记当日温语芊绵,细说瀛海珍讯;倚瑶席,蛾眉微感,寇丹匀点纤葱润;驾轻车,翩若惊鸿,软尘香凝。

曾叩朱门,翠幕初卷,有双环绝韵,透帘桄花影依稀,纱橱犹见晶枕;傍妆台清谈婉雅,敲诗博引莎翁证;最难忘,吹气如兰,都为名论。

骊歌唱彻,汽笛哀鸣,泪痕暗自揾,念别后彩笺传语,并蒂花红,宜男草绿,木桃私赠,江梅又发,春风重到,人间羡煞鸳鸯福,叹今生缘已前生定!欢筵如梦,怜伊酒入柔肠,玉涡浅处薄晕。

青衫黯淡,凤泊鸾飘,奈天公注命!欲打点缁衣蒲座,虔礼空王,惜媚偎鬟,此生无分,凭谁与诉,月轮心事?伤情谱出莺啼曲,好年华皆付空中恨!蓬山隔断红墙,雁唳银河,卍阑独凭。

弟玉狸拜状　　廿六日

(《铁报》1937年7月28日,署名:老夫)

国际饭店顶上之国旗

愚家在牯岭路,寓楼之前,可以望见国际饭店二十四层巨厦之顶,以二十四层巨厦,为中国四行准备库之建筑,故每逢星期日,或庆祝某种纪念之日,其顶上正中飘一中国之国旗,愚常见国旗而叹曰:中国事事落后于人后,惟在东亚最高之一种建筑物上,凌空飘展者,中国国旗也。嗟夫!国人得稍稍伸眉一笑者,其惟此一些凭借乎?二十八日,吾军克复廊坊与丰台,全市张旗志庆,此巨厦顶上之国旗,于是亦在爆竹声中,冉冉上升,时绚阳方盛,凭踞楼前,仰望国旗,乃觉鲜艳倍于往日,是日南风,旗乃指北,愚益欢喜至于泪下,向旗默告曰:汝岂亦知敌人在北乎？然，敌人果施暴于北，然吾方军势盛，杀敌正多，捷报将续至此，自今日起，将劳汝有多日之留，为吾民窥伺贼踪，盖吾军将迫贼走境外，著著前进间，汝且勿获遽下也。告已，吾妻入，因又告妻曰：汝记之，汝勿读，亦勿知吾国兵士，杀贼之威，然汝可记者，巨厦顶上之旗，张而勿落，辄可知我方迫穷寇犹严，失地亦渐归已有。吾妻唯唯，是夜逾十二时，国旗果伴明月而交辉，望之甚晰，半月以来之郁结于胸臆者，到此苏然，故早寝。至四时许，天方明，灵犀兄来叩门，其声急，大惊，启而纳之，则告曰：贼反攻丰台，贼又炮轰广安门，盖渠得报馆电话也。当时闻耗，色立变，起视窗外，则见国旗犹展笑于晨风中，自此遂勿眠。比晓，读各报，则宋哲元离防矣，以语气察之，似大势已去，为之懊丧不能饮食，然巨厦顶上之旗，以清晨无人收敛，当愚仰望之时，犹可见。及加以谛视，则实非笑颜，在随风颠动中，若挟深忧，顷之视作笑颜者，殆误于倦眼耳。当十时二十分，愚若负重创，执此笔而属兹文时，犹起立望国旗，已不知于何时下矣。吾妇粗心人，及愚为文将竟，犹未发见此事，愚至此，亦惟幸其粗心而已，悲哉！

（《铁报》1937年7月30日，署名：老夫）

影评人丁丁

愚未尝识影评人丁丁，昔日以意气之争，各于报间出不逊之言，日久，且淡然忘矣。前夕于宴客中，始得一握手之机，则对晤欢然，今日之事，向外而已，同舟人不当更积旧嫌。盖愚与丁丁，本无杀父之仇哉！当时汤修梅兄，亦曾为愚词锋所及，然后来追悔不已，今屡次见面，叫他修梅兄，而修梅亦称我为兄，亲昵之状，一如往日，今后得与丁丁释嫌，亦快事也矣。

草裙艳舞，生平最痛恶，徐粲莺以此成名，观之，亦只可怜而已。薛仙有女，才七八龄，能跳草裙舞，愚詈之为小人妖。近又见毛剑秋家所豢之日耳曼女孩，方五岁，亦能旋动其小屁股，几使人不敢张目。

（《铁报》1937年7月31日，署名：老夫）

苏州河之火

汪仲贤先生,死后逾月矣,昨设奠于国恩寺,往拜遗容,怆然欲涕,弱妻稚子,悲凉之色满目,吊者仅五六十人,今日之世,真不足言人情两字也!卓呆、石君诸先生,主持奠礼甚辛苦,愚因仲贤而念正秋先生,正秋死时,殡礼甚盛,则当时有一明星公司剑云、石川,为之办理,而仲贤则无之也,皇后剧院除薛瘦梅一人外,更无人致唁,是可怪矣。

苏州河之火,自燃烧时起,至夜半三时后,犹有焰,救火之水,远望之,如怒涛,又如九龙之直上云霄,蔚为奇观。是夕,以风势甚大,熄火勿易,直至为灰烬而止,愚与友人踞中国饭店之楼上,自火起,即见之,比返,犹未灭,观火达五六小时。

逸芬书来云:见迩日报端文字,忠义奋发极为神旺,时艰日亟,弟一无所畏惧,顾虑留恋,独不知报国何所耳,信然,事至今日,国人已无所畏惧顾虑留恋矣。所知者,杀敌而已,敌不死,则我死耳。国人乎,勿悲勿馁,贼踪迫我近,我则一一迎头痛击之!

(《铁报》1937年8月5日,署名:老夫)

空屋皆满

里中本多空屋,自闸北风鹤之警频传,居民纷纷迁入租界,于是吾居之巷,屋皆税去,对后门之两屋,久无人居,近则已有人清洁窗门,迁入其中矣,以避乱,故事是事皆撙节。及夜,不燃电炬,第有烛光,光黯,望之有憧憧人影,若相怨语,流离之状,触于吾目,辄为恻然。人安里落成之始,为"一·二八"战事方兴,故工程乍竣,居者已溢,及乱平,渐渐移去,近年来空屋甚多,不图至此又呈鼎盛之状,乃悟此弄之不祥,乃独宜于乱世也。

蔡将军自海外归来矣,相望声威,双眉陡豁,安得即此请缨,上马杀贼,重演"一·二八"骁勇之一幕,为民族增辉哉!

宋哲元之通电,细味之,实为怨诽,其言似曰:我死伤勿多耳,我亦能苦战抗贼者,我何为而致此? 嗟夫! 伤心人语,我至今日,同情于宋将军矣。

信芳羁滞津,犹不言返,明末遗恨之悲壮激昂,足以药世,何不赶来上海,以奋发吾民心,实翘企之。

(《铁报》1937年8月6日,署名:老夫)

嘉定老仆

故乡嘉定,近日亦为风鹤之声所被,居民皆纷纷避乱来沪上,以"一·二八"之役,嘉定为贼兵蹂躏,吾家迁去后,留老仆高妈,守吾户。贼至,居吾家者十数人,贼见高仆,以其耄,勿之欺,则令其司炊事,不数日,贼皆退去,盖乱已平矣。愚家人返,则屋中所有,悉毁于贼,所无恙者,老屋数椽,与高妈一人耳。高妈因为家人述贼兵来后之情状,谓奉贼如仆也。"一·二八"距今,已越六载,吾家久迁沪,而高妈守吾庐如故,发萧萧且不胜操作,今寇氛又炽,此年老之佣,犹勿舍去,脱不幸,贼踵复至,必更视高妈为奴。读者乎! 亦有上海赴嘉定者乎? 曷为我访唐氏老仆,谓携小主人言,以告仆,贼苟重来,必毋惧,令汝炊,炊之,而倾毒药于炊中以啖贼,使贼皆中药而死,是则仆不特忠其主,实忠于国,纵即死,其志传千秋勿朽矣。

(《铁报》1937年8月7日,署名:老夫)

自来水不通

乱离之世,徒苦人民,吾姑氏家本小康,安居乐业于乡间,惟屡以战事,乃迁来沪。此次时局紧张,故乡风声大紧,姑氏家又尽室徙沪,于法租界赁一庑,小租六个月。屋奇小,电灯与自来水皆未设备,局促不可耐,偶来愚家,告曰:其他皆可受,惟自来水不通,洗涤衣服,乃至困难,而抽水马桶,藏遗已满,无法抽尽,发奇臭,不可向迩,于是悔此一行,居乡间乐,居上海乃大苦。乡人之不愿居沪者,谓物质文明之都市,往往因不能利用物质文明,而使精神文明受到无量痛苦也。

屋既逼仄,人又众,二子来后,跳荡于前,致无心作稿,有时厌之,叱之去,然离我过久,又念之,患其游于巷外,有不测,非觅之归,始安。人到中年,遂不胜其舐犊之爱,念之甚可怜也。

(《铁报》1937 年 8 月 11 日,署名:老夫)

吾扇被撕

愚藏赭色桑皮纸折扇一把,近年携之手上,自以为有古雅之风,惟用之既久,裂痕渐著,偶至舞场,辄为同行者诽笑,以为携此扇而行,徒然衬托其人之寒酸,而愚不顾也。有人问愚,兹扇何来?则应之曰:慈禧太后与小楼莫逆时,馈与小楼者。上次小楼来,以此为赠,来自清宫,物虽微亦一宝也。听者有信有勿信,其实愚作谎耳,最近此扇乃为幼祥所毁。幼祥见此扇,知为愚所有,自言曰:他怎么也带这一把扇子?风雅如此君,正宜有一佳箑,入手轻摇,始称其身份。言已,撕吾扇为数十块,及后,为愚觉,几为哭,曰:宝物毁矣,与其被毁,不如老早送与易培基,亦使与清宫诸宝,齐运出洋,不将更壮行程邪?

看艺华《花开花落》试映,此中有言曰:不能忍耐的人,是永远不会发财的。细味此言,真有至理,天下惟能隐忍如乌龟腔者,克拥巨财,此例至多,读者放眼观之可也。

(《铁报》1937 年 8 月 12 日,署名:老夫)

多购咸鱼

国难至此,乃与锦嫠商家计矣,谓:我家贫,亦宜稍贮米盐,市上有咸鱼,亦宜多购,战事既开,食粮必恐慌,食粮慌,则不免流转……愚言至此,闻者似不耐,曰:"一·二八"我们也过来的,忧胡为?愚曰:否!"一·二八"时,有财源,不虑其困,今兹勿然,我月入初不菲,然战事既生,财源立竭,故可虑。则又曰:天命耳。我常谓锦婆为人,太糊涂,糊涂处,有时较我为甚,以今而观,讵勿然邪?

下月,我之生辰将届,初拟本三十不做四十不发之迷信之谈,为自己称觞,以今日之局面观之,此举有打消之必要,国难时期中,什么都宜省俭,有此借口,寿诚可以不做矣。

瘾君子近来有一种口头禅,曰:焦土抗战,一面焦土,一面抗战,焦土者,将烟土膏烧焦之后,吞入肚中,然后再谈抗战也。

租界上之一间楼面,今已有租至四十余元者,而亭子灶披,亦租至一二十元,而百物腾贵,米煤飞涨,此种情形,不足安民,市府而不加制止,则人必恐慌,人心恐慌,则抗敌之民气弱矣。

(《铁报》1937年8月14日,署名:老夫)

狼虎集(1939.9—1940.12)

与王琴珍偕舞

在大新茶舞,与王琴珍偕舞。琴珍旧识也,至此感慨万端,忽成绝唱!

当年颇想作王郎,今日刘郎尚大郎。"前进"不成便"没落",刘郎终世变萧郎。

(《东方日报》1939年9月20日,署名:大郎)

题《狼虎集》

爱看女儿上火山,遂令诗笔不能闲。因何此集称"狼虎"?写在狼年虎岁间。

(《东方日报》1939年9月21日,署名:大郎)

与梦云在笔头上开玩笑

予与梦云在笔头上开玩笑,有一时期,予表示服帖,不再寻是生非,而此君经朱凤蔚科长一捧其身边文学之爽辣后,果然又来惹×触屁×矣!

梦云骂我太穷凶,我要"投诚"他不容。老凤捧他太多事,浮尸从此骨头松!

(《东方日报》1939年9月22日,署名:大郎)

刘　鱼

《文素臣》剧中,有剧词云:"杭州的刘鱼,吴江的文人最爱吃。"一夜同美英看《文素臣》试片于卡尔登,忽忆此词,调以句云:

眼前我亦是文人,尚有璇姑不解春。莫道刘鱼湖上好,嘉兴一向产奇鳞。

(《东方日报》1939年9月24日,署名:大郎)

和宓令一首

和宓令一首,从来不和别人步韵,此为第一遭,看在宓小姐是小姐分上,若是男人,要我步韵,……滚那娘个蛋。

并非和调女诗人,问汝干爹徐晚蘋。唐氏大郎惟直笔,涂鸦小集聚群臣。曾来访艳台方坐(注),谁把斯联韵押"昫"。我们舞场诸恶少,骨头轻得像无魂!

(注:曾访宓令于大新,宓方侍一客同坐。)
(《东方日报》1939年9月25日,署名:大郎)

中秋示刘姑一首

明蟾无语弄清寒,要共刘家笑靥看。不分郎情深几许?可如今夜有团圞。

(《东方日报》1939年9月27日,署名:大郎)

"第一枝笔"

或谓下走与王琴珍,并称"第一枝笔",下走则谓:下走之笔为"象形",琴珍之笔为"谐声"。一夜与琴珍舞于百乐门,不及以此意告之,因寄此诗：
　　此际重逢眼倍青，传谈道路那堪听。一"枝"何不都称"只"？卿是谐声我象形。
(《东方日报》1939年10月2日,署名：大郎)

出差汽车价高

出差汽车取价日贵，舞场归来，有人情愿犯夜而入捕房者，谓省两次车钱，又可买一本舞票矣。
　　愿干宵禁入官衙，不愿门前叫出差。立到天明归去好，无人笑我"砍招牌"。
(《东方日报》1939年10月4日,署名：大郎)

舞　姿

　　皮虚肉肿骨头轻，座上有人笑语生。宛似浦江潮水涨，佘来尸首竟无名。
梦云嘲下走舞姿之丑，此二十八字，则可为梦云之舞姿写真也。
　　我今不舞还称鹤，汝自能歌便似鸡。同是斯文何犯着？尽教尊口贱于□。
我跳舞不佳，犹不及梦云放歌之丑，此诗末一字，亦入八齐韵，典出吴敬恒先生笔下。
(《东方日报》1939年10月5日,署名：大郎)

南京张翠红来沪

舞人中亦有名张翠红，殊色也。昔南京之张翠红来沪上，居聚贤村，愚有诗云："司徒庙外垂杨路，不聚贤人聚美人。"今复有句云：
　　踏过轻红十丈尘，六街一夜走辚辚。分明不是垂杨道，又向新村访美人。

(《东方日报》1939年10月7日,署名:大郎)

看宋德珠演《虹桥赠珠》后

看宋德珠演《虹桥赠珠》后,赋赠一首:

近年我薄梅兰芳,今见斯人擅艳妆。要学斗方名士样,肉麻低叹宋家郎。

(《东方日报》1939年10月9日,署名:大郎)

"双 十"吟

征诛域内有狼烟,杯酒相逢一惘然。为道红颜能薄命,伤心念八好华年。但留双十庆年年,哪问山河缺未全。欲洒从教无热血,愿将长命祝婵娟。

(《东方日报》1939年10月10日,署名:大郎)

荫先兄书来

荫先兄书来嘱狼虎集不可间断,报以截句云:

近来真觉文思涩,却废吟哦又一时。肠胃不舒缘积食,但能放屁更无诗。

(《东方日报》1939年10月16日,署名:狼虎)

友人远道损书

友人远道损书,问予近状,近状无足述,惟与梦云在笔头上寻相骂当寻开心耳。

故人远道恕狂疏,一纸殷殷问起居。吃饱肚皮无一事,朝朝夜夜骂"五车"。

(《东方日报》1939年10月17日,署名:狼虎)

"十三"

文友某,有女友二人,一名十,一名三,合之为十三,嫌其不祥,劝其与二人间必去其一。

　　一双都是好身材,常使书生笑口开。我道不祥非为"点","十三"总觉恶形来。

(《东方日报》1939年10月18日,署名:狼虎)

宓令下嫁

宓令下嫁,其婿为南京路某布庄主人,短句贺之。

　　今朝闻说诗人嫁,不嫁钱庄嫁布庄。稍喜良人知尺寸,短长深浅一齐量。

(《东方日报》1939年10月20日,署名:狼虎)

过丽都舞厅,怀素琴香港

　　人间莫问是何年,老去情怀百不然。无复双携来客座,秋风一夜念"神仙"。

(《东方日报》1939年10月23日,署名:大郎)

舞人吴秀凤

国泰舞人吴秀凤,喜作少妇妆,波罗记其年已过花信,吴友一点先生阅之,不悦曰:三娘(吴之小字)才过十九岁,若以此为例,料来波罗夫人且近花甲之年矣。

说道三娘花信过,昏花老眼笑波罗。看来令正应花甲,比例分明不算多。

(《东方日报》1939年10月29日,署名:大郎)

王唯我君来书

王唯我君来书,谓"正式"学好矣,其新妇将生产,请友好吃红蛋,诗以贺之。

　　不亏王氏旧门风,有子回头谢祖宗。如若生子休再捣,会看小小蛋能红。

(《东方日报》1939年11月1日,署名:大郎)

答劝我勿再荒唐者

　　有人劝我莫荒唐,只为荒唐我太"羊"。寡老有情我必死,趁他未死再荒唐。

(《东方日报》1939年11月3日,署名:大郎)

舞女陈娟娟

国泰舞女陈娟娟,与文友寒潮先生稔,寒潮称陈为"妹妹",而陈亦阿哥报之。或谓寒潮如写舞文,若捧陈娟娟,可以用题曰"谈谈妹妹娟娟",盖仿昔日叶娟娟之妹,于报间刊一文曰"谈谈姐姐娟娟"也。

　　阿哥自有笔如椽,曾有舞文写百篇。哪似今朝题目好,也"谈谈妹妹娟娟"。

(《东方日报》1939年11月4日,署名:大郎)

过霞飞路金神父路口有感!

当时长忆霞飞路,别梦依依绕小楼。醉客应羞诗笔旧,回头曾数几春秋?

(《东方日报》1939年11月7日,署名:大郎)

过伊文泰见菊花口占

姹紫嫣红一例妍,芬芳徐度到襟边。问渠哪得清如许(成句),猛忆乔家小可怜!

(《东方日报》1939年11月9日,署名:大郎)

念郑过宜

不见潮州郑过宜,村郎将去定依依。年终我唱黄天霸,你若能来搭配齐。

久不见过宜,念甚,去年予登台唱戏,曾与过宜合演《黄鹤楼》,今岁年终,又将彩串,希望过宜肯来,以诗促之。

(《东方日报》1939年11月10日,署名:大郎)

数与陈娟娟舞

近来数与国泰舞厅之陈娟娟同舞,小诗一首,以彰其美。

姓陈名字叫娟娟,不是文坛一小媛。国泰舞厅牌子响,劝君去结好因缘。

(《东方日报》1939年11月12日,署名:大郎)

丁府上与吴素秋一面,为赋长句

却喜凉秋见素秋,素秋爽朗也风流。已教入梦微回鬓,何况消魂一转晖。干老子能扛健笔(指梅花馆主),太夫人竟惜莲钩(吴太夫人未到)!敝同乡看更新戏,告我吴娘"真勿邱"(嘉定人称好坏曰好"邱",勿邱者不坏也)。

(《东方日报》1939年11月13日,署名:大郎)

迎 熙 春

向闻曲调劳香舌,何碍莺啼费绛雪。今有海堧千万客,一齐洗耳待熙春。

熙春病舌,废歌半月矣,近渐愈,将于五本《文素臣》中登台,诗以迎之。

(《东方日报》1939年11月14日,署名:大郎)

闻孙翠娥唱《绣花鞋》,书一绝句

何须越女与吴娃,甬上孙娘更不差。几句"小君家"太好,教人长念绣花鞋。

(《东方日报》1939年11月16日,署名:大郎)

赠舞人何奈凤

又向欢场识此婆,可怜劫后泪痕多。人天常遗蛾眉怨,凤兮凤兮奈若何!

赠舞人何奈凤一首,请参阅今日之《怀素楼缀语》。

(《东方日报》1939年11月19日,署名:大郎)

答姜云霞

听潮代致云霞意,谢汝殷殷问我安。何处有人伤绿鬓,红灯煮梦赖青鸾。自从违面今春后,无复听歌到夜阑。颇拟相邀同一舞,滑行新步耐卿看。
闻姜云霞念我,赋此答之。
(《东方日报》1939年11月21日,署名:大郎)

记事诗一章

高楼灯火伴清眠,恍有如花在眼前。一夜相思容易尽,为渠空贮床头钱!
记事诗一章,读者心领神会之可也。
(《东方日报》1939年11月22日,署名:大郎)

"别苗头"

吾儿能继父风流,腔调毕竟滑又油。知否阿爷穷太累,叫儿休再别苗头。
闻次子说"别苗头"三字有感。
(《东方日报》1939年11月24日,署名:大郎)

爆花舞

新兴欧美爆花舞,乳可扪兮胸可抚。更有稀奇事一桩,互撞肚皮互敲股。
读前日本刊《爆花舞》一文偶作。
(《东方日报》1939年11月25日,署名:大郎)

念张翠红女士

念张翠红女士,翠红近为艺华公司演《王宝钏》方竣,吾等将演《明末遗恨》,微波一角,苟属之翠红,妙不可偕。

水银灯下照长帜,十八年来尚此婆。碧血花开春欲到,烦君陪我串微波。

(《东方日报》1939年11月26日,署名:大郎)

文坛诸郎

文坛忽见聚诸郎,试问何人确姓杨?八姊将来还九妹,雁门关外唱他娘。

近报间自大郎始,有一郎三郎一直至有七郎,尤奇者,还有八姊九妹,真够唱全本杨家将矣!

(《东方日报》1939年11月29日,署名:大郎)

明月与沟渠

书生只合说嗟乎!"桃子"从来无此"酥"。怪底今宵明月下,行行到处见沟渠。

旧诗云:"我本将心向明月,谁知明月照沟渠。"为释其意,乃成一截。

(《东方日报》1939年12月1日,署名:大郎)

蜀腴一筵上

蜀腴楼上笑声稠,无数花枝倦睨眸。几世因缘修此会?更谁杯酒叹无俦!曾怀我素双坤旦,绝艳人间两黑头。倘若进宫同一唱,侍郎兵部胜封侯。

蜀腴一筵上,赠素秋、素莲与世海、盛戎四位。

(《东方日报》1939年12月2日,署名:大郎)

赠孙翠娥

"求野"果然有礼仪,人生缘会亦何奇!愿郎从此成"金对",莫遗娥牌"戤白皮"。

孙翠娥言:"嫁了丈夫,譬之挖花中一只娥牌图,抓进一张花,成了'金对',否则终是戤白皮,不甚牢靠也。"一夜,同饭于大西洋,席上,赋此诗为赠,盖劝其早谋归宿也。

(《东方日报》1939年12月3日,署名:大郎)

《碧血花》选角

要尽千秋烈与忠,美人今亦叹才穷。微波原自秦淮起,合让熙春与翠红。

卡尔登《碧血花》,请微波一角,王熙春与张翠红胥美,而下走之意,则翠红尤胜。

(《东方日报》1939年12月5日,署名:大郎)

闲中偶为乔金红写一绝

照见清溪一树梅,肯邀明月夜深来。当时只道郎相约,蛙鼓何方闹似雷?

(《东方日报》1939年12月6日,署名:大郎)

评剧家挨骂

老常州骂小常州,东倒西歪哪肯休!师妹何曾殊侄女?本来都不捧妍头。
近见南腔北调人屡屡还骂评剧家,喜作绝句。
(《东方日报》1939年12月7日,署名:大郎)

为《文素臣》影片献映作

氍毹颠倒万千人,红极无如文素臣。移到水银灯下去,几家归去说熙春。
(《东方日报》1939年12月8日,署名:大郎)

老凤谓我畏粪翁如虎,报以一绝

老凤毫端本有神,粪翁诗笔更无伦。今年只让人家骂,不肯帮公骂别人!
(《东方日报》1939年12月11日,署名:大郎)

代 答 余 余

代南腔北调人余夫人答余先生一首,谨步大郎先生原唱。
劝君不必返常州,且把文章写勿休。妾自三贞还九烈,房中不坑汉郎头(坑藏也)。
(《东方日报》1939年12月15日,署名:大郎)

梦云乱认大衣

茸茸堆积尽名裘,到此乱翻迹近偷。灰背女装穿不得,不然可以换"枭头"(注)。
(注:白相人称当票叫"枭头"。)
朱夫人称诞之日,予见梦云在衣帽处,将各人之大衣乱认,认到周

錬霞之灰背大衣,似爱不忍释,予告之曰:女人大衣,你穿不出去的。梦云乃面赤而止。

(《东方日报》1939年12月16日,署名:大郎)

乱　毛

怒发千丝与万条,不须加记也商标。从今不足冲冠态,休遗蛾眉笑乱毛。

予发终年不平,近始用方巾压发,稍稍熨帖,某舞人常称吾发为乱毛,末句故云。

(《东方日报》1939年12月18日,署名:大郎)

答婴宁兄

秋闱痛后泪如丝,独处先生又一时。料想此缘终脱辐,将情告与故人知。

(《东方日报》1939年12月19日,署名:大郎)

素琴又有归来讯诗以连之

是处飘香一开梅,悄然每想好丰裁。遥知大地春回际,我要登台汝要来。

(《东方日报》1939年12月20日,署名:大郎)

送玉蓉北返

出足风头将二月,今当归去及新年。谁知昔日忘形友,来去终悭一面缘!

(《东方日报》1939年12月21日,署名:大郎)

改变生活习惯

　　天乍明时眼已开,年前只想弄钱财。如其慕老叮咛我,电话何妨早打来。
　　从前说,上午不起身,不听电话,近忽改变生活,八时必已离床,前定规例,从此取消,写此以奉丁慕琴先生。
(《东方日报》1939年12月22日,署名:大郎)

答 心 如 先 生

　　只因曾读几行书,至竟香山语不虚。容我禅机参透后,再将"止水"问心如。
(《东方日报》1939年12月23日,署名:大郎)

鲁玲玲自大华加入卡乐有赋

　　舞星十大此头挑,想起依人一种娇。毕竟鲁家贤小妹,肯持玉貌过斜桥。
(《东方日报》1939年12月26日,署名:大郎)

闻梦云兄流鼻血,以诗寄慰

　　塞牢鼻管不能通,危险何曾逊中风。闻道老兄真旺血,莫非月一回红?
(《东方日报》1939年12月28日,署名:大郎)

闻小鸟近事有感

最怜卿本是佳人,孰令身沾陌上尘?纵道攀龙附凤好,算来不及配麒麟!
(《东方日报》1939年12月29日,署名:大郎)

闻刘美英将移根卡乐,为成绝句

名花向晚展娇红,到眼春光一路通。为爱庭深移植好,斜桥过去有东风。
(《东方日报》1939年12月31日,署名:大郎)

新　　年

今朝又是过新年,到眼风光半可怜。我对上天无别愿,一心只想弄铜钿。
(《东方日报》1940年1月1日,署名:大郎)

为大新舞人陈雪芳作

桃花三月渐通潮,要记销魂第几宵。请得画工成一队,齐来俯首写轻腰。
(《东方日报》1940年1月3日,署名:大郎)

排《雷雨》

近排《雷雨》,予代信芳演周朴园,惟将来真到台上,则予为仆人乙矣。

一声妈与一声爸,麒老挑予代做爷。孰料将来台上去,穷爷终要变当差。

(《东方日报》1940年1月4日,署名:大郎)

卡乐影城厅中小坐

小坐于卡乐影城厅中,见郑明明与钱雪英,咸来客串,极一时盛事,用申曲造句,缀成一绝,谱入筱文滨丝弦中,亦朗朗可诵矣。

将身来坐影城厅,忽见佳人钱雪英。还有裙钗容貌美,大都会里郑明明。

(《东方日报》1940年1月5日,署名:大郎)

周夫人三旬妙诞

周夫人三旬妙诞,暖寿之夜,敬献截句。

为祝夫人三十春,春来又见发如云。堂前老少纷陈里,更有当筵"一尚称"。

友人称女人之姿色可观者,名之为"一尚称",予诗所记之一尚称,指来宾某女士也。

(《东方日报》1940年1月6日,署名:大郎)

闻绮罗香下嫁杜文林

大白近来醉写忙,忽传下嫁绮罗香。老夫却要平心想,胜嫁名流与巨商!

(《东方日报》1940年1月8日,署名:大郎)

夜坐口占

眼前风雨尽凄凉,尚喜销魂别有乡。瀛海归来犹昨事,低徊西阁坐空床(旧句)。

(《东方日报》1940年1月9日,署名:大郎)

窥　　浴

九本《狸猫》中,闻有窥浴场面,饰庞娘娘者,为名旦章遏云女士也。

灾黎到处有哀鸣,喜有蛾眉恤此情!一夜黄金台上戏,争看精赤赤胆情。

(《东方日报》1940年1月11日,署名:大郎)

示陈娟娟

陈娟娟能读《狼虎集》,喜甚,书此示之。

尽道娟娟眼有神,肯劳神笔写青春。东方日报朝朝看,可爱如狼似虎人!

(《东方日报》1940年1月15日,署名:大郎)

闻素琴归来度岁,喜有小诗

休撑泪眼看河山,喜有清词写玉鬟。一片江南歌舞地,最怜念旧有红颜。

(《东方日报》1940年1月16日,署名:大郎)

闻张文艳病危！

　　当年看汝快登场，一曲魂销络纬娘。凄绝春江歌舞地，可怜尚有几亲王？
(《东方日报》1940年1月18日，署名：大郎)

西 风 脸 孔

梯公谓予黄天霸之扮相，似雀牌中之西风，遂为小女儿所嘲讽，书此自解。

　　明灯一夜照颜红，脸似加官不会穷。料得蛾眉台下笑，阿侬高兴"吊西风"。
(《东方日报》1940年1月19日，署名：大郎)

予与小蝶合演《拜山》，小蝶谓将以黄酒饮场，因奉一绝

　　来拜分金一座厅，冤家台下本良朋。知君自有刘伶癖，名酒吾乡出"绍兴"。
末句为黄门后台口气。
(《东方日报》1940年1月20日，署名：大郎)

薄 饮 有 赠

　　夜沉沉见酒醺醺，容我樽前独拜君。安得一生昂首看，酡颜长似晚来云。
(《东方日报》1940年1月21日，署名：大郎)

招金红同坐

某夕,与一方坐舞场,予怂恿招金红同坐,一方二舞,畀十金,一方摇首曰:用几文无所谓,惟此种用法,太无意思。因嗾予为金红捐客,为解嘲曰:

　　这般捐客太凄凉,同是书生总热肠。譬若宵来台子上,庄家地罡闲家王(昨夜一方曾推庄,赌过牌九)。

(《东方日报》1940年1月28日,署名:大郎)

与舞人王慧琴同坐

国泰吃年夜饭之夜,与舞人王慧琴同坐。

　　银樽倒尽醉颜丹,暂祛西风竟夜寒。一片莺啼花笑里,最怜此饭是团圞。

(《东方日报》1940年2月2日,署名:大郎)

闲中喜赋

新春各报休刊五日,终岁勤书,得此闲暇,以涤尘杂,喜而赋此。

　　真怜此别入新春,五日光阴亦可珍。文字无灵终是累,不官太傅始闲人。

(《东方日报》1940年2月6日,署名:大郎)

新春杂咏(一)

　　殿前一礼拜盈盈,非为郎伸海样盟! 愿佛佑侬惟一事,今年所遇尽瘟生。

庚辰元旦,约舞人烧香于邑庙,事后,忽得此诗,不亦大煞风景哉!

(《东方日报》1940年2月12日,署名:大郎)

新春杂咏(二)

梦云头上汗纵横,牌九庄家烂得慌。摸出"大成"代价券,可怜除此已空囊。

一夜梦云推庄,并角票俱输完,身边剩一张大成酱园之代价券,计值二分,只得步行而返。

(《东方日报》1940 年 2 月 13 日,署名:大郎)

新春杂咏(三)

同寻一路喜神方,此际朝阳轮影忙。还是儿家房里坐,柔乡不去去何乡?

元旦日,挟舞人雇一车兜喜神方,旋进早点于林儿绣闼,末句故云。

(《东方日报》1940 年 2 月 15 日,署名:大郎)

谢屠企华招宴

花柳专家屠企华先生治春宴,招不佞往陪,不佞病甚,是夜在家偃卧,未践其约,因赋绝句,为企华谢云:

去年春病烦君看(仄),春酒今宵懒上鞍。倒底英雄容易病,重劳妙手挽颓澜。

(《东方日报》1940 年 2 月 20 日,署名:大郎)

送林楣归去,车中口占

临风莫更笑人痴,春树前头第几枝。窈窕秋星谁得似?最高楼上看多时。

(《东方日报》1940 年 2 月 21 日,署名:大郎)

与朱霞飞跳新式舞

纵道油多不易揩,卿穿革履我棉鞋。跳来莫听闲人笑,郎是牛头妾地牌。

一日,与朱霞飞跳新式舞,客座有人笑曰:一对牛头一对地牌,合计之,则两个十三点也。

(《东方日报》1940年2月25日,署名:大郎)

答 巧 姐

有署名巧姐者,作"翠屏山房乱话"谓予偕周翼华、姚绍华二君同游,如跟出堂差之小阿媛,因称予为双华小阿媛,其名雅艳俚句答之。

叫我双华小阿媛,文人笔调最轻圆。闻他巧姐如狼虎,正是吾家房老年。

(《东方日报》1940年3月6日,署名:大郎)

网篮考篮之争

闻网篮考篮之争,因而涉讼有感!

评剧两家尽不堪,忽然涉讼更奇谈。凭他"网""考"何须管,还向空厨看"饭篮"!

(《东方日报》1940年3月9日,署名:大郎)

陈曼丽照相本

市上有陈曼丽死后殡殓时之照相本,图中发现虞洽卿先生,感而赋此。

红颜一夜委香尘,憔悴江南一片春。老泪不知挥几许?如公高谊更无人!

尽言此世太无情,五尺桐棺埘一身。此老何人垂手立?可怜冠盖领群伦!

(《东方日报》1940年3月14日,署名:大郎)

本刊长篇小说

可怜风月无边夜,忍听男男女女云。为问东方双笔健,如何都写姓唐人?

本刊之长篇小说,无不结构奇美,所谓文情兼至者也,《无边风月》与《男男女女》两说部,书中人都有吾宗,因赋此以博桑旦华、田舍郎二先生一笑。

(《东方日报》1940年3月17日,署名:大郎)

小 红 生 日

友人为小红公祝生辰,小红,坤旦姜云霞小字也。

一生无计出情关(成句),偶忆当初语似环。不怕凤儿今好妒,称觞又复为红颜。

(《东方日报》1940年3月18日,署名:大郎)

舞场杂咏之一

彩排平剧一窝风,牌子云裳老更红。闻道海郎工力健,敲来夜夜两点(叶平)钟。

舞场杂咏之一。云裳舞厅,海立笙敲至每夜两点钟,而客坐不衰,星六则通宵,犹以老牌之平剧会唱贡客云。

(《东方日报》1940年3月19日,署名:大郎)

舞场杂咏之二

青灯娓娓说幽异,扶住郎肩仔细听。绝似池塘凉意透,流萤到处照惊鸣!

舞场杂咏之二。云裳舞厅说鬼,听者咸谓有绘影绘声之美,而其情状,正似乡间纳凉时,听田野农夫,讲山中鬼怪,辄为之目怵心惊,小女子虽胆弱,恒喜听此不疲,亦异事也。

(《东方日报》1940年3月20日,署名:大郎)

舞场中遘旧识红弟

当初一刻意何甘?尚喜能留旧日憨。相见莫倾摇落怨,与郎作伴住江南!

舞场中遘旧识红弟,颇喜玉人无恙,为占一绝。

(《东方日报》1940年3月22日,署名:大郎)

沈淇之名误植

《怀素楼缀语》中,沈淇之名,误植沈洪,为之失笑。沈淇者又为阿汉,今之旧剧理论家;沈洪者,字燕龄,昔娶玉堂春为姨太太者。

山西皮货旧商人,阿汉何尝号燕龄。桥上魂多销不尽,此中哪有玉堂春?

(《东方日报》1940年3月23日,署名:大郎)

舞 女 之 言

本来隽爽真温柔,"有种"应称第一流。为道郎来休跳我,阿侬早已有姘头!

闻舞女有对某客言:我已有拖车,汝勿来跳我者。予喜曰:直爽与温柔之女人,固皆可爱也,为诗张之。

(《东方日报》1940年3月24日,署名:大郎)

问 巧 姐

作"翠屏山房乱话"之巧姐,为一文苑名流,文中自称为奴家奴家,阿要肉麻。

此真拉斯布丁也,口口声声尽肉麻。底下原生一只×,如何自道是奴家。

(《东方日报》1940年3月26日,署名:大郎)

"囤 粪"

"粪展"中有人笃爱翁之书件者,一人恒购置多种,有人曰:无以名之,名之曰"囤粪"。

囤粪便成风雅士,宁如囤米作奸商! 粪价宜随粮价涨,者番老铁满皮囊。

(《东方日报》1940年3月27日,署名:大郎)

涂 雅 集

涂雅集云:"本届集叙,有各携鬓丝之举,闻漫郎不拖油瓶而拖其七十老娘,然则集友大郎,正可邀其刘婆,盖罩漫郎。"云云。

参加一次涂雅集,缺席连连半载多。闻道漫娘年七十,刘家少小哪能婆?

(《东方日报》1940年3月28日,署名:大郎)

王玲玲改名

王玲玲改紫微名,为银星矣,在艺华之刺秦王片中,与路明同为主角,宠以词云:

女儿都爱好生涯,雾鬓风鬟一望斜。刺到秦王星宿大,银灯长照紫薇花。

(《东方日报》1940年3月29日,署名:大郎)

胡 燕 燕

胡燕燕今为大华之名舞星矣,一夜,有友招其同坐,闻其武进之乡音未改,因称之为常州酒酿圆子。盖燕燕娇小,面白皙,以酒酿圆子拟之,乃无不称。

华灯笑语尽成欢,入耳乡音不用瞒。纵道酒酿圆子好,如何咒我吃汤团?

(《东方日报》1940年3月30日,署名:大郎)

涂雅集餐叙

涂雅集昨日之餐叙盛会,予未参加,然心向往之,因寄一言,以谢诸友。

绿杨村菜曾经吃,一席缠绵在影城。汝等双携怜我独,绝无壳子一身轻。

(《东方日报》1940年4月1日,署名:大郎)

张翠红风华盖代

银幕上之张翠红,婉媚不可方物,近有新作《梁山伯与祝英台》将问世,其倾动殆为必然之事,舞人中亦有张翠红,则所谓风华盖代者也,方为吾人所赏爱,合赋一诗。

　　银坛舞国两全才,翠可倚矣红可偎。只有可儿"两三八"(注),方能配得祝英台。
(注:"两三八"为"梁山伯"谐音,舞场术语,指十三点也。)
(《东方日报》1940年4月2日,署名:大郎)

先生阁易名

　　哭到寅儿泪已倾,双栖楼阁尽多情。凤儿亦是何家号,一是红颜一畜生。
先生阁易名为猫双栖楼,赋赠一绝句。
(《东方日报》1940年4月4日,署名:大郎)

陈栩园遗事

啼红记陈栩园先生遗事,读后感伤不已,因题其后云。
　　文场从此失家师,梅树松株尽泪洒。更向湖心亭下过,岂因沦劫始凄其!
(《东方日报》1940年4月8日,署名:大郎)

黄　天　霸

　　影片有《黄天霸》问世,客岁予于甄翁上,亦尝演黄天霸,然当时黄天霸无内眷,不如影片中,有顾兰君之张桂兰。
　　黄门我亦英雄也,却少同台一美人。安得兰君陪色相,羡他银海独留春。
(《东方日报》1940年4月9日,署名:大郎)

与钱雪英同游,题一绝句

路迢迢更夜迢迢(成句),已过春江第几桥。无数风光书不尽,刘郎诗句雪儿腰。
(《东方日报》1940年4月11日,署名:大郎)

与林楣游顾家花园,记一绝句

似有花香拂帽檐,林深路折步纤纤。儿家似悟春将老,为道林泉味最甜。
(《东方日报》1940年4月12日,署名:大郎)

侯玉兰北返前一夕,闻其歌《探母》

竟是侯家掌上珍,投荒也想觅斯人。阿侬最爱江南好,携去江南一段春。
(《东方日报》1940年4月15日,署名:大郎)

忽有所忆乃成一律

往日情怀未稍灰,偶临园外尚徘徊。香车轻载曾经过,平地相逢第一回。畴昔垂枝花欲萎,自怜多病体将衰!笙歌从此成憎物,惟想清谈望汝来。
(《东方日报》1940年4月18日,署名:大郎)

易立人发广告

新世界之大甲鱼,易立人君,代予作诗一首,在《新闻报》发为广告,其诗作得韵既不调,平仄亦都失粘,为自制一绝,以告立人。

甲鱼一只大无伦,广告新奇笔有神。待我形容怎样大,卧时似豕"立"如"人"!

(《东方日报》1940年4月21日,署名:大郎)

与刘佩贞舞

在大都会与刘佩贞舞,其人固识予,而娇婉不胜,因赠以句曰:

女儿也解仰文豪,看遍刘家尽细腰。谁向东方传妙影,座中遥指南宫刀(是日耀庭亦在座)。

(《东方日报》1940年4月27日,署名:大郎)

女人着软木底鞋

女人着软木底鞋,最不好看,骂她们一首:

鞋皮用木便成屐,如此时髦我不平。着到完时卿莫弃,削成一角做先生。

(《东方日报》1940年4月28日,署名:大郎)

马连良将登台于黄金,书此志喜

黄金马戏又重听,不是菲洲耍黑人。又是老生张一派,看他江上斗麒麟。

(《东方日报》1940年5月4日,署名:大郎)

看阎世善演《大补缸》

看阎世善演《大补缸》,美甚,为赋短句,以呈子褒啸水诸兄。

百草山前大补缸,真跷一上着时装。魂销不尽江南客,都道如花是女郎。
(《东方日报》1940年5月6日,署名:大郎)

瘪三坐汽车

狗发财矣猫发财,瘪三也坐汽车来。老夫还是穷如许,香槟明朝为我开!

从前的瘪三,现在也都坐起汽车,可见上海发财人之多也。明日A香槟开奖,作此一诗,聊以自解。

(《东方日报》1940年5月7日,署名:大郎)

捧舞女之西装客

南宫刀记有"留有胡子绅士型之西装客",捧某舞女甚力,而予称西装客为娘舅,其实为老头子之误,用为辨正。

何来娘舅话唠叨,怪绝新闻此一条。胡子骚因头子老,南宫刀是杀千刀。

(《东方日报》1940年5月8日,署名:大郎)

王慧琴雅号

王慧琴有雅号曰:小迷汤,然国泰中人,又谥之曰小犹太,不知何故矣。

江南几见女儿红,勤俭持家本可风。莫道斯人犹太小,更怜道地米汤浓。

(《东方日报》1940年5月10日,署名:大郎)

读漫郎漫话孝子顺孙篇，感而赋此

文人毕竟有灵根，肯替蛾眉作子孙。强与儿曹为牛马，美人一例解知恩。
(《东方日报》1940年5月14日，署名：大郎)

舞场中有二女郎上台歌唱，记座上人言

台下耳朵听坏哉，死人她也勿会关。一名标准梁山伯，一个人称金少山。
(《东方日报》1940年5月17日，署名：大郎)

送素莲赴甬

独携双须走天涯，湖海居然惯作家。至竟师门都好勇，方知前进不曾差。
(《东方日报》1940年5月20日，署名：大郎)

闻慧琴将下嫁，贺以一绝

问与何人论嫁婚，迷汤虽小总销魂。卿家夫婿无边福，消醒醍壶灌顶恩。
(《东方日报》1940年5月25日，署名：大郎)

三 光 诗

节约于今到日光，起来睡觉老辰光。只嫌发稿须提早，吃饭前头尽写光。

此诗押三个"光"字,而三"光"之解释各异,应是狼虎集中精心结撰之作。

(《东方日报》1940年6月4日,署名:大郎)

古装片竞拍

不须争夺点秋香,影片伤心说古装。既是民间多故事,不妨相会拍庵堂。

艺华与国华竞拍《三笑因缘》,互为攻讦,惟予以为既以民间故事为古装片之题材,则何不拍《陆雅臣》与《庵堂相会》而必斤斤于《三笑因缘》一部哉?

(《东方日报》1940年6月7日,署名:大郎)

久不见熙春,昨遘之筵上,为成绝句

劳生容易损青春,又遘银灯役此人。娇侄痴憨唐伯瘦,更无欢笑只微颦。

(《东方日报》1940年6月8日,署名:大郎)

今年新订卖扇润例,因而赋此

要钱不算出风头,字劣诗歪未入流。若是老夫知己要,商量一例好揩油。

(《东方日报》1940年6月9日,署名:大郎)

若瓢和尚

暂抛劫后好湖山,海上何曾一日安。捞尽纸钱灰亦苦,临风聊寄几枝兰。

若瓢和尚,于劫后来沪,近将画兰花扇页,与春江人士,结翰墨因缘矣。予谓和尚泰州人,宁能如绍兴人,捞锡箔灰与卖兰花哉？因赋此调之。
(《东方日报》1940年6月13日,署名:大郎)

读报记张自忠将军殉国

悠悠渐见英魂远,千古贞忠只数君。眼底尽藏忧国泪,一齐挥洒哭将军。
一日方临餐,读报记张自忠将军殉国之壮,为之废食,悲泣不已。
(《东方日报》1940年6月20日,署名:大郎)

闻顾兰君移爱于李英,书此为贺

人道当年一大山,洋钱钞票用交关。如何不种潇湘路,种向坑缸毛厕间！
(《东方日报》1940年6月23日,署名:大郎)

寄周天籁先生

果然妙笔传天下,亭子间中写刘婆。从此应呼新嫂嫂,休教认我好哥哥。喜筵摆过未该散,话匣张开不厌多。为谢周公之礼教,者般豆腐乃新磨。
(《东方日报》1940年7月5日,署名:大郎)

投 机 失 败

豪阔真同过眼云,搜罗书画学斯文。忽教穷极卖"今董",为用孔方方孔殷？
某君于投机得意时,广搜名人墨迹,预备为厅堂之饰,顾不久即告失败。有人见其将书画复售与他人,书画中颇多近人墨妙,谑者乃谓此人卖完古董又卖"今董"矣。

(《东方日报》1940年8月1日,署名:大郎)

绍兴荒灾,上海筹赈

老倌如此真哼个,苦煞绍兴百姓家。义赈偏劳优孟事,枉为其地出师爷。

或谓绍兴荒灾,上海筹赈之事,特烦之梨园人,唱义务戏而已,试问绍兴所有之师爷何以此时不来,想出些主意,叫有钱人之同乡人,多摸一点出来。

(《东方日报》1940年8月2日,署名:大郎)

某 种 手 表

婊子而堪称袖领,等于总揆出花间。笑他广告胡涂写,真叫死人呀(仄)勿关。

某洋行经售某种手表,登广告于报端称为"表之领袖",缠夹先生曰:"婊子领袖,岂非花国总统邪?"闻者咸为喔噱。

(《东方日报》1940年8月3日,署名:大郎)

国华公司有《孟丽君》

易钗为弁儿家惯,曾唱苏三四座倾。何物娇雌真好事,直教杨柳泣春明。

国华公司有《孟丽君》,春明公司亦摄《孟丽君》,国华有《苏三艳史》,春明亦摄制《艳史》,苏三与孟丽君胥为熙春杰作(指舞台上),移之上银幕自非周璇之敌矣。

(《东方日报》1940年8月4日,署名:大郎)

梅花馆主辞更新经理

为啥先生要动身,只因排位欠均匀。故将铺盖自家卷,哼个老倌柴好人!

或问梅花馆主,何以辞更新经理之职。馆主声明曰:因名角登场,朋友排定位子,定得好自然欢喜,定得勿好,便要难过,深恐循此以往,将得罪许多朋友,故惟有不吃这一口饭,于是辞志决矣。闻者叹曰:馆主真好好先生也。此诗末句,前四字为绍兴白,后三字则宁波口音矣。

(《东方日报》1940年8月5日,署名:大郎)

沈延哲逝世

罗店画师沈延哲,口没遮拦心肠热。家国之难尚未苏,不意喇叭声先瘪。

沈延哲先生,能绘事,心热口直,友好称之为喇叭,得咯血疾多年,久医勿疗,"八一三"后自罗店来,避地于沪上,病不已,延至近日辞世,朋友叹曰:家国之难未苏,而喇叭之雄声瘪矣。因为俚句悼之。

(《东方日报》1940年8月6日,署名:大郎)

老翁恋舞女

薪如桂也米如珠,真有忍心老丑人。五个黄鱼头用啥?老蔬菜是老糊涂。

报记某老翁恋一舞女,遣其妾下堂,妾讼争于官,翁愿月以二十五金为妾浇裹之用,有感作此。

(《东方日报》1940年8月7日,署名:大郎)

变　脸

今日人都能变脸,变为鬼脸自称雄。有时人脸翻成畜,张眼滔滔一望中!

见刘斌昆先生演《活捉》,其脸一变再变,而终于变为鬼脸,喜其技之绝,献俚诗一章,亦效费穆先生之向谭氏文孙致敬也。

(《东方日报》1940年8月8日,署名:大郎)

四平非大锤

已教见解尧坤笑,道我荒唐又犯关。阿汉恍非大悟曰:"为何锤震四平山?"

予论"平山"恐为戏班中"大锤"之别称,辄为南腔北调人所非笑,而阿汉先生更以《四平山》一剧亦称《锤震四平山》为引证,可知四平非大锤之别称矣,因谢诸君赐教之雅。

(《东方日报》1940年8月9日,署名:大郎)

雷击毙猪

忽来霹雳一声高,十七头猪片刻焦。眼底众生多可杀,杀猪何不让屠刀?

前日雨中,闻某处有十七头猪遭雷击毙,感赋此诗。

(《东方日报》1940年8月10日,署名:大郎)

名医吴莲州夫人自裁

信是人间有至哀,浮生如梦意如灰。可怜一碗芙蓉面,断送孤鸾到夜台。

闻故名医吴莲州夫人之丧,实出之自裁,死之前,夫人吃光面一大碗,拌以生鸦片烟如炸酱然,毒发,夫人遂不救,为状奇惨!

(《东方日报》1940年8月11日,署名:大郎)

七夕闻枪声

已遗人间一片惊,也教天上听枪声。自来牛女真哀侣,今夜房间不太平!

双星渡河之夕,闻枪声甚繁,或曰此时之牛郎织女,正开房间时也,奈何以此声警之,彼牛郎织女者,真薄命儿矣。

(《东方日报》1940年8月13日,署名:大郎)

明星出入方便

只有明星到处行,管他警备列森森。面皮即是通行证,他是兰根你秀岑。

闻租界戒备之日,电影明星之出入者,咸感大便。他人要抄靶子,惟电影明星,则可免此麻烦,尤其韩兰根与殷秀岑二人,警务中人一望而知为电影明星,即从其通行矣。

(《东方日报》1940年8月14日,署名:大郎)

郑过宜纠谬

谁谓郑家开典当,春江名笔属潮阳。笑他写尽梨园史,不识藏经一只箱。

作梨园外史之徐某,记《沙桥饯别》中唱词"藏经箱"又"藏金香",辄为郑过宜君纠正。海上潮州人之能文鸣者,青鸾而外,过宜亦一人也,不可以其人为典当小开而少之。

(《东方日报》1940年8月15日,署名:大郎)

严次平购汽车

　　自是银坛一朵花,忽称代理有专家。果然依傍女人好,挑得先生坐汽车。

闻摄影家严次平先生,今为陈云裳之"代理人",严曾在报间因此事登有启事,闻次平先生,年来在沪已购得汽车,旧时艺友,腾达者殆惟此君而已。

(《东方日报》1940年8月16日,署名:大郎)

谢吴江枫

　　云鬟乱垂玉颜红,为道儿家故姓童。倩影送来人亦到,者般雅爱谢江枫。

十五日下午四时,江枫兄偕黄金新角李盛藻、童芷苓诸君来寓,并赐芷苓近影一幅,用铸版刊如下图,并赋此为谢。

(《东方日报》1940年8月17日,署名:大郎)

将门之子

　　神弹如何弑主人?世间恩怨信难论。哭他立在公堂语:"我亦儿郎出将门。"

刺死张啸林之凶手,初度鞫询时之口供,屡自言为将门之子,见各报记述。

　　文魁斋已认招牌,又为乌龟讼入衙。元绪称公公不得,哭它态度有偏歪?

近有某商号,因乌龟商标而涉讼者,甲谓乙之乌龟,乃为仿冒,因两只乌龟之姿态,一为正面形,一则姿态略偏云。

(《东方日报》1940年8月19日,署名:大郎)

绑架案不时发生

昔日觊觎富室财,而今遭厄到人才。从今行路真难事,近世人多作"票材"。

近顷,海上掳人勒赎案,几无时不有发生,然有若干人士之被架,其资格仅为今世之工业或商业上之人才,初非以富裕名者,真可异也。

(《东方日报》1940年8月20日,署名:大郎)

某菜馆标语

本店不将成本计,顾客只消都满意。顾客果然满意哉,岂非老板要赔死!

某菜馆之标语云:"只求顾客满意,成本原料不计。"有人说:为什么开菜馆,何不设一个施食处,岂不更加来得漂亮耶?

(《东方日报》1940年8月21日,署名:大郎)

吴素秋母夫人

吴家阿母好春秋,料必重来海上游。痴愿应从今次了,海生弟你莫黄牛。

吴素秋虽美,然犹不及其母夫人之风神绰约也。上次来时,恨未一见,此次重来,当必烦海生弟为予作介,不能再错过机缘矣。

(《东方日报》1940年8月22日,署名:大郎)

素雯之剧

金钟儿已擅风流,扮到杜娘艺更优。独惜老开非俊仆,谁怜二妹匹苍头?

素雯之剧,《人面桃花》之杜宜春为最擅胜场,《金钟儿》亦为移风观众所激赏,近顷将加入共舞台与赵如泉先生合演《黄慧如与陆根荣》矣,书此为登台之祝。

(《东方日报》1940年8月23日,署名:大郎)

数遇张少泉

娘是姓张爷姓李,张三李四养儿家。舞台移入银灯下,开出新型五月花。

数遇张少泉,嘱为其女张目,予未尝看李丽华戏,良伯师大殓之日,始一见其人于中国殡仪馆。

陈家李济年三百,一弹横飞怀部林。字眼本非生与奥,入于台甫便难寻。

近见有名陈李济(卖药医生)、林怀部(刺张凶手)二人之名字,一个"李"字一个"部"字,殊不多觏,尤以陈李济之名,读来更加拗口。

(《东方日报》1940年8月26日,署名:大郎)

玄武湖入夜游客如云

当年此地万株荷,渔钓初完更放歌。椁遍后湖今夜水,几人酸泪溅清波?

白门人来,谓玄武湖入夜犹游客如云,男女为竞水之戏者更众,因有所触!

(《东方日报》1940年9月1日,署名:大郎)

赵君艳之娘姨

一片萧萧洗马声,黄家艳仆太聪明。此番红了赵君艳,惹得文豪座欲倾!

共舞台之新剧中,以赵君艳之娘姨,尤惹人怜爱,某夕拂云生与青鸾居士观后,叹曰:全剧特看君艳一人耳。

(《东方日报》1940年9月4日,署名:大郎)

放 肉 弹

马戏场中飞肉弹,惊人心胆逼人眸。凭君莫当敦槃盛,道是扬州狮子头。

亚林匹克马戏班之节目中,以放肉弹为最怵人心目。肉弹者,将人放于炮口内,轰然一响,人自炮口出矣。肉弹亦称肉丸,扬州菜中之狮子头,亦有人称为肉丸者。

(《东方日报》1940年9月5日,署名:大郎)

闻张翠红又育一雄

一胎一胎又一胎,二胎三胎四五胎。若嫁徐郎三十载,行看子女满堂来。

闻张翠红又育一雄,不图弱不禁风之人,转是子孙太太也。此诗仿"一窝二窝三四窝,五窝六窝七八窝。食尽皇家千担粟,凤凰何少尔何多?"体。

(《东方日报》1940年9月6日,署名:大郎)

青鸾居士剧赏赵君艳

晨曦巷口响萧萧,长年娘姨一种骚。更有青鸾颠倒甚,干爷从此拜文豪。

青鸾居士,剧赏共舞台演骚娘姨阿金之赵君艳,闻周剑星君,欲引君艳投拜于居士膝下,行仪有日亦。书此预为老友贺也。

(《东方日报》1940年9月7日,署名:大郎)

"猫狗表兄"

阿猫阿狗有称呼,猫狗连名此外无。至竟江东父老好,江西老表忒糊涂。

月前,《新闻报》有人寻"猫狗表兄"者,颇觉其称呼之突兀,及近见报载某银号之伙友名猫狗,盗公款美金票三千元,因托律师代表通缉。此猫狗殆即昔日之猫狗也。

(《东方日报》1940年9月9日,署名:大郎)

顾兰君与李英

小生似汝太风流,财色纷纷到处求。未必黄金能买爱,有人怅怅立山头。

闻李英将编《黄金与爱人》一剧,付顾兰君主演,忽然令人想起了一大山人,惘然赋此。

(《东方日报》1940年9月11日,署名:大郎)

某坤伶来沪

人家说你已攀亲,上海跑跑不好听。预为卿卿夫婿贺,一巾绿胜一衿青!

某坤伶顷来沪上,闻其在北已与同行某君订婚,既订婚矣,到上海来作啥? 不禁为其未婚之夫,捏一把汗也!

(《东方日报》1940年9月12日,署名:大郎)

寿丁先生一首

先生长寿如彭祖,祝罢先生祝一怡。快讨老婆便养子,弄孙上面总含饴。

寿丁先生一首。丁先生样样都称心,目下不过少个孙子,末句中间三字,颇难着笔,今如此写法,似通非通,读者作如何解便如何解可也。

(《东方日报》1940年9月14日,署名:大郎)

对窗少妇

无复风姿照眼明,比邻昔日住流莺。而今似盖棺材板,日夜丁丁响不停。

寓楼之对窗,本住一少妇美甚,良宵月上,予恒作窥窗之客,妇于一年前忽莺迁,继则来一打铁人家,清晨恒作奇响,令人不可安枕,愤极,用作此语,想楼下灵犀,必以为称快也。

(《东方日报》1940年9月16日,署名:大郎)

《学府春光》太夸张

花园坊住王春翠,搭仔先生曹聚仁。往往丰才都音貌,何尝浓艳称夫人?

本刊之《学府春光》近写曹聚仁与王春翠之恋爱史,写王为容姿曼妙之女郎,其实予尝过聚仁之家,亦曾见曹夫人,夫人擅文才啬于貌,若谓夫人为绝色者,夸张过甚矣!

(《东方日报》1940年9月18日,署名:大郎)

何海生拜吴素秋为义母

虽非晚景要堪娱,娘纺棉花儿读书。台下也同台上唱,不妨教子断机杼。

闻何海生君,近拜吴素秋为义母,素秋为更新之红角,何则更新之文书主任也。

（《东方日报》1940年9月22日，署名：大郎）

吴素秋录海生弟为义子

好婆更比干娘美，多羡何郎福一团。却道温如称绝代，痴心想做外公干。

吴素秋录杭州海生弟为义子，某君谓海生曰：我倒不想做你干爷，而想做你干外公。其人盖迷恋于吴母之徐娘风韵者也。

（《东方日报》1940年9月23日，署名：大郎）

入　土

上天自是登仙去，入土何尝不可安？纵有天堂人不见，尽多地狱大家看。

有殡仪馆以"上天"为名，或曰：今日之世，哪有天堂？特多地狱，故与其称天堂，不如"入土"之为安也。

（《东方日报》1940年9月25日，署名：大郎）

三十三岁生辰感赋

今岁偏逢三十三，大家都说乱刀镵（读如栽）。幸亏早脱棺材底，或者无须横下来。

中秋后八日，为予三十三岁生辰，此为感赋之作，决不效世俗之发一大泡牢骚，有如放屁，使读者取厌。

（《东方日报》1940年9月26日，署名：大郎）

黄包车索价高

今朝吃肉昨烹鱼,竹杠敲来乐有余。欢喜老妻知是道,一生不负嫁车夫。

公共租界电车与公共汽车罢工,黄包车无不索价奇高,闻若辈言,最多每日可以拉十余元云。

(《东方日报》1940年9月27日,署名:大郎)

上海物价飞涨

举世都愁衣食住,而今"行"亦叹奇艰。传来消息惊心目,上海终须有日滩。

近日上海情形,以物价之继续飞涨,年老之人,乃曰:上海滩上海滩,上海终有一日要滩矣。

(《东方日报》1940年9月30日,署名:大郎)

五 芳 斋

三年不进五芳斋,风味尚还不算差。只是堂倌双狗眼,依然讨债对穷爷。

清晨在五芳斋吃点心,记其所见。

(《东方日报》1940年10月1日,署名:大郎)

淫雨欲成灾

一天大雨若悬河,只是江南稻未锄。物价高腾粮价贵,老天无乃太糊涂!

十月一日,日夜淫雨,欲成灾状,为之忧心如炙。
(《东方日报》1940年10月3日,署名:大郎)

南京路大水

来去汤汤一水中,一般破浪又乘风。黄包车过南京路,似摆渡船到浦东。

大水中有人过南京路,述其当时感想。
(《东方日报》1940年10月5日,署名:大郎)

卡尔登看水

投眸何处不风尘?偶向狂潮息此身。依旧名园金谷艳,今年不见坠楼人!

去年,卡尔登楼下积水,与素雯齐楼而立,予谓素雯如演绿珠故事者,此际可以为坠楼人矣,今年又看水于楼上,不见素雯,怅然赋此。
(《东方日报》1940年10月6日,署名:大郎)

谈《父母子女》

人伦若是对天呼,不父焉能不子乎?剪与令郎为读物,胜它一本教科书。

近见报纸有人谈《父母子女》者,几骎为一时风气,此皆有益于世道人心之好文章也,读诸君之文既竟,口占一绝!
(《东方日报》1940年10月7日,署名:大郎)

苏少卿论伶人运会

看来真发大神经,却卜穷通到仄平。惟有骨头终要重,劝君豪燥改"酥""轻"。

苏少卿论伶人之运会,与其名字之平仄声有关,读之令人笑歪嘴巴。予以为少卿之姓苏,与名字之卿,谐为"酥""轻"两字,则为骨相有关,大碍穷通,宜改去为妙。

(《东方日报》1940年10月9日,署名:大郎)

看吴素秋之《盘丝洞》

唐僧台上惯装腔,台下唐僧看得狂。一把若来拖住我,后台阿有行军床?

看吴素秋之《盘丝洞》,要唐僧那个这个,唐僧一百个不答应,看得我真火冒,口号一首。

(《东方日报》1940年10月10日,署名:大郎)

见姚水娟演时装戏《蒋老五》,奉献一首

绍兴戏也唱时妆,干菜兰花一样腔。年纪如卿一把大,团脐十月始登场。

(《东方日报》1940年10月14日,署名:大郎)

为上海戏剧学校庆

黄金一看铁笼山,起霸工夫我不来。感想如何人问我,诸生尽"可造之材"。

许晓初、陈承荫两先生主持之上海戏剧学校,公演于黄金大戏院,昨日观《铁笼山》一剧,饰姜维者,起霸真有工夫,我自愧不如者,凡三千六百里,盖喻其远甚也。从此努力,他日之造就宁有限量?我为上海戏剧学校庆,为诸生之前途光明祝也。

(《东方日报》1940年10月15日,署名:大郎)

沧 洲 美 厨

至竟沧洲有美厨,洋葱鸡肉味调和。春江一夜西风紧,士女相携吃火锅。

在上海吃火锅,无不推重沧洲饭店之雪园。雪园在金风振动之候,火锅已上市,而食客亦云集,昨夜与笠诗同沾胜味,颇喜其售价不高。

(《东方日报》1940年10月16日,署名:大郎)

江西路桥下行

一队洋雌百态陈,就中有个白衣人。丰容最为同行赏,我独哀哀到小民。

一夜,与友人为江西路桥下塽之行,至一家,延客者有夷妇六人,一为上海女儿,亦称娇艳,虱处其间,独不为同行嗟赏,亦异事也。

(《东方日报》1940年10月19日,署名:大郎)

补 品 广 告

补品名称日日新,一时广告载纷纷。如今吃饭真难事,哪有许多吃药人?

看报上广告,以补品之花样最多,秋末冬初之候,此亦投机事业也。

(《东方日报》1940年10月21日,署名:大郎)

"保君发财"

推销奖券尽宣传,"保"字似乎过分点。连岁发财空有望,早该撞死店门前。

予各种奖券都买,买必在老汇利源,近见其广告有"保君马上发财"之语,保了他好几年奖券,但末尾也未曾中过。
(《东方日报》1940年10月22日,署名:大郎)

何五良赐宴

诸君忠孝弥天下,哪许猖狂末座陪。不肖疏顽公谅我,非关方命未能来。

何五良先生,于二十一日,赐宴金城菜庄,闻为父母子女问题,而欲一识老凤先生,予惶悚不敢列席,赋此以谢五良前辈。
(《东方日报》1940年10月24日,署名:大郎)

"上海病"

病来睏倒一家门,但觉头眩目又昏。上海人生上海病,香衾日夜好同温。
咏近来传说之所谓"上海病"。
(《东方日报》1940年10月25日,署名:大郎)

题《秦淮世家》

秦淮史事故风流,载得欢娱也载愁。看到歌尘掀十丈,几人作计返田畴?
金星公司,以《秦淮世家》特刊惠贻,挑灯读其本事,奉题一首。
(《东方日报》1940年10月28日,署名:大郎)

李万春来访不遇

江干不及接行旌,又欠寒斋倒履迎。荒懒故人君莫笑,几时灯下说离情。

万春来沪后,曾至寒家见访,予方以事他出,不及把晤,怅甚亦歉甚也,用赋一绝为谢。

(《东方日报》1940年10月29日,署名:大郎)

蟹　　名

摩登大蟹已荒唐,"老老"名称更血汤。若以君家内眷比,莫非它是祖令堂?

某售蟹公司,有摩登大蟹、老老大蟹等名称,见之使人失笑。

(《东方日报》1940年10月30日,署名:大郎)

戒　烟　法

最乐无如一榻横,戒烟方法尽风行。若然枪上难除瘾,君子便该拔手枪。

戒烟瘾有用枪上戒烟法者,予曰:烟枪上戒不掉烟癖,则拔出手枪朝自己太阳穴开一响,痼癖不除而除矣。

(《东方日报》1940年10月31日,署名:大郎)

见登报寻狗赏洋三百元有感

寻狗赏银三百块,却因人贱不嫌多。欢场诸女从头数,往日卖身价几何。

(《东方日报》1940年11月3日,署名:大郎)

对　窗　有　妇

雅人我自多胜致,楼比东篱一样高。淡逸可怜人似菊,不知何日许持螯?

对窗有妇,人淡既似菊,而年老于蟹,既对菊矣,不能持螯,徒呼负负!

(《东方日报》1940年11月6日,署名:大郎)

观俞振飞演《狮吼记》

最嗜江南歌格秀,王孙无恙又登场。才人搬演才人事,真爱池边陈季常。

观俞振飞先生演《狮吼记》,奉绝句以志饮迟。

(《东方日报》1940年11月12日,署名:大郎)

共 舞 台 广 告

满堂广告尽谐谈,尤爱龚公语气憨。四脱舞完红一腿,而公足尺又加三。

近见共舞台之广告,有客满足尺加三之语,真堪绝倒。

(《东方日报》1940年11月13日,署名:大郎)

读《半月戏剧》某期

撒娇吃醋灌迷汤,大角京朝本领强。如此师兄如此妹,诸君快演好文章。

《半月戏剧》第三卷第一期,有刘庵先生《书王玉蓉致南腔北调人长函后》一文,极尖刻爽利之妙,不可不读,非鄙人为梅花馆主之出版事业,作宣传也。

(《东方日报》1940年11月14日,署名:大郎)

赵君艳在共舞台

娘姨红罢尼姑红,毕竟陈郎法眼凶。何必推三还阻四,为爷岂必叹终穷!

赵君艳在共舞台,台下之红,非头二牌花旦所能企及,是皆先生阁主赏识之功也。君艳本有拜阁主为义父之议,至今未尝实现,颇怪之方、剑星诸君,不能着力!

(《东方日报》1940年11月16日,署名:大郎)

热 被 头

困绝连年作浪游,不羁清福亦前修。如何也省风尘苦,眼热人家热被头?

一方于秋水新篇中,记大郎热被头事,为赋此报之。

(《东方日报》1940年11月17日,署名:大郎)

闻名不如见面

总恨宣传扩大狂,三阳哪有老班娘?电杆双半行情辣,自费三鱼始出洋。

一夜,会肉侦于大都会,盛言祥康里有徐娘,为某肆主妇,次日由两友津贴,自费一半,其实闻名不如见面,特肉侦之宣传,夸张过甚耳。

(《东方日报》1940年11月20日,署名:大郎)

近将习《华容道》之关羽

西风面上染深红,拔直喉咙斗唱工。不省何人真促狭,要来嗾我做关公。

近将习《华容道》之关羽,于岁暮时在卡尔登串演。

(《东方日报》1940年11月22日,署名:大郎)

接生广告

　　报间广告见纵横,绝似黄鱼叫卖声。惹得苏州人笑道:接生拐个女医生。

　　报间日有某产科医生之接生广告,闻女之夫,亦佐院事,其夫为甬人,昔为卖黄鱼之小贩云。

(《东方日报》1940年11月23日,署名:大郎)

新艳秋歌罢,赋此寄感

　　料知翠袖着寒深,江上西风转不禁。我已伤心尤物老,重来哪忍见漂零。

(《东方日报》1940年11月24日,署名:大郎)

西平有疾

　　淋漓只眼哭师门,夫子当时爱护勤。一顶白盔临阵套,当他带得孝三分。

　　西平先生,纵横艳窟,以是致疾,则问病于花柳医生某君,某每为治愈,西平笔下称某为老夫子,亦感其爱惜之殷也。不幸某于近时物化,西平不能忘情于春江肉市,每次操刀,则御　冠,冠为白色,谑者为西平悼念老夫子,此亦为夫子服孝之意云。

(《东方日报》1940年11月25日,署名:大郎)

咏大三星结婚时之恐怖案

新郎一手挽新娘,正要双携入洞房。闹市何人来射猎?竟将铁弹打鸳鸯!

(《东方日报》1940年11月26日,署名:大郎)

白克路一腻窟

春江鲜肉都飞涨,不识咸头价若何?偶过当年司令部,夜深剩有炮兵多!

战前,某文豪居海上,称白克路一腻窟为司令部,然则主政七娘,为师长也。师长蓄雏四五众,有人复称之为炮兵,妙绝。

(《东方日报》1940年11月27日,署名:大郎)

一大山人与某女星

莫为情场失意嗟,男儿不用叹无妻。台型轧过莫多事,郎有黄金妾有□。

一大山人,自与顾兰君决绝后,近与某女星交好,说者谓山人此举,实对顾兰君施报复者。

(《东方日报》1940年11月28日,署名:大郎)

诸 公 来 拜

五十余人拜客来,孙吴诸子且相陪。小楼哪可容兵马,几使人安一里坍。

返人安里寓所,见有一名帖,则为孙兰亭、汪其俊、吴江枫、卢继影诸公相陪,大惊问舍间人曰:他们都上楼没有?则曰:以我不在家故迟于巷外,始用释然。

(《东方日报》1940年11月29日,署名:大郎)

电话费用涨

德律风今涨价哉,果然狮子口狂开。毋须惊恐毋须怨,还是乖乖拆下来。

电话涨巨额费用,令人咋舌,米不吃会饿死,电话不打,尚可维持生命,究非必要品,让它涨罢。

(《东方日报》1940年12月1日,署名:大郎)

《新闻报》广告

我有延龄不老丹,他家还有驻春丸。倘嫌参燕还非补,鹿肾驴皮与虎肝。

见《新闻报》之里外封面广告,尽为各家国药号所占,感而题此。

(《东方日报》1940年12月2日,署名:大郎)

风　雅

何故头皮牵不已,硬将风雅压予肩。老夫一向诗如屁,屁更轻飘不卖钱。

襟亚先生谓予二次以诗奉答,足征高唐老人之风雅,一口咬定,真令人无可奈何也。

(《东方日报》1940年12月3日,署名:大郎)

"探庄小唱"

朝探行情夜探庄,近来忙煞石三郎。群言小唱题名好,不是吹

腔是瞗腔。(姑借江韵一用)

有人记屠门之诗,题曰"探庄小唱",亦犹本刊之舞场随感也,而作者署名石秀,若非西平妙笔,不能有此。

(《东方日报》1940年12月4日,署名:大郎)

遇晚甘侯先生

昨逢铁笔甘侯晚,说道垚三病不支。我固常诗诗若屁,屁须硬进亦无奇。

遇晚甘侯先生,闻垚三病甚,无怪二月来,报间不获读宁汉佳章矣。

(《东方日报》1940年12月5日,署名:大郎)

电 话 谐 声

把吾一吃啥东西?乐字何如乱字奇。电话谐声到处有,这般牵强世间稀。

有发行某种食品者,其电话谐声,为"把吾一吃乐",阅之好笑。

(《东方日报》1940年12月6日,署名:大郎)

闻米价出百元大关

米行情出百元关,自此民生益发难。米蠹积财千百万,穷爷血泪几多斑?

闻米价出百元大关,天寒岁暮,民益不聊生矣。

(《东方日报》1940年12月7日,署名:大郎)

《赛金花》公映

此是宣南掌故花(成句),不须寻访到天涯。艺林诸士评量偏,绝称当年赛二爷。

合众《赛金花》公映之日,适名画家戈湘岚、胡也佛二先生招宴,英茵女士,亦来入座,遂得绝句。

(《东方日报》1940年12月8日,署名:大郎)

米 吃 不 起

一天米价涨三回,真个穷人吃屎哉。独有一桩尴尬事,不先吃饭屎何来?

某君谓:米吃不起,想吃屎。然研究多时,结论曰:"屎也要米造出来的,你想死人不死人。"

(《东方日报》1940年12月9日,署名:大郎)

剥 猪 猡

两个上前出手枪,衣裳钞票慢些行。大沽路口明明见,怎不下车打不平?

晚蘋先生谓:下午八九时间过大沽路,见有贼劫行人衣财者,明知其为剥猪猡,而不能拔刀相助也。天寒岁暮,行道者戒诸!

(《东方日报》1940年12月10日,署名:大郎)

"味 祖 宗"

先道鲜味好,又道价钱巧。这样的祖宗,许吃不许操。

味精味宗之外,近又有一种"味祖宗"发售,以"祖宗"而为食品之名,阿要穷凶极恶哉?

(《东方日报》1940年12月11日,署名:大郎)

闻素琴卧病,书此慰之

又闻大姊病恹恹,整日高楼尽下帘。居处无郎人自苦,不应老去尚矜严。
闻素琴卧病,书此慰之。自素琴返沪以后,予犹未见一面也。
(《东方日报》1940年12月12日,署名:大郎)

胡 蝶 发 福

曾见胡娘肉切衣,又闻皇后也痴肥。自因闲散心随广,只有消磨两片皮。
尝见胡蝶一影,较在上海时为发福,近闻陈玉梅亦成痴肥,此诗兼咏二人。
(《东方日报》1940年12月13日,署名:大郎)

咏吃角子老虎大王遁迹事

果然老虎有名声,谁料雄风一旦倾。角子吃完今亦梗,尚怜虎口有余生。
(《东方日报》1940年12月14日,署名:大郎)

膏滋药无补生死

竟用电流杀害人,这般方法十分新。膏滋吃尽千方药,扑落何曾补汝身?
蔡同德时刊膏滋药广告,其经理险为学徒所害,果遭不测,则膏滋药无补生死矣。
(《东方日报》1940年12月15日,署名:大郎)

言慧珠南来

爷与哥哥唱老生,阿侬少小貌倾城。氍毹独试莺声软,将见冲寒江上行。

言慧珠南来,奏艺更新,赵、何二君,嘱为文张之,因献绝句。

(《东方日报》1940年12月16日,署名:大郎)

黄雨斋跻身名流

袁履老同虞洽老,闻兰老更黄雨少。海上名流不绝生,新闻记者开银号。

近报纸见袁虞闻诸先生之名字外,黄雨斋君名字,亦跻于海上名流之林。黄初为记者,后设银号,年方逾而立,自称为绍兴布衣云。

(《东方日报》1940年12月17日,未署名)

余尧坤索稿

西风声里打秋风,面目分明肖乃公。争对老夫称老手,我今望汝快成龙。

尧坤辑《戏剧年鉴》,向予索一文,以此为献,尧坤有言,谓文友之营出版事业者,以大郎为老手,实不敢当,此诗乃不觉其牢骚之甚也。

(《东方日报》1940年12月18日,未署名)

小丑挂头牌

却让蛾眉说滑稽,头牌小丑世间稀。登场白鼻滔滔是,妙艺还输叶氏儿。

一夜,饭于雪园,隔座,妙女郎见黄金大戏院之广告,相语曰:"你看那哼小花面也好唱正场戏,挂头牌的呢?"顿有所感。

(《东方日报》1940年12月19日,署名:大郎)

赖　　稿

只听我喊苦连连,不肯饶人陈主编。做俚下庭光火透,今朝硬赖稿三篇。

昨夜,与天公、翼华、灵犀三君挖花,予与天公俱负,灵犀盈二三百元,此君死钉上家,坐其下面,绝无生路,予之大负,事其赐也,愤甚,无法报复,只有赖写稿子三天,以消吾气。

(《东方日报》1940年12月21日,未署名)

年糕与葵花子

宁波糯米做年糕,谁把容颜入素描。更有无情今太白,葵花结子见新苗。

素琴瘦甚,而益长,昔登银幕,或譬之为宁波年糕,今见太白又描绘其状,谓绝似一颗葵花子,真妙谑也。

(《东方日报》1940年12月22日,署名:大郎)

王　铁　口

"大郎门馆"真难解,西席何尝作客宾?记得粪翁言一句,吾乡人忌老先生。

王铁口先生以书来,称予为大郎门馆,门馆岂"先生"之意?"铁口"与予为嘉定同乡,老铁言"嘉定老先生"五字,嘉定人闻之,必恼!

(《东方日报》1940年12月23日,署名:大郎)

瑞龙强身汁

大力人推查瑞龙,强身补汁有奇功。分明不是仙家露,颜色还须问白红。

报载有查瑞龙发明之瑞龙强身汁,愿代为义务宣传于此。

(《东方日报》1940年12月24日,署名:大郎)

派克路人行道一人饿死

尚留沟壑容流转,饿死方知是善民。此际横陈无浊气,枉留掩鼻到行人!

于派克路人行道上,见一人饿死,路人掩鼻,为之嗟叹久之。

(《东方日报》1940年12月25日,署名:大郎)

圣诞节前夜

但闻叔叔喊哥哥,不见公公挽好婆。又是天堂又地狱,穷人多也阔人多。

圣诞节前夜,十二时后,不能成眠,遥想外面风光,因有此咏。

(《东方日报》1940年12月26日,署名:大郎)

看信芳演《六国拜相》

苏秦死去几千年,今日烦君往事传。我要来扪丞相腹,怜他未必好撑船。

看信芳演《六国拜相》,苏秦量奇狭,既为相,不忘其家庭旧恨,于父母兄嫂,无不施其嘲讽,台下人为之大乐。

(《东方日报》1940年12月27日,署名:大郎)

羊 毛 围 巾

围布方方值几钱?去年买得到今年。可怜落在穷人眼,一担新粳负在肩。

顾老大去年买羊毛围巾一方,为八十元,今年则百数十元矣,穷极奢侈。予闻其价,只当老大之负在肩上者,非羊毛围巾,而为一担新粳耳。

(《东方日报》1940年12月28日,署名:大郎)

海 生 发 福

"惜春""爱桂"何文牍,尊腹因何益挺然?报道光临人未到,进门先见雪茄烟。

闻杭州海生弟,自为更新文牍主任后,其肚皮更加挺得高矣。有人描摹海生发福之状,谓其人尚未进门,而手中烧残之一枝雪茄,已先到矣。"惜春""爱桂"皆为海生别署。

(《东方日报》1940年12月29日,署名:大郎)

行 路 难

行路难同说话难,何如吃饭更加难。电车电话凭他涨,怕听新粳出大关!

电话既涨价,电车亦继之涨价,或叹曰:从此说话难,行路亦难矣。然穷人所焦虑者,只在米粮之日贵,电话电车,固无与也。

(《东方日报》1940年12月30日,署名:大郎)

留 学 金

儿子来挨留额钱,过年校长有盘缠。于今教育成行业,何必师门出圣贤。

儿子归来,向予索留学金,此例在昔时未尝有之,近年始风行于黉舍间。因有所咏。

(《东方日报》1940年12月31日,署名:大郎)

狼虎集(1941.1—1941.12)

元　旦

飞腾担米百元钱,饿瘪尸骸枕道边。眼底风光如此恶,更何心绪祝新年?
民国三十年元旦,特作此诗,以示"庆贺"。
(《东方日报》1941年1月1日,署名:大郎)

国药号广告

蔡同德与树仁堂,广告纷纷登满张。元旦劝人先吃药,卜之国运也非祥!
元旦之《新闻报》与《申报》封面广告,为国药号所占满,看见真真惹气。
(《东方日报》1941年1月6日,署名:大郎)

剪贴"事业"

也请杭州张小泉,枉夸面目最新妍。希奇年出希奇鉴,尔我都挣省力钱。
读南腔北调人发行之《戏剧年鉴》,不禁有感,先是南北人之年鉴未发行前,力言其内容之盛,予则谓:同是"事业",吾书全靠剪刀,今方知南北人昔日已矜夸,乃为虚诬,谁谓此子老实人哉?
(《东方日报》1941年1月8日,署名:大郎)

荣　利

蛾眉口气忒新鲜,"荣利"何尝不可怜("怜"字应作"爱"字解)?真个无荣兼无利,问君何法赚铜钿?

好事者在报间精选影后,结果周璇当选,周璇登报声明,不欲领受。启事中有"不尚荣利"一句,此亦欺人之谈,下走为不尚荣利之人,故穷到现在,周小姐而无荣利兼收者,恐至今亦孵在亭子间中耳。

(《东方日报》1941年1月9日,署名:大郎)

电影西施

棺材豆腐尽西施,还向银灯看素姿。争及袁家师妹好,阿兄为汝故献诗!

看美云演《西施》影片,真绝代也。上海有豆腐西施、棺材西施,果何尝及此电影西施哉?

(《东方日报》1941年1月10日,署名:大郎)

草纸价飞涨

人言吃饭最为难,撒屎何尝容易哉?草纸价钱拼命涨,哪堪身浪常常来!

草纸之价亦飞涨,遂知吃饭既大难,撒屎亦不大容易矣。

(《东方日报》1941年1月11日,署名:大郎)

白米作奖品

奖品而今送白粳,正因米价太飞腾。不知大喜公司里,目下已经几担囤?

有某公司举行猜奖游戏,以白米为奖品,亦深知为人不能不吃饭之大道理者。

(《东方日报》1941年1月12日,署名:大郎)

稚 子 粜 米

家贫难治合家饥,儿饿还能忍一时。日午还来求粒米,料知父老病难支!

见平粜处有稚子挤于人丛中,悯其悲苦。

(《东方日报》1941年1月13日,署名:大郎)

将 晓

晓来到处听鸡啼,不是家鸡尽野鸡。如此穷年如此日,忍言年馔已舒齐!

将晓,闻鸡声盈耳,枕上作此,聊以寄慨。

(《东方日报》1941年1月14日,署名:大郎)

红 烛

只觉今年活命难,不胜悲苦更无欢。谢年我是无钱物,一只鸡排拨俚看。

荒年乱世,尚有人家红烛高烧,作谢年之举者,此皆全没心肝之陈叔宝也。予岁暮大穷,对此年时,了无好感,因作此诗,亦因羡生妒,因妒生恨之意也!

(《东方日报》1941年1月15日,署名:大郎)

暖　冬

冬隆时候暖如春,何必重棉始蔽身。稍识老天非酷毒,不将朔气逼穷人。

冬来暖甚,岂苍苍者,知世上穷人,既困于饥,不欲再困于寒耶?

(《东方日报》1941年1月16日,署名:大郎)

米蠹判刑

手辣心凶胆更粗,捉来米蠹法当诛。杀鸡警狗果然好,希望还将狗也屠!

报载有米蠹二三人,为有司所执,判以徒刑,然此种米蠹,犹蠹之起码者,上海之巨蠹,多至不可胜数,安得一一处以极刑,以谢无数穷黎哉?

(《东方日报》1941年1月17日,署名:大郎)

遇素琴

昨在黄金见大仙,大仙消瘦逾前年。看完一出奇双会,座识秋娘老更妍。

在黄金看信芳与振飞、艳秋演《奇双会》后,遇素琴于门口。

(《东方日报》1941年1月18日,署名:大郎)

引凤楼主人称觞

去年往祝朱公寿,看见推庄牌九输。今岁两方庄统吃,祝公长寿履佳途。

引凤楼主人,称觞于其私邸,到者皆乡亲与至友耳。凤公年来,困守海堧,特以小博遣其岁月,以博为喻,谨祷长春。

(《东方日报》1941年1月19日,署名:大郎)

米价又涨

牵衣童稚哭娘旁,薄粥难充一段肠。米价朝来重告涨,浅锅碎米满锅汤。

米价自当局加惩若干米蠹操纵以后,虽一度回落,然不二日,又涨至限价,闻此消息,令人气短。

(《东方日报》1941年1月20日,署名:大郎)

碎 米

买来碎米盛于锅,一粒分成三五颗。想被蛀虫都蛀坏,人嗟此老费工夫。

有人谓穷人所吃之碎米,取一米在手,用指迸之,裂为五六粒,因此又移怨于米蠹费力之大。

(《东方日报》1941年1月21日,署名:大郎)

识顾正秋

能将妙艺诱人痴,对此真兴老大悲!期汝花开红且艳,老夫已到抱孙时。

上海戏剧学校,演义务戏于卡尔登之日,百岁为我介见顾正秋。正秋,上校之青衣美才也。

(《东方日报》1941年1月22日,署名:大郎)

某补丸广告

　　补丸真个有奇功！莫虑精疲力也空。为报电台某小姐，若能掏汝不辞空！

　为某种补丸在电台报告之某女郎，一日谓"身体越掏越空"。"掏空"两字，甚有妙感，谨呈绝句，以报知音。

　（《东方日报》1941年1月23日，署名：大郎）

新春怀冯梦云

　　问声阿拉梦云哥，如此年关怎样过？妻氏曾藏鸡八只，今年应逊去年多！

　新春中，怀冯梦云先生，前岁，冯家"妻氏"藏鸡八只，今鸡价飞涨，则"冯妇"所藏，料无往岁之多矣。

　（《东方日报》1941年1月30日，署名：大郎）

张园十咏之一

　　鞭丝帽影绝尘驰，似见明妃出塞姿。寻个女郎相问道："你们活马哪能骑？"

　跑马场中，问招待女郎曰：倷个活马，哪能骑个？答曰：两块钱一趟。（张园广告有"电流活马"四字）

　（《东方日报》1941年1月31日，署名：大郎）

张园十咏之二

　　与郎携手踏春泥，不是魂迷是路迷。久步多怜腰易断，不知何处噪轮蹄？

跑马场之中,设迷魂阵,游人入其中,闻轮蹄车响,然不能觅原路归也。
(《东方日报》1941年2月1日,署名:大郎)

张园十咏之三

恍秀东湖万树桃,此身若已入春宵。孤城少女颜如玉,故伴桃花舞柳腰。
桃林一瞥。
(《东方日报》1941年2月2日,署名:大郎)

张园十咏之四

千张荷叶露痕圆,又听琤琮鸣可怜。及我此来应悔晚,眼前多是出山泉。
荷花池上听喷水泉。
(《东方日报》1941年2月4日,署名:大郎)

张园十咏之五

一上江楼意更佳,远看岭雪近闻蛙。当垆妙女俱清艳,手捧春醅鬓插花。
临荷池之上,有广楼,为游人进食坐息之所,倚窗看池波微动,莲叶轻翻,若有青蛙出没其间,令人意远,东望,则可以见所布之瑞士雪山景色焉。
(《东方日报》1941年2月5日,署名:大郎)

张园十咏之六

池塘春涨饰鳞肥,垂钓群儿笑语微。却听谁家兄弟道:"要看阿姊钓金龟。"

九曲桥垂钓。

(《东方日报》1941年2月6日,署名:大郎)

张园十咏之七

  天教造化到儿童,轮轨飞时气概雄。莫道寻常行旅去,应留一念在从戎。

米许林火车。

(《东方日报》1941年2月7日,署名:大郎)

《投机指迷》

  已经荒谬做投机,还要烦君作指迷。读得一编方烂熟,妻号子泣女哀啼。

某书局发行一书名《投机指迷》,出版之始,恭题一绝句,亦其书篇幅之光也。

(《东方日报》1941年2月8日,署名:大郎)

李万春张翼鹏对垒

  收得大鹏朝北去,却待一棒打春来。口头笔底寻相骂,倾轧而今上戏台。

李万春在沪时,演收大鹏,闻系针对张翼鹏而发。今张翼鹏又登台更新,演棒打万年春,则亦所以酬答万春者云。

(《东方日报》1941年2月9日,署名:大郎)

念因风阁上诸友

颇念因风阁上烟,香清烟淡质如绵。遥怜过客二三子,吃到老来气骨坚。
(《东方日报》1941年2月11日,署名:大郎)

看李玉茹演《凤双飞》一段

程腔荀派一人兼,何况圆姿欲替蟾。总是女儿工结束,教人不易辨秾纤。
(《东方日报》1941年2月12日,署名:大郎)

锡 箔 涨 价

锡箔行情涨不休,者般消息鬼神愁。将来灰亦捞干尽,不解钱粮只磕头。
锡箔涨价,我已对祖宗通告,要对不起他们矣。
(《东方日报》1941年2月13日,署名:大郎)

二月十二日雪中口占

初春江上见霏霏,却怕搔头点鬟齐。看惯红颜休看雪,终朝相对坐香闺。
(《东方日报》1941年2月14日,署名:大郎)

书 此 志 歉

故人毕竟情深重,特备春浆约我尝。为谢青衣两宗匠,芙蓉草与王兰芳。

王熙春拜兰芳为师,桐珊收李玉茹、阎世善为徒,俱以严寒所阻,不果往,书此志歉。

(《东方日报》1941年2月15日,署名:大郎)

张园赛灯

几家相约看灯笼,不必灯笼定要红。终是孤城儿女福,张园百戏演无穷。

张园赛灯,有人山人海之感,蛰伏孤城,久不见村市之妙会矣,睹此令人兴乡土之思!

(《东方日报》1941年2月16日,署名:大郎)

唐拾义死

春江事事尽诙谐,父业儿传未必乖。早见乌龟作字号,死人今又做招牌。

唐拾义死已甚久,然报间广告,仍大书其名字,可见其哲嗣之不足号召也。

(《东方日报》1941年2月17日,署名:大郎)

陶冷月之画

中堂动辄数千金,文价还低画价腾。要叫吾儿学唱戏,而今应遣写丹青。

陶冷月之画,闻标价奇高,有贵至五六千金者,不知其生意乃如何也?

(《东方日报》1941年2月18日,署名:大郎)

梅霞漫郎笔战

何须笔下逞雄风,舞艺多谈理亦穷。说与冯程二位道:起来还捧女人红。

见梅霞、漫郎二君笔战,窃期期以为不可,爰成绝句,请为两家言和如何。

(《东方日报》1941年2月20日,署名:大郎)

四乡荒歉

穷黎怵目更心惊,闻道荒年景象成。锡福不能休锡祸,天心谁说最公平?

报载四乡荒歉之象已成,为之怃然有作。

(《东方日报》1941年2月21日,署名:大郎)

米价继续涨

食米大批方涌到,却传米价入高盘。岂真米蠹神通大,巢穴坚深铲不完。

连日报载,食米日有运到,而米价转见高涨,米蠹可杀而不能杀,真恨事也。

(《东方日报》1941年2月22日,署名:大郎)

唐槐秋打人耳光

夫子为何打耳光?时贤一例说荒唐。做人做戏两般事,论语翻开第几章?

阅"孔老夫子"打中旅团员龚家宝一记耳光事有感。

(《东方日报》1941年2月23日,署名:大郎)
[编按:孔老夫子,代指曾在话剧里扮演孔子的唐槐秋。]

唐若青之威势

辣辣两光巴掌揪,犹须屈膝对卿求。龚家犯啥欺天罪?充了军还要杀头!

中旅团员龚家宝,被唐槐秋披颊之后,唐若青还要他叩头谢罪,威势之盛,亦是为吾家光矣!

(《东方日报》1941年2月24日,署名:大郎)

春 夜 不 眠

春夜寒风着力吹,咬牙还在写歌诗。年来忍饿真成惯,耐冷尤其小事矣!

春夜不眠就灯下治稿,寒风犹劲,着窗上玻璃,作繁响,知其又向穷人威胁也,恶而为诗咀之,矣字总疑心在四支韵,姑用之。

(《东方日报》1941年2月25日,署名:大郎)

鸡　　缘

相生相克强相牵,阅罢宏文一粲然。争似冯家妻氏好,一生只成有鸡缘。

读梦云论《相生相克》一篇,语侵下走,爰奉此诗,借博一粲。

(《东方日报》1941年2月26日,署名:大郎)

某医院广告

"春光明媚百花开,一分精神一分财"。广告今朝登出去,有人明日送财来。

本诗前两句,为上海某医院之广告,为之足成全首,亦极善颂善祷之能事矣。

(《东方日报》1941年2月27日,署名:大郎)

产科女医生广告

何用胎前产后调,这般本领不为高。若能调到胎成后,钞票洋钿好满包。

某产科女医生之广告,云"调理胎前产后月经白带",此诗为之扩大义务宣传一次。

(《东方日报》1941年2月28日,署名:大郎)

荷兰人劫司机

满街抢食时常见,盗贼于今更下流。却看西人高一手,夜深伙劫黄鱼头。

报载,有荷兰人三名,在宵禁时间内,劫取云飞汽车司机人,司机人之损失,为五元法币云。

(《东方日报》1941年3月1日,署名:大郎)

知止先生作《晚辩》

有异文人习讽嘲,非同游侠学"钳牢"。自娱还用老夫好,晚字何堪属老耄?

知止先生作《晚辩》一文,其下一节,又深恐予之好为嘲讽,先生终非知予者也。

(《东方日报》1941年3月2日,署名:大郎)

二月二十八日晨,得一女

本无观念重生男,生女于今意弥甘。便到老来无落寞,乌龟可以坐朝南。

二月二十八日晨,得一女。昔者,朋友生女,予称之为朝南乌龟,今食此报矣。

(《东方日报》1941 年 3 月 3 日,署名:大郎)

煮　粥

熬完吃尽粥三卮,解得深寒解得饥。此际更休嫌粥薄,即今薄粥等琼糜。

夜深,灯下写述,微觉饥寒,遂取火煮粥,为乐甚永。

(《东方日报》1941 年 3 月 4 日,署名:大郎)

为女儿题名,久不可得

三因三妹咸奇俗,玛莉玲玲亦不称。却听床头人说道:"女儿名字要清芬。"

(《东方日报》1941 年 3 月 5 日,署名:大郎)

儿科徐丽洲之脉案

中文写似蟹行文,泼墨从知定作云。脉案开来人不识,先生业务太纷纭!

有人以儿科徐丽洲之脉案,求予辨认,竟一字不识,赋此志歉。

(《东方日报》1941 年 3 月 6 日,署名:大郎)

李玉茹与陆露明剪彩

　　李玉茹同陆露明,两方鲜肉杂肥精。愚知此日临场客,无数馋涎滴不停!
　　新都开幕邀李玉茹与陆露明剪彩,二人胥健硕,譬之盘中之肉,李肥而陆精,可口则一也。
　　(《东方日报》1941年3月7日,署名:大郎)

荀慧生南来

　　一朵能行白牡丹,清歌昔日淹江关。今开江上周郎语:回塊花开更耐看。
　　荀慧生南来,将演剧于黄金,赋此以当速驾。
　　(《东方日报》1941年3月8日,署名:大郎)

"看　错"

　　未曾"看错"梦云哥,无奈周婆似好婆。常笑丁公胃口好,年年收听小红歌。
　　梦云自谓渠能赏识于微词,然周至今日,已臻全盛时期,予看其《西厢记》有看过看伤之憾,"看错"为梦云原文。
　　(《东方日报》1941年3月9日,署名:大郎)

恩　怨

　　铲枝削叶又除根,今故何尝有怨恩?未及令堂中蕿事,要求众死让他存?

某剧刊屡与小型报界作对,书此为该刊编者呈教。
(《东方日报》1941年3月10日,署名:大郎)

"叫声妹妹王瑶琴"

　　叫声妹妹王瑶琴,我搭勿着侬起头直到今。个两日影戏刚刚拍,迭排伦格风头侬阿开心!
此首应用本滩唱法则音韵之美自然流露,惟仍用侵韵耳。
(《东方日报》1941年3月11日,署名:大郎)

咏剃头店砒霜案

　　人间无数好头颅,尽在区区手里过。已辣心肠兼辣手,算来吃饭危机多。
(《东方日报》1941年3月12日,署名:大郎)

叹　穷

　　嗟穷愁困本无聊,毕竟婴宁流品高。寿比南山添几级,禹公太白余坤尧。
太白常作叹穷之文,而蝶衣非之,太白犹责蝶衣之不能深谅老友,此公真天真烂漫哉。末一字因要押韵,不得不使尧坤名字感倒悬之痛。
(《东方日报》1941年3月13日,署名:大郎)

丁先生丧女

　　锦园花小尚无名,来去匆匆了此生。尔父虽穷能作达,何尝吝汝一杯羹。

昨夜,丁先生电告,其幼女近以患肺炎夭折,在世才二十一月云。
(《东方日报》1941年3月14日,署名:大郎)

误 关 为 王

误把王生错姓关,还夸曾看铁笼山。有人指我真胡说,一展婆娑老子颜!
李氏席上,误关正明为王正堃,因语正明曰:"我乃曾一看《铁笼山》也。"语未已,黄宪中兄即指为误,亦不禁哑然,赋此解嘲即呈祖夔先生兼同席诸君。
(《东方日报》1941年3月15日,署名:大郎)

电台女报告员

翻澜舌底出莲花,卖尽婵娟气力邪。黄是草头唐一点,不劳在下认吾家。
好友电台之女报告员,自言为黄小姐,有误以为姓唐,黄每加以否认云。
(《东方日报》1941年3月16日,署名:大郎)

为三友药丸义务宣传

姑娘嫂嫂一齐来,说甚调经会要开?能"救"世人多少"苦"?还凭"和气"好生财!
为三友之救苦丸、和气丸作义务宣传一次。
(《东方日报》1941年3月17日,署名:大郎)

咏 日 光 节 约

古训曾昭惜寸阴,寸阴今日果成金。劝君及早好归家,莫谓春宵未易深。

（《东方日报》1941年3月18日，署名：大郎）

春　　回

阳光和煦向人偎，万蕊千花一夜开。只是周围肃杀甚，人间枉自说春回。

昨日忽放晴，天转燠，忽有所触，把笔成此。

（《东方日报》1941年3月19日，署名：大郎）

《囤愁》一首

囤煤囤米囤盐油，此福原来也要修。譬若区区无出息，年年只有囤穷愁！

（《东方日报》1941年3月20日，署名：大郎）

明　星　剪　彩

这家店铺是新开，门外人攒一大堆。剪彩明星成副业，不妨定出行情来。

所谓电影明星之代理人鉴：以后你们不妨为明星设计，如有商号邀请剪彩者，一律以钞票为报酬。

（《东方日报》1941年3月21日，署名：大郎）

儿　女　皆　病

仰首望天天亦忍，频将荼毒锡吾儿。愿天收拾坏人去，莫遣老夫耗药资。

女既病"赤游",而幼子复发痧子,为穷爷者述焦头烂额矣。
(《东方日报》1941年3月22日,署名:大郎)

虞洽卿赴港

白相春江花甲老,薄游香岛二年迟。前年便走无牵挂,颂德称贤我尚为!

送虞和德先生赴港,第一句根据此君之启事,有来沪阅六十年一语,用白相用老字者,谓其老白相也。

(《东方日报》1941年3月23日,署名:大郎)

送 行 一 首

真个先生老矣乎?吮人膏血未含糊。可知何事民为本,枉把兴亡责匹夫!

(《东方日报》1941年3月24日,署名:大郎)

为中行别业诸君压惊

春梦不成成恶梦,诸君一夜受虚惊。明朝检点名单上,勿起同舟旧日情。

中行别业诸君,大半为予旧识,书此借代压惊。

(《东方日报》1941年3月25日,署名:大郎)

赠廖家艾女士

何用自谦老不支,雄风未必逊当时。廖家自是颜如玉,浮海相陪有鬓丝。

(《东方日报》1941年3月26日,署名:大郎)

王艳琴被戳死

正当嫂嫂风头上,白刃无端洞汝心。毕竟王家门祚薄,忍教煮鹤更焚琴!

王艳琴被人以利刃戳死,王据谓王瑶琴之姑娘,而为王筱新之女,云云。

(《东方日报》1941 年 3 月 27 日,署名:大郎)

王艳琴治丧

老泪纵横王筱新,艳琴还有老娘亲。瑶姬不见幕帷哭,雨打梨花定可人。

申曲刊物上,见王艳琴治丧之影,顾不见王瑶琴嫂嫂哭姑娘之一个镜头。

(《东方日报》1941 年 3 月 28 日,署名:大郎)

铁椎久无消息

经时不见铁椎兄,消息缘何久不通?岂为屠家一席酒,至今还在气冲冲。

久不获铁椎消息,念甚。

(《东方日报》1941 年 3 月 30 日,署名:大郎)

某游艺家为母祝嘏

某太夫人福气全,居然养得令郎贤。连朝广告煌煌载,毕竟名流是值钱?

游艺家某,近为其母祝嘏,有海上名流十余辈,登报为之发起。
(《东方日报》1941年3月31日,署名:大郎)

黄楚九七旬冥诞

任看到处铺行雄,无奈雄才久绝踪。此恨今生平不得,十年前未识黄公!

黄楚九先生,谢宾客有年矣,近顷许晓初先生等发起追念先生七旬冥诞,所以纪念贤阛阓才,许先生固不第为私谊而有此举耳。

(《东方日报》1941年4月1日,署名:大郎)

天衣辟一室于逆旅

已尽江南一半春,龚郎身上行头新。却教老友空相访,不见高楼贮玉人。

天衣辟一室于逆旅中,闻有鬓丝相伴,及我往时,初未见双栖之迹,为之惘惘。

(《东方日报》1941年4月2日,署名:大郎)

王筱新编新剧

王家惨案正轰传,自有投机新戏编。不道女儿逢此局,还挑阿父赚铜钿。

王艳琴死后,其父王筱新,编为新剧,在某戏院上演。

(《东方日报》1941年4月3日,署名:大郎)

为寡嫂征婚

阿兄亡故已多年,嫂氏衣单食不全。只为家贫难接叔,故教公请配良缘。
报纸有为寡嫂征婚者,事亦创见也。
(《东方日报》1941年4月4日,署名:大郎)

瓢庵写兰

瓢作兰花我作诗,霜毫一例写清姿。近来事事都平淡,如此襟怀只汝知。
偕明姑过天禅室,瓢上人为之写兰,随题绝句。
(《东方日报》1941年4月5日,署名:大郎)

谢听潮赠醋

又接酸"秘"(强读平声)一页书,赠予好醋佐家厨。昨宵听得山妻语,"菜好宁须管饭粗"。
听潮既为酸秘书,又以好醋见赠,敬此道谢。
(《东方日报》1941年4月6日,署名:大郎)

"回春妙口"

肾亏病得多年矣,走遍江湖无好医。昨夜曾听卿说法,不知何法治予遗?
某补丸之广告员黄小姐,近方尽力宣传补丸有医肾亏之效,予昔患遗精致病肾亏甚久,颇望黄小姐亦一施其"回春妙口"也。
(《东方日报》1941年4月7日,署名:大郎)

女婴夭折

去既匆匆何必来?乍苗哪及待花开。珠还合浦终无日,我被娇儿骗一回!

女生三十八日而夭折,作此诗时,已入无可挽回之境,中心如捣,吟成投笔!

(《东方日报》1941年4月8日,署名:大郎)

又 逢 素 琴

香丝青似九秋云,人比从前瘦几分。正是江南三月暮,繁弦急管又逢君。

素琴唱《宇宙锋》于卡尔登之夕,既见之于台上,又遇之于后台。

(《东方日报》1941年4月9日,署名:大郎)

"清明过后尚奇寒"

长衣典尽短衣单(其三先生成句),瑟缩何人在路弯?天要穷黎真好看,清明过后尚奇寒。

清明过后二日,天雨,且夹雪,此亦近年来之奇观矣,然穷人将奈何。

(《东方日报》1941年4月11日,署名:大郎)

某 君 不 通

父尚未先已唤公,令郎俱是糊涂虫。府君显考未曾用,执笔先生不算通。

读某君文字,有频称其父为某某公者,然父犹健在也。

(《东方日报》1941年4月12日,署名:大郎)

《返魂香》有人捧

何曾值得一誉扬,看过人人说看伤。毕竟新闻王道报,居然大捧返魂香。

昨记《返魂香》,后阅《新闻报》竟有捧场之文章。

(《东方日报》1941年4月13日,署名:大郎)

看恐怖影片

而今人味已无多,犹向银灯看鬼魔。却道空骇稚子胆,谁知赚我泪滂沱。

连日看恐怖影片,因此赋此。

(《东方日报》1941年4月14日,署名:大郎)

虎口余生

我曾虎口作余生,与尔原牵一段情。此地已嫌"人气"少,更休兽迹蹋春城。

吃角子老虎大王业已起解返美,押入监狱,执行徒刑,为此以壮其行色。

(《东方日报》1941年4月15日,署名:大郎)

老友赐唁词

庄谐一例出真诚,此死分明不算轻。儿去更休悲命短,绝怜老友太多情。

小女之殇,老友之赐以唁词者甚众,如啼红、蝶衣、宁汉、有竹居主人、其三、灵犀、孝鲁诸兄,尚有木笔子、唐突二君,不知为何人?其词虽涉谐谑,意亦可感,统此志谢。

(《东方日报》1941年4月16日,署名:大郎)

念因风主人

因风阁上文风盛,恨我未为阁上宾。慧海大师禅榻畔,开窗从不识芳邻。

因风阁在净土精舍之西邻,入晚,文友咸集于此,迩时夜间枯坐,辄念因风主人,有不尽低回之致也。

(《东方日报》1941年4月17日,署名:大郎)

国际疗养院

远离车马绝嚣尘,颤首花枝迎上宾。自是先生医国手,壶中长日闷浓春。

访屠企华医师于国际疗养院,入门,拓余地成一圃,有花木之胜,景物清幽,到此始知春在人间也。

(《东方日报》1941年4月18日,署名:大郎)

富 维 他

药名叫啥富维他,吃得穷来轮到咱。名字不祥销路狭,劝君还是改招牌。

某药房,发行之补品,名富维他,此三字若用直解,则富是他的,而穷自然是我了。

(《东方日报》1941年4月19日,署名:大郎)

夹 大 衣

大衣新样小腰身,一派臀波摇曳频。说与后头同道客,从来春色最撩人。

今年新行之夹大衣,制细腰身,乃益有摇曳生姿之美。

(《东方日报》1941年4月20日,署名:大郎)

友 人 惠 书

今年说正倒霉年,细问根由短点钱。也被穷神煎迫我,不热嘴上未宣传。

友人惠书,述近况之不豫,深同其感。

(《东方日报》1941年4月21日,署名:大郎)

邻 家 囤 火 油

对门囤积火油箱,想起前天火一场。囤户本来贪似虎,池鱼何故亦遭殃。

邻家有囤积火油者,忽念及爱文义路上之一场火警,不禁为之寒栗不已云。

(《东方日报》1941年4月22日,署名:大郎)

某小说写按摩女

含情脉脉复依依,故把文章写得奇。若被车夫阿二道,"前身定是野鸡飞"。

近在襟亚阁主处,读某君所著之小说,写其女弟子之一往情深,及后却写出女弟子为按摩女子,为之大笑。按摩之花,其出身为野鸡者甚多,此为灵犀的车夫张阿二先生经验之谈,因写奉该小说著作者,以博一笑。

(《东方日报》1941年4月23日,署名:大郎)

老 凤 父 子

父子问题闹不休,达观老凤也成愁。愿公巴望孙儿好,暮境堪娱在后头。
老凤先生因平欧兄事,颇致懊恼,书此奉慰。
(《东方日报》1941年4月24日,署名:大郎)

小 米 稀 饭

小米滋脾还润腹,端来一盏胜浓汤。穷黎只要充饥快,碎粒残珠枉断肠。
吃小米稀饭而念及穷人所吃之碎米,为之哽咽。
(《东方日报》1941年4月25日,署名:大郎)

发 寒 热

穷愁煎迫何时已?病更相侵我岂禁!一夜胡床翻覆际,伊谁能识此时心?
昨日忽发寒热,极难受,今日晨起,犹不能宁,拟问医者。
(《东方日报》1941年4月26日,署名:大郎)

"屧 躯"

哪可屧躯作屧躯,这张广告是谁书?江南才子多处遍,应倩芳君腕底抒。
天真女相士之广告,有用"屧躯"两字者,一时腾为话柄,天真广告而不烦之芳君,天真之为计左也。
(《东方日报》1941年4月27日,署名:大郎)

叉 麻 将

不求人叉门前清,时有千和蜡子成。手里摸来双百搭,不知编嵌不知平。

近与梯公诸兄,叉无奇不有之麻将,内附百搭四只,梯公头头是道,愚则为之眼花缭乱,谓此种麻将,若连叉十场,愚之两鬓霜矣。

(《东方日报》1941年4月29日,署名:大郎)

在松楼吃素斋

远来近悦尽佳宾,松月楼头吃素人。米价飞腾煤价贵,问谁不是善良民?

四月初一日,从闻兰亭在松楼吃素斋,乃知上海好人之多,彼煤蠹虫与米蛀虫,都往哪里去哉?

(《东方日报》1941年4月30日,署名:大郎)

熙 春 病

偷闲本欲访春楼,题醋曾经落笔否?忽报夜来春病急,小红替唱回荆州。

灵犀倩熙春为镇江醋题字,多日未见交下,今熙春遽病,昨夜《龙凤呈祥》之孙尚香,为姜云霞所替云。

(《东方日报》1941年5月1日,署名:大郎)

米 蠹 暴 毙

荒淫米蠹竟伤身,报纸宣传嘉定人。米蠹终为穷馑敌,何须派我是乡亲?

报纸有米商张莱,因荒淫无度,致暴卒于黄包车上,而记其人为嘉定籍云。

(《东方日报》1941年5月3日,署名:大郎)

于素莲破腹去患

剖腹分明似剖瓜,莲房无子只余花。有人去问医生道,不是诗书气亦华。

闻于素莲女士,腹中生白泡无数,因动手术,为之破腹去患焉。

(《东方日报》1941年5月4日,署名:大郎)

素琴割双眼皮

清歌幽怨尚成腔,还事浓装向晚窗。三十年来春未老,今朝去割眼皮双。

闻素琴继熙春、素雯之后,亦入美容院,割双眼皮,为寄小诗调之。

(《东方日报》1941年5月5日,署名:大郎)

章 逸 云

何处飞来章逸云?珠尘与汝共芳芬。从知国色杭州出,我欲灯前一认君。

章逸云,其名初未之前知,今与言菊朋同台于卡尔登,其人殆为章遏云之女弟乎?

王生北上久无踪,又报春江死白松。东倒西歪还健在,更喜消息到愚翁。

海上之青年评剧家,以王唯我、白松轩主、南腔北调人及张古愚,称四金刚焉。乃王已离沪,白松轩主,又于前日赴召修文,张亦久无消息,其健笔独抒而犹纵横于报海者,惟余尧坤君一人而已！

(《东方日报》1941年5月7日,署名:大郎)

立夏日口占一首

只在严霜烈日中,人间哪复有春风?而今春去随他去,反正老夫总是穷。

立夏日口占一首,亦送春之意。

(《东方日报》1941年5月8日,署名:大郎)

米蠹狼狈

囤虎纷纷想出笼,今朝削尽旧雄风。凄凉双泪逢人落,枉被攒眉说蛀虫。

根据连日报载米蛀虫狼狈之状。

(《东方日报》1941年5月9日,署名:大郎)

顾允中爱竹

异竹纷陈百十株,镂金磋玉品都殊。休来野外惊饥犬,世路多危赖此扶。

顾允中君,平生爱竹成癖,搜罗奇竹,不下数十百数,今出其所藏,制成手杖,钩心斗角,蔚为奇观,于前日起至十二日止,陈列于虞洽卿路宁波同乡会中,以求买主。

(《东方日报》1941年5月10日,署名:大郎)

平襟亚赠书

一派春华露渐浓,留连春暖小楼红。双飞燕燕还巢凤,黏着蛛丝入网中。

小说家网蛛生,营万象书屋,取近人之热情名梓付印单行本,近以冯蘅之《春华露浓》、小春之《小楼春暖》及孙长虹之《凤还巢》与《燕双飞》四册见贻,书中所述,无非柔情似水,好语如环,洛诵之余,记此一绝,兼为万象主人谢也。

(《东方日报》1941年5月11日,署名:大郎)

二房东女人泼辣

一派孤孀敛笑容,开门走进二房东。若逢八里桥头肉,两角车钱快出送。

二房东女人,泼辣成性,此种女人,若放至八仙桥咸肉庄上,马上会摸出两角车钱,打她回票,以其非坐庄货也。

(《东方日报》1941年5月12日,署名:大郎)

赴丁府吃饭

四月风高似剪刀,端阳只剩十来朝。不图初夏江南夜,犹着初冬薄絮袍。

五月十一日夜,应慕老召,饭于其府上,风来海堧,犹挟寒威,贝勒路上,一路吹来,为之头痛如劈。

(《东方日报》1941年5月13日,署名:大郎)

忽热忽冷

江城四月减朱妃,白色长袍白大衣。一夜风来寒似剪,从知天意与人违。

昨日,中午燠甚,路上见女人之着白旗袍与白大衣者甚众。及晚,忽奇冷,遥知此辈将战栗无人色矣。

(《东方日报》1941年5月14日,署名:大郎)

范叔寒招饭

小诗敬谢叔寒兄,宠召原当感五中。架子松香非惯搭,商量对付二房东。

范叔寒律师,招饭之夜,余适就商于律师处,致未能践约,惶歉良深,余日在二房东威迫中,叔寒兄闻之,当亦为之勿快也。

(《东方日报》1941年5月15日,署名:大郎)

顾兰君待产

山人一大不堪攀,谁肯来爬一小山?卿本佳人今若此,宁波人说柴烦关!

闻顾兰君待产,想起了她的肚皮,胡乱成诗。

(《东方日报》1941年5月16日,署名:大郎)

与友人论诗

舌辨原来有异同,论诗我总爱灵空。但将艰涩推工部,才到司勋始是雄。

与友人论诗,即赋一章。

(《东方日报》1941年5月17日,署名:大郎)

骂 二 房 东

滑稽家骂二房东,他把房东比蛀虫。不赶搬场便加价,全然不顾而爷穷。

无线电中,开唱独脚戏者,骂二房东,谓二房东之专事盘剥房客者,其可杀与米蛀虫等。

(《东方日报》1941年5月18日,署名:大郎)

某庸医害人

性命无端送一针,遂教时议起纷纭。滑头医士知多少,惟有先生大不仁。

一针杀人之某庸医,近为上海各报指摘甚烈,惟不闻专门骂人之某某大报起而举发,殊可异也。

(《东方日报》1941年5月19日,署名:大郎)

姓 名 特 别

宫进先还先进宫,颠来倒去意犹同。既然郎是宫先进,狼藉香茵几点红?

《新闻报》之附刊内有人名宫进先者,或曰,其姓名既特别,名亦甚奇,爱作趣诗,吃豆腐也。

(《东方日报》1941年5月20日,署名:大郎)

闺 人 缝 衣

凝坐窗前缀布衣,可怜罗绮梦全非。蛾眉易悔当时失,嫁得书生百愿违。

一日归去,见闺中人持针坐窗中缀布衣,衣为余一冬所蔽体者也,不禁嗟叹久之!

(《东方日报》1941年5月21日,署名:大郎)

乳粉当饮品

克宁奶粉手亲调,忽念儿魂去已遥。儿小自然魂亦小,小魂自更不堪招。

予女死后留代乳粉甚多,予夫妇恒以此为饮品。

(《东方日报》1941年5月22日,署名:大郎)

陈小翠仕女图

偶为挥洒总无伦,此亦金闺国士身。记得"粪墙"调色好,秋江归去卖鲤人。

尝于粪翁墙上,见陈小翠仕女一幅,着一丽人,持鱼筐,步于江岸上,其旁红叶一树,调色之美,叹为无伦。近闻小翠将偕顾飞、谢月眉、冯文凤诸女士,举行书画展于大新,作品凡三百余件,日期自二十六日至六月一日。

(《东方日报》1941年5月23日,署名:大郎)

赠阎世善一首

北来毛宋平庸甚,惟汝容颜最出群。汝比女人还要好,如何汝终是男人?

赠阎世善一首,是晨观其演杨排风。

(《东方日报》1941年5月24日,署名:大郎)

读知止先生《啼笑因缘》篇

三声大笑为何来?大哭三声作啥哉!哭笑无端文字妙,公同阿稳尽奇才!

读知止先生《啼笑因缘》篇,书此并以质老友进高。

(《东方日报》1941年5月25日,署名:大郎)

［编按:阿稳,即杜进高。］

用因风阁乞灵诗韵

　　烦虑愿无到米盐,夜来相抱对"心甜"。身如能健阳随壮,心若消闲意自恬。爱看女人还若命,谁教险韵押于詹?算来营苟非吾事,只为"颗郎"未削尖。

用因风阁乞灵诗韵,随便写成,"心甜"即"甜心"之颠倒也。颗郎,头也,寄因风主人郢政如何。

(《东方日报》1941年5月26日,署名:大郎)

连 三 日 大 热

　　却恨今朝热不堪,昨天寒重绕江南。故而惹得闺中怨,骂道天公大"十三"。

连三日大热,然大热前一日,犹袷衣不暖也。今年乍寒乍暖,天时至为不正,夏秋之交患疾病必多。

(《东方日报》1941年5月27日,署名:大郎)

鸣谢戒烟医院广告

　　何云暮四与朝三?藕断丝连更不堪。烟癖岂同中冓事,此般写法信奇谈!

有人为其妻鸣谢戒烟医院,登一广告,有朝三暮四及藕断丝连之语,真不知所云也。

(《东方日报》1941年5月28日,署名:大郎)

《白 蛇 传》

已见人妖满眼中,白蛇恩义世无同。笑他法海今何在?愿看头陀剑似虹。

各戏院又纷纷贴《白蛇传》,端阳之应时戏也。

(《东方日报》1941年5月29日,署名:大郎)

文 坛 八 寿 图

百寿更为八寿图,皆因百寿太嫌多。老夫轧脚真情愿,结得弟兄好出粜。

小洛拟文坛百寿图,予则以为八寿已足,若为百寿,则不能精选矣。

(《东方日报》1941年5月30日,署名:大郎)

受　　贿

受贿受银写不完,算来我是最洋盘。不从"字眼"求深解,愿向他们"另眼"看。

此诗信手写来,意味深长,一九四一年之《狼虎集》,此为"荣誉出品"亦"权威之作"也。

(《东方日报》1941年5月31日,署名:大郎)

白云割双眼皮

报上会看广告登,单皮眼削变双成。白云忘记男还女,如此时髦太恶形。

某美容院,近将白云割双眼皮之照相登《新闻报》为广告,真如上海人打话看过看伤。

（《东方日报》1941年6月1日，署名：大郎）

吃肉粽而找不着片肉有感

号称肉粽何来肉？入口咸头亦至微。粽肉若然真有肉，看他老板哪能肥？

（《东方日报》1941年6月2日，署名：大郎）

"污"

音别分明意强通，受银受贿究何从？妇人不识书家号，粪字公然读"污翁"。

昨夜妇人（仿漫郎先生例，亦梦云所谓妻氏也）念粪翁之"粪"为"污"字，此拉矢撒污之污也，此则受银以外之另一笑话矣，不可无诗。

（《东方日报》1941年6月3日，署名：大郎）

卖　扇

又想今年卖扇哉，要钱不复怕坍台。十金一页原非贵，阿有上门主顾来？

予年年想卖扇，去年尤一本正经，粪翁且为予作鬻扇小启，顾终未成行。今又转此念头，即日起登揩油广告，一扇之价为十金，非轧若干朋友之台型，特想多卖两钱，少写两把耳。此情想为知我者谅也。

（《东方日报》1941年6月4日，署名：大郎）

药　纸

贫犹可忍病堪嗟，字似乱丝事似麻。告与陈君休说笑，本来此是苦生涯。

予以家人病服药勿辍,积药纸无算,用数月不能尽,盖欲从吃药上捞回一点本钱,非予之吝也。

(《东方日报》1941年6月5日,署名:大郎)

星命家何可人

算命先生有假真,名冠"真正"亦奇闻。却听窃窃私相议,何可先生做此人?

连日见报载有星命家何可人者,亲自来沪,而"何可人"三字之上,复冠"真正"二字,一似北里招牌之真素影,与真素心焉。

(《东方日报》1941年6月6日,署名:大郎)

异　　猪

传说纷纭载道途,人原与畜不相如。可怜举世冥顽甚,此日惊惶到异猪。

北平发现之异猪一头,近闻已死,平人为之立碑纪念,更用僧侣为之超度。畜无所异,惟平人之迷信于异畜者,始可异耳。

(《东方日报》1941年6月7日,署名:大郎)

马　连　良　跳　河

断臂刚刚又跳河,马君苦事一何多。疑渠读得离骚熟,要学大夫死汨罗!

哈瓦斯电报,谓名伶马连良,在天津中国大戏院唱《八大锤》,因在台上铸成大错,故跳河自尽,然未曾绝气,今年还要来上海也。

(《东方日报》1941年6月8日,署名:大郎)

米 蛀 虫

汝亦年来势很凶,十家瓮里九家空。岂徒切齿老夫在,奈汝蠕蠕是小虫。

昨日在亭间内拉矢,见木箱上有米蛀虫一条,蠕蠕而动,箱固贮米者也。赠诗一首。

(《东方日报》1941年6月9日,署名:大郎)

夫 妇 画 展

余杨艺事最精深,见说声名可敌金。借问金闺诸国士,伊谁夫婿结同心?

上海画苑,借大新画厅举行展览会,出品者十余人,其中以余雪杨、杨雪玖夫妇之作品为最主受人注目云。

(《东方日报》1941年6月10日,署名:大郎)

米 价 回 落

米价分明步步低,如何还卖贵东西?问他此"口"何从借,要末"借"他妈的"□"。

从前因米价日涨,所以百物亦借口涨价,现在米价步步低落,而百物之价,仍在飞涨,此何故欤?

(《东方日报》1941年6月11日,署名:大郎)

寒 热 大 作

寒热交加病象成,家人替我请医生。花钱不愿揩油白(注),一盏姜汤热可清。

九日上午访友人后回去,忽寒热大作,来势极凶猛,直至深夜始凉清,吃一碗姜汤而已。

(注:生病而请医生,切不可揩油,否则医无效,药白吃,屡试必然。)

(《东方日报》1941年6月12日,署名:大郎)

寒热已退

一场寒热省铜钱,四体今朝软似绵。饥饱不知双目陷,方知无病是神仙。

十日寒热已退,疲甚,不堪久坐,此夜拟看共舞台戏,之方且为予定座,我因此未去,书此以为老友谢焉。

(《东方日报》1941年6月13日,署名:大郎)

陈云裳搬家

今日搬场明又搬,搬于何处始身安?若然与你攀亲眷,糕与馒头送不完。

报载电影明星陈云裳女士,一二月中,已几次迁居,不知将搬于何处,始可使陈女士笃定住下来邪?

(《东方日报》1941年6月14日,署名:大郎)

牙医严大生

不须皓齿窥唇艳,莫使羸牙咀啖难。多谢严君深体恤,此来何异劝加餐。

一日访牙医师严大生先生,丐其为除牙中之垢,既已,大生先生出张聿光画轴,上有隙地,命题字于其间,因写此诗。

(《东方日报》1941年6月15日,署名:大郎)

网 球 场 上

一齐同上网球场,赵顾金孙傅与张。如此热天流此汗,白空府上七张床。

一日,网球场上,遇海上名票赵培鑫、金元声、孙兰亭、张伯铭、傅如珊、孙钧卿及顾君诸先生,或为单打,或作双打,有此功夫有此气力,不放在自家床上,而放在网球场上,打又并不高明,岂不笑煞朋友,气煞夫人?

(《东方日报》1941年6月16日,署名:大郎)

两 个 吴 三

一为眼镜着中装,一个亲攀密司王。除此二公无别个,吴家哪复有三郎?

予之友人中,称吴三者有二人,一为朱霞飞之舞客大块头,戴眼镜之中装客也;一为女伶王小姐之腻友,此外更无吴三其人,为予所识矣。乃前见某报有吴三郎者,谓曾于往年要余书扇,颇责余迟不应命,予所识之吴三,既未要余书扇,此索扇之吴三,遂不知其为何许人矣。

(《东方日报》1941年6月17日,署名:大郎)

薛佳生病逝

当年应悔嫁王孙,寒雁孤飞欲断魂。自是红颜嗟命薄,黄尘十丈卷啼痕。

闻沪上名票友薛佳生君,病逝宣南,其姬人小黑姑娘,随侍在侧,此诗独为小黑悲也。

(《东方日报》1941年6月18日,署名:大郎)

徐东霞东明姊妹

妹儿唱旦姊须生,姊妹名声动九城。眼镜一双徐氏母,瓶油有角大朝京(末句应倒读)。

在卡尔登见徐东霞、东明姊妹,及徐母某夫人,目架镜,与于素莲母,有无独有偶云。

(《东方日报》1941年6月19日,署名:大郎)

寄张中原君

漫从孤岛论春秋,麒婿翩翩影里留。试问中原今日事,谁湔闽寇一重羞?

张中原君在《孤岛春秋》中,客串《明末遗恨》一节,书此即寄中原。

(《东方日报》1941年6月20日,署名:大郎)

严周事件

既知自己有前途,还要强留胡用乎!男女事儿难解释,丈夫总是见□酥。

严周自事件发生后,有人劝严华曰:"汝为一有志青年,应珍惜自己前途,勿为一个老婆而毁了自己。"严韪其言,然其望周璇归来之心,依然甚切,此真天地间无可奈何事也。

(《东方日报》1941年6月21日,署名:大郎)

严华被警告

一说老婆是卷逃,一言夫婿性粗豪。严华十载辛勤后,养得周璇脚底朝。

见周璇之代表律师,警告严华之广告后作。
(《东方日报》1941年6月22日,署名:大郎)

代严华送一首诗与前妻周氏

不须贫贱始堪哀,讨此老婆台尽坍。你是明星休要狠,尊□总是倷爷开。
(《东方日报》1941年6月23日,署名:大郎)

戒　　烟

既然衣食勿连牵,哪有消闲额外钱?今日不妨坚□志,劝君从此戒香烟。
闻香烟狂涨不已,香烟不比米麦,涨不涨由他,盖可以摒之勿吸也。
(《东方日报》1941年6月25日,署名:大郎)

看素琴唱《奇双会》之夜

自知眼力已模糊,不识张家贤秘书。娇侄长成唐叔老,告之而父定怜予。

看素琴唱《奇双会》之夜,台前有女郎起身为礼者,予一时竟不忆其为何人,昨获浩浩神相电话,始知为其女公子也。不相见者,六七年矣,长成如许无怪不复能忆及,女公子曾从素琴游香港,琴有寄海上友人之书札者,悉出女公子手。其人贤慧能文,宜神相夫妇爱之若掌上明珠也。

(《东方日报》1941年6月26日,署名:大郎)

路 上 积 水

大水汤汤满路中,汽车几辆列西东。休言物质文明甚,此际"抛锚"智亦穷!

大雨之夜马路上积水成渠,予等在方伯奋先生家,散宴归来,附赵培鑫兄车行至孟德兰路成都路,风门为大水所侵,车不能前,止于此,率以重金雇人力车回。

(《东方日报》1941年6月27日,署名:大郎)

陈小翠赠便面

双柑斗酒听黄鹂,画是陈家小翠遗。信有闺中才调绝,丹青以外况能诗。

陈小翠女士,以便面惠贻,绘"双柑斗酒听黄鹂"图,由灵犀转来,谨此志谢。

(《东方日报》1941年6月29日,署名:大郎)

争张恨水《夜深沉》著作权

区区一部夜深沉,能抵而今几许金?尔诈我虞彼作怪,无非要想惑人心。

某某两书局登广告警告某影片公司,争张恨水《夜深沉》之著作权,乔此玄虚,殆又为反宣传之一法也。

(《东方日报》1941年6月30日,署名:大郎)

头颈硬翘翘

二年"大角"出京朝,久别重逢兴亦高。却有九公调侃说:"阿曾头颈硬翘翘?"

张文涓有南来献艺之说,九公先生写一文迎之,有语云:"但不知文涓的头颈,阿曾变得硬翘翘呢?"九公盖恐文涓既为京朝大角,视当年老友,将为陌路人矣。

(《东方日报》1941年7月1日,署名:大郎)

梁小鸾南来

来了佳人梁小鸾,真同仙子降云端。悬知风貌都如旧,喜煞而翁□□看。

闻梁小鸾女士乘飞机南来,其干父陈禾犀先生,又将忙碌一时矣。

(《东方日报》1941年7月2日,署名:大郎)

见周璇启事

"周璇"故自女人哉,闭是关来"启"是开。知否东西啥物"事"? 今朝公告大家来。

见周璇启事,为之每字作诠释如上。

(《东方日报》1941年7月5日,署名:大郎)

文 武 状 元

国体共和数十年,如今哪有状元传? 人才却道兼文武,笑话年年有万千。

某粤剧班出演于上海,其中主角,头衔用"文武状元"四字,文武者,言事艺也,状元者,誉其名也,然看得人好难过。

(《东方日报》1941年7月7日,署名:大郎)

律 社 票 房

弦管嗷嘈竟此宵,我方嗜曲似醇醪。丈夫原有雄图在,挟得江山画笔高。

律社票房,为名流李祖莱之门弟子所设立者,近以书来,延予为名誉顾问。总干其事者,则画家徐雁秋先生也。昨日雁秋又登门相访,为制绝句赠之,亦所以祝律社成立之喜耳。

(《东方日报》1941年7月8日,署名:大郎)

名伎人爱好修饰

两日一瓶"夜巴黎",熏遍浓香透玉肌。自是美人都爱俏,尚持残粉掩鸡皮。

一夕,饭于市楼,友人招某名伎侑觞,伎于手箧中,出"夜巴黎"香水一瓶扬言于众曰:两日而尽此一器矣。其人之爱好修饰如此。

(《东方日报》1941年7月9日,署名:大郎)

裸 女 岛

传闻海外葩丽岛,银幕争夸处女身。却有旷男相告曰:或为三十六官春。

某影院近放映一片,名裸女岛,闻此中有一镜头,一女人为全裸身,然片短如新闻片,了无足观,料旷夫之睹此广告者,必将踊跃购券矣。

(《东方日报》1941年7月10日,署名:大郎)

征 求

小诗见你代征求,电话吾家六字头。令友若堪迁就用,让侬抽得若干油。

昨见"茶话"其三先生有《征求》一首云："友人嘱我代征求,电话需装一号头。七七起还七七止,几行广告算揩油。"今和其韵答之,予有电话,为六字起头,近来殊无用场,可以出让。末句"油"字,作油水解,油水者,钞票也。

(《东方日报》1941年7月11日,署名:大郎)

行 人 热 甚

个貌天气柴烦关,汗出混身擦不干。有客对天施恶骂,天如有母去通奸。

热甚,过街头,闻行人某声称曰:"操其拉娘,个貌天气,柴烦关啦!"

(《东方日报》1941年7月12日,署名:大郎)

周曼华不肯着三角裤

周郎曾在此留停,不打枪声打炮声。三角裤包三角肉,劝卿休怕难为情。

某影刊记周曼华近拍《雨夜枪声》一片,有一幕导演请她着三角裤,周为之忸怩不肯,其理由为怕难为情也。

(《东方日报》1941年7月13日,署名:大郎)

天 奇 热

昨天火伞尚高张,今日吹来一阵凉。热浪倏低二十度,老天毕竟有私肠。

十日,天奇热,近百度,次日,午后有雨,倏降至八十度,或谓安得两日间各分十度,则不致使人热昏颠倒矣,天公天公,天殊终无公道也。

(《东方日报》1941年7月15日,署名:大郎)

中 学 生 行 劫

泰洛鲍华此作风,少年所慕是奇雄。悬知慷慨陈情后,一笑银铛入狱中。

报载有中学生二人,以爱读侦探武侠故事,因效侠盗所为,行劫某富家之财物,而所得藏银悉充义举,其事遂轰动于社会矣。

(《东方日报》1941年7月17日,署名:大郎)

戴明夷批流年

替我流年细细排,几时好又几时乖。老夫竹节长年运,竹节通时运便佳。

烦戴明夷先生批流年,往往奇验,昨承贶我二纸,则为辛巳上半年及壬午年全年者,老友多情,时以故人之穷达为念,云何不感?

(《东方日报》1941年7月18日,署名:大郎)

西 瓜 贵

稚子牵衣叫阿爷,为言儿要吃西瓜。皱眉只道西瓜贵,爷有头颅家有茶。

一日归去,幼子要求予买西瓜数枚,予问之:儿要西瓜何用者。吃邪,抑白相相耶?若白相相,则父有头颅,其状亦大似西瓜;若谓取以止渴者,则一杯大麦茶,不亦使吾儿肠腹俱润矣。

(《东方日报》1941年7月20日,署名:大郎)

金谷饭店三角间

饭店何来三角间?其中艳迹定堪攀。分明形状浑如裤,出入将军有醉颜。

金谷饭店,有一室名三角间,仅容一人而已,室小而损,有人察其形状,谓绝似女人之三角裤云。

(《东方日报》1941年7月21日,署名:大郎)

《拿破仑》

重翻老戏一窝风,名将当年气概雄。头发分明希特勒,现身万口说拿翁。

大舞台近排《拿破仑》,亦老戏新翻,而轰动一时。此剧林树森饰拿翁,报上印其照相,有发一丛,覆放额际,似希特勒然,殆欲以此彰拿翁之雄耳。

近日真知病象深,更谁误我作深吟?问医问药都无用,碎尽当时一片心。

迩亦病甚,病中赋此为寄其三先生。

(《东方日报》1941年7月26日,署名:大郎)

严周离婚

合不相能只有离,管他往日好夫妻。女星不吃多张鸟,便是银坛起码皮。

闻严华与周璇毕竟以离婚为最后一着矣,书此为周璇贺。

(《东方日报》1941年7月27日,署名:大郎)

咏《惜分飞》影片

飞来飞去欲何栖,金屋深深静掩扉。既与周郎双宿惯,如何还演惜分飞?

咏《惜分飞》影片,此诗专赠主角中国凯丝令赫本女士。

(《东方日报》1941年7月30日,署名:大郎)

移风社解散

门前望见阿爷归,车上箱笼贮戏衣。走进门来摇首道:"忍饥又要率群飞。"

信芳之移风社,突然解散。公告之日,予与信芳倚卡尔登之凉台上,见班底纷纷载其衣箱归去。信芳谓从此一百根烟囱,将暂时停火,五百个人,将暂时忍饿矣。言已凄然!

(《东方日报》1941年8月1日,署名:大郎)

庸 医

老而不死是为贼,一撮香灰一命轻。上海庸医千万众,乞灵原不定神明。

有医生以香灰为人治疾,因此杀人者,因叹上海庸医之众。

(《东方日报》1941年8月2日,署名:大郎)

煤球质地

煤球分量有轻重,漫把八心别善凶。毕竟煤球燃可炽,尔心何故不能红?

与煤球店老板,谈各煤球厂出品之分量质地,而忘记同他谈一谈煤球商之良心,自七八元一担而骤涨至十六七元者,此是什么心肠邪?

(《东方日报》1941年8月4日,署名:大郎)

杨草仙题字

"饭碗"如何接"面包",居然公子病能疗。老来言语无伦次,

"脑袋"焉能比"乱抛"?

杨草仙为某药厂书"饭碗面包"四字,真有不知所云之妙,予曰:可以对脑袋乱抛。

(《东方日报》1941年8月8日,署名:大郎)

博　　局

劝君还是拆姘头,花与麻将从此休。吃尽当光我应尔,忍教累汝入穷愁。

近时,每与瓢庵合伙入博局,而无局不负,每负复为数颇巨,瓢庵谓:再赌下去,要动产业矣。闻其言滋不忍,因愿与割席,借杜后患,并书此以慰瓢庵。

(《东方日报》1941年8月10日,署名:大郎)

吉祥寺素斋

"吉祥"不与别"斋"同,群道厨司手艺工。原是大师在俗日,随身带得小书僮。

吉祥寺之吉祥斋,已为众口称誉,闻大厨司,为雪悟当家在俗之日,其家所用之书僮也。雪悟既遁迹空门,书僮随之作庖人,以迄今日,而以治素斋驰誉于春申江岸云。

(《东方日报》1941年8月12日,署名:大郎)

染　　发

更从顶上见乌光,只为年来发似霜。皂白青红都不识,"扫清码子"太荒唐。

报载有五十七岁之妇人某,因其顶上青丝,渐作灰白色,因烦理发者为之染黑,顾理发者之技巧平庸,致妇人之头皮,突红肿而痛,有溃烂之虞,因此而涉讼于法庭云。

(《东方日报》1941年8月13日,署名:大郎)

新艳秋在津结婚

真个卿卿出嫁哉!吾怀从此怎能开?痴心要觅来生约,汝亦来生觅我来。

报载坤旦新艳秋,在津与人结婚,闻之上半日饮泣吞声,下半日垂头丧气,此夜几乎自杀。

(《东方日报》1941年8月14日,署名:大郎)

越华剧团成立

娟娟此女总销魂,一见新泥便着根。不耐微波河上住,今朝始得跳龙门。

姚水娟领导之越华剧团,成立之始,曾邀余宴会,以病懒未往,今将在龙门剧场开演,诗以贺之。

(《东方日报》1941年8月15日,署名:大郎)

两子将开学

吾儿往往不知机,哪识而翁运道低。迩日相逢每问道:"阿爷学费可舒齐?"

两子将开学,学费 项,需达百金,吾儿已限期迫我交出矣!

(《东方日报》1941年8月16日,署名:大郎)

黄　　霉

天亦霉来人亦霉,颠来倒去几黄霉。休言风雨无遮盖,小病穷爷最倒霉!

今年黄霉,似无穷尽之期,连日以来,复深感不快,加以天气恶劣,益困惫不堪矣。

(《东方日报》1941年8月20日,署名:大郎)

某菜馆标语

本店不将成本计,顾客只消都满意。顾客果然满意哉,岂非老板要赔死!

某菜馆之标语云:"只求顾客满意,成本原料不计。"有人说:"这个老板,他为什么开菜馆,何不设一个施食处,岂不更加来得漂亮耶?"

(《东方日报》1941年8月21日,署名:大郎)

吴温如风神绰约

吴家阿母好春秋,料必重来海上游。痴愿应从今次了,海生弟你莫黄牛。

吴素秋虽美,然犹不及其母夫人之风神绰约也,上次来时,恨未一见,此次重来,当必烦海生弟为予作介,不能再错过机缘矣。

(《东方日报》1941年8月22日,署名:大郎)

素雯之剧

金钟儿已擅风流,扮到杜娘艺更优。独惜老开非俊仆,谁怜二妹匹苍头?

素雯之剧,《人面桃花》之杜宜春为最擅胜场,金钟儿亦为移风观众所激赏,近顷将加入共舞台与赵如泉先生合演《黄慧如与陆根荣》矣,书此为登台之祝。

(《东方日报》1941年8月23日,署名:大郎)

人比物价贱

卖儿鬻女从来有,代价无如今日廉。收到洋钱二十八,爷娘算来贴妆奁。

报载,某妇人在绍兴饥荒时,价买得少女三四名,有一十五岁女子,仅以二十八元易来者,物价昂贵,惟人斯贱耳。

(《东方日报》1941年8月26日,署名:大郎)

赤 膊 人

寸缕何尝蔽我身?夏朝一直到秋晨。而今几辈衣冠客,尽是当年赤膊人。

沪人称瘪三或起码人为赤膊人者,言其衣履不周也。夏日予亦好赤膊,及夜,关灯坐卧室中,一丝无挂,习以为常。

(《东方日报》1941年8月28日,署名:大郎)

马樟花吃绿豆汤

请你尝尝绿豆汤,先生便尔旺肝肠。好心恶意都难辨,要我奉伸第八张。

某戏刊有人作一文,攻讦越剧小生马樟花者,原因为该文作者,与其妹婿为越剧迷。一日,赴冷饮室吃绿豆汤,会樟花亦至,樟花亦吃绿豆汤,此君之妹,两目不瞬,向樟花注视,樟花大窘,因问其妹曰:"要吃哦?"此君大恚,以为辱也,于是作一文称马樟花为气焰万丈云。本诗第八张指当中指头也。

(《东方日报》1941年8月29日,署名:大郎)

药房伙计漫客

不是囤光是钝光,钝光客鸟万千张。不知城北终何在?天赐当年火一场!

在四马路偕友人买肝精药针,至华美大药房,遇一伙计,为漫客之圣手,问之久,竟无所答,最后始从其口中,落出"囤光"两字。囤光者,盖谓此项货物,已囤积一空矣。予私忖,药品囤光,顾客之鸟,亦以其这番神气而钝光矣。华美为乡人徐翔荪所开设,历年以来,积资弥巨,此人但知牟厚利,对于职员乃无所训练,使顾客上门,如去向他借债焉。末句言华美往岁曾遭回禄。

痢若珠玑泻似泉,老夫又被病来缠。肠中从此空无有,莫遣繁忧向我煎。

吾儿病痢未瘥,予亦有此患,秋夜贪凉,遂有此也。今晨上马桶两三次,此诗之题,可曰"厕上口占"。

(《东方日报》1941年9月3日,署名:大郎)

李淑棠即李鹏言

称呼叔伯问金安,此女有心亦有肝。为尔声容思欲绝,岂徒艺苑叹才难!

海生兄来,持李淑棠卡片,上书问"大郎叔伯大人金安",又谓淑棠初未来沪,惟其父以事抵此,故为予致意。淑棠即当年落落无所遇之李鹏言也,今出演汉皋,声名藉甚,则又为之一喜。

(《东方日报》1941年9月4日,署名:大郎)

予与英茵合影

者番盛意谢黄公,照片登于大报中。倘被梦云看见道:"西风不似似春宫。"

予在《肉》一片中,曾与英茵摄一呆照,寄《申报·游艺界》黄寄萍先生,谓让我照片在大报漏一漏,亦可以窝心窝心也。寄萍果为刊入,料被梦云见之,必曰:此乃真正之春宫面孔矣!

(《东方日报》1941年9月5日,署名:大郎)

蜂尾骂暴发户

包子馒头迥不侔,语君不是淡馒头。"实心""高脚"南人喊,略胜窝窝但一筹。

蜂尾先生在他报云:"尝触一天津土著霉头,谓我家备落地收音机时,你还在天津吃淡馒头。"真骂尽头轻脚重之一般暴发户也。淡馒头北方称为包子,其形高脚而实心,故南人称高脚馒头与实心馒头,比之北方之所谓窝窝头,略胜一筹而已。

(《东方日报》1941年9月6日,署名:大郎)

姓胡的女明星

始知秋水可为神,从此胡家有继人。十月商风枫绝艳,管他飞蝶与飘萍。

电影女明星之姓胡者,有胡蝶与胡萍,近在金星公司之特刊上,载胡枫一影,秀艳为蝶、萍所不逮,发魇久之,宠以一绝。

(《东方日报》1941年9月7日,署名:大郎)

秋后仍淫雨不已

或云一雨遽成秋,两雨三番天"促囚"。只道天灾随后到,不图到处庆丰收。

秋后仍淫雨不已,予以为今年秋收必不能美,乃近见报载,各地皆庆丰登,是可异也。"促囚"两字为俗语,言脾气不好也。

(《东方日报》1941年9月8日,署名:大郎)

某服装公司道歉

开幕公司游客多,人丛倾轧苦周婆。老夫若是来宾一,一手捞来一手摩。

某服装公司开幕后,忽向周曼华道歉,谓是日来宾拥挤之苦,阅之颇悔此日未曾前去轧轧闹猛。

(《东方日报》1941年9月9日,署名:大郎)

隔壁有人唱西洋歌

人言此是西洋调,我则听为王八叫。奉劝乌龟莫高声,乌龟疑我钝他鸟!

隔壁有人唱西洋歌,恶之久矣,因晋为乌龟叫,灯下属稿,犹闻此声,故书此解愤!

忽有啼声到孝堂,当家死得好风光。垂髫儿与红颜妇,儿是孤哀妇是孀。

某寺某和尚,近忽奄化,不殓于寺中,而移尸于殡仪馆。是日,忽有妇人挈一子来,哭灵堂下,见者无不诧为奇事。其详情当用另文记之,亦可见空门现状之怪也。

(《东方日报》1941年9月11日,署名:大郎)

鸿 翔 公 司

阿兄"创样"弟"监工",恭喜全家宝业隆。教育儿童须记得,不为皮匠定裁缝。

前日申、新两报,登鸿翔公司之封面广告,该店主持人金某弟兄,年来积资甚雄,盖靠做皮鞋与制新装而发财者,始知臭皮匠与穷裁缝,都有翻身之日也。

未识潘驴邓小闲,有人诧怪作奇谈。真知吾友黄郎者,道此高风不可攀。

《申报·游艺界》,曾刊一文,署名为邓小闲,有人指为有失《申报》体统,盖此五字,为王婆对西门庆之言,所谓男人吊膀子之必备条件也。然予谓黄寄萍兄,为人方正,此非礼之谈,或未寓目,故责备黄君者,实未免多事耳。

(《东方日报》1941年9月13日,署名:大郎)

在黄金顾曲

红妆一夜试清音,正面真同金素琴。看到童吴宁及汝,老夫此论未违心。

在黄金顾曲,听马艳芬之《起解》而美之,为童芷苓、吴素秋诸人不逮焉,然此人漂泊歌尘,迄难与若侪并驾齐驱,殆以拙于饰貌邪?

(《东方日报》1941年9月15日,署名:大郎)

叹　苦

已凉天气未寒时,最爱冬郎有好诗。后此千年尘世苦,秋来便尔念寒饥?

生平爱咏韩偓之已凉绝句,然今日世上苦恼,未寒时人民已不堪蔽风雨,已寒之后,将何以御霜雪耶?

自从打仗到如今(极像施春轩之流唱出来的调头),物价平均加个"零"。试把老兄收入数,方知生活实难禁。

此乃安分良民叹苦经之一套废话,时常可以听到,予以之编为打油诗,但不足为暴发户,与发官财之流语也。

(《东方日报》1941年9月16日,署名:大郎)

东邻少妇

看她夜夜换衣裳,衬里汗衫尽脱光。安得东南风一径,为侬吹送浑身香。

东邻有少妇人,恒夜午归家,偶于窗牖中窥之,则深闺情状,尽收眼底。

(《东方日报》1941年9月17日,署名:大郎)

龙华寺和尚涉讼

夺利争权闹不清,可怜菩萨也蒙尘。明年三月龙华路,谁作"瘟生"拜庙人?

龙华寺和尚,亦以争地盘而将涉讼公庭,凡此纠纷,皆足令社会齿冷,遥知明春三月,龙华道上,益少烧香还愿人矣。

归来相对晚灯红,郎写文章妾打绒。有客夺门痴笑道:从来拆字配裁缝!

九一八前夜,灯下戏成。

(《东方日报》1941年9月19日,署名:大郎)

囤米殃及无辜

囤高米袋忽然坍,闻有徒儿袋底埋。却被蛀虫昂首笑,蛀他不死合当灾!

米店堆积之米,忽然坍下,死学徒二人,未免殃及无辜,若天有眼睛,而使米袋压死囤积居奇之米商,则亦人间快事矣!

(《东方日报》1941年9月20日,署名:大郎)

"忍痛割让"

"忍痛"何须"割让"人？笑他无病作哀吟。多财"囤虎"迷心窍，一语何尝有次伦！

《新闻报》之分类广告，有人囤凡士林四十箱，及外间售价已达最高峰时，此人登一启事，大书曰"忍痛割让"。譬如赌博，赢了人家钱，还要讨嘴上便宜，囤虎之心亦毒矣。

（《东方日报》1941年9月22日，署名：大郎）

某 舞 人

摆得腰身尽似蛇，及开檀口却成鸦。疑渠皆为喉间渴，负我亲斟一盏茶。

某舞人纤腰秀靥，貌颇可人，惟开口说话，竟如乌鸦之噪入晚风也。予以为其人患渴，饮以茶，亦未能奏效，方知天生为麒派喉咙也。

（《东方日报》1941年9月23日，署名：大郎）

肉　票

问我曾藏"肉"票乎？无以报命奈何呼！有时索性光光火，道我未尝作暴徒。

予因在《肉》中做过临时演员，于是相识者纷纷向我索取肉票。肉票者，盖新光之优待券也，予以尚未得华新或大成方面之惠赠，故一时实难报命，然亦有人催促甚急，则索性老羞成怒曰：我又不做绑匪，何来"肉票"？

（《东方日报》1941年9月24日，署名：大郎）

日全蚀口占

霞蔚云蒸此亦休,忽看奇景缀新秋。同期烈日全消融,抬尽今朝天下头。

民国三十年九月二十一日,下午一时三十分,日全蚀时,口占一首。

(《东方日报》1941年9月25日,署名:大郎)

无钱作义举

收到罗君字擘窠,不能报命歉尤多。幸他名字题还好,敢问"秋"来"获"几何?

有罗秋获君,任事于爱文义路某学校内,近忽投其所作之书法与予,属为"义卖",平生有钱亦不想作义举之我,只得方其雅命矣。

城北徐公念我贫,送来镬子是钢精。寒家一笔开销省,如此隆情谢故人。

予友徐公,近以金龙牌五磅热水瓶,及艺光金属厂出品之钢精饭锅赠予,谓可以省寒家一笔开销也,其盛情可感。艺光之钢精原料,系向华铭钢精厂直接订购者,故质地纯粹,而所铸饭锅,式样又极美观,盖市上之高品也。

(《东方日报》1941年9月28日,署名:大郎)

程砚秋杨宝森来沪

此曲应知别有情,问君离绪可填膺?江南儿女无边福,快听秋来第一声。

程砚秋先生,此番偕杨宝森同来,不日在黄金登台,阵容极盛。闻砚秋唱毕北返后,将不复理舞台生活,亦不复重来上海,而欲营林泉娱老之图矣。

小诗一首寄横云,我是文人不是闻。等到香堂开有日,高徒第一录俞君。

有俞执中君,与横云阁主为友好,生平痂嗜予文,因有师事不佞之意,曾以一书呈灵犀,并道其履历:予才芜陋,且德薄能鲜,焉敢好为人师,惟生平有做老头子收小脚色之瘾,将来有一日而开香堂,则俞先生可以做我开山门徒弟矣,烦健帆先生为达鄙意于俞君为感。

(《东方日报》1941年9月29日,署名:大郎)

张文涓十九生辰

共祝文涓生日小,昨宵雨似决河堤。老夫生理机能熟,正汝龙门堕地啼。

张文涓今年十九岁,其生日为本月二十七日,是夜大雨如注,友好为之公祝于丁先生府上,予与梯公、桑弧、瓢庵同往焉。予长文涓十五岁,予将昂昂为丈夫子时,正文涓入世之候,文涓诞生之地,为龙门路信平里,末句故云。

(《东方日报》1941年9月30日,署名:大郎)

秋风振爽时

一阵秋风一阵凉,猩红帖子好排场。佳儿如此真难得,为有三爷并四娘。

秋风振爽之时,洋货店绸缎庄大贱卖声中,而上海人之为父母称觞者,亦因时大兴。昨夕,闻某君言:某友之父,久已作古,盖当时曾送过吊礼也。然近日忽又得其绛简,又称为乃翁七旬称庆,此君故莫名其妙者久之。

果然莲瓣有奇香,广告征求登几行。我欲劝他桥上去,苏州人喊小娘娘。

近见有人登分类广告,谓欲征求一小脚女人,而又体格健美者,此人殆如辜汤生之有莲钩癖也。八里桥有老咸头,名苏州小娘娘,亦称小脚娘娘者,此君何不烦水手、肉侦,一介绍哉?

(《东方日报》1941年10月2日,署名:大郎)

接 两 子

为语儿休索饼钱,儿饥自有阿爷怜。虽然儿亦宜知福,尚有人家断炊烟。

一年以来,恒与儿辈异居,中秋前一夕,乃接两子就食于我。林庚白先生与夫人仳离,其公子忽来省视,庚白有诗云:"能亲而父此何缘?"予子之来,则又是一般况味矣。

(《东方日报》1941年10月6日,署名:大郎)

储医生诊所

壶中自有春长在,妃色纱窗镇日关。不是长三堂子里,如何有此一房间?

城北生言:某银行楼上储医生之诊所,其布置之艳丽,长三浪之头挑房间,视之犹有逊色。储年少翩翩,能博妇女之病家所欢,近想出风头,于各报大登广告,故亦有人称之为广告医生,惟都言夸而大,所谓其实难副者云。

一家担子重如山,过节真同过难关。昔日檀香随便买,而今只好买柴爿。

中秋节,买香斗燃之,问檀香价,则谓今日檀香殊贵,昔年一金,可以易檀香盈筐者,今年只好买柴爿耳。香斗中满实糠屑,烧香斗乃如田野人家之烧麦芒,明月有知,定笑世上痴人之众矣。

(《东方日报》1941年10月8日,署名:大郎)

以银行为题

一爿两爿三四爿,五爿六爿七八爿。经理阿猫裹理狗,今年开出明年关。

有人以"银行"为题,属予赋诗,忽然想起信芳所演之《董小宛》中,有洪承畴请冒巢氏赋诗,而以"麻雀"为题,冒得句云:"一窠两窠三四窠,五窠六窠七八窠。食尽皇家千家粟,凤凰何少尔何多?"爰仿其体,作诗如上。

(《东方日报》1941年10月9日,署名:大郎)

艳秋之歌

如闻隔院发哀筝,又道诗人泄怨鸣。莫是秋来萧瑟意,感时人听感时声。

空我先生为《程艳秋专集》述一文,乃谓艳秋之歌,似黄仲则,多幽凄之语也。先生于清代诗人,惟赏一仲则,其实仲则诗格调之美,自有不可及者,岂徒作语幽苦而已哉!

冷禅未必禅心冷,克静从今动得勤。动得勤时心更热,后来半世大开荤。

松江闵瑞芝先生,别署冷禅老人,年六十八矣,近忽与宝山丰克静女士(年四十一)结婚,《申报》记其婚典甚详。此诗纯从新郎新妇之名字上着笔,不谈其他矣。

(《东方日报》1941年10月14日,署名:大郎)

墨水售价

最怜下笔见"光明",着纸便闻"胜利"声。此际时萦家国念,岂徒薄惠故人情!

墨水一项,舶来品之售价惊人。近顷胜利化学工业社,聘留美专家精心研究,发行光明牌墨水一种,有快干之妙,无沉淀之弊,视舶来品有过无不及。昨承子佩兄惠赐红、蓝二色各一瓶,附此为谢,兼为国人介绍焉。

(《东方日报》1941年10月15日,署名:大郎)

罗文幹死

何云部长入杯中,小视功名已是雄。干净丢官干净死,先生岂是糊涂虫?

闻罗文幹疾死于故里,其人离去政治舞台垂七八年,当其为官,健于饮,故谑者称之为"杯中部长"云。

昔纵歌苑识梅王,今见支家一帜张。漫道佳男输好女,芝兰名字总芬芳。

越女伶支兰芳女士,将有特刊之辑,托丁慕琴先生征报人题字于我,丁先生不欲我费心思,谓只要如严独鹤先生之写四个字足矣,自知资望不逮严公,而慕老之嘱,亦不敢怠慢,故赋诗如上。

(《东方日报》1941年10月20日,署名:大郎)

"持菊赏螯"

似公真有滑稽才,蟹已登盘菊也开。欲告人间风雅事,只能持菊赏螯来。

遇平襟亚先生,先生以擅说笑话著称于世,因谓今岁蟹价大贵,古人有持螯赏菊之雅事,今则不妨携菊花一朵,到各处蟹摊上,去看看这一只三元,那一只五元之"持菊赏螯"也。

(《东方日报》1941年10月21日,署名:大郎)

郎 中 广 告

广告郎中报上书,路牌名字满通衢。路牌报纸登无力,招贴张张近"五车"。

专靠登广告而出名之郎中,日见其多,或谓此辈郎中,其收入悉倾于广告,将来终有一日,广告登不起时,乃贴招子于弄口小便处,即"在此小便,即五车也"的地方。

海棠庭院雨丝丝,小病慵慵未画眉。记得腰支刚一搦,今朝又见瘦些儿。

《记得词》一首,闻马樟花女士,略抱清恙,因代鲍家郎致慰问之词也。予尝作马鲍琴瑟变征之记,歉疚不能自赎,此则或可以稍抵前愆耳。

(《东方日报》1941年10月23日,署名:大郎)

热 疮

嘴角疔疮生一粒,胸中冤气出三番。骂人动笔非张口,报应如今不可言。

体内闷热,病象丛生,大便不畅外,嘴边又生一疮疖,俗名热疮。小时患此,大人辄谓因平时骂人,故有报应,我现在口头不大骂人,何以亦食此报,思之哑然!

(《东方日报》1941年10月24日,署名:大郎)

"老 蟹"

双双都成肥活大,更因老蟹味尤鲜。摊前有个徐娘过,触目惊心两字焉。

蟹摊上有一招牌,大书"老蟹"两字,少艾见之,辄掩口而笑,徐娘见之,大呼惹气不止,顾掩口而笑者,十年后又当如何?

(《东方日报》1941年10月25日,署名:大郎)

汽 油 限 量

美孚德士光华里,你有渊源我有门。坐得汽车朋友道:相逢便问几加仑?

自上海之汽油用量,宣布限制后,乃闻各坐汽车之朋友相值时,必至互问曰:你弄着几加仑矣。

为言片羽吉光兄,嫂嫂芳辰贺未躬。及至婴宁来告我,料知寿烛已收红。

姚吉光夫人四十诞辰,吉光兄念夫人持家辛苦,特为设寿筵于莲花庵,以酬其劳,予知之已晚,故不及躬贺,歉疚殊深。此诗为姚夫人祝遐龄,亦为老友道歉忱也。

几千一涨寻常事,连破大关金与纱。若学素秋韩姐样,今朝也好拔金牙。

现金狂涨,二十四日,饰金也挂千八百余元,予无所藏,不然,今亦可以兑法币派别样用场,因此深悔当初未曾镶满口金牙,待至目下,可以一只只敲下来也。女伶韩素秋,至今尚有金齿,启唇粲然故云。

(《东方日报》1941年10月29日,署名:大郎)

老 枪 猝 死

最怕"寒流"不告来,开门跌倒在尘埃。已教白面空其骨,暴冷风前不耐摧!

上海之白面老枪,最怕西伯利亚寒流,路过上海,一阵暴冷中,每天被吹倒而猝毙于道上者,必数十人,此亦快事也。

此是西装设计家,裁师照会作招牌。问声三位大师道,听到红帮难过邪?

245

某西服店开幕,将其专门设计西服三位裁师之玉照,印于报上,以广招徕,真创见也。

(《东方日报》1941年10月31日,署名:大郎)

时 间 恢 复

今朝且送新钟去,还接老钟无恙来。三十年间常伴我,不图近岁每分开。

今日起,本市又恢复老钟点,乃如老伴之远游归来,有一种说不出的亲切之感!

(《东方日报》1941年11月1日,署名:大郎)

密 司 沈

汪庄唐第密司沈,两次封关尽不来。雌狗西人应报道,枉劳信笔荐贤才。

读信笔乱挥中,曾介绍密司沈其人,近吾友有召之于汪唐二府者,俱不至,则如逸狗之至"西人"期内也。

(《东方日报》1941年11月2日,署名:大郎)

《萧 萧》

似痴似懒已连宵,喜有新书慰寂寥。一夜西风窗外冷,不如拥被读《萧萧》。

又连夕失眠,桑弧以《萧萧》月刊第一期付予,开卷尽是好文章,真近年不多见之杂志也。

缀成姓氏似招牌,但觉香风铺满街。绝似蕊香院里去,大家来坐五梅花。

街头常见有人掮女人名字之招牌,其字用菊花缀成,五色夺目。蛰居海上,家无菊圃,菊花殊不易见,往年么二堂子看菊花山,每兴聊胜于无之叹,今则只能在路上见之矣。

(《东方日报》1941年11月4日,署名:大郎)

黄雨斋遭祸

这回惊恐原非小,黄氏名声果是红。唐氏名声还要大,只因唐氏比人穷!

黄雨斋君,此番忽遭凶祸,以当初曾通缓急之私谊而言,令人不胜其怀念也。予于上月报间,曾论黄君于名利二字,宜放弃一样,始不致召人嫉忌,譬如以今日在上海滩上之名气言,唐氏曾不输于黄氏,然唐氏尚保太平,则以唐氏能不孳孳于利耳。

一根洋火一分钱,一盒铜元合一千。生活煎人真要死,今天过了怕明天。

最近市上之日用品,亦告腾涨,火柴一盒,售至三角,当年合一百铜元矣,穷人无不浩叹,以为来日大难,不知何以过去!

(《东方日报》1941年11月7日,署名:大郎)

西园寺筹资

小诗代寄西园寺,和尚名儿唤印真。一种盛情心领矣,只因弟子嗜荤腥。

苏州西园寺,因筹募上海分院添设三藏精舍建筑基金,故由方丈印真出面招待新闻界。予承孙筹成、丁悚二先生代邀,惟近来于某次啖素斋,竟作呕,故印师之召,乃未去也。

(《东方日报》1941年11月10日,署名:大郎)

徐　案

　　护持人道用心苦,致死原因明白邪？活口牵来巴戏做,从来树上定开花。

报纸对于徐氏弑兄一案,言论不着重于"请究正凶",而偏重于汽车夫之致死,不惜工夫,引出车夫之家属,其用心亦可谓苦矣。

(《东方日报》1941年11月11日,署名:大郎)

睡　女　人

　　"睡人"风味是如何？没趣宁如家主婆。一字新奇应摘出,义差"瞓"字本无多。

与女人犯淫行者,上海人称之为"瞓过"。近读《萧萧》月刊上《关于汉明威》篇,译者以灵空之笔,作新奇之句,其中述此美国之著名作家在马德里和爱斯柯里都睡过很多女子,瞓女人而用一"睡"字,斯为创见。

　　绝狭腰身曳地裳,北风一夜玉肌凉。盈盈十五江南女,竟作胡姬塞上装。

丁慕琴先生,尝赠予毕倚虹先生遗书一通,昨翻旧箧,偶展斯编,怆然久之。是夜北风猝紧,忽忆倚虹旧句,因录一过,以志追思,惟首句已不可记,因别制一言,以冠其上。

(《东方日报》1941年11月13日,署名:大郎)

米店排长队

　　买米人儿一串连,流亡至此只潸然。午时挨到黄昏近,却见人家上炊烟。

一夜,天既黑矣,尚见某米肆门前肩摩踵接之男女老幼达数百人,以时计之,最后一人,至是晚十时后,恐尚不及买到夜饭米也。

(《东方日报》1941年11月14日,署名:大郎)

肥皂涨价

日用行情件件加,开门七件怎安排?一元一块买肥皂,原来真疑是象牙。

肥皂每块涨至一元以外,沪人有"象牙肥皂"一语,今日之肥皂,真疑为象牙制成矣。

(《东方日报》1941年11月15日,署名:大郎)

种种补剂

补药岂无千万种,销场种种好来西。只教穷鬼垂双泪,一日三餐吃不齐。

有人统计,上海市面上所有销售之所谓滋补药剂,种数几达几千之多,进补之人,固"实繁有徒",然忍饥受冻于西风下者,又不知有几许人也。

死人头上想钱财,别种生涯做不来。有客忽然怂恿我,兜销到处问棺材。

有乡人来托,请我在上海兜售棺材,谓亦有利可图也。予故四处托人,先向各殡仪馆打路,昨晤徐子权兄,渠愿为我协助,盛情亦可感矣。

(《东方日报》1941年11月17日,署名:大郎)

周惠礼遭讼

大好新闻遭锁封,"粪蛆"毕竟满缸中。如何院长风流案,正义诸君作哑聋。

《怀素楼缀语》昨记克美医院院长周惠礼被少女沈志英控妨害风

化案，谓各报绝无登载，此案十七日审讯，而昨日各报，仍无记载，岂亦为正义先生们之所谓封锁新闻，别有伎俩者耶？呜呼！

囤货纷纷告出笼，遥知群虎腹中空。问渠何术膏馋吻？西北吹来阵阵风。

上海囤货之风既炽，闻大多囤积者，往往借债为之，及工部局限制物价，百物降跌，囤货者纷纷倾吐，得款有不足以偿债负者，此真所谓得不偿失也。

(《东方日报》1941年11月19日，署名：大郎)

暴雨骤至

轻雷似在芙蓉塘，雨到骤时风更狂。此地人称天有眼，快将霹雳打奸商。

前夜，忽雷电大作，暴雨骤至，此象极似四月中所见，而未尝见于肃肃霜飞之九、十月间也。予念今夜必天打，则祷于天曰："请打囤积居奇而影响平民生计之奸商，则诚快事矣！"

(《东方日报》1941年11月20日，署名：大郎)

打电话费事

电话朝朝打不通，徒教表轨起嗡嗡。我须奉请公司里，减价应求"核准"中。

近来打电话之费事，尽人知之矣。电话公司向以服务迅速为号召，今如此情形，惟请公司向工部局当局，核准减价耳。

(《东方日报》1941年11月21日，署名：大郎)

唐若青以电话相责

记得当时葛嫩娘，拼将烈死骂仓黄。喷来舌底三升血，至竟留为明史光。

予尝言唐若青女士,檀口不似樊素之若樱桃耳,若青谓予谑也,尝以电话相责,因记此诗,为"本家"作解嘲可乎(若青见予,恒以本家相呼)?

暴冷真能冷死人,剧怜冷死尽穷民。惹他囤虎呼呼笑,我太多财他太贫!

昨夜天气猝寒,料明晨冻毙于道隅者,随处可见矣。

(《东方日报》1941年11月23日,署名:大郎)

旅舍无热水

热水龙头不用开,家家旅舍省些煤。严冬多少鸳鸯侣,走进房间冷得来。

煤价飞涨后闻旅舍中用煤极省,热水龙头,常无热水,此诚苦事,而难为了许多旷男怨女矣。冬令中,本因旅馆奇暖,故上海人专门开了房门,谓之孵客栈,今年之客栈,亦吮啥孵头矣。

(《东方日报》1941年11月24日,署名:大郎)

香槟票方兴未艾

闻道秋来跑马厅,一时争买大香槟。畜生偏被人称颂,当是输财锡福神。

跑马厅之AB香槟开奖后,又有秋季副香槟发行,以后更有新年大香槟等问世,方兴正未艾也。

(《东方日报》1941年11月25日,署名:大郎)

罗迦陵死后

遗嘱何来"一""二"分?为它缠讼已纷纷。果然生死休言义,面孔何尝看死人。

罗迦陵死后,有所谓第一遗嘱与第二遗嘱者,今闻罗之义子与罗之义弟,因此而发生争执,而发生争讼矣,或曰:义子义弟真不看死人面孔哉!

(《东方日报》1941年11月27日,署名:大郎)

"恶 虎"

恶虎原谐屋虎音,一闻蠹虎总惊心。老夫何幸生今世?虎正横行蠹患深。

报间群创抑平房价之议,称房东与二房东为"恶虎",盖谐"屋虎"之音也,然亦有人称为房蠹。

似见莹然有泪痕,西天弥望叩何门?可怜露白风清夜,还断萧郎一段魂?

西洋之女明星中,最爱赏桃乐珊拉摩,凡其旧片,今一一观之,爱其色耳,非谓欣赏第八艺术也。

"钝×"人成"囤×"人,二儿长大及房门。算来处世多违俗,我与诸君背道奔。

有人问我在万众囤货时,亦曾囤若干货物否?我曰:钝×人只有囤×耳。盖予有两子,皆长大矣,惟养儿子可谓之囤×也。

(《东方日报》1941年12月2日,署名:大郎)

电 话 惊 梦

谁家好友重交情?夜半还来电话声。催醒催眠都有术,皆因物质太文明。

予近时习于早眠早起,往往九时以后,即已入睡,而友人或以电话抵予,其在夜半,辄使予从梦中惊回,自是恒一宵废寝,为苦弥甚。

(《东方日报》1941年12月5日,署名:大郎)

题海生弟《心底的哀鸣》

海生笔下有才雌,能读巴金能写诗。天重劳人殊样福,哀鸣心底记相思。

题海生弟所作白茶中《心底的哀鸣》一篇,完全道企慕之忱,绝无豆腐作用,尽管辨味道可也。

(《东方日报》1941 年 12 月 8 日,署名:大郎)

《浮世杂拾》印梓

尘无死后已三年,今读遗编益怆然。此景断肠寻不得,"夕阳烟柳晚晴天"!

亡友尘无,才人短命,近顷桑弧始将其所著《浮世杂拾》付长城书局,为之印梓问世,"夕阳烟柳"一语,为书中之一题。

(《东方日报》1941 年 12 月 9 日,署名:大郎)

房 事 纠 纷

忽道收回派用场,莫非拆造改坟堂?由来房蠹良心黑,赶俚爷来赶俚娘。

年来因房价飞涨,已经租出之房产,大房东乃以"收回自用"之名目,勒迫搬场,其实欲增收小费耳,而房事纠纷,在上海遂永无宁静之日。

欲求丁老恕余愆,任伊清歌字字圆。我把衷肠为诉说,近来已不爱文娟。

丁先生邀余听张文娟唱片,以天寒路远未应其约,且文娟之歌,亦为余所不喜,故欲请慕老恕爽约之愆矣。

(《东方日报》1941 年 12 月 10 日,署名:大郎)

周筱卿死

诚知瘦竹文章美,万斛沉哀哭筱卿。终为好人都不寿,赚他老友泪纵横。

经营更新舞台之周筱卿先生,今世之好人也,今遽归道山,朱瘦竹著一文哭之,语语从心肺流出,优于咬文嚼字者万倍矣。

(《东方日报》1941年12月11日,署名:大郎)

"满 堂"

王家门第喜洋洋,金玉果然有满堂。情面不看同事老,如何豆腐吃之方?

王椿柏之妻育一子,名为"金玉",后又与毛剑秋育一子,则名"满堂"。查"满堂"为之方之别号,而椿柏忽然掠美,似何太不看共舞台之老同事情面矣,一笑。

(《东方日报》1941年12月14日,署名:大郎)

顾兰君酥胸半袒

横陈曾此见酥胸,顾氏二娘计亦通。色艺胜人侬不想,阿侬别有最高峰。

见顾兰君酥胸半袒之影,未尝不为神魂荡越。兰君胸部之美,女明星中,无出其右,故兰君恒以此为号召,盖亦善于利用其随身法宝也。

"独力导"还独力编,自今始识邵君贤。放他十丈青春火,悲剧居然到眼前。

读大中华剧坛之戏单,有邵滨孙独力编导《青春之火》伟大悲剧之预告,及《苦怜的嫂嫂》等,此中似略有别字,然亦不可谓之不通,此申曲之所以被人目为通俗艺术乎?

号码编排写上肩,有时擘划到胸前。却教羞煞青春妇,红晕如潮泪似泉。

轧米时,每人肩上,俱用铅粉编为号码,乃有时不写于肩上,而写在胸前,此在男子,本无所谓,若为妇人,则必羞怯不胜矣。

(《东方日报》1941年12月21日,署名:大郎)

无 米 悬 梁

此行率妇又牵儿,铁石人闻也泪垂。我亦饥寒挨不得,将来或者要相随。

晨起,读报环龙路有夫妇二人并一子,因购米无得,忍饿一日,终至悬梁自尽,此真人间之惨事矣。

(《东方日报》1941年12月22日,署名:大郎)

乡 人 售 米

吾家所住弄堂里,走进乡间卖米人。论斗论升休笑我,城居我亦是奇贫。

购工部局米不易,家人乃就巷中兜售杜米之乡人,买若干斗,然乡人之索价甚高,闻之人言:吾乡米价,今亦在百六七十元间,为之咋舌。

廉顶廉租到处招,黄金梦醒已非遥。近来走过电杆木,又见红红贴纸条。

在昔日上海房屋奇俏之时,招租招顶之广告,不可多见;近则虽电杆木上,亦有红纸发现矣,可见二房东之黄金梦,醒在眼前矣。

(《东方日报》1941年12月30日,署名:大郎)

瘪三冻死檐下

风雪翻飞冷不支,街前一夜见横尸。雪如"白面"霏霏下,至此何尝疗汝饥。

二十七日,风雨而杂以雪片,此夜,上海之白面瘪三,冻死檐下者,不可胜数,诗以吊之!

(《东方日报》1941年12月31日,署名:大郎)

狼虎集(1942.1—1944.11)

元旦口占

　　元旦先书一字红,但求不似去年穷。自然愿望还无尽,先是因私后为公。

民国三十一年元旦,口占一绝,笔此为读者诸君,敬祝新釐。

(《东方日报》1942 年 1 月 1 日,署名:大郎)

感　怀

　　又逢元旦怎安排?不用诗成写感怀。颇恼吾家痴稚子,要穿新履着新鞋。

明明不写"感怀"之句,而诗成却是感怀之诗。噫!

(《东方日报》1942 年 1 月 6 日,署名:大郎)

酥胸引人

　　要看白白好胸膛,一在清波一在床。若论卖钱还是肉,兰娘之外有桃娘。

闻新年中,中西影片之卖钱者,为《美人鱼》与《荡妇》也,二片皆裸胸而引人入胜,盖顾兰君与桃乐珊拉摩,并以酥胸为影迷所颠倒焉。

　　今年日历无从要,纸虎果然作孽多。年月何妨忘记罢,本来"日脚"太难过!

今年日历之售价甚昂,亦无肯赠送者,或曰:纸价飞腾,此则尚可以见纸虎之余威也。其然岂其然欤?

(《东方日报》1942年1月8日,署名:大郎)

颠 倒 时 间

既谈"令尊"业已"先",如何病榻尚缠绵?将来过去和现在,休把时间弄倒颠。

某申曲家有"先父病体沉重"一语,传为笑柄,然有人谓:此乃某追述其父当时病状者,故于时间上并无错误,而以为错误者,特他人为之颠倒时间耳。

(《东方日报》1942年1月12日,署名:大郎)

猢 狲 倒 霉

再休大圣说齐天,台下无人最可怜。花样任他千万变,猢狲总是倒霉年。

或谓一九四一年,乃猢狲之倒霉年也。郑法祥之老猢狲,既不大得意,而李少春之来,每演猴子戏,亦不为沪人所赏爱。

(《东方日报》1942年1月13日,署名:大郎)

轧 米 长 蛇 阵

肩摩踵接满长街,斗米真成一粒珠。却让二龙争夺去,者般奇景古来无。

轧米之行列,昔为一字长蛇阵,及后轧者尤多,遂成二龙戏珠状,是诚伟观,然而惨矣。

夜行都具戒心焉,怕作猪猡宰路前。试检老夫身上有,算来不及一猪钱。

夜劫行人,沪上谓之剥猪猡,今猪价奇涨,予则奇贫,纵席卷予身上所有,决不能抵一猪之钱也,杀猪猡云何哉?

正如作吏有清声,不欲人间识姓名。天夺贤才从此去,荒寒一径吊先生。

精益眼镜公司主人张士德先生,予识之有年矣,上月,忽厄于中风之疾,卒不治,昨为展奠之期,诗以吊之。

(《东方日报》1942年1月14日,署名:大郎)

王汝嘉开汤团店

汤团旧在乔家栅,近始西移到"拉都"。小品无如百叶结,大荤更有菊花锅。糟香定是田螺到,面熟逢知鸡脯酥。睿绝王君纪念册,题词要我当场涂。

王汝嘉先生,近设汤团店于拉都路西爱咸斯路口,售汤团外,小鲜大荤,无不毕具,我诗所不及者,尚有猪油松糕,叹为胜味。

(《东方日报》1942年1月16日,署名:大郎)

医 生 得 意

依旧长街尽日驰,骈肩尚乘一车飞。早知"国手"车能坐,何不当初嫁与医?

昔人句云"早知潮有信,嫁与弄潮儿",今则爱出风头之女人,大有愿嫁与医生,而有汽车得坐也。

(《东方日报》1942年1月17日,署名:大郎)

白玉霜尚未死

亭亭玉立好腰身,江上又来绝世人。我与李儿殊一念,不同好女惜青春。

海生兄以书来,为言李淑棠又来沪上,是即当年之李鹏言也。李尝以师礼事余,不忘旧谊,乃谓念余甚切,必欲烦海生引至吾处,使人有知己之感矣。

开始传言海底癃,又言癌起子宫中。风流人有风流病,病在消魂一窟窿。

白玉霜之病,初传为海底癃,近顷,则又言为子宫癌,惟其人尚生,在平居德国医院,正由医生医治中云。

(《东方日报》1942年1月23日,署名:大郎)

蜂尾先生

曾被针蜂着我身,旋知蜂尾是佳人。茫茫遗此文坛友,最爱年来笔有神!

蜂尾先生,予初不知为何人,上月询之白雪,始知为向所钦迟之梅霞耳。梅霞之笔,予尝叹为近岁小型报上之奇军,迩与灵犀有违言,灵犀既委婉陈词,梅霞之态度亦坦白,信是士人,所以亦迥异恒流矣。

但见女人着大衣,皆因皮货太便宜。鸿翔老板偏偏说,只有我家无贱皮!

或谓今年上海之皮货大贱,但鸿翔公司之大衣,二三月来之售价,无不在日涨夜大中,于是有人言,鸿翔之卖皮,正如八仙桥之红肉云。

(《东方日报》1942年1月24日,署名:大郎)

影星自杀

自是神仙谪在尘,莫教花草怨芳春。银坛不易容尤物,剩下惟多现世人。

银幕上之优秀人才,如阮玲玉、英茵,但以自杀闻矣,剩在世上现世者,又都如此如此,所以值得吾人浩叹也!

劳劳真欲惜斯民,街上成群轧米人。今日殡仪馆里去,万千结队看英茵。

万国殡仪馆,看英茵遗体之人,数亦逾万,其情状正类街头轧米之群也,而延竚于胶州路上,不得推门者,充塞殆满。

(《东方日报》1942年1月26日,署名:大郎)

郑过宜夫人丧

称情重似安仁赋,刻骨哀逾元相诗。想见夜深灯欲烬,琐窗苦苦忆前时!

郑过宜夫人陈淑真女士之丧,过宜为文哀之,名山老人所谓之以安仁之赋,元相之诗,惟过宜之文,足以当之。

(《东方日报》1942年1月27日,署名:大郎)

英 茵 殡 葬

幽魂渺渺知何处?人事匆匆又几更!无数生灵怜汝独,愿为黄土护倾城。

英茵于今日下午三时,就葬于虹桥路之工部局墓道,遗榇于二时从万国殡仪馆出发。

(《东方日报》1942年2月2日,署名:大郎)

张中原书画义卖

今朝欣赏万人同,书画于今二载功。闻得许多前辈笑,中原毕竟出神童。

张中原先生之书画义卖,今日起举行于一品香饭店。中原自言,习书迄今,不过二年,其不自矜伐其功力也可知。而张之率直与绝顶聪明,亦足使人钦仰矣。

(《东方日报》1942年2月3日,署名:大郎)

菜 市 涨 价

物价于今更涨腾,穷人闻讯总头昏。凭君莫道新年乐,如此新年只断魂!

废历新年将届,菜市上百物飞涨,真令穷人为之啼笑皆非矣。

(《东方日报》1942年2月4日,署名:大郎)

米　　荒

偶然吃得两盂粥,未到三时肠又鸣。他日斯乡粮米绝,若轮饿死我头名。

一日返人安里,见新煮之粥,喜而食二盂,以代晚膳,不料三小时后,饥肠又鸣,乃知予殊不能忍饿,值此米荒之际,应该先饿死我也。

(《东方日报》1942年2月5日,署名:大郎)

《美人鱼》上映

拉摩生小最风流,一种轻盈一种柔。我与美人鱼亦似,可怜到处任沉浮。

桃乐珊拉摩之《美人鱼》,自元旦迄今,犹在各首轮戏院轮流上映中,或曰:"此美人鱼,亦善于浮沉者矣。"

(《东方日报》1942年2月6日,署名:大郎)

报萧泊凤君

狂态未除鬓未丝,本来面目自家知。词坛红袖都吟遍,争似萧郎有好诗。

萧泊凤君,以四九述怀诗征和,予不善和人原作,故赋此报之,聊以塞责。

（《东方日报》1942年2月7日,署名:大郎）

瘪三一死一活

一尸未识几时横,一尸还将破席撑。若欲探头相问讯,今朝好博几排枪。

前晨过大通路,见檐下有白面瘪三两个,其一方从破席中睡醒,将探出头来,问另一个,不知另一个已冻毙于风雨中矣!

（《东方日报》1942年2月10日,署名:大郎）

杜米限购一升

从今日轧一升米,嗟彼嗷嗷八口家!到处遇人相问讯,回乡之计可安排?

工部局米,已于日前起限购一升矣,于是各人俱作返乡之计,盖疏散人口,实为当前急务矣。

夜夜麻将打不停,发财白板梦中听。明朝请到街头望,碎米每人买一升。

楼下人近来无夕不打麻将,至天明始散,劈拍之声,惊人好梦,然无由止之,惟徒呼负负而已!

（《东方日报》1942年2月12日,署名:大郎）

烟 价 飞 涨

都言吃不起香烟,仅是大英喊九千。莫笑街头捉蟋蟀,于今屁股值铜钿。

香烟价飞俏,昨日报载大英牌喊九千一箱云。

（《东方日报》1942年2月13日,署名:大郎）

除夕嗟穷

明朝岁序又更新,如此风光如此春!瓮米何曾留一粒,心煎眉急万千人。

今日为废历除夕,然如此风光,但闻忧穷嗟困之人,而绝少有眉舒神悦之侣,念之可怜也!

(《东方日报》1942年2月14日,署名:大郎)

邵万生火腿

油臭难闻鼻不开,远年老肉几经霉。料它不是猪猡肉,老板腰间切下来。

过年时在邵万生买火腿,肉老而油味已变,因疑此非火腿,实为邵万生老板身上之肉。按邵万生虽称老牌子,但其货品之劣,较之三阳远逊,其伙计尤倨慢待顾客,真要不得也。

(《东方日报》1942年2月21日,署名:大郎)

初四夜打牌九通宵

财神夜里推牌九,不打横来独打天。如此生涯真做得,一宵一百月三千。

初四夜,打牌九通宵,盈百金而返,去年此夕,则负百四十金。予赌博无魄力,常五元十元独打天门,辄为善博者所讪笑焉。

(《东方日报》1942年2月22日,署名:大郎)

《贵妇风流》

贵妇风流荡妇淫,叫人邪气有淫心。庐山真面相看日,倒竖蛾眉怒不禁。

昨日与闺人拟看《贵妇风流》，而为客满牌所阻，顾二娘之《荡妇》，既错过于大上海矣，今《贵妇风流》亦缘悭一睹，真懊丧也。

(《东方日报》1942年2月23日，署名：大郎)

闻薛玲仙潦倒而死

算来死要得其时，死到今朝无奈迟。香港当年真个死，所亲痛惜故交悲！

闻薛玲仙已潦倒而死，在五六年前，薛与其夫同居香港，一日，忽传其人已死，凶耗传来沪上，闻者嗟叹，丁师母且为之堕泪终日，丁家佣妇，亦为之伤心，然而死讯非确，遂致一直"现世"到现在。

(《东方日报》1942年2月24日，署名：大郎)

为西平作遣嫁词

从今嫁作人家人，老透咸头肉一身。他日生男和育女，邵门不必认爷亲。

十里红、菱花相继退隐后，常熟二媛崛起于八里桥头，或言二为西平力捧而走红者，今亦嫁去，爰为西平作遣嫁词一章如右。

(《东方日报》1942年2月25日，署名：大郎)

"五 也"

窑瓦当年弄不休，堂名"五也"信无俦。徐家一向开门睡，古谚常言贼勿偷。

近见有徐氏堂名"五也"者，念也字篆文，不禁失笑。

(《东方日报》1942年2月26日，署名：大郎)

天 降 雪 珠

春作深寒雪作珠,有人嗟惜对空厨。如何不化天庭米,付与每家千万颗?

前日傍晚,浓寒未尽,降雪珠无数,淅沥作声,穷人疑是天赐米焉。

(《东方日报》1942 年 2 月 28 日,署名:大郎)

朱小姐征男友

疑是青春卖后门,者般告白也销魂。何如要客分期付,每次来交九五尊。

有年方弱冠(广告中语)之朱小姐,近忽征求男友,商借国币五千元之数。以小姐而称年方弱冠,疑其人为钟雪记之门墙桃李焉。

谁云薄倖李三郎?忍使蛾眉宛转亡。我与他人殊见识,千秋此是大戎囊。

有人骂唐玄宗为薄倖儿者,予非其议,此诗看刘琼演《杨贵妃》之后所得也。

(《东方日报》1942 年 3 月 1 日,署名:大郎)

大 雨 滂 沱

才放晴光又变天,拖泥带水过新年。人逢绝路天无路,故遣苍苍涕泪涟。

迩来天雨不已,前日晴光四照,及夜,忽大雨滂沱,为之闷损。

(《东方日报》1942 年 3 月 3 日,署名:大郎)

"全 禄"

中西两语都难解,"全禄""奥而雪克斯"。休笑孙郎多出汗,便云"墨去沃偷司"。

市上有香烟名"全禄"者,其英文译称"奥而雪克斯",为之失笑。盖"全禄"之名,已觉费解,译名尤极荒唐。友人中孙兰亭先生,好谐谑,口中常说英语,其文法之匪夷所思,往往如此,如多出汗云"墨去沃偷司",亦所以博人嗢噱也。

(《东方日报》1942年3月4日,署名:大郎)

[编按:全禄,英文为 all six;墨去沃偷司,应即英文 much waters。]

《洞房花烛夜》未公映

问题"处女"说纷纭,惹得群儿延颈深。却道洞房花烛夜,隔年封锁到如今。

大上海之被围,至今尚无解禁消息,《洞房花烛夜》迄未获开映,大上海之广告,谓此片乃研讨处女问题者,亦可见断章取义之甚也。

(《东方日报》1942年3月5日,署名:大郎)

白克路一丐妇

自言活不到明朝,待到明朝又在号。偏要加强哀告力,明朝竟复改今宵。

白克路有一丐妇,在途行乞,每哭告行人曰:"我活不到明朝矣。"然至明日又见其来,昨日,予又闻此妇自言:我活不过今宵矣!此所谓加强其危词耸听之力量者也,妇亦狡矣。

(《东方日报》1942年3月6日,署名:大郎)

正德药厂送样品

麦乳精司麦乳糖,送来样品与余尝。老夫牙缝都稀豁,顷刻之间一嵌光。

承正德大药厂送麦乳糖两枝,及麦乳精一小瓶,盖样品也,赋此为谢。

(《东方日报》1942年3月7日,署名:大郎)

《杨贵妃》

能传哀怨入双眉,温语予人刻骨思。前代梅妃应有赋,丁芝今日可无诗?

《杨贵妃》一剧,予看过者,为册封、定情、乞巧、惊变及神游五场,独遗"梅怨"一幕未看,风闻丁芝女士之饰梅妃,有喧宾夺主之概,因于昨日抽暇一观,始信誉丁芝者,殊未溢美其词也。丁之演技,得哀感顽艳之致,频频呼高力士,尤觉凄恻动人,方知丁是贤才,惟闻朱石麟先生云:丁曾上银幕,然以开麦拉番司之不甚适宜,故其造就,乃不及舞台上云。

(《东方日报》1942年3月9日,署名:大郎)

立春以来阴雨不止

苍苍未识郁何哀?尽日沉云下雨来。人在倒霉时节里,天从正月做黄霉。

立春以来,阴雨不止,其状大似黄霉天气,真令人闷损也。

(《东方日报》1942年3月12日,署名:大郎)

火 柴 奇 缺

不论无钱或有钱,这般日脚总忧煎。可怜无米兼无火,行见家家断炊烟。

在米荒煤缺油乏之时,昨闻烟纸店中,火柴亦告奇缺,凡买香烟者,始得带买火柴一匣,而另买火柴者,则加以拒绝云。

(《东方日报》1942年3月13日,署名:大郎)

与之方刘琼闲步静安寺路

号称处女已无膜,幸喜刘琼不在乎? 看过洞房花烛夜,佳评昨日满通衢。

一夜,与之方、刘琼,闲步于静安寺路,忽有少女多人,议论《洞房花烛夜》,有警句云:"幸亏刘琼勿在乎处女勿处女,不然陈燕燕要赶回娘家去哉。"

(《东方日报》1942年3月14日,署名:大郎)

标 准 过 房 爷

人称标准过房爷,吴李张支四大家。生旦皮黄听厌后,再闻"的笃"胜铜琶。

史致富先生,信民兄称之为标准过房爷,其过房女儿中,有吴素秋、李砚秀、张文涓与支兰芳是,前三人为平伶之秀,而后者为越剧名旦也。

(《东方日报》1942年3月15日,署名:大郎)

共舞台后台走电

幸亏一炬未成灾,急坏当家赵老开。对着祝融眉打结,借他难用噱头来。

共舞台后台走电,虽未延烧,然受惊不小,赵老开有应变之才,然对此亦不能再用满台真火之噱头,惟徒唤奈何而已!

(《东方日报》1942年3月18日,署名:大郎)

路人皆饥

出门南北又东西,几辈男儿饿肚皮。有客自言韩信也,若寻漂母便无饥!

近日出门,视路上人,殆人人有被饥之状,忽念及麒麟童唱"韩信"一剧,私念今世更无漂母其人,而韩信又不可于此乡觅之矣。

(《东方日报》1942年3月19日,署名:大郎)

妇习自行车

深巷妻骑脚踏车,牵佣挈子入长街。为怜夫婿清贫甚,将与郎君作信差。

近时入夜,妇辄于巷中习自行车,予谓我家无男仆,后此卿可为予司投送信件之役矣。

(《东方日报》1942年3月21日,署名:大郎)

杜米廉让

杜米价钱二百五,还言此是便宜货。当世何人不心凶?耳闻目见皆气数!

报间有杜米廉让之广告,每石为二百五十元,谓是廉让也;予以为杜米不复原至十四元一石,不算便宜货,卖米的人心凶,我代表买米的人,亦不能不心狠耳!

(《东方日报》1942年3月22日,署名:大郎)

整 顿 房 租

积囤行将一洗空,忽闻急坏二房东!收租吃饭便宜事,天道于今才见公。

租界当局,将整顿房租问题,于分租暴利之二房东,一一将加以惩罚,盖历年受二房东肮脏之气者,至今可以拨云雾而见天日矣。

(《东方日报》1942年3月25日,署名:大郎)

囤　货

样样东西都囤光,老夫还有一根枪。若然足下夫人要,付与深闺仔细藏!

一切日用品及各种西药,差不多已被囤积一光,老夫袴下,有短铳一枝,欢迎女人之欢喜囤货者,作成我这笔生意。

但看纵擒原有术,可怜动静总无情。果然高处多危险,未必恒居便太平!

儿子买风筝归来,放于屋上,居然凌空而飏,故有此作。

(《东方日报》1942年3月26日,署名:大郎)

海生"斯文"

篇篇稿子写文文,今日文来明日文。莫使斯人憔悴曰:"斯文竟不惜斯文!"

海生之笔,无事不及文,无言不及文,因作文文诗,又可以使他多一些情话材料矣。

(《东方日报》1942年3月27日,署名:大郎)

葛雷泰嘉宝结婚

算来蟹味最销魂,老蟹居然想结婚。说与周璇须记得,明星原要几开荤。

葛雷泰嘉宝近又在美与一医士结婚,可见她们之拆拆拼拼,真不当一回事也。

(《东方日报》1942年3月28日,署名:大郎)

于素莲面上生刺

于娘此货尚原生,处女满头刺是真。我亦尊容生过刺,伊谁证我是童身。

某戏报记于素莲面上生刺,谓为处女之证,盖非处女,即无此刺也。

(《东方日报》1942年3月29日,署名:大郎)

朱瘦竹讲故事

绝艺剧谈朱瘦竹,现身说法大罗天。文章遒劲真如铁,细语吴侬软似绵。

朱瘦竹先生,近在大罗天登台讲述故事,必有可听,愿为读者介绍。

(《东方日报》1942年3月31日,署名:大郎)

假 药 害 人

假药争传大健凰,都言此贼坏心肠。若教囤户收将去,也是公平事一桩。

近捕房截获一制造大健凰假药之犯罪人,谓其将假药贻害病家,其实若造假药而待囤户收藏,则未始非一桩公道事也。

头颅毕竟价匪轻,□子如何扫得清?从此却愁揽镜照,怕看毛发欲丛生。

理发店又告涨价,以后剃头生意,予益将不大作成矣。

(《东方日报》1942年4月1日,署名:大郎)

卫公鸣岐

自家三十已称公,以我看来是早兄。其妇正如花艳艳,插于牛粪臭哄哄。

唱本滩之"卫公鸣岐",为一俗伧,惟其妻石筱英,风貌甚美,此亦如王爱玉之嫁钱无量,为一朵鲜花插在牛粪上也。

(《东方日报》1942年4月2日,署名:大郎)

万愚节谣言

小鸟曾遭折覆车,云裳被刺在中途。造谣亦有公然日,道是今朝节万愚。

四月一日,为万愚节,无聊之徒,便大造谣言,如王熙春撞车,陈云裳被刺,及周璇大肚皮云。

(《东方日报》1942年4月3日,署名:大郎)

布店获利惊人

同孚路上事惊人,绸缎呢绒店是新。我道惊人为啥事?明年此地出财神。

经营棉布绸缎之店肆,年来获利之丰,不可胜数。若干著名布肆,其主人往往拥资达数千万者,是真惊人矣!近同孚路新开一店,大登广告,有"惊人消息"四字,惊人一语,殆据此典?

(《东方日报》1942年4月4日,署名:大郎)

空 欢 喜

误报先生发小财,是谁为尔造谣来?故人落得空欢喜,称庆空劳去与回。

友人来言:灵犀兄因购纸而有赢余。记之报间,昨见灵犀兄又自动辨正,则予之欢喜,亦落个空矣。

(《东方日报》1942年4月5日,署名:大郎)

金 胡 结 婚

今朝小妹托终身,选得佳期是吉辰。羡煞旧时诸姊妹,道侬何福嫁词人?

金素雯与胡梯维果于儿童节日,在美国教堂结婚矣。

(《东方日报》1942年4月6日,署名:大郎)

缪 东 垣

缪君脉理绝精通,常替宣传苦我翁。几次三番高兴说:医生如此定然红。

予父恒为国医缪东垣揄扬,谓缪系叶熙春高足,而以医理精湛,有出蓝之誉,每日上午,在三马路同仁堂,以活人术,普济众生云。

(《东方日报》1942年4月7日,署名:大郎)

李氏兄弟母夫人七旬华诞

嘉言懿德久经传,还祝长春三月天。能慰亲心惟一事,绝怜令子世称贤。

四月二十七日,为李祖韩、祖夔、祖模、祖源、祖莱之母太夫人,七旬华诞,将假座丽都舞厅,为老夫人称觞上寿。不肖与李氏兄弟,无非交好,谨献一诗,并为读者志此消息也。

(《东方日报》1942年4月15日,署名:大郎)

贺吴鹤云结婚

良辰良日又良宵,想见吴兄喜气高。从此才郎伴才女,而今女貌配郎"毛"。

小诗一首,敬贺吴鹤云兄吉席之喜。末句因吴兄汗毛甚富,试以混身之毛发为比例,当然无不茂盛,故以郎貌改为郎毛,一要叶韵,二亦纪实。

(《东方日报》1942年4月21日,署名:大郎)

熙春嫁人

闻道熙春出嫁后,定邀愚叔酒三杯。从今且尽于飞乐,莫较"女""郎""貌"与"才"。

王熙春女士,将于最近期间,与吴君结缡于海上,最先得此喜讯者,为天厂居士,居士盖熙春之过房爷也。

(《东方日报》1942年4月23日,署名:大郎)

新　　鞋

昨从雨里走长街,湿透家中新制鞋。归去只教儿子笑,最难伺候是穷爷。

予恒时习于疏狂,天雨,往往无雨履可穿,近顷家中为予新制一鞋,昨日雨甚,履之而行于长街上,及归,泥水污袜底矣。

(《东方日报》1942年4月28日,署名:大郎)

文友被罚站岗

　　信女善男三两千,站岗翁仲两旁边。明征暗罚何须做,乐得收收香火钱。

　　文友某君,因与其二房东忤,二房东为保甲中人,因派此君为自警团,站岗于静安寺路梅白克路口。其地有翁仲,打花会者,恒焚香点烛,以求应验者,予故谓自警团于此,正不妨做一临时香火也。

（《东方日报》1942年4月29日,署名:大郎）

李雪枋私奔

　　难班做个过房爷,偏遇女儿眼底歪。莫向满堂嘲笑曰:活该冤枉老"王爸"。

　　最近忽告私奔之李雪枋女士,为龚之方君之义女,介绍人为张善琨夫人。龚君膝下,过房千金仅此一位。

（《东方日报》1942年5月2日,署名:大郎）

当筵绝艳人

　　果见当筵绝艳人,更从离乱惜残春。梦中时有如花靥,若为书生诉苦辛!

　　一夕,从诸友谈于妓家,遘一人绝艳,叹为近岁欢场,不可多得之隽才,愚久不为此中人吟一字矣,今睹此儿,不可无诗。

（《东方日报》1942年5月9日,署名:大郎）

自行车并踏

　　此时胜坐木兰舟,一往凭君莫掉头（白蕉先生似有此成句）。

郎自撑篙侬把舵,归来只少一帆收。

自行车有男女并踏者,厥状颇艳趣,宜有诗咏之。

(《东方日报》1942年5月11日,署名:大郎)

遇毛羽诸君

好似馒头乍出笼,朝来遇汝出沙龙。沙龙应作如何解,我到而今"希勿陇"!

一日清晨,遇毛羽诸君,方自晨总会出来。晨总会者,毛先生所盛称之"文艺沙龙"也,"方出沙龙"之人,予比之为新出笼之馒头焉。

(《东方日报》1942年5月12日,署名:大郎)

陈蝶衣与《万象》

无数珠玑一卷藏,精装而外又平装。郑公老去胡公死,今见陈郎一面当。

陈蝶衣君自辑《万象》以后,为小型报写作,遂用"业余"两字矣,其得意可知。予谓今日之《万象》,足与《东方杂志》《小说月报》媲美,故陈在今日,其地位固无异于振铎、寄尘二先生也。

(《东方日报》1942年5月13日,署名:大郎)

骂 人 无 用

"风行"原是非容易,"现世"从来不打雅。报纸半令三日用,开销省过发传单。

望平街归来者言:某健骂之报,销场仍无起色,为之不悦,因作此诗,以慰问其编辑人。若认为骂"文友",而使销场有办法者,请多多赐骂可也。

(《东方日报》1942年5月14日,署名:大郎)

谢蝶衣指教

腹中货色缺来西,诗韵常常乱押皮。多谢小陈来教我,老陈碰着望望伊。

见蝶衣兄,谓予诗专押皮韵,读之惭悚万状,谨此"领盆",愿常闻明教。

(《东方日报》1942 年 5 月 17 日,署名:大郎)

陈烟帆画展

物事何妨杂旧新,中西参合更天真。就中山水自然妙,着个高跟革履人。

近经吴湖帆介绍之陈烟帆画展,谓此人于山水中,画高跟鞋之摩登女人,遂成奇观云。

(《东方日报》1942 年 5 月 18 日,署名:大郎)

丁一英订婚

丈人滋味未经谙,绕膝儿骄女又憨。却笑画师空负老,至今才得坐朝南。

一英妹订婚,奉贺慕老一首。

(《东方日报》1942 年 5 月 19 日,署名:大郎)

枇 杷 上 市

枇杷酸似青梅子,四月江南美果无! 一样奇酸梅子似,何须远过洞庭湖?

今年枇杷上市甚早,一夜,予弟市十枚归来,颇甘美可口,询其价,则共费六金,然门口水果摊上者,无佳品,盖奇酸与梅子无异,价亦二角一只。

(《东方日报》1942年5月21日,署名:大郎)

女子骑车

微回双鬟睹妖娆,并辔同行亦足豪。疑是鲰生痴福美,长街有女肯钉梢。

一日,坐人力车过霞飞路,有好女子骑自行车,与予车并行,久久不舍,异之,谛而视其车,则在试步期间,不敢速耳。

(《东方日报》1942年5月23日,署名:大郎)

二宋来拜

文郎领得宋郎来,更有萍娘在后陪。一是钢喉惊裂帛,一为莺唼响千回。

海生兄偕宋宝罗、宋紫萍来拜客,二宋胥以好喉咙蜚声歌台者。海生有情侣名文,故称之为文郎,非讨便宜也。

(《东方日报》1942年5月28日,署名:大郎)

熙春结婚

少日惟求自不凡,墙高十丈也堪攀。庸庸嫁作吴家妇,便祷平凡福已艰!

熙春结婚之日,天明即起,预备提早写稿,下午往送其嫁也。搦管即作此诗,予近来真同情熙春,此诗虽非善颂善祷,要非知熙春者,不能有此词耳。

(《东方日报》1942年5月29日,署名:大郎)

名 目 繁 多

百福观音并至尊,辔头都向大王跟。明明尽是揩油药,已见五花与八门。

万金油之后,近来有所谓大王、观音、至尊,诸名目繁多,实不止此也。

(《东方日报》1942年5月30日,署名:大郎)

慕尔摄影室

婚礼前头拍照回,长纱十尺护身材。若教更使容光艳,着色还须倩爱莱。

慕尔鸣路慕尔摄影室内,近有爱莱着色者,所陈列之着色照片,色彩鲜艳调和,路人过此,徘徊俊赏,不忍遽去。较之市上最大之摄影室,有过之无不及,闻其尤长于结婚照之着色云。

(《东方日报》1942年5月31日,署名:大郎)

黄金下期角色

台上果然似内行,下台工架亦成腔。于今净角凋零日,票友张君大面王。

黄金下期角色,为黄桂秋、纪玉良等,系张伯铭兄所经办,闻招请净票张哲生亦参加,张艺故自不恶,下台后亦活像一内行也。

(《东方日报》1942年6月1日,署名:大郎)

黄 桂 秋

当年识面在春江,颇爱黄郎有好腔。声调于今工脆薄,似君清厚实无双！

黄桂秋先生,予与订交有年矣,近时重唱于黄金,诗以张之。

(《东方日报》1942年6月2日,署名:大郎)

筱文滨近演《余之妻》

不道"鸳蝴"一派文,竟劳申曲替传神。若然提起尔之妇,记得分明小月珍。

筱文滨近演《余之妻》一剧,为徐枕亚原著,鸳蝴文学,自有历史,不料现身说法者,乃烦之在乡调里人也!

(《东方日报》1942年6月3日,署名:大郎)

秋翁讲笑话

一物陷于"谷道"间,也同梦境亦奇哉！更无仿佛拉矢象,不进何曾肯出来?

秋翁谓:"食道因食谷之道,故亦可称'谷道'。"于是咏《笑林广记》"梦境一奇哉"之句,对予病大施嘲谑矣。

(《东方日报》1942年6月5日,署名:大郎)

因雨不克赴约

穷时未必有馋涎,白食徒然到口边。为道酣眠天复雨,出门更怕费车钱。

一日,有友人招饮,天雨甚,以电话催灵犀兄至,而灵犀方高卧,谓因雨不克赴约矣,因为小诗调之。

(《东方日报》1942年6月8日,署名:大郎)

高乐歌场将开幕

新张高乐集群芳,一瓣心香祝满堂。穷鬼几番流血汗,但期钞票饱其囊。

高乐歌场将开幕,老朋友应尽捧场之力,此诗极善颂善祷之能事矣。

(《东方日报》1942年6月12日,署名:大郎)

角 黍 真 小

角黍街头小复憨,老夫一口好吞三。如今正是荒年样,我忽加餐亦笑谈!

巷中所唤之角黍,我能一口三只并食,其小可知,每只之价为四角。

(《东方日报》1942年6月13日,署名:大郎)

高乐歌场之清唱女儿

寄语歌余莫走开,客人叫伊要陪陪。歌场也效舞场例,好倩红妆侍坐来。

高乐歌场之清唱女儿,可以效舞场侍坐之例,而为捧场客人同坐谈谈者,亦创闻也。

(《东方日报》1942年6月14日,署名:大郎)

大 不 同

算命先生大不同,如今又见女鞋红。可怜枉挟君平技,只在翩跹舞履中。

上海有术人名大不同者,昨见一舞人去其履,履亦名大不同鞋,乃知大不同者女人脚下之物也。

（《东方日报》1942年6月15日,署名:大郎）

吃不起粽子

当时佳节近天中,煮黍家家灶火红。今日千金买担米,几人医得腹中空？

端阳将近,昨日乡人之负糯米来者,谓每担之值千金,于是群谓角黍真吃不起矣。

（《东方日报》1942年6月17日,署名:大郎）

二房东与三房客

莫道房东要我搬,穷爷无处把身安。何烦白相人劳驾,干脆讼词送入官。

二房东要三房客搬场,三房客不搬,则派老朋友看三房客,然有时碰着三房客亦定头货也。

（《东方日报》1942年6月18日,署名:大郎）

文人无用

今朝报馆掩双扉,令正便该去卖皮。毕竟文人无所用,近来常被瘪三欺。

新近关门之某报股东,于其报夭折之日,又作一文,大詈写稿者,事为铁椎先生见告。

（《东方日报》1942年6月19日,署名:大郎）

陈云裳丧母

爷已高年未"过房",娘蒙主召到西方。银坛皇后真多事,一是开心一断肠。

陈云裳在母丧之前,闻其过房爷某富商,将与之结婚于沪上,此说传之已久,在尚未证实时,其母金太夫人,忽以仙逝闻矣。

(《东方日报》1942年6月23日,署名:大郎)

旧戏翻新李绮年

金莲三寸假金莲,旧戏翻新李绮年。都道双跷拿得好,口嗯嗯复脚颤颤。

有记录绿宝之西门庆抱住李绮年后,李口中嗯嗯声,而一双小脚则凌空乱颤云。

(《东方日报》1942年6月26日,署名:大郎)

闻白云演《三笑》

台上出来唐伯虎,台前虎子起欢呼。迭排寡老迭票货,真正所谓一塌糊!

闻白云演《三笑》,台下之舞女、向导员等,竟作一片欢呼声,恨不能将他吞入肚中也。

(《东方日报》1942年6月28日,署名:大郎)

陆露明演缝穷婆

"不把双眉斗画长",只将一具试开张。陆娘自是风流种,半夜三更总上场。

陆露明在朱石麟导演之《海上大观园》中,饰一缝穷婆,该公司之宣传人曰:"敢将十指夸针巧,不把双眉斗画长。"

(《东方日报》1942年7月1日,署名:大郎)

商店停业

勒令排门数日关,谁教市侩价狂抬?昧心获得无多利,且作家中丧事看。

两租界当局,澈查抬高物价之商店,予以停业数天处分,亦大快人心事也。此诗删灰寒三韵混押。

(《东方日报》1942年7月2日,署名:大郎)

张园群芳会

八妹而今唤伯梅,群芳会唱水边开。姑从名字遥为祝,"不"要霉时落雨来。

张园之群芳会,领导者为程伯梅,此人即时代之程八妹也,予意应改名为"不霉",则虽在黄霉,亦不致常常下雨矣。

(《东方日报》1942年7月6日,署名:大郎)

邓荫先索打油诗

想做诗人习上流,不然便要灵盈头。谁知邓板(邓荫先老板)相催道,最好唐诗是打油。

予不拟再作打油之诗,已于前文述之,故本刊之《狼虎集》,亦辍多日矣。乃荫兄来书,以此相索,此则朋友欲导我于歧途,遂不得不为此蛩鸣蛙唱也。

(《东方日报》1942年7月18日,署名:大郎)

米中石子

　　石果充饥我也吞,本来玉石不须分。奈渠齿弱肠还软,故要灯前选拣勤。

　　碎米中有小石子混杂其间,可以伤齿,可以创胃,烧饭之前,必须选拣,在无事中,又有一事可为也。

　　(《东方日报》1942年7月19日,署名:大郎)

热在心里

　　夏天不恋香衾暖,一热还思大席凉。看见路牌胃口倒,未登床已汗如浆。

　　大热之日,见顾兰君主演《香衾春暖》之路牌,不觉热在心里,终至汗出如浆矣。

　　(《东方日报》1942年7月21日,署名:大郎)

西瓜大贵

　　雪瓢要吆卖西瓜,瓜贩心凶不肯赊。终为价高无力买,却令儿子怨穷爷。

　　今年西瓜大贵,儿子嗜瓜如命,然无力膏其馋吻,又使怨声丛起矣!

　　(《东方日报》1942年7月22日,署名:大郎)

乘风凉于晒台

　　白日炎炎夜里凉,问君何事打麻将?星高月远风来际,颇念周家绿豆汤。

　　乘风凉于晒台上,而邻家之牌声劈拍,为之不宁。夜深时,遍体润滑,乃颇想得周府上一盏冰凉绿豆汤,饮之,必沁人心肺矣。

(《东方日报》1942年7月23日,署名:大郎)

飓风初起之夜

不知清梦几惊回? 路上墙颓树亦摧。已把玻璃吹去后,更吹钞票万张来。

飓风初起之夜,予卧室之窗,不及关上,受重震,玻璃随风飞去,我乃私祷,愿富人之钞票,因风之力,吹送我家,亦快事也。

(《东方日报》1942年7月26日,署名:大郎)

灵犀自比瘪三

自是陈君有妙谈,者般譬喻亦何堪! 股东经理兼编辑,安得谦虚比瘪三?

灵犀因索一方兄稿不得,比自己为瘪三,谓向老友要稿子,如钉靶之瘪三,在别人身后刺刺不休也。

(《东方日报》1942年7月27日,署名:大郎)

《海上大观园》禁映

明明上海大财翁,却把哈同比海通。狗在水中休再打,当年吾捧是英雄。

《海上大观园》一度禁映,闻其故事影射爱俪园哈同、罗迦陵夫妇者,复牵涉姬掌家,果然正如某报所谓打落水狗耳。

(《东方日报》1942年7月28日,署名:大郎)

熙春即将临盆

似觉熙春乍结婚,如何又说要临盆?吴三占尽人间福,又有女儿来报恩。

《申报》载王熙春又有喜讯,盖谓结婚之后,不出今年,又有红蛋送亲友吃也,书此以贺吴三伉俪。

(《东方日报》1942年8月1日,署名:大郎)

歌 场 频 开

闻有歌场取次开,问她阿有客人来?上床陪我嫌多事,何况茗边对座陪。

歌场之设,亦如风起云涌之盛,但盛暑之日,我终疑其生涯未必能美茂也,譬如予过高乐门外,闻锣鼓声喧,已头痛,何况入场哉!

(《东方日报》1942年8月2日,署名:大郎)

共舞台演《家》

六月飞霜毡有否?而今却见着狐裘。卖他老命事甗上,却说新鲜出噱头。

共舞台演《家》,广告上称狐嵌大衣、灰鼠袍子,都着上台来,此非噱头,实卖命耳。

(《东方口报》1942年8月4日,署名:大郎)

歌 场 之 兴

又见歌场开两爿,将来定会一齐关。市场先有投机例,变幻风云一刹间。

歌场之兴,亦如雨后春笋,此情仿佛当初之投机市场,亦可见上海人之一窝风矣。

(《东方日报》1942年8月5日,署名:大郎)

热 甚

汗流竟体何曾停?一热真成长夜醒。料得不堪巢内住,万人铺满水门汀。

热甚,不堪合睫,携大席卧晒台上,犹嫌未适,因颇羡满街睏水门汀者,其酣睡盖优逾居门户内矣。

(《东方日报》1942年8月8日,署名:大郎)

暑 气 未 消

长夏端宜宿露天,繁星无语伴人眠。一宵醒后相呼起,谓有曙光到榻前。

近日露宿,天将曙,入房内,则暖气犹充塞未散也。

(《东方日报》1942年8月10日,署名:大郎)

立秋后一日,夜风甚劲

风头里坐最销魂,此是苍天赐大恩。一热十天禁不住,再来我是必然昏。

大热十天,立秋后一日,夜风甚劲,神意俱苏,民国卅一年八月十日清晨作此。

(《东方日报》1942年8月13日,署名:大郎)

七夕之夜

空负良宵当七夕,三年夫妇更何期。夜间跳舞归来后,她睏床中我地皮。

七夕之夜,与妇同坐于舞场,归去后,热甚,不耐睡床上,特展一席卧于地板,直至天明,盖已忘为双星良会之期矣。

(《东方日报》1942 年 8 月 22 日,署名:大郎)

雨后无凉意

近时秋雨亦多乖,顷刻萧萧湿绿阶。未有新凉还送热,常将清梦汗中埋!

近来月色多佳,而时作阵雨,顾阵雨之后,初无凉意,夜半醒来,恒汗流竟体,为之苦甚!

(《东方日报》1942 年 8 月 27 日,署名:大郎)

王玉蓉南来

料应未改旧时憨,红袖掌堪百艺谙。毕竟管弦此地盛,长教儿女忆江南。

皇后大戏院聘王玉蓉南来,嘱予为文张之,因得此书,刊于此,再剪印入特辑可也,此循黄金名角特刊例,偷懒盖非第一遭矣。

(《东方日报》1942 年 8 月 31 日,署名:大郎)

天衣请看戏

几场影戏请他看,为博吾儿一日欢。爷自太穷人买票,出钱人不算洋盘。

天衣兄买《恨不相逢未嫁时》及《牡丹花下》之戏券贻予,乃使吾子往观,若辈始得一履大光明与大华两地,归而乐甚。
(《东方日报》1942年9月5日,署名:大郎)

亡妇五周忌辰

生平我只负斯人,一梦无端总当真。五载凄凉泉下路,亦同尔婿困风尘。
昨日为亡妇五周忌辰,是日晨,忽得一梦,似来存我,醒后,疑真有所见。
(《东方日报》1942年9月10日,署名:大郎)

读《万象》两巨头摩擦记一文有感

喜君名利两收成,故逞闲情好骂人。只有乌龟强盗贼,还持"友道"重伸论。
(《东方日报》1942年9月15日,署名:大郎)

饮咖啡于舞场后

收得中秋尔许凉,人也无病便荒唐。归来枕簟多情甚,伴我吟哦一夜长。
饮咖啡于舞场后,又一夜无眠,枕上得此。
(《东方日报》1942年9月17日,署名:大郎)

赠吴温如女士

狼年虎岁有余春,试访山东有此人。料得一般鲜可口,本来虾米胜虾仁。

赠吴素秋太夫人温如女士一首。
(《东方日报》1942 年 9 月 20 日,署名:大郎)

吴 淞 道 上

偶从上海到吴淞,却在濛濛细雨中。灯火无情添客倦,月圆分作可怜红。

自上海赴吴淞道上,值微雨,归时已晴,月色映于江心,惜不甚明洁耳。
(《东方日报》1942 年 9 月 29 日,署名:大郎)

浦 善 人

敢问先生何所图,为名似此亦殊迂。而今只有棺材缺,府上曾捐寿器无?

浦缉庭捐小数金钱而成行善大名,故作此诗戏之。
(《东方日报》1942 年 9 月 30 日,署名:大郎)

灯火管制之夜

直似荒村黑夜行,一人彳亍一心惊。将言说与囊金客,从此当心遇外甥。

灯火管制之夜,行于马路上,直与行于荒邨之夜无异,此宵小乘机而起者,必不乏人。荒邨之夜,有劫行人者,谓之"背娘舅",今日之上海,当亦不免有此危险也。报纸卜劝人夜间无事不必出门,予昨夜走过夜路,亦有走过走伤之恨,以后当摒此勿为矣。

洗脚关门对月眠,一楼景物各黯然!后来想到开销省,电费从今减几钱。

又成于灯火管制之夜。
(《东方日报》1942 年 10 月 2 日,署名:大郎)

绸布庄平价

谁有钱裁九月衣,市场廉售耀旌旗。管他足尺加多少,但为人生共惜"皮"!

绸布庄又闹秋季平价竞卖矣,本诗末一字,作"皮子"解,皮子者,上海人谓衣裳也。

(《东方日报》1942年10月4日,署名:大郎)

李玉芝初来

你是虽然初次来,者般玩艺不坍台。老夫可惜无多血,颇想蓬门为我开。

在更新舞台,见李玉芝上装美甚,李曰:我是初次来此,你们多得捧场。

(《东方日报》1942年10月5日,署名:大郎)

"雅恋"

"雅恋"何如"雅博"哉?一星期发一回财。若将雅恋真情告,"贫贱夫妻百事哀"!

予谓一方兄之诗宠为雅博,一方乃谓予与美英之结合为雅恋,书此告之,为故人一粲。

(《东方日报》1942年10月6日,署名:大郎)

"标准过房爷"

人称"标准过房爷",绝类乌龟做本家。纵使药房门闭后,尚怜有女貌如花。

养舞女而以"本家"驰名于沪上者,有傅某其人,今傅已死,继武者要为史致富矣!史收养女甚众,品类尤杂,将来一旦沦落,可以戥过房女儿之牌头,不愁有为瘪三之一日也。

(《东方日报》1942年10月7日,署名:大郎)

灯火管制

亭子间里快关灯,再喊三楼与二层。晤笃死人都勿管,"排头"明日伲来听。

灯火管制时间内,闻弄堂中保长喊声。

(《东方日报》1942年10月8日,署名:大郎)

买小电筒

倒尽霉头小电筒,临请开放作惊红。前身枉是风流种,不照春宫照暗中。

似墨水笔型之小电筒,昔日买来,照于被底,今者,灯火管制期内,全体出动于街头矣。

(《东方日报》1942年10月9日,署名:大郎)

伸手不见五指

近来夜里息灯眠,节得许多用电钱。独有豪家嗟叹道,那堪中夜没灯燃。

夜间,恒闭火而卧,昔日醒时,巷下灯光射于屋内,室中之景物可辨,今则伸手不见五指矣。

(《东方日报》1942年10月10日,署名:大郎)

"双十节"

既无欢乐便无言,省我闲文三两篇。梦在儿时如死去,常将双十庆年年。

近年以来之"双十节",予不复作片言只字,以纪念此佳节矣。童年遇此,则欢意竟日,初作报人,亦益佳作为文点缀,三五年来,如当伊呒介事耳。

(《东方日报》1942年10月12日,署名:大郎)

吃 讲 茶

闲话应该归一句,阿能让我做人家?须知今日拉台子,不及今朝吃讲茶。

白相人互斗,由老朋友叫开,其方式有二,大者为拉台子,小者则筛杯茶吃耳。今百物奇昂,今日吃一杯讲茶,破费之多,胜过从前拉几只台子矣。

(《东方日报》1942年10月17日,署名:大郎)

活 马

卡尔登里看登台,道有昂然活马来。记得唐僧骑已惯,此风话剧未先开。

卡尔登《大马戏团》中,有真马上场,其实连台本戏如《西游记》内,唐僧固骑活马登场也,惟在话剧中犹初见耳。

(《东方日报》1942年10月18日,署名:大郎)

重 阳 诗

　　重阳何处可登高,肉食还应桥上跑。"骑"若与"登"同一例,拣家门口试三刀。
上海无登高之地,有之,惟骑高之场耳。
此诗作于重阳之晨,吃重阳糕以后。
(《东方日报》1942 年 10 月 19 日,署名:大郎)

虞洽卿路遇野鸡

　　走完跳壳唱皮来,又见春城不夜开。漏尽虞公道上走,相逢竟是卖淫材。
十二时后,行于虞洽卿路,所见之女人,西平所谓非"跳壳"即"唱皮"也,其余属野鸡耳。
(《东方日报》1942 年 10 月 20 日,署名:大郎)

信 芳 将 登 台

　　急管繁弦已觉多,却令老眼试重摩。西风吹微春江路,为报周公欲献歌。
闻信芳将登台于皇后,书此迎之。
(《东方日报》1942 年 10 月 21 日,署名:大郎)

头　　痛

　　一无用处万金油,近日常缘新病忧。市侩之谈放屁耳!何云头痛偏医头?
近来时患头痛之疾,病作,用万金油涂之,从未有一次见效者,愤而作此。

（《东方日报》1942年10月28日，署名：大郎）

看《小山东》绝倒

即今歌哭本无端，此戏何尝不好看。无理之中寻有理，浦东绝妙一巡官。

有人看滑稽戏《小山东》者，要可以绝倒，其妙盖在无可理喻也，饰浦东巡官之程笑亭，尤能逗人笑乐。

（《东方日报》1942年10月31日，署名：大郎）

王去非自缢

先生何故不为僧？人世翻腾百可憎。今日阎王收拾去，惊心竟是一条绳！

名法家王去非先生，于前晨自缢身死，报纸已有记载者，此人为文，署名为拳头措大庵主，观其命名，即可知其为怪诞人矣。

（《东方日报》1942年12月7日，署名：大郎）

霞飞路步行

闲行同至霞飞路，卿看衣裳我看人。迎面车来惊绝艳，隔楼巷远冈秾春。销魂此去能随地，纵目谁怜到万民？迩日常疑腰脚废，不图久步转堪伸。

一日午后偕内子步行霞飞路，尽其半而不觉甚劳，乃信腰脚犹健，为之大喜！

（《东方日报》1942年12月12日，署名：大郎）

吊英茵未果

　　秋深天气似初春,十月黄花瘦似人。收拾今来闲泪涕,先从九野哭英茵。

　　星期三,拟往吊英茵墓不果,归而赋此。英墓在万国公墓,以守者疏忽,诸墓皆败,英墓尤坏削无完容。

　　(《东方日报》1944年11月4日,未署名)

郎虎集（1944.3—1944.7）

题　记

　　为本报辍笔者二三月,今卷土重来,而吾笔益秃敝无足观矣。昔者,予为本报所作,随笔篇名曰《怀素楼缀语》,以今而后,予废怀素楼不用,而改用《郎虎集》,"郎虎"本予之署,当时肇赐嘉名,未尝不觉得意,今亦勿知用义何在矣？笔砚就荒,文债又生,思之念之,真无以自解也。

◆ 怀素楼

　　"怀素楼"之作,或疑予昔时醉心于企文色艺,其实不然,予今废之缘颇不喜此二字耳。予尝酷慕舞人周秋霞,周小字素辉,今其嫁去,"怀素楼"固亦可用之；又尝眷恋严九九,九九小字素珍,今其人亦退藏,则"怀素楼"亦未尝不可用,而终废之者,以予实不喜此三字耳。

（《东方日报》1944年3月1日,署名:郎虎）

死　于　股

　　去年纱布风潮后,股票今逢剧跌时。正似旗杆遭炮打,丧财丧命两堪期。

　　纱布收买以后,又逢股市剧跌,闻以破家而丧命者,日有其人,说者谓玩股而死于股,此直似炮打旗杆顶耳! 其言着眼于一"股"字也。

（《东方日报》1944年3月3日,署名:郎虎）

魁？

九公一字忒冤哉！争说唐生是好"魁"？场面硬撑君莫笑,有朝寻死便坍台。

最近颇感生活之压力过巨,不能苟存,颇思寻死,昨读九公一文,谓予御用甚奢,固有魁气日增之语,予故答九公曰:生前太魁,身后必致坍台,天下人惟要硬撑场面者为最苦耳。

(《东方日报》1944年3月6日,署名:郎虎)

引风炉

边城风景是何如？弥望黄沙万里铺。巷外有人言绝倒,试看天上引风炉。

黄沙蔽天之日,儿子自外归来,谓巷外有人言,今日天上引煤球风炉,煤球劣质,一时不易燃,故烟雾蔽空矣。其言甚趣,盖引煤球风炉时,固有此状也。

(《东方日报》1944年3月8日,署名:郎虎)

罗绮烟霞

是何痴福住湖山？人在烟峦泉石间。读到《今宵明月》后,语君我尚有云鬟。

眉子居湖山深处,时为文寄海上各报刊布,近读其《今宵明月》一文,令人悠然神远。眉子文中,谓有月无人,实为扫兴,予近尝记大西路之月于他报,予虽非处身于烟峦泉石间,特此夜固有红妆为伴也。山华主人诗云:"鲫生痴福修何世？罗绮烟霞此日兼。"可知人生兼罗绮烟霞为不易也。

(《东方日报》1944年3月17日,署名:郎虎)

"心理"

翼楼有各种小型报,毛羽每日莅此,必详细翻阅,往往历二三小时不止,予在旁边想看报者,往往为之勿耐。昨日予问毛羽,你为什么看得这样慢?毛羽则说:看罢一文之后,必须研究作者对于撰述此文之动机,以及落笔时之情绪、心理,故不觉其慢耳。予曰:你可晓得旁边等着看报而看不着之人,亦在研究你看得太慢之原因,而对你发生憎厌之心理耶?

◆ 看报

予看报看得最快,十数张小型报,至多五分钟尽之,自己文章不看,别人文章值得我讽诵者,不过二三子,其余人之文章为闲得无聊时,当第二次拿起报来,再摆只把眼睛耳。

(《东方日报》1944年3月22日,署名:郎虎)

向 荣

予昔年在银行中任事时,已为小型报撰述,自署大郎,银行同事,自是一律以大郎称予。予亦并不以"寄人篱下"而为讳言也。时某伎人方纵横海上,报间辄布其艳迹,予屡屡咏以诗文,遂有某君者,作一文,谓予实单恋伎人,伎人可以嫖,不必单恋,单恋伎人,所以状我穷也。此真皮里阳秋矣,遂大为银行同事所揶揄,乃闻最近予记南洲主人与舞人赵女艳迹,题一诗曰:《索乳图》。主人任事于某保险公司,位高职重,公司中人见予作,辄为主人调侃,主人奇窘,白于予,谓后此慎勿再记南洲事,即记之,亦当以向荣居士为名。予不甚喜用向荣二字,以荣为三本《铁公鸡》中大人之官印耳。

(《东方日报》1944年3月27日,署名:郎虎)

春　晨

　　春雨应知滴未匀,柔枝墙外绿犹新。华山路上驱车过,谁挈蛾眉步外晨!

　　春晨驱车过海格路(今名华山路),墙下柳枝,方抽新绿,乃知距绚烂阳春,犹有待也。

　　(《东方日报》1944年3月29日,署名:郎虎)

叫　猪　猡

　　心肝宝贝寻常语,大令声声不用呼。始信嗜痂莫有癖,卿如爱我叫猪猡。

　　题定依阁主人记《叫我猪猡》篇,男人要其心爱之女人"叫我一声"为恒有之事。叫大令,叫阿哥,甚至叫心肝,叫宝贝,皆为寻常事,若要女人"叫我猪猡"者,此为旷世奇闻,向荣先生,倘亦嗜痂成癖者欤?

　　(《东方日报》1944年3月31日,署名:郎虎)

焚　香

　　此夜身疑入庙堂,眼前到处见焚香。慈悲吾佛终无睹,惨绝生涯二舞场。

　　舞场不用自来火而用盘香者,有新仙林与百乐门二家,此二家生涯皆不振。新仙林每一桌上,皆燃盘香,益有烟雾弥漫之概,或曰:不似舞场,而若庙堂,惜我佛慈悲,终不为百乐新仙佑耳!

　　(《东方日报》1944年4月3日,署名:郎虎)

春 游 诗

予旧诗云:"春寒漠漠散高帘,闻道春游价不廉。名胜湖山原有兴,时间经济两难兼。"此为律句,下四句已忘,作此已二十年矣。当时予已不主张诗用旧名词,故时间经济云者,亦所以示予之独标风格也。后见林庚白为诗,遍合予怀,惟庚白工力深,隶事寓词,弥多可取,如云:"惯与白俄为主客,最怜青鸟有沉浮。"真神来之笔矣!

◆ 动春游之兴

迩时弥动春游之兴,咏云间白蕉"渐见桃花泛绿湖,豆花眼大杏花娇。先生策杖来何许?两面垂杨认小桥"之诗。为神往不尽,然一念春游,真不知何所适从。近年来曾坐过火车,故不想坐;当年家居,处春郊如画中,不以为乐;今日日触处尘万斛里,欲一到春郊,为势亦艰,念之真爽然若失矣。

(《东方日报》1944年4月5日,署名:郎虎)

老 态

满额深纹满颊须,自增老态异当初。夫人相视还嗔怨,谁令近来失起居?

比日以来,予又起居失节,则以晚归较迟,归后又不获遽眠,转侧枕褥间,不能入梦,坐是起身亦晏,往日予必以九时前兴者,迩日乃恒逾十时矣!有时临镜,自见老态陡增,颐上深痕,渐不可压,知征逐之乐,宜留为少年所为,将无与乃公事矣。

(《东方日报》1944年4月6日,署名:郎虎)

周 璇

赴友人之宴,入门,乃晤周璇,予以迟往,周以饭后且行矣,久不相见,握手甚欢。予于中国电影之最近情形,益见隔阂,故于周之近作,乃茫然无所知。惟是日小马来,谈起《大富之家》均于过周璇时,问《大富之家》,亦周小姐主演否?周璇摇首,示非也。而之方在旁,则言,周小姐之极构,当为未来之《红楼梦》,周始称然。亦可见之方固老于此道矣。

◆ 玄狐

是宴也,艺人之来参加者绝众,坤旦之肩上拥狐裘者,得三人,为张淑娴、芸姊妹,并一曹慧麟女士。淑娴尝摄一影,拥玄狐而立,奇有华贵之度,此夜遘之樽边。觌面亦如睹影中人焉。

(《东方日报》1944年4月12日,署名:郎虎)

岸 上 人

相携徐步入池中,妾意郎情一样浓。及觉回旋无地后,忽看"岸上"有人踪。

夜舞于国际饭店之摩天厅,有男女两人,频频起舞,然必跨至中间赭色之地板中,然后起步。其实摩天厅除客座以外,尽为舞池,初不仅此小小一轮地也。彼男女不知,以为在一圈以外者,尽为"岸上人"矣。

(《东方日报》1944年4月14日,署名:郎虎)

忆 旧 游

闻同嫂嫂到杭州,我在春江忆旧游。此日湖山迎罗绮,可堪三月尚披裘?

闻木公与夫人游于六桥三竺间,忆七年前之春,予与木公伉俪等为杭垣三日之留,其时游兴甚豪。六七年间,人事变迁,有非楮墨所能尽者,予偃蹇无状,一似当年,念之真不胜感慨也。

(《东方日报》1944年4月15日,署名:郎虎)

黄 宗 英

蓬矢来,为言今日之擅写述女儿者,潘柳黛、白玉薇、苏青而外,尚有一黄宗英。凡此四人,皆热情奔放,闻最近四月号之《杂志》中,载宗英一文,系致其兄宗江之书,书中历述异方死后,自北南来之情形,凄凉万斛,无从倾泻之感,读之真可泣可歌也。

◆ 国货

有人以自来水笔一枝售与予,予睹其状与舶来品无异,闻其价,但须千金,将界之,忽林圣时先生至,固与也一观,则谓此系国产,名绿宝者是,时价不过六七百金,因付五百金遣之。中国出品,而不着一中国字,此亦国人恶劣根性之表现,予复外行,往往因此上当矣。

(《东方日报》1944年4月17日,署名:郎虎)

魁

鄙人落笔几曾魁?竟惹先生骇口开。不会叹穷也已矣,天生脱底此棺材!

前日本报朱君,言予为魁派文人之一。"魁"之一意义,为夸张的炫耀,予为文记平日游乐之事,无非记实,未尝作一妄言,乌得谓之魁?若写予将讨某舞人为妾以数十万金为买一金屋,以五十万金买一四克拉之钻戒,此方谓为魁耳。予天性脱底,借他人钱财为自己享乐,固不可谓为魁,亦不喜魁之也。

(《东方日报》1944年4月18日,署名:郎虎)

石 麟 来

朱石麟先生,为李少春编《文天祥》剧本,既已杀青将从事排练,石麟乃欲与少春有所商讨,遂自徐家汇来,以其步履艰难,而商讨又费时日,故辟旅家一室,为数日勾留,久违老友,一旦相逢,自不能不追随为之夜谈也。桑弧亦至,昨夜乃偶议为花局,顾朱先生初不谙此,因约灵犀、翼华同博,使桑弧守于朱先生后,为之授博术也。桑弧于未曾北上时,亦不擅此,及赴故都,天厂夫人忽溺于此戏,㓢桑弧参加,才一局而已通其窍。今朱先生亦然,四圈庄后,亦头头是道,结果且有赢余。予近日牌风奇涩,顾在最后三副,皆大牌尽复所负,王玉珍亦谓挖花最开心者,大概指予跌得下,爬得起耳。

(《东方日报》1944年4月22日,署名:郎虎)

有　怀

又把无聊尽一春,谁同陌上逐车尘?可怜蚕豆花开日,不见清晖照伊人!

蚕豆已登盘,遥知再过春郊绿野时,已非蚕豆花开之候。愚于蚕豆花别有妙感,旧诗有"蚕豆花开蝴蝶飞,斯人清鬓驻清晖"之句,至今亦不念彼清晖曾驻之清鬓人耳。

(《东方日报》1944年4月24日,署名:郎虎)

题谢豹鬻字

鬻文鬻字书生事,争及卖皮又卖腰?闻道谢公勤苦后,今来笔力比人高!

老友谢豹,订鬻书润例,予当为其收件,如有人委谢豹书件者,请交予,款到,七日可取件。

(《东方日报》1944年5月4日,署名:郎虎)

潘与白

梯维、桑弧二兄,对潘柳黛、白玉薇二人之文字,倾服至于无可言状。闻柳黛将去沪上,而玉薇将在此间暂息征车,因欲置酒为二人寿,所以联文字因缘也。顾白犹不至,潘则去心已急,昨日嘱予探询柳黛行期,乃知以五日晚车行,予等小议,留其一日,于六日中午,为之祖饯,不必再待玉薇矣?柳黛以朋友尽情,不欲峻拒,故许焉,用是梯维、桑弧皆喜。今闻玉薇至迟七日可以抵沪,而柳黛所期待之人,终不能图此一晤,柳黛之怅惘可知。玉薇之不获遽来,实以李万春羁以私事。柳黛待之弥殷,尝刊一文,为时人传诵兹二人者,皆热情奔放之俦,天又赋以为文章能手,纡之腕底,自无不可以赚人眼泪矣。

(《东方日报》1944年5月5日,署名:郎虎)

看 秤 人

满街到处看秤人,吊入空中斤两分。昨夜屠场方涨价,今朝"人价"几曾新?

立夏日午,予自寓所至治事所时见街上有秤人者,大率用一巨索,系于楼檐之椽上,其下横一巨秤,男女乃依次吊于秤钩上,厥状甚趣,围观者亦众。

(《东方日报》1944年5月6日,署名:郎虎)

痛 饮 记

潘柳黛有皖省之行,翼楼、同人为之祖饯。同人等钦服柳黛文章,亦雅喜其人之热情而纯挚,当兹连别,不尽依依,遂纵酒。之方量特豪,尽巨觥无算,而此人不醉,管敏莉饮最多,亦不醉,惟饮后为酣眠;素雯与桑弧亦狂饮,桑弧戒酒,此日且破戒,意兴之豪,予已数年不见矣。予亦尽二三杯,以万不得已,亦欲助故人佳兴也。柳黛谓心脏有疾,医生令毋酒,然以诸君情重,不能不强疾而饮,饮亦多,饮后,则嘤嘤泣。此伤心人,是不宜多饮,多饮则万绪攒心矣。五六年来,之方不为痛饮,惟此日饮不已,令人莫测其量。我通体皆赤,腹如□鼓,饮后,仍往办公,然后忽报此人失踪,以饮后思眠,自办公处迳返府上高眠矣。

(《东方日报》1944年5月8日,署名:郎虎)

迎　送

天南地北两书生,我亦多情替送迎。举盏洗尘来白玉,昨为柳黛饯行程。

白玉薇之来,适值予等为柳黛祖饯之日,不知二人得一面否？而予等之宴,终不获潘、白与共者,真怅怅也。

(《东方日报》1944年5月9日,署名:郎虎)

倒　贴

不送钱财送饰裳,蟒袍一件赠歌郎。淫雌倒贴花间事,今亦风行到舞场。

舞女之妌戏子者,近年来亦屡屡闻之。王文兰与某小名旦昵时,送某爱而送手表一只,现钞数千金,未闻送以"行头"也。今见他报记某舞人之倒贴某须生,赠蟒袍一袭。此则为旧日花间尤物之与伶人私者,往往送蟒一件,靠一身,以为定情之物。今某舞人此举,倘亦为复古运动欤？

(《东方日报》1944年5月12日,署名:郎虎)

款　客　约

昨到三长两短斋,墙头款客有招牌。寥寥数语真干脆,删尽浮文惬鄙怀。

龚翁招饮其三长两短斋中,壁间悬款客约其文已不尽,似云:"去不送,来不迎,烟自点,茶自斟,寒暄客套非其伦,去去幸毋污我茵。"

(《东方日报》1944年5月14日,署名:郎虎)

某闻人手下无文士

不古从来是世风,开头若此何堪通?如今每况真愈下,惆怅先生夹袋中!

某闻人刊启事于报端,读此二句,不必知其人写什么闲话矣。某闻人名满春江,独其夹袋中,了无一通文之士,此则数十年来,亦恒如一日也。

(《东方日报》1944年5月18日,署名:郎虎)

赠忘我庐主人

满腹萧骚诉与谁?自撑健骨走天涯。语君此日休忘我,定有今生得志时。

忘我庐主人重来海上,为予论友道之不可恃,感喟万端,因谓此后将挈妻子走天涯,撑二十四根肋骨,谋生存矣。

(《东方日报》1944年5月19日,署名:郎虎)

猫　　狗

翼楼蓄一猫,予作稿时,恒匿于身后,有时盘踞于予双跌间。予甚恶之,予与猫尤绝无好感,今日人粮且不继,遑论备畜食?故寒家从不豢狗豢猫,豢猫而不予以食任其窃自他家,于良心上说不过去,故纵使鼠迹满吾屋,予亦不作养猫之想。久居上海,畏狗特甚,近过吾友碧云主人家,主人妇蓄一白毛狮子狗,平日喂以牛肉,所食且视穷人为豪。予故益惮于养狗,或以狗通人事知富室供养之精,亦在窃议其穷主人者,则太不值得。居今之世,受人欺已不胜其苦,宁堪养一只畜生,亦来欺我乎？

◆ 现代美人

管敏莉在新华之照片甚美，上书曰"现代美人"，比之大都会用"天仙化人"四字，看在眼里比较适意些。然亦何尝能尽敏莉一生之长？其实南宫刀亦健笔，何不为管大小姐，装一头衔哉？

（《东方日报》1944年5月21日，署名：郎虎）

闻叫天登台

多情我亦感苍苍，老去气雄气未降。绝响不辞千遍看，人无双更艺无双。

予与盖叫天之好感益增，今年曾看过一次李少春之《洗浮山》，比盖叫天乃不知相差几千万倍，此亦所谓"徒教竖子成名"者矣。予谓盖叫天不死，则"京朝大角"之南来者，正不必班门弄斧，贴什么《史文恭》、《恶虎村》哉！

（《东方日报》1944年5月27日，署名：郎虎）

潘柳黛之喜讯

七月一日下午，白玉薇来访，颇感其盛情，是为玉薇拜凤老为干城隍老之前一日也。玉薇之至，挟喜讯俱来，则谓潘柳黛已与所谓热带蛇者订婚约矣。不仅订婚，且不久即将举行婚礼，又言：潘婿姓李，为圣约翰大学之教授。其人顾顾然，与柳黛相比，正如平襟亚所言："电线木上装一只字纸篓"也。

玉薇去后，予赴万寿山天祥剧团之宴，晤柳黛于此，辄为之道喜。席上人有预知此项消息者，亦争为柳黛贺，《碎琴楼》言：闺中妙女之得婿者，有如小儿汤饼之乐，终不知此日之柳黛情怀果如何也？

是夜潘柳黛又健饮，顾兰君亦陪之饮，兰君面颊容光益艳若芙蓉，柳黛称腹痛，予以之方待我，故先行，不知二人醉后，为状奚若？执笔写此文时犹深念之。

（《东方日报》1944年7月3日，署名：郎虎）

苦　热

　　江南五月热如焚，伏至应知烧煞人。汗出不停心血尽，何来幽绪更为文？

　　近来苦热，执笔在手，一字不能得，气愤之余，得《苦热》一诗，真又欲搁笔息夏矣。

（《东方日报》1944年7月14日，署名：郎虎）

拍　戏　去

　　予等往华影四厂摄取《教师万岁》中镜头时，骄阳如沸，清风不来。至摄影棚中后，热不可耐，敏莉畏热特甚性又躁急，频频促导演速葳其事；独静默无声者为逸倩，逸倩着礼服，受热视敏莉为尤甚。我无一言，心定自生凉意。是夕归后，予发现予之两腿间为闷热所蒸，痱子业已如星罗棋布，而予妇两胫之底皆起泡，则以久立致此也。

　　此次予拍背面，故不化装，予妇及予友梯维夫妇，予盟弟敏莉，皆初上镜头，故让他们拍侧面。梯维戏瘾甚大，巴不得拼命做戏，然"摇缸"卒让诸夫人，梯维于此，当犹认为憾事也。

（《东方日报》1944年7月15日，署名：郎虎）

西　瓜

　　闻道西瓜是熟年，吾儿口角有馋涎。你家何日归来后，啖汝何物掷刀钱？

　　昨日二子来省予，二子于暑假后寄居于外家，既来，辄谓今年西瓜市上甚多，要予买些许膏其馋吻。予许之，俟其归来后，将日市此物，为儿辈消暑用也。连日吃西瓜，以徐汇所啖者，最不可口。予家所购，则较鲜甘，惜无冰耳。

（《东方日报》1944年7月17日，署名：郎虎）

题瓢师画展

和尚年时尚啖笔，兴来泼墨便成云。绝怜画笔清无敌，若视吾诗定避春。

往年若瓢和尚，尝约予为合作书画展，劝予写自己之诗，或者为痂癖者所好也，但卒未果。近年以来，师艺事日进，兰竹且成当世名家，因于十九日起，与陆渊雷先生举行合展于宁波同乡会。陆先生书法高绝，时人誉为富金石气者也。

（《东方日报》1944年7月18日，署名：郎虎）

丁芝与屠光启

外传丁芝与屠光启，情感已势成冰炭，其实不确。光启少年任性，不免沾染风华，特未尝弃丁芝如遗。丁芝赴苏州演《浮生六记》，有剧团将邀之赴故都，闻于光启，光启不忍其夫人受跋涉之劳，亦不忍其冒溽暑之苦，力阻之。苏州演期既满，闻光启乃赴苏州，迎丁芝返沪，由此观之，伉俪间情形正复不恶，安用闲人为之猜忌邪？予识丁芝于上艺剧团时，此人在台上有楚楚可怜之色，一到台上，亦复哀艳无伦，《浮生六记》之芸娘，自亦较碧云为佳。碧云演时代女儿戏，可无抗手，一上古装，又如青春之乡下姑娘，便不像样，以其生就一只都市姑娘之面型，故《红尘》与《男女之间》，皆为其作胜矣。

（《东方日报》1944年7月24日，署名：郎虎）

唐人短札（1945.4—1946.9）

公　墓

尊前有人谈女人之阅男子多者，称之为"万国公墓"，窃以为此四字甚蕴藉，特"万国"二字，宜用之于彼华洋兼蓄者。试举其例，银星中之严二姐，舞人中之乔四娘，与夫当年之张斐君老二皆是也。八仙桥畔之十里红，窥人"只眼"，奚止千夫？海上冶游者，无不艳称其人，谥其人为"上海公墓"，殆无不当，惜公墓之中，无足当"永安"之选者，盖"葬"身其中，非有纠纷，即身体上招致疾苦，故永安仅适用于自己之夫人，特夫人为"私家坟道"，非"公墓"耳。

（《光化日报》1945年4月14日，署名：刘郎）

小纪之死

纪存贻人称小纪，初为特别巡捕，后乃受实职于警署中，一二月前，忽发旧案，官中置小纪于法，数经侦谳，罪不可卸。谳既定，小纪长闭囹圄矣，其人本富家郎，至此不堪磨折，辄病不能兴，奄奄遂死，其家人舁小纪之尸出狱中，殓之于乐园殡仪馆，此昨日事也。

客有谈小纪之案者，不甚详尽，第谓去年有白俄贩金条，为小纪所缚。白俄求无罪，寿小纪者为数甚纤，及今岁初春，白俄又投法网，陈前事，故及小纪，方官中厉行吏治澄清之日，小纪乃不免，卒至盛年夭殇，事盖非小纪始料所及也！

（《光化日报》1945年4月15日，署名：刘郎）

许氏姐妹

许氏姊妹,著艳名于当年之维也纳,尝相携赴香岛,事变后始返海堧,遘六妹于舞尘中,盖已重操旧业矣。虽风情投老,而余态犹妍,未几,忽与一刘某缔偕老之盟;刘执役于舞场中,为状顾且巨,居恒喜着玄色长衫,其流品不难想像得之,二人刊煌煌启事,告人正式联朱陈之好矣。自是六妹又退藏,洎乎近日,忽琴瑟变征,六妹更披舞衫,入今日之维也纳,随之同来者,为其女弟八妹,顾生涯殊勿振。比岁以来,舞女之嫁人复出者,名益噪,而许独偃蹇,亦足见老更可怜也。

(《光化日报》1945年4月16日,署名:刘郎)

老 兔

写字间之"周遭",极五光十色之惑,对门为黄猫,右邻为白宫,所谓黄,所谓白,皆向导社之名称;左邻为兽苑,豢老兔于其中,兔即当时声名藉甚之钟雪琴也。钟年已近四十,过三十时,见之樽边,问其老且丑,何不藏?则曰固当谋归宿矣,特不可遇仰望终身之人耳。嗣后果不复见闻其与壮汉赋同居,顾生计萧条,亦有传其投老漂零,则刘发为光颀,蓄俊童数辈,承其故业,二说乃不知孰是也?愚方迁至,或指邻居为钟之旧居,初勿甚信。一日,与绍华闲眺窗前,见隔院有男子浣衣,伏地上,绍华稔其人,云此即老兽。愚往见雪琴时,恒为浓艳之装,未尝睹匡庐真相,及经缔审,知绍华所辨为非讹,第发犹未刈,忽加膏沐,飘萧顶上,若秋风之柳,老兔已殊无润容矣。复一日,愚凌晨来,闻歌声起邻院,视窗下,一男子司弦索,稚子二人,伺其侧,随弦声唱青衣,此殆受养于鬼。所以传钟家一脉者也,童稚何辜,造兹荼毒,本悲天悯人之愿,宜宰老兔!

(《光化日报》1945年4月17日,署名:刘郎)

舌　癖

弱冠而后,闻人言丈夫之有舌癖者,初不甚信,及稍长,始知实有其事。比岁以来,乃闻欢场女子,侈谈其"经历"矣。丹岚于稠人广座前,述其近事,谓一夕与东海生同饮,大醉,生曳丹岚于逆旅一室中,未几,丹岚之友朱娟,排门入,第见丹岚仰卧床前,一男子伏地上,怂其颅于丹岚下体之外,大惊遁去。地上人闻有人至,亦遁去。明日,朱娟举所见白丹岚,而丹岚勿知也。惟自此东海生"舌癖"之名,腾播于时矣。

(《光化日报》1945 年 4 月 18 日,署名:刘郎)

女伶的归宿

他报记张淑娴《鸿鸾星动》之文,颇资人谈助,其实淑娴与某君形迹较密,由来已久,非最近事也。然亦不可遽判此中必有私情,兰亭尝为淑娴保证,指天誓日,渠诚贞洁,毁之良不忍也!

淑娴者如彼,全淑娴者又若此究其实,两俱多事耳。

淑娴以守身如玉,称道梨园中,女人之品行芳洁者,闲人之责备亦綦苛,坐是报纸以载张淑娴私生活如珍贵材料。陈桂兰轧一男朋友,亦为万口喧传,以陈亦不甚胡调耳。胡调之滥,如李玉茹,如吴素秋,能为人视同常事,何其怪也?颇关心淑娴事,所欲"建议"者,则如许年纪,宜有男人,不然,风晨月夕,辜负良多,特望淑娴能择一良俦,第一要心地好,第二要一夫一妻,第三要养得活女人。淑娴毋动气,譬如以我为例,淑娴而嫁与我者,将来必吃苦,既不能使女人生活安定,复室有大妇,虽心术不甚坏,然天生好色,未能永爱女人。故似我典型之男人,淑娴千万不可嫁。知其阅世不多,且听我谆谆之诲!

(《光化日报》1945 年 4 月 19 日,署名:刘郎)

拆　　白

往记少年石某以二十万金支票,买某舞人一夕之欢。次日,舞人往领款,不获兑现,少年盖拆白党者流,乃诱舞人以坠其彀中也。愚文既揭,舞人滋勿悦,谓愚实彰其丑,其实愚文隐舞人名,而于少年之氏,初无所秘,则以愚殊嫉恶此辈耳。愚于海上之拆白少年,无不痛恶指摘曾不稍贷息,说书先生之赚女人工钿者,愚必施以挞伐。昔时之唐竹坪、薛小卿与今之蒋月泉、魏含英,皆尝直暴其恶,安得起褚玉璞于地下,一一杀死群獠哉？

（《光化日报》1945 年 4 月 21 日,署名:刘郎）

谢　　启

愚少时不习贸迁之术,读书亦了无成就,遂成一吊儿郎当之人物,不似士人,亦不似流氓,其为品类,至难称定。比岁以来,颇受知于孙曜东先生,其人任侠好义,而关念于不肖者尤至,尝蹙额曰:足下已届中年,犹不暇为后来谋,是乌可者？愚恂恂无以报,春初始有印行日报之议,渐有端倪,孙先生因邀时雨先生总其成,愚亦丐之方、小洛、绍华同襄其事,此本报之所以有也。报之业务与编辑,愚与龚、陆二兄,分主其事,若谓治报亦立业之道,则不肖三十八年来,此第一遭也。有人传语,谓他人于我,嫉忌者有之,毁坏者有之,毁坏未见事实,嫉忌亦未必有其事。前人云"不遭人忌是庸才",愚等自分庸才,讵更有庸才过吾辈者,忌我于今日？我故勿信也。创刊之始,承多方协助,发行以后,复承高明奖饰,同人感奋万状。更蒙好友见贻多珍,益深铭心肺,尘事少摅,腰脚少健,将一一踵谢焉。

（《光化日报》1945 年 4 月 22 日,署名:刘郎）

电 车 上

"电车上性欲冲动"一案,已记之前日本报社会新闻版,谈者指少年为夙有"露阳症"者。露阳症为说甚古,若今人研究生理学,此当归纳于所谓变态心理也。愚十数年前,已好色,而不敢犯,有时坐电车上,见姚冶妇人,必以故切其身,为暂时之快。夏时睹女人线条之美者,尤涉邪念,久之,终演为荒淫,而不可收拾!往岁,与沈从善坐仙乐斯,从善自电话间来,谓电话机旁,有美妇人袖甚宽博,自外瞩之,可以接其乳,愚往证其言,顾愚漠然无所动,用知今日刘郎,痿减已如高年之叟,而无复少日之趼跎矣。

(《光化日报》1945年4月23日,署名:刘郎)

罚 咒

罚咒为女人腔,惟在闺房之内抱"免淘气"宗旨之男人,亦大都好罚咒,愚即一例也。愚有时返家太迟,夫人有责言,光是责言,还不要紧,有时任意诬我,则消受不起,坐是愚亦罚咒,夫人指我在跳舞场坐台子,或指我在咸肉庄引一快之刀,无论中与不中,愚必连连罚咒,曰:我果为者,我是乌龟,我是王八!亦有人罚咒而祸延其一家门生身之儿女者,愚则不为。克仁常言,与雪芳哄于闺中,雪芳诬其有外遇,克仁必指天誓日曰:我有外遇,死脱一家门,亦罚我绝子绝孙。语至此,口忽软,则又默祷神明曰:苍苍佑我,我言戏耳不能作准。盖吾友亦自咎其言之重也。某名流胡调女人,有所求,女人靳曰:汝乃牙签,谁能信汝不即弃我?某曰:我若弃汝,我无好死,我子我女,亦无好死。其后若干时,二人已携手圆高唐之梦,是特视罚咒为家常便饭者矣。

(《光化日报》1945年5月1日,署名:刘郎)

妒妇座谈会

酒余有人谈男女间事，甲谓有女人之爱为男子万不能接受者，则举一例曰：昔坤角须生某，与其所天情好甚至，某范之綦严，所天自外归，辄扃其闺门，不令外越，恒一日如是，或累日如是，所天不能忍，今久占脱辐矣。乙曰：尚有甚于此者，某夫人好酣睡，然为人甚妒，其夫归，夫人剥其身上之衣，以至履袜皆锁入箧中，其夫则裸卧于衾，夫人犹不能放心，则以箧上钥匙悬之贴身，使其夫不获盗而飞去也。丙乃曰：妒妇之残忍者，尚有某夫人，夫人于其夫归时，置列冰水数杯，令其饮之尽，夏日如此，严冬亦然，或曰：是直欲杀其夫，胡为爱者？然如上所述，固皆有其事也。

（《光化日报》1945年5月4日，署名：刘郎）

琴心小品

朱琴心栖迟沪上，垂一年矣，本报创刊，允撰《梨园掌故》见贻，为之喜心翻倒。朱本通人，中西文字，俱楚楚可观，下述一节，即出其所制也，会愚负病，辄掠其文为吾题所阙，后此当续有所惠，附志一言，为吾读者作引见礼也可。

逊清末年，慈禧太后性喜声歌，对梨园中人特加恩宠，杨小楼、谭鑫培诸人，尤蒙青睐。杨矫捷英俊，谭德高艺纯，当时顾曲周郎为之颠倒者，固不知凡几也。某日，内庭传差，杨、谭应命入宫，内官忽传太后有旨，命二人入内面谕。比至后宫，见太后坐廊下，二人遂匍匐阶前，后粲然曰：余今日备得金银各一袋，使汝二人自择其一，以验幸运之孰佳；语毕，即命人以小布袋二，置于阶石间，频频以目示杨。谭固老于世故，立攫银袋，叩首谢恩，并作欣悦状曰：余得金子矣。雀跃而下，众围验之，谭淡然曰：余所得者银耳。视之果然，及众悟后旨，始大服老谭，谓其机智乃不可及也。

（《光化日报》1945年5月6日，署名：刘郎）

[编按：原专栏名为《唐人小札》。]

旗　　袍

今日女子之旗袍,两肩皆设衬头,其为丰肌修干之儿,可以益见其雄健,若嬴薄不胜一搦者,则如从烟炕上爬起来矣。是故敏莉着此衣,犹好看,赵雪莉瘦骨珊珊,而亦为此装,必无妙致。雪莉貌艳如花,特尪瘠日甚,衣被其体,辄苦廓然不足蔽,尝见其着西装,亦难看,看此人须在拥煌煌裘氅时,始有仪态万千之美。一夜同饮,敏莉与雪莉皆至,二人之衣,为一式,质料亦似,所勿同者,敏莉之领,自右襟斜射而上,若僧装,惟斜射处,为裁制上之技巧,勿通内衣;有人谑敏莉者,视其衣曰:衣匠解人,乃欲利人以伸一只手也。敏莉闻言,遽赪,揭其领示愚曰:此地惟打一裀了,不能容一指,遑论一只手哉?

(《光化日报》1945 年 5 月 8 日,署名:刘郎)

诗 情 画 意

本报创刊之前,拟定烦栋良兄日作漫画一张,在小洛第求版面之美观,固不在炫异于他人也。嗣后,小洛以光是一画,嫌其单调,要愚俪以绝诗,初意不过作一说明而已,乃栋良之画,多写女人,愚则从女人而强调其冶荡之词,乃为读者所爱赏,愚则忧惧,惧此为本报风格之玷,将辍笔矣;而朋友相见,述愚意,都戒不可,曰此亦可以轩眉一笑者也,乌可废?近顷读者有以扇页来,要栋良制图,图以光化已刊诸画为范,泽以彩色,复要愚题句其上,栋良商于愚,谓此亦可以踵接门庭者,正可以障一时生计也,因订润例。

(《光化日报》1945 年 5 月 10 日,署名:刘郎)

二　女　星

电影女星之置身俎上者,今闻已得二人,而二人胥属中年矣。愚于二人夙无交往,今岁春初,由屏开女士之荐,始见甲于尊边,其人颇矜持作态。嗣后,愚渐扬其事于报间,甲愠甚,及后再见,多怨怼之词,而述电影生涯之之清苦万状,其意谓苟不赖此挹注者,为饿鬼久矣!闻其言,愚殊内疚,今闻物价腾昂,甲之身价亦随之激涨,措大且不堪问鼎矣。太原生亦识屏开,因知乙亦就屏开为友。乙年来亦伤摇落,固不得志于艺坛,男女之恋,亦往往使其灰心,尝与一法家赋同居之好,而离聚无常,遽占脱辐,遂至凤泊鸾飘,不遑宁定,终于昵此屏开其不得已亦可知也。

(《光化日报》1945年5月11日,署名:刘郎)

为　王　渊　谢

愚作《裸舞》一文,文中尝及王渊。前日,王以一书抵愚,力自谦抑外,复指吾文实"骂"她,读其词意,颇感动,亦颇惭悚,因报王渊,愚知罪矣。愚文一时不获覆按,亦不能忆当时所作为何言,若迹初心,定无恶意,惟罔施轻薄,咎不可辞,今请摘王渊为愚辩白之三点,志于后:一,草裙舞在檀岛是本地的土风舞,喜庆宴会,没有人不跳的,那里我有不少亲戚,小孩子们一会面早随着音乐舞蹈起来,我们自小看惯,从来没有梦想到"淫"方面。二,你骂我身子不够长,这很对,我也希望长得高一点,可是没有法子呀!三,江先生画的广告,我们只看见一张(现在用的那一张),我们只赞了一声"好",别的什么也没说,真是冤枉!关于最后一节今已明白,当江画既成,王渊与其所天都无异辞,惟摩天厅执事人,嫌画面过于风冶,因托王渊蒿砧之意,欲烦江修改,愚未穷真相,从而揶揄之,而王不知也。王之书,太客气,愚特不安,愚今亦当乞谅于王渊,愿王渊宥吾谰言,唐某今日,老且宿,已无骂人之勇,身上又似负重眚,遂为众口呶呶,而不敢反抗,骂仇我且不为,宁肯骂王渊而取快一时哉？

（《光化日报》1945年5月12日，署名：刘郎）

女 人 与 酒

酒当薄醉时，为味最美，然此味愚不能辨，则以愚量不胜蕉叶也。一夜尽黄酒二觥，非真醉，但颓然欲倒，为状甚苦，次夕饮于兰君闺阁中，愚不复沾唇，近年所见，惟女人之酒量为宏。舞人中尤多健饮之儿，尝见妙娥轰饮，其状之勇，使人舌挢不下。昔郁妃妃善饮，一夜，醉于聚丰园，攀登桌上，袒其下服，众大骇却走，愚未目击，亦不信有其事。愚闻好酒者言，大醉之人，神志必清，故女人之失身于醉后者，岂酒力为祟，半亦出于愿就耳。管敏莉常烂醉如泥，往年，居华懋饭店，之方自伊文泰送其归，及门，伏地若已僵。送者使俄役抱之登楼，敏莉忽大呼，曰：啥人揩我油？可证醉人犹未陷于昏迷也。

（《光化日报》1945年5月14日，署名：刘郎）

［编按：原专栏名为《唐人小札》。］

记 女 歌 手

迩得与梁萍一晤，欢愉万状。一日者，复遇薇音，车轮辗处，一抹轻尘，不遑叙别来衷曲，但扬手示意而已。

黄与梁，皆近时女歌手中，并称仪度清华者。黄亦久别，故不知其起居近况，自吴下归时，已当岁首，特闻其偃蹇如恒，心实念之，又闻其远别歌尘，言以医者断为娠象。柳絮尝见之于韩菁清许，亦以是为言，则其困苦不胜，尤可知矣。十二日下午，柳絮以电话来，谓顷见菁清，菁清言薇音已临褥，居同德医院。柳絮恒言，菁清亦心地纯良，笃于风义，平时审薇音艰困时珍贶，处风尘中，求柔肠侠骨之儿，恒不多觏。昨岁识一敏莉，今间又得一菁清，滋可喜也。

（《光化日报》1945年5月16日，署名：刘郎）

［编按：原专栏名为《唐人小札》。］

雪艳琴南来？

月前,尝晤峪云山人,问其北都之雪艳琴,亦有近讯否？峪云谓不久以前,曾有书来,则雪拟作南中之游,说不定将献曲于海堧也。顾自此消息杳然。昨日天厂自故都抵沪上,复问伊人近况,则曰：自与溥洸重调琴瑟,亦已久隔声容。据天厂理想,雪殆不致重堕歌尘,盖当时与溥氏之仳离,以溥有外宠,昵鼓姬某,置雪于勿顾,雪愤甚,邀律师为之解除婚姻,未几,闻溥与鼓姬亦占脱辐,遂重返于溥。溥笼络女人,手段称第一。雪之所以离溥而去,为妒也,然溥实为雪所刻骨铭心之一人,溥无他恋,雪自专心,故一时甚嚣尘上之雪氏将重被歌衫者,至此已成泡影矣。

（《光化日报》1945年5月18日,署名：刘郎）

［编按：原专栏名为《唐人小札》。］

请 吃 饭

我不喜欢朋友来托我代邀小型报同文吃饭,这里有种种原因,不是我自暴其短,小型报人的确不易服侍,一个不得法,会使代邀的人,遭受闲气。譬如最近孙克仁兄,他与某商人是好友,因为报纸有许多关于某商人的记载,其中容有出入的地方,他因此邀请小型报人,吃一次饭。过了两三天,就有人挥其如椽之笔,不顾人情,也不顾友情,把克仁触了一个霉头,其中的警句,有："原来想塞塞同文嘴巴,深悔饱此一顿。"克仁是我多年老友,他一向关切小型报同文,他平生最重义气,待友以诚。看见了这一节文字,非常生气,他说我从来不曾给人家这样糟蹋过。我着实安慰他一番,也告诉他我的经验,劝他受过这次教训,以后不必再把事体,揽在自己身上,是为上策。

（《光化日报》1945年5月19日,署名：刘郎）

换　季

　　一夜,餐聚于泰山路孙家,时雨先生后至,着淡灰色西服,孙先生遽曰:怎么你换季啦! 李答曰:我换季矣。愚则曰:"换季"二字,为上海白相人之切口,二君何亦言puede? 孙笑曰:否,是为道地之北方话,且流行于北方士大夫之口,下流社会,且不能出此。时李亟然其说,孙以皖人久客宣南,李则以东北人生长于旧京者,故二人之所知同也。惟在上海,则此二字完全为游侠儿之专用名词,如曰:"赤佬,好去弄点血来,换换季哉。"意即劝人想法一点钱制一套新衣服耳。绍华解释换季,则不同于此,谓白相人将衣裳诸典肆中,待钱赎取,是为换季。疑勿是,以愚所闻,白相人将短衫裤质为钱,不能出门,置其身于被窝中,是为平时习闻之"孵豆芽",若得钱赎取,则"出豆芽"矣。

(《光化日报》1945 年 5 月 20 日,署名:刘郎)

书 生 本 色

　　白香山说:"不敢妄为些子事,只因曾读几行书。"这两句话,当然不能适用于现在,现在越是读书人,越会为非作歹。小时候世故不深,读到上面的两句诗,往往感动得流下泪来,及至阅世一多,简直认为香山的话,说得迂旧可怜。

　　在今日的浮嚣之世,怎样是"书生本色",我已经想像不起来,我所习见的只是些尔虞我诈,险恶人心而已。

　　真正的读书人,到哪里去寻? 我时常因此而惘然! 最近我发现一件可笑的事,老友郑过宜兄,他有一张某银行打出来的拨款单,他拿在手上好几天,一直不知道怎样可以兑现,有一天,他来问我,某银行在什么地方? 说罢取出那张拨单,又对我说:我想去提这笔款子,我真哑然失笑了。过宜兄在我道中,确是一位宿儒,忠厚懦弱,在这张拨款单上,证明他是百无一用的书生,以这种"蔽塞"之夫,而厕身于今日之世,敢问不穷何待?

(《光化日报》1945年5月21日,署名:刘郎)

裸　　影

已经是哀乐中年的人了,依然一无成就,有几个知己的朋友,时常借了黄景仁的话:"茫茫来日愁如海,寄语羲和快着鞭",来劝我振作起来,不要尽感伤现在的吊儿郎当;假使是有心人,将来不是没有办法的,譬如近代政府大员,都是文士出身,他们在当年也许还不如我今天,但后来,终于一个个"腾蹈"了。

我感谢朋友的慰勉有加,但自分纵不是才识庸驽,要得意的条件,也实在太缺乏,质言之,平生劣迹万端,短处太多,从前在无所不为的时候,做过也就忘记了,万一轮到我升梢的日子,有人把我揭露出来,我受到的打击,将是怎样的难堪? 现在可以举一个例,十几年以前的夏天,在洗过澡之后,摄影名家席与群先生来看我,我要他拍一张裸体照,混身一丝不挂,体格当然不大壮硕,若是我的"风采"上不挂一点儿"斯文",很容易被看的人误认为是专拍春宫的老枪。当时我送过几张给朋友,昨天,之方把这张旧照翻出来,颜色已经褪减了,而图中的形态依稀可认。到底上了年纪,觉得少年时候的轻狂,都是现在内疚的材料,我将那张东西收回了,但小洛说:他还有一张。……

朋友! 你说我以后还能干什么吗? 有这许多污点,留在别人手上,我就仿佛上了桎梏一样,你几曾听见以文士出身,后来致身仕版的叶楚伧、邵力子几位先生,都有似我终于"不可告人"之隐的?

(《光化日报》1945年5月22日,署名:刘郎)

"吃小报"兼记常州四士

近来稍稍注意小型报外埠分销状况,据谂悉此中情形者言,京沪一线行销最滞之乡,惟常州一埠,所拥读者,犹不及盐城、泰州之多,然毗陵一邑,凤以文风著也,愚因戏谓常州人乃专吃小报,而不为小报所吃。吃小报者,谓小报作家,以常州人为多也,举知名之士,吾道中有谢豹、陈蝶衣、汤修梅、余太白诸兄,诸兄寄身于小报之历史,皆视愚为早,谢豹且成"元老派"之魁元;蝶衣为文坛宿将,久著声华;修梅比年以来,致全力于辑《海报》,使《海报》声势煌煌,不可攀及,后起者尤不足乱其步伐,皆修梅之功;余太白近纂小报副刊,其在小型报,为评剧家"四小金刚"之一,惟资格最老,故置之"四小中",其实不称。四小金刚,当为王唯我、张古愚、高寒梅与章秀珊,始足当"赫赫人马"之选耳!

(《光化日报》1945年5月24日,署名:刘郎)

悯 四 凤

旧剧从业员与文化人演《雷雨》之役,张慧聪女士加入为四凤,楚楚可怜之状,当时未尝不为观众所歆动也。慧聪为张大公弱息,当其献身氍毹时,家贫亲老,大公且得狂痫之疾,不能谋生产,一家数口,皆赖慧聪,时信芳组移风剧社于卡尔登,慧聪隶属其间,与刘文魁同台,二人为忽互矢爱好,时文魁方与某姓女行结婚礼焉。及后,文魁使慧聪与大妇同居,大妇悍,慧聪居之不安,文魁又不能善体偬偬者,慧聪遂可怜无告,而舞台成就,尤乏进步,三五年来,偃蹇无聊。愚复事忙,不遑问故人近况,昨日读报,知慧聪已不堪刘家凌虐,延律师谋二人割席。桑弧称"雷雨"同文,为艺术的伙伴,闻慧聪屈辱,真不胜怆然也!

(《光化日报》1945年5月26日,署名:刘郎)

辛夷与玉兰

愚尝问錬霞以辛夷与玉兰之别,錬霞谓:辛夷花小于玉兰,色紫,花时枝叶随展。玉兰洁白,如白菡萏者。故记其言,曜东先生读而疑焉,曰:宋人诗有"辛夷如雪柳又金"之句,则辛夷当为白色。孙家园圃中,杜鹃最盛,花时光艳夺人双目,复有一树高花,盛放于二三月间,色紫,见者皆指为辛夷,而曜东先生于古人"辛夷如雪"之言,始终不获解释,故就质于我。愚于花草类不能举名,亦茫然无以对也。

(《光化日报》1945年5月28日,署名:刘郎)

雌 鸟

湖北女人之纵横于海上欢场者,前有严九九,后有韩菁清,九九与袁佩英并传妙誉,当其货腰时,已谢秋娘投老风华。不及二年,与章某同居,章乃太炎先生哲嗣,为商于沪,非财富,而九九羡其家世,卒归之,谁谓九九非慧心人哉?韩菁清愚不知其出处,亦不详其籍贯;上海方言,初不流利,诘之,知亦来自黄鹤楼边也。父亦冠裳中人,菁清不愿受拘范,为女歌手,谋自立,果著艳声,其人多情尚风义,为须眉所勿及,文士争誉之。欢场中湘鄂佳丽不多,愚独兼识严、韩,人言"天上九头鸟",愚则谓鸟而雌者,亦可爱也。

(《光化日报》1945年5月29日,署名:刘郎)

晤陈燕燕

近顷,晤陈燕燕女士于樽酒边,为感妆依然有明姿照眼之观。风貌不如往日之丰腴,而典丽温文,犹如前状。与之谈话剧,愚问燕燕亦尝看《浮生六记》否?则曰:旧曾观之,乔奇演技甚佳。愚曰之方固言,剧中女主角若使燕燕为之,而烦刘琼为演沈三白,必可观。燕燕谢曰:是勿能,我未尝登舞台,胆且小,临场必胆怯,且发音甚微,从话剧尤非宜也。

去年燕燕有一雏题名毛毛,燕燕爱之逾恒。毛毛时多疾,燕燕忧焉,故尽日家居,不常出门,愚所知其近况第如此,得勿过少?然菊影兰香,赏此孤芳者,且不复有人,真不知当年银坛跌宕之名雌,何以遣春花秋月耳!

(《光化日报》1945年5月30日,署名:刘郎)

柳黛剖腹前一日

潘柳黛于前日剖腹,育一雌,其妹于下午四时,以电话来告,谓雏甚健壮,柳黛亦已脱离险境矣。惟二三日内,不能会客,盖手术以后,气力大衰,医者故戒其发言也。剖腹之前一日,柳黛邀愚与小洛往存,至则病室之门扃,询护士,知产妇方沐浴,良久始已,肃客入,望柳黛,其人如匏,犹似前见。柳黛谓抵此十余日,尚未临褥,期且过,医者大忧,探其原,则以生理机构之特殊,婴儿之产,将不获正路而出,须剖腹,已烦乃妹对院方签字,定期为翌日(五月卅一日)之晨,顷者非就浴,特预为腹部施消毒耳。柳黛以故人至,忽号曰:脱有不幸,将如何?愚劝其力抑悲怀,毋伤胎气,问其亦要钱用否?曰:暂时无所需,他时离院,或须筹措,第院方颇优待,即需,为量亦勿多也。闲谈间有别客至,故辞去。留院中侍柳黛者,为其妹,妹亦雄健,身材视柳黛为高,柳黛言其妹一味娇痴,犹不通世故也。

(《光化日报》1945年6月2日,署名:刘郎)

红闺画事

铼霞以诗词画蜚声海上,亦工小文,报间得其片纸只字者,以为殊宠,《光化》问世,独不得一言之颁,愚甚憾焉,因驰书问曰:讵唐某交情,不如余子?铼霞犹未及报。是夜乃晤之于双修楼上,盖吴嫣夫人,妙擅丹青,以铼霞画笔如神,久深钦仰,故治春浆,为攀风雅;座上有仰农夫人胡瑛女士,胡亦工绘事,两孙夫人不以治艺名世,而造就之高,海堧闺彦群中,此实如庆云景星之不可多得,铼霞亦深叹服。愚求墨宝,夫人故各制一轴,以遗愚,皆经心之作弥足珍箧也。

(《光化日报》1945年6月4日,署名:刘郎)

鞋　话

女人一袜,逾六万金,男子一履,达四十万以上,愚于前年夏日,发狠定皮鞋五双。平时惮于步行,着鞋袜皆甚省,一双为灰色香槟皮,每上脚,辄为若干人所诽笑。李亦龙嫉吾尤甚,直谓后来更见履此,将折吾胫,愚则弥以为宝,覆半之役,苟此鞋不去吾足者,吾足必废!

周光辉先生,尝述昔有某机关职员挈其妻赴南京路一鞋肆买白鹿皮鞋一双,索价为六万金,此数适为某君一月薪金之倍,因笑其妻曰:鞋价六万,月薪不过三万,我其"截足纳履"乎?光辉因曰:物价昂腾,恃薪水为活者,真苦不易生存矣。

(《光化日报》1945年6月7日,署名:刘郎)

园　宴　记

童漪三先生旧为报人,尝以漫画驰名当世,近年则致力营货殖,居沪上,时得把晤,亦生平快友也。昨日,设盛宴于咸阳路二号,招愚与敏莉皆往,时骤雨初过,丛绿摇凉,庭园之为景益丽,客来甚盛,有可记者。胡枫女士与所天清河生偕至,别一张小姐,与郁建章君同临,纤腰素靥,歌平剧至美,时有人司胡索,烦其一阕,唱八义图,遒劲苍凉,真不信出自蛾眉也。一客氏夏,于老生之造诣亦高,漪三尊之为南方之夏山楼主,亦引吭,愚第闻其洪羊洞一段。雄白飘胡枫亦歌,胡枫谢,其实美人之风华绝世者,第以艳光流照四座,已足尽诸宾之乐,正不必曼声低度。始引客欢耳,旋烦妙香先生唱白门楼,掷地作金石声,真广耳福不浅。兰君因拍戏不获来,周曼华阻于小病,亦未至,主人款客情殷,故以此今宵憾事。

(《光化日报》1945年6月8日,署名:刘郎)

说 书 先 生

　　说书先生之兼操拆白生涯者,实繁有徒,其中凡油头粉面,着硬领头长衫,致其头颈旋转不灵者,十九皆非修身竺行之流,而荡妇皆嬲之。一夜,尊边有舞国娇虫,邀其姊妹淘妍说书先生故事,其姊妹淘亦舞海中著名人物,谓二人恣情作乐。一日二人共就一浴盆浴,既已,女令说书先生毋先着裤,则取凡士林,泽其茸茸者,分数股梳之,为一辫,绾以红绒,妖姬睹而大乐,自是辄传之其闺侣间,腾为笑话。愚曰:此为闺房乐事邪!则粗鄙不可言状,谓此可以尽嗟亵之快邪?则又未至淫飞之极也,多见两造为无耻之尤,而说书先生之所以为妖孽,由此亦更可见焉。

　　(《光化日报》1945年6月12日,署名:刘郎)

关于张善琨先生

　　张善琨先生悄然离沪,后来听说他有被捕的消息,为了我同张先生是熟人,深致怀念之忧,我们报上有一篇记述张先生生平事迹的文字,是在听得张先生动身后着手写的,但发表的时候,却已在张先生被捕的消息传到上海之后,颇有人说我们此举迹近"投井下石",我不承认。我一向讨厌这种行为,而我们这篇文字,绝对不在攻讦张先生,而使张先生本人,有受不住的地方,我们只不过因为他是社会名人。这是一篇长篇的"人物志"而已,绝对没有恶意,何况本报同人,与张先生都是熟人,在人情上,我们也绝对不能痛讦一个故人,所以外间人与其批评我们是"投井下石",还不如说我们此举,迹近"投机",来得确切一些吧。

　　有一位朋友,来劝告我们,叫我们放弃这篇文章罢,意思是"留取他年相见地",但我没有接受他的劝告,最大的原因,我们不忍把文章腰斩,同时也问心无愧。如果真有人不了解我们,那末这一切罪过,我来担当,我想来想去,从来我没有什么见不得张先生的地方。

文章本来想由我执笔的,我怕写不生动,而且怕我主观太深,所以周令素先生替我执笔,他能够写得详实,写得轻松,其实单看看笔墨,也是很风趣的。

(《光化日报》1945年6月14日,署名:刘郎)

从苏青"慈娘"想起

苏青小姐因为天气太热,想少写一点,本刊的信箱,也暂时打烊了,以往读者的来信,一半是跟她打朋来的,这也使她感到厌倦的一个原因。至昨天为止,还有读者投寄信箱的信件,有一封竟称苏青为"慈娘"的;我们都失笑了,有人认为这人是个神经病患者,也有人认为色情狂患者,我想后者更有理由,大凡男人之患色情狂的,一提到女人,就会不辞卑屈,认女人是他老太太也好,把自己比作灰孙子也好,更有的要女人承认他是畜生,是狗,是猪猡!

读者会说我的话是言过其实吗?我可以提出证据,我们极其相熟的一位朋友东海先生,他就希望女人不要当他是人,他的色情狂已入了膏肓,在稠人广众之前,他也会表演出来。有一次他同一个舞女打电话,向对方从"大令"叫起,一直叫到"心肝""宝贝"而以"姆妈"为止。他又要对方叫他一声,大概对方叫他为"大令",他嫌不够,又叫他为"阿哥",还是不够,逼得人家无话可对了,他则说,你要叫我猪猡。我想这种人当然不是神经病,而是极度的色情狂。

(《光化日报》1945年6月16日,署名:刘郎)

鸦片与夫人

前一时,白报纸、米、鸦片烟三种价钱,曾经一时竞爽,假使办小报的老板,家中是食指浩繁,而本人又是个瘾君子,那末在这三种价钱狂跳之时,真可以把这位老板跳得走油。

最近的情形,白报纸与米又都是直线飞腾,而只有土价呆滞。昨天有位香几筒的朋友来与我谈起,像他现在的吃法,实在比我吃香烟还要省钱。他把算盘打与我听,我觉得吃鸦片烟实在便宜,当时我就颇想将它来替代我平时的游宴之乐。晚上,回到家中,不免将此意思,告与夫人,因为既要吃烟,自然不能上燕子窝去,既想在家里消遣,势非通过夫人,而她则绝对禁止,理由是妨碍名誉、触犯刑章、心意颓废等老生常谈,最笑话的一点是她说:你若抽了烟,身体等于毁了,什么事将来都不好做。活了三十几岁,几曾干过一件事,她嫁了我五六年,几曾看见我成就过一件事,她横看竖看了我这末许多年而还看不出我是怎么样一个人,对我还存着"有厚望焉"的痴心,这真是值得我替她怜悯的!

(《光化日报》1945年6月22日,署名:刘郎)

游 海 会 寺

海会寺以素斋驰名,寺临斜桥,本法藏寺分院,顷经改建,而易今称。愚与海上缁流,时相过从者,有净土庵之慧海、吉祥寺之雪悟,然此两地,皆不足以言庙貌,海会寺虽非闳丽,要规模甚具。游六桥三竺间,每视寺院为湖山累赘,顾久处尘嚣,即得一海会寺,亦已足当清凉境界。二十一日魏绍昌兄约胜侣群集于此,舞国娇虫之莅临者弥众,席设于厅事中,厅外为院落,其两间为厢房,是日盛暑,小洛据厢房一榻,为假眠。翠竹流风,骄阳不到,小洛有长侣僧毡之愿,厅后为大雄殿,殿置回廊,是盖法藏寺之雏型。寺以初建,故布金绀字,材料皆新,终觉寺亦有暴发气味,奚况庭柱悬联,又多暴发人名哉!庙貌要以幽旧为上,然浙江名刹,无不同有其缺陷者,即尝劝募于"海上闻人"之前,于是触处可以见若辈之名,若张若黄,真名胜之辱,何谓闻人?以我观之,直撅竖小人流品至下者耳!

(《光化日报》1945年6月24日,署名:刘郎)

顾兰君舞场"回拜"始末

某晚,雨势甚大,吃饭后,朋友约在大都会,一进门,见刘琼、史致富、金信民三先生与顾兰君女士坐在一张桌上,他们招我坐下来,我便也泡一盏清茶于此。音乐既起,与兰君跳一只舞,场内奇燠,汗出如浆,遂不多跳。未几,见银星陈婉若女士,与周曼华之先生吴国璋同舞于池中,见刘顾在,互致寒暄,而婉若则传吴国璋意,拟请兰君坐到他们桌上,兰君以此举形同舞女转台子,何况其人酒肉气太重,一面孔"狎客"派头,颇踌躇,桌上人亦劝其不去的好,愚当然不赞成其去。亡何,愚坐到约好同来的朋友台上去,约二十分钟,又回来,则兰君已勿在,有人乃为愚述此中经过,谓:我离此后,吴国璋忽然坐过来,坐一歇辄去,去后,史致富先生向桌上人扬言曰:"吴先生白相跳舞场,从来不作兴坐到别人台上,今以顾小姐在,居然坐过来,是顾小姐之面上飞金矣,在礼,顾小姐应当回拜,惟方式须经斟酌。"最后决定,则由史先生同顾小姐跳舞,跳到吴国璋面前,再走上去,则不着痕迹。愚闻之,当时非哭笑不得,而是肚膨气胀,吴国璋何人?充其极,一新兴之财主耳,史先生虽亦有声阛阓,然非财富,而为人亦谨愿,何致崇奉一吴某如神天者?文人标榜,原至可鄙,生意人与生意人,乃亦捧得如此汗毛凛凛,真解释不通也!

(《光化日报》1945年6月25日,署名:刘郎)

文人的心迹

前两天有一个落魄的朋友来找我,要我帮他一点小忙。以前与此人并无交往,不过他也是新闻从业员,曾经编过一张夜报的副刊,当时就不大得意,近数年来,听不见他的消息,这次见面,才知道他潦倒得同乞食者一样。

文士皆贫,千秋一例,但贫至于要做叫化子,那末多半是困于痼癖,但这还不是最大的原因，以我的阅历，发觉心术太坏的文人，而又困于痼癖者，则沦迹之后，必不可收拾！

洋场才子中，二十年以前，有一位惊才绝艳的先生，在这十年以来，他早弄得尴尬万状，有一时期，据说真要流浪街头，原因他抽上了烟，不自振作，中间有位朋友，收容到他家里，给以衣食，而此人温暖之余，竟勾引朋友的夫人，终至发生了关系，从此他便不齿于人群，后来一直委顿下去，到现在也无法存身。至于前两天来找我的那个朋友，当他编辑夜报时代，天天在他的写述中，把那张夜报的主干人，崇奉得似天神一样，后来那主干人忽遭横死，而此人便在他原办的报纸上，把死者骂得狗血喷头，从这里可以看出此人的心迹，现在的落得这般光景，我总迷信到不免有因果之说的。

（《光化日报》1945年6月27日，署名：刘郎）

学费的建议

下半年的学费，听说到现在还没有计划出一个准数来，这一种开价，本来不便"同行公议"，只看老板的良心平不平，所以高下悬殊。我问过两个孩子，一个因为要换学校，根本不晓得该"砍坏"老子几个钱，一个也回答我到现在还没听说过。而局外人是传说纷纭，反正没有好消息，其局面势必造成下半年不知要有几千几万失学的孩子！

舍间的对邻，是一家标准学店，前两年就看见校长囤过货，他是吃得肥头胖耳，而做他伙计的教员，没有一位不面有菜色的。我常常因此不平，以为做教员的太可怜无告，学费的频频激增，帮助不到他们的生计，舒服的还是老板一人。我做家长者，倒愿意把孩子送进学校，纠集若干同学，共同负担一个教师的经常生活，为校长者，再在各个集体中抽一部利润，哪怕每个学生的所需，超过了预定的学费，倒是应该的。让教师饿了肚皮教书，这景况，终不忍想像！

上面的建议，一部分学生的家属，不会同意的，尤其学校的老板，十九不能接受，他们现在正转着的念头是：学费不收白米，也要尽收现钞，等到收齐一笔巨数之后,以两角个洋去卖给别人又可以多二成收入。

(《光化日报》1945年6月30日,署名:刘郎)

为本报两稿而起"恻然"之感

本报的特写,有一天是专谈本报馆芳邻钟雪琴这一行行业的记载,我倒有些担心,恐怕它们看了不高兴,隔着窗门,向我们叫骂起来,或者带了它的大阿姨小阿姨,跑过来兴问罪之师。不是说我们畏惧它们,我觉得办这样的交涉,精神上比什么都不愉快的,毕竟是"私库子",它们无法反抗,反而使我动起"恻然"之感!

记得十日以前,我写过一篇《顾兰君舞场回拜》的文稿,其间涉及吴国璋君,吴君托韩政平打电话与我,我亲耳闻过韩君之名,但从来未曾谋面,他告诉我说,这篇稿子,其他没有关系,不过引起了吴君家庭间的不和,所以吴君十分光火……我因为自己在外头荒唐,也是瞒着太太,所以引起别人家庭间的不和,衷心倒有些抱歉,但听说他十分光火,我不免疑心到吴某是托韩君来对付我的,幸而韩君的方式还平和,万一吴国璋投路投到卤莽一点人的手里,说不定我有眼前亏要吃的。所以他尽管光火,我想到他这番举动,也是心气难平,再也动不起所谓"恻然"之感了。

(《光化日报》1945年7月3日,署名:刘郎)

艺 人 之 会

在双修楼上,遇李香兰女士,人言香兰之貌不扬,其实亦中人姿,惟病其躯干欠修。李自手箧中,出一图,则为女歌唱家六人合影,李居中坐,周璇左之,而俪以白光、姚莉、白虹与祁正音,论饰貌端妍,无过正音,姚冶则莫比白光,姚莉犹小女儿态,鼻微凹,面型绝扁,此人惟恃其歌耳,不然者,视图中人,与灶下婢溷矣。是日,集当世艺人甚众,石挥、张伐、丹尼、兰君并至。饭已,高歌之会,吴嫣夫人又议于秋凉以后,义演话剧,石挥乃言:为节劳计,为一戏分演制,譬如定剧本为《日出》,则第一幕由话剧从业员演,第二幕由旧剧从业员演,第三幕由纯外行演,至第四幕,使三者混合演之,事为创举,亦必有可观者。丹尼愿观厥成,使张夫人督吴嫣夫人,毋懈其志,而促其成焉。

(《光化日报》1945年7月6日,署名:刘郎)

听李丽之歌

一夜,忽骤雨,愚方与老滕、李丽诸人坐于百乐门。百乐门本有屋顶花园,以雨,又迁至楼下,临街之窗洞开,晚风引爽,为意良舒,老滕犹狂奴故态。既散,李丽相约,于翌午宴老滕于其寓中,饭时又得阵雨,饭已,李丽乃调嗓,其音润且媚,盖得梅氏薪传者,故造诣至高也。李有演新型平剧之愿,其情形略如昔年予倩之改良平剧,亦在征求剧本中,其事果付之实行,复可欷动海堧矣。

(《光化日报》1945年7月8日,署名:刘郎)

过蓝田路

近中区街道,惟蓝田路最美,此即旧日之马斯南路,道左尽植外国梧桐,枝叶盛时,交盖于上,东坡咏竹诗所谓"夏与行人百畞阴"者,此景似也。往年,频从此路,时当月夜,银光如水,自叶隙林罅,流泄襟袖间,第觉人生幽致,丛莽吾躬,所可惜者,不得与素心人徐步共之耳。今岁夜近午时,街灯尽息,尝驱车过此,无月,风籁籁灌林杪,狼顾无人踪,似置身森林间。而有恶兽窥人欲啗,因大惧,几不知复有当年之情调矣。又一日,在霞飞路送兰君归,自大兴路贯蓝田路,则群树之皮,皆脱体,干既受毒,枝亦不免,以树喻人,人而遭剥肤之刑,植诸市,过者犹忍注目乎?树既被创,叶亦随萎,不待秋霜凌蚀,因风堕地,没行人胫矣。嗟夫!尽世流亡,颠踬欲死,人已如是,而物亦不获独全也!

(《光化日报》1945年7月10日,署名:刘郎)

短　打

　　不记得是哪一位名流,提倡过短打运动,我很赞成,在夏天,我是最好提倡裸体运动。向来着惯长衫的人,夏天出门,叫他实行短打,这情形似乎不易普及。惟有着西装者,到了夏天,却多数改翻领衬衫、短裤,而不带上装,在马路上,在办公室里,都还看得过去,惟有一进了舞场,看见这身打扮的人,便显得触目,然而现在却数见不鲜。有人看见过着拷绸短衫裤的男人,在舞池里跳舞,我对这一报告,不十分相信。我并不把跳舞场看成一个崇高的所在,不过在习惯上,它总是个衣冠的场合,衣冠而禽兽者,那是又一问题。之方着了短裤,不肯下舞池去跳舞,有时他换了一套白雪克司丁的西装,则大跳特跳,其实论大方,还是白哔叽上装,黄色短裤,雪亮的雪克司丁,总显得武腔,我老有这样感觉。

　　(《光化日报》1945 年 7 月 12 日,署名:刘郎)

寄白光:你到底阿有路格?

　　白光,听说你挨揍了,被人家打了一记嘴巴,有其事吗? 报上说:因为二雄夺美,一个是暴徒,一个是登徒,而登徒又是懦夫,他不能回护你,使你挤在中间,轧扁了头,受暴徒的侮辱! 看将起来,这两个家伙,过犹不及,你不必再留恋他们了。你应该要着手找一个中和一点的男人,不瞒你说,我倒是具有这样一副性格的人物,生平不肯欺凌别人,也不容易叫别人来欺凌我,假如你是我的爱人,就不会让你受今朝这样的委屈,拼了命,也会替你复仇的。

　　白光,我们并不相识,但我确实为你迷惑过,这是你唱《夜来香》的那一夜,"四宝拉爱脱",射在你的头上,身上,看见你白裙子里面的两只膝盖,在微微颤动之时,使我开始对你颠倒。我听说你同潘柳黛很要好,有一天,柳黛来看我,我问起她:白光阿有路格? 她回答我说:什么呀? 什么叫阿有路格! 我说:阿有路格,是上海地方白相相个白相人讲的,意思就是脑筋动得着哦? 她似乎有些生气,对我说:你怎么把这种话来问我。我说:问问又不要紧呀,开不开路在你,问不问在我。她不说话了,只是摇头,我明白她终于"为亲者讳"了。这还是上半个月的事,这下半月以来,假定报上的记载,不都是胡说八道,那末白小姐你乱七八糟的事情,也实在太多。我是向来尊重女艺人的,本来不应该轻薄你,不过苍蝇不钻无缝之蛋,你是咸鸭蛋,我是苍蝇,因为你已有了缝,所以我想钻,你到底阿有路格?

(《光化日报》1945 年 7 月 16 日,署名:刘郎)

眼　　波

林译小说之写女人眼波者,恒多美句,何诎治《碎琴楼》,写媚波用"曼睐微饧"四字,亦至妍丽。近来小坐舞场,灯黯,视女人目波,恒作奇艳,乃悟冬郎诗所谓"目波向我无端艳,心火因君特地燃"之领略为最亲切也。昔年,愚诗有"尽夜帘波着眼波"之句,是盖记与所欢共寄逆旅中,室外有阳台,似有人窥伺然,其人两目常注帘波。吾诗故为写实之章,然不为注释,读者又安从得此境界哉?

(《光化日报》1945 年 7 月 17 日,署名:刘郎)

克仁这个朋友

平时向往孙克仁先生的为人,前天我说:平生不肯欺凌别人,也不容易叫别人来欺凌我,克仁是真能够做到这一点的。我没有听见过克仁无事生非的要去触某一个人的霉头,但有人犯到了他,他就会忘命似的与别人吃斗,他打过几场剧烈的相打,事体不一定出在自己身上,为了帮助朋友,为了回护他的下属,不能不出之一斗。其实克仁是具有一副热肠的人,恤老怜贫,对朋友从来肝胆照人,近年来他致力于经商,克苦耐劳,视信誉为重,阛阓间的前辈,对克仁都翕然称道。我们虽然十多年的老友,有时好像在酒食征逐,但他关心我,时常会扮起面孔,对我说出许多推心置腹的话,使我感奋。茫茫人海,克仁终是一个忘不了的知己。

(《光化日报》1945年7月18日,署名:刘郎)

我不"尖刻"

昨天潘小姐跑到报馆里来,代替白光向我兴问罪之师,她说:我找完了你,还要找一个人,那就是李阿毛,他吃我的豆腐,吃得太厉害,我要写文章骂你们二人,我的文章里就说"大郎这个混蛋!""李阿毛这个老家伙!"我说:"你爱怎么骂,便怎么骂,反正我有接受的气度,我还相信李阿毛也决不因为'这个老家伙'五字而生气的。"

后来谈到骂人,潘小姐直指我骂人骂得太尖刻,这我决不承认。我一向在文字上骂人,都一贯的酣畅淋漓,连蕴藉都不懂,更不会尖刻。尖刻是一个人的天性,凡赋性阴鸷者,出之于笔下,必定尖刻,这种人镇日在处心积虑,谋如何利己,而陷害别人,阴损别人,气量是狭窄的,心地是毒辣的,譬如我要遇见这样的人,只有偃文修武,对付他,一个字儿,"打"!自己打不来相打,找别人打,打完了,决不含糊,吩咐代打的人,告诉他是某人叫他们来打的。我有道行,自会站定了脚跟,等待报复,否则也会开码头避风头,不是阴险的人,不会尖刻,打了人,应该有个交代。

(《光化日报》1945年7月19日,署名:刘郎)

买舞票摸出了当票

大都会最近有个舞客,闹了一桩笑话,叫许多舞女都笑痛了肚皮。原因是该舞客,摸出一张本票,要买舞票,仆欧因为面不相识,请他在本票的背面,抄上居住证的姓名号码,当该客从一只皮夹子掏出居住证时,一个不小心,连里面的几张当票,也带了出来,看见的人,一时都轰然大笑。这消息传进我耳朵里时,我并不幸灾乐祸,只认为此人也是一位"欢场烈士",真似我从前的作风。

不过他不应该将当票随身携带,料想其人白相,尚未出道,现在的警察局不知怎样情形?在从前巡捕房时代,犯了案捉进捕房,先抄靶子,假使身边抄出几张当票,洋鬼子会武断你决非善类,先弄几记耳光吃吃,问题倒不在抄出当票,而在丧失了面子。

一面当当头,一面在白相这一类脱底棺材,我是过来人了,但我的脱底,比上面提的那个舞客,更要澈底。在从前我单身寄居在上海时代,天天差人上长生库,当掉了拿回来的当票,立刻撕碎,我立意不赎回已经当掉的东西,有本事,将来自会一样一样买新的,不然当了算了。现在我也想不出当时的什么心眼,认为当当头吃价,赎当头算不得罡势?

(《光化日报》1945年7月20日,署名:刘郎)

女作家的"私底下"

有人说苏青的文章是大胆的,但有一次,我们在李择一先生府上吃饭,座有苏青、錬霞二人,几位男宾,都谈锋甚健,尤其谈到了性,更口若悬河,錬霞有时还参加一些意见,显得很自然。我冷眼望苏青,则垂首无言,方知她"私底下"是这样一副放不开的性格。潘柳黛的文章,总是婉转哀吟,是十足的舞台上的哀艳名旦,但平时同熟人谈得高兴,她会忘形。告诉你最近她来看我,我看见她袖口开得太大,太浅,未免有碍观瞻,曾对她表示一些意见。她立刻回答我,里面没有穿马甲,接着又说:每天洗完了澡,挂了一副奶罩,一条三角裤,就上晒台去蹓跶,把左右对邻的毛头小伙子,都吓走了,我还是自在地乘我的风凉。她这样的坦白,我们做男人的当然无所用其不赤裸裸了,于是我们下品的对白,曾经引得她前俯后仰的笑个不休。

(《光化日报》1945年7月23日,署名:刘郎)

唐江"拆档"

唐、江诗画,我们想暂辍一时,将来要恢复的时候,拟换一个风格,再与读者相见。

不必讳言,这一诗一画,向来侧重于色情的,有时栋良的画面,并不"恶形恶状",而我的诗,均把它强调了。在刊行不久以后,文化股特高课的李士金先生,曾经找我去婉言相劝过,叫我们把这种气氛,冲得淡薄一些。在当时,据我们的调查,本报这一项作品,尚有读者,所以没有完全接受李先生的劝告,到现在我还是对他抱歉的。

自从栋良病愈之后,他把画笔换了一种调子,但没有变质,最近我们发觉各方面对它都未能惬意,于是我再也没有勇气做下去了。没有插画,对于版面的处理是不会好看的,下去我们想请著名的漫画家每天替我们写一幅精心杰构,来代替唐、江的诗画。

(《光化日报》1945年7月25日,署名:刘郎)

近 日 情 怀

这一次的空袭,我特别恐怖,其实我截至现在止,不要说没有看见过受炸后的惨况,连墙壁上被弹片击坏的痕迹,都不曾见过,而我一听见警报,心里便烦乱起来。一到空袭,害怕得简直立不住脚,这情形常常为我太太所爱怜!

她劝我走罢,跟了敏莉一同走,她是明知不可能而这样说的。到了下半天,换了一副心境,我只想享乐。昨夜在曜东先生府上,他劝我吃酒,说:你麻醉麻醉罢,吃他个不醉无休。

我不知如何,近来变得这样脆弱。敏莉来同我分别的时候,我送她到门外,心底浮起一阵辛酸,我明白不是惜别,而为同是凄苦人生的一种矜怜的情绪。我回到家中,对太太说,敏莉比我有主意,她把母亲与两个弟弟都疏散,现在单身夺出重围,我呢,老老小小一连串,真不知何以安排？

二十一日予记育才中学教职员额外收费一文，兹得该校来函，云此事发生于格致中学，格致与育才，盖同一校址者也，用为声明如上。

(《光化日报》1945年7月27日，署名：刘郎)

白香山诗

近日情怀，不堪告诉，未能如蒙叟多情，亦当学香山作达，两俱弗成者，病态而已，暇时故重读香山诗。二十年来买《香山全集》无算，舅氏生前，某岁，病卧安亭，愚往存省，携一全集，献其病榻，舅喜曰：真祛病良方也。复一次北行，愚送舅登车，亦献一集，谓：吾舅得此，将无患旅途岑寂。则益喜，谓愚曰：我于以知唐甥真能悟香山诗旨者矣。愚本无藏书，尝买前人诗集甚夥，然随得随弃，今所存者，十数家耳。

世人薄香山近体诗甚至，愚独以为瑰宝，又后人论白香山诗，老妪能解，其说亦不知何自？香山诗精微淡放，根器浅弱之夫，何堪领悟，遑论彼老妪哉？

病废至此，吾心若裂，夜不成眠，携香山诗就灯下读，极舒适，而百虑暂忘，至"严霜烈日皆经过，取次春风到草庐"句时，转惘然，颇不知我今日者，此境犹及待否？

(《光化日报》1945年7月28日，署名：刘郎)

想起阎王的话

在二月以前，我发觉我的头部的左面一半出了毛病，时常隐隐作痛，牵动到左边的一只眼睛，睁合时也觉得有些沉重。我非常惧怕，怕这毛病会蔓延到全部，而成了我母亲的遗传病。小时候记得母亲时发"头风痛"毛病，那种苦楚之状，使我们魂魄俱碎！

我一生一世，生了病，总犯因循坐误之弊，因为暂时没有大碍，便不去理会它。半月以来，右边的眼睛忽然红了起来，头痛的成分也加重，这两天来得更加剧烈,不要说写字,连看书报都很吃力,但我依然没有就医,不过使它多一点休息机会。既然没有问过医生,不知这一只眼睛的毛病,是由头痛牵掣起来的呢?还是眼睛先伏了病根,然后牵动到脑神经痛的?

明天起,我想休息几日,一面专心去看医生。留着生命,而没有了眼睛,我也不希望活下去的。记得阎罗王派我来时,他当面对我说:请你到世界上去,专门看看女人。

(《光化日报》1945年7月29日,署名:刘郎)

一 只 眼

眼睛出了毛病,便忏悔到生平不应该太好色。在一星期以前,看过一本影戏,第二天,碰着几个朋友,他们对我破口大骂,说:你这小子非倒霉不可,怎么好看那个东西!我当时想想,我有什么霉可以倒的,这两天眼疾甚发,便疑心不要是看了影戏才坏事的?

昨天,遇见沈永康与吴骏二位医师,把我的病苦叙述与他们听时,他们认为我不能再延误下去,叫我明天就去验血,说不定血里有"飞机"。我倒害怕起来,所以今天起,我不能不悉心诊治了。

吴医生是我小时候同学,十年来医名藉甚。沈医生是留德的医学博士,是上海广慈医院的外科主任,我问他你攻的是外科,眼睛毛病,你也吃得消吗?他对我笑笑说:你一只眼睛的毛病,我总吃得消的。吴医生听见了,为之喷饭,色情的病家,碰着了色情的医生。

(《光化日报》1945年7月30日,署名:刘郎)

与丁芝谈:女人的魅力

数年以来,于话剧女演员,良悦三人,为韦伟、碧云与丁芝是。识丁芝最早,其演"梅妃宫怨"一场,尝观而多之,则哀感顽艳,殆无过此,因从此中人问曰:丁芝何似?闻者会愚意,应曰:公来已迟,而问鼎有人矣！旋知丁方与光启矢爱好,念光启亦故交,为之既悚且惭,不禁却步！

其实愚当时未阅历耳,阅历而多,辄可以知话剧圈中,彼一男一女者,譬如九月霜风,入蟹市,赏者以一雌一雄对扎,固不容市外人往掠一雌而去。门户森严,由来已久,丁芝与屠,既似此。愚再问韦伟,韦伟有吴某锲而勿舍。更问碧云,碧云有洋琴鬼刘,常日将其屁股当铜鼓敲焉。故数年以来徘徊于话剧圈外,恒望而微噫曰:无路哉！信无路哉！

吾文今当再言丁芝矣,去年丁屠既解缡约,越数月,丁芝忽以文章自见,驰誉士林,及白下归来,知其才除孽障,尚重修绮业,闻者咸欢喜无量。比月以来与我人文酒之会,其人固惊才绝艳,复柔媚清和,为谈往事,于光启始终有怒词,于莎菲亦了无恚怨。丁芝谓莎菲者,生具魅力,而善用其情。愚则谓丁芝之言殆失,以愚未尝睹莎菲有魅力也。莎菲外型,已极风冶,所谓魅力者,亦尽萃于表,魅力要得诸贞静女儿,自露白风清之夜,一言一笑,投之于袖底襟边,皆细腻无伦,所以投男子于划梦搏魂,不徒心上温馨而已,丁芝非丈夫,乃不获领此境也。

(《光化日报》1945年7月31日,署名:刘郎)

看不顺眼与听不惯

上海在沦陷时期,舞场生意,亦极闹猛,为之撑市面者,为暴发户与投机商人。暴发户今日发财,明日即跑舞场,雪庐主人曰:他们连短衫裤子来不及做,便亦厕身于酒绿灯红间。其言甚刺,要亦事实也。愚又常见暴发户当舞女之面,说条子,说棉纱,则又时欲为恶心,今此类伧夫,稍稍绝迹,眼中所接,又是一番景象,顾亦看不舒服,则又何也。一夜,止于丽都,来一少年,三女子,皆披大氅,终座不去其体,侍者来问,则各唤咖啡,想不知何年何月矣。跳舞场中,已无复吃咖啡者,而此夕遇之,因语錬霞,錬霞亦引为奇观。愚又曰:苟我为侍者,必告此数人,谓门外风大,诸君宜当心身体,请去大衣,而后呷咖啡,不然容易感冒也！

又一夕,邱阿德言:一客招舞女同坐,顷之,去请转台,客大怒,扬短铳于手曰:渠不让汝带去也!阿德自言,我乌堪示弱?因语客曰:转台为舞场规矩,舞场为正当卖买,公不能以此威我。其实阿德为人,亦色厉内荏,后半段话,疑其在唐先生面前,扎扎台型耳。

(《七日谈》1945年12月26日第2期,署名:刘郎)

除 夕 诗

前人的除夕诗,我只喜欢两首,一首是黄仲则的"千家笑语漏迟迟,忧患渐从物外移。悄立市桥人不识,一星如月看多时"。写穷人过年的境界,不能再好。现在人提起黄仲则,拼命说他"全家都在西风里,十月衣裳未剪裁"的两句,好像是千古绝唱,其实这有什么好?这分明是穷凶极恶的"告帮"文字,林庚白所谓乞儿语者是也。

另外一首是彭际清的:"邻鸡夜夜竞先鸣,到此萧然度五更。血染千刀流不尽,佐他杯酒话春生。"仁者之言,使人感动。每年到了十二月里,我常常会记得这一首诗。上个月里我也因为半夜梦回,不能入睡,就听见四周人家,养着的鸡在此唱彼和,又想到了"血染千刀流不尽"来,仿佛一幕屠杀的惨景,泛现在心头眼底。记得了彭际清的句子,真使人引起了惜物之情!

(《七日谈》1946年2月6日第8期,署名:刘郎)

新 春 纪 事

去岁此时,恒过金门,时金门登楼处,张一艳影,影中人号曰璐明,献唱于八楼之百乐厅者,过此,辄作真真之唤,顾以疏简,终未再上层楼,一睹影中人匡庐面目也。今岁立春前一夜,造闻铃主人妆阁,始遘璐明,则罢唱已久,以闲散之身,时觅旧时闺侣,促膝话天明焉。

璐明氏汪,皖人,其家不开茶叶店,亦不设当铺,故不足数财富,特门第清高,求学甚进。矧彼倩名,丰于才调,遂以艺事之善,歆动海隅矣。尝即之谈,其人健朗,其言亦雄爽,谓:"柳絮先生誉韩菁清赴以全力,不知如何？勿慊璐明,贬我至甚!"柳絮为我辈中人,为人极厚道,渠何尝欲未恶璐明者？或菁清之悦璐明,央柳絮为之,柳絮始为之耳。柳絮与菁清,关系之微妙,我人习知之,两情各沸,而不及于乱,柳絮之痴为何似？男女相悦,不可悖常径,既相悦矣,乱之殆无碍,不乱而必纵之,是将贻后来之戚！我友柳絮乎！事犹可为也,速谋菁清速谋菁清。

(《七日谈》1946年2月13日第9期,署名:刘郎)

我们需要的稿子

同几位朋友闲谈,谈到外面投稿,一位先生说:他在做副刊编辑的时候,寄来的外稿有一种成见,只要看信封上面,写的编辑的辑字,变了通缉的缉或者在一个地名之下,加"投交"、"探交"等字样,这种稿子,终是大高不妙的。

我们因为经常写作人的狭窄,所以希望多取外稿,但外稿可以录取的,委实太少,也白、兰儿,他们都不耐烦看外稿,于是投来本报的外稿,由我专司其事。记得哈杀黄先生,曾经化了名,投一篇北平的新闻稿来,被也白也搁置在一边,忽然被我发现了,明明是一篇佳作,后来我们就与哈先生通讯,聘他为北平的特约撰述。投来的外稿,多的是散文与小说,这些都不是我们需要的稿件,我们要新闻题材的文字,要确有其事,而新闻中的人物,又都是知名之士,才是我们所最最欢迎的。肉麻当有趣的散文,本人最厌恶,我就是写肉麻文章的好手,并不要妒忌别人,真讲究肉麻,谁也写不过我,我自有这一份自信力的。

(《七日谈》1946年3月27日第15期,署名:刘郎)

人世难堪之境

吾友于胜利后结缡于巴州,新夫人美秀能文,盖出自书香门第者。未几,同归沪上。岁春,夫人忽呕血,顾为量勿多,问医者,则断为病肺,照以爱克司光,且第二期矣,于是大惧。吾友扶夫人居医院,一日,看护外出，病者忽逸去，买安眠药归，是夜吞三十八片，久之不成眠，亦勿死，因告看护，看护验其药，皆赝品也。医院知病者蓄死志，不敢纳，故吾友复扶夫人归。一日，夫人乘无人侍于侧，潜出，买车抵浦滨，唤渡船至江心，遽纵身沉焉。舟人警，掖夫人不肯释，故夫人复勿死。今当家居，然病状无进步，吾友忧心如捣，谓此日所处真人世难堪之境！

复一友者，迩忽遘痫疾。一日，吞金属，不死；又一日，自楼上堕于地，碎背上之骨，遂舁之入医院，医生言，愈其骨，费时须三月，然后更治痫疾，是不可期矣。病者医院中，读报，见周报有争刊其病状者，大号。其夫人无奈，则以电话抵愚，述其脊病状至周，而言病废至此，是不可使其更逢意外，报纸事嘱愚为各方道地，愚乃择相识者为之致意。嗟夫！若夫人者，所处亦人世难堪之境也！

（《七日谈》1946年4月10日第17期，署名：刘郎）

初识张慧剑

张慧剑先生，自抗战以后，即西往巴中，上海报纸，乃不获刊其文，此旷世轻灵之笔，终且为读者所淡忘矣。近顷，《新民报》在沪将发行晚刊，陈铭德、邓季惺二先生，来主其事，而以副刊纂务，委之慧剑，故慧剑将久住春江。其抵沪后三日，愚以祖光之介，晤于新雅酒家，二十年海内相闻乃始识面，真快逾平生矣。

慧剑今年四十一岁，愚少日嗜其文，因举《赤帻人》一传告之，谓结构之善，运笔之美，使愚乃不能忘。慧剑言，是亦二十岁以前所为，时方浸淫于林琴翁笔法，然不久亦敝屣之矣。慧剑殊健谈，第耳患重听，而精神不减，于海上文士，颇念秋虫。

"《新民报》三张"，并驰盛誉。张友鸾绝无认识，恨水于十年前见之钱芥尘先生处，当时所得印象，为北方之掌柜味道太重，其人著作等身，所为小说，愚未尝寓目，有时亦为诗，平庸不可读，惟以慧剑为夙所钦迟耳。

（《七日谈》1946年4月17日第18期，署名：刘郎）

低回常受阿兄怜

敏莉既育一雏,后二十日,愚往存之,敏莉已强健能久坐矣。雏亦雄发:浓发满其颅,可知十六年后,多雾鬓风鬟,似敏莉也。吾妹笃爱其雏,谓他时秀艳,且逾其娘,实则秀艳何足贵,但期吾甥有朗澈风神,似吾妹耳。愚问敏莉近况,殊悒悒,知其至不得意,所欢既恝置不加存问,敏莉亦不复存全终之愿,故情怀郁结,而排遣无方。愚曰:昔者,吾妇尝来汝家,谓汝豪迈之气已减,汝尤珍惜金钱……语至此,敏莉不欲我续,视其面,已泪潮双睫。愚察其悲不自胜,则力噢之,曰:痴儿女亦识生计艰难邪?阿兄非路人也,汝亦何忧?从今而后,自坚意志,重辅良俦,吾妹热肠不沸,天必垂恤善人,今临小刿,正不当萦扰心曲也。

愚昔赠敏莉诗,渠一一诵之,尝有句云:"……小心静处风尘里,豪气常存尊酒边。尽蠲浮华和细怨,低回常受阿兄怜。"阿兄期望于吾妹者如此,敏莉奈何勿开颜一笑哉。

(《七日谈》1946年4月24日第19期,署名:刘郎)

看《宇宙锋》

梅兰芳登台于南京之第一日,偕吾妇同观其《宇宙锋》。关于此剧愚与张善琨同一见解,善琨恒言,《宇宙锋》但见青衣在台上唱,而不知其剧情何在,亦不知其所唱为何事也。大抵吾人对于平剧,不肯费功夫,作进一层之研讨,更不耐听慢板行腔之美。《宇宙锋》唱词,或慢板,或反二簧,虽听一百遍,亦不能读熟其原文,譬如坐宫,铁镜女猜心事之慢板,平常人不能记,及转"听他言吓得我……"之快板时,遂家弦户诵矣。然而《宇宙锋》终为兰芳生平杰构也。

兰芳登场,打"司宝拉爱忒",挑帘时兰芳之首微俯,台下望之,华艳乃不减当年。愚坐第二排,视听较亲切,则觉声容俱不弱,不必矜才使气,而自然可观。操琴者为徐兰沅,配赵高者为刘连荣,连荣昔辅兰芳,徐则几相依为命,十年之后,犹合作于一生,二人心境之愉快可想知也。

(《七日谈》1946年5月8日第21期,署名:刘郎)

我羡慕过张善琨

半个月以前,金廷荪先生同了他一家人从杭州再赴宁波,游天台玉皇,路过杭州,顺便约善琨同游。善琨久居湖上,心志萧瑟,无意山水,又因他正预备离开杭州,作重庆之行,所以没有同去,仅在杭州陪金先生玩了一个畅快。汪竹卿也随金先生到杭的,汪说他们天天同善琨夫妇,饮酒欢呼,善琨感喟着说:局促此间,羌无好怀,只有遇着了阔别多年的故人,才提得起这一股兴致。

在闲谈的时候,张善琨演述他从去年逃往内地的经过,到了屯溪,如何引起误会,又如何受当地拘押,随后移解到别处,直得到蒋伯诚、吴绍澍的证明,顾祝同的营救,而脱离险境,有声有色,汪竹卿把这番话来转述与我们时,已经不够详细。

十几年来张善琨耽于声色之奉,从别人嘴里,传播他一些艳闻韵屑(从前当面问他,他不肯直说,只是指东画西说别人家事),我为之叹羡不止。但这位先生,近年来处于惊涛骇浪之中,如七十六号的对付他,贼宪兵队的拘囚,乃至在屯溪的羁押,似这样颠簸的生活,也是亏他受过来的。开心由他去寻,倒霉亦自他去找,往后的张善琨,当是另外的一页生命史了。

(《七日谈》1946年5月29日第24期,署名:刘郎)

领导改良平剧

听说欧阳予倩先生要来上海了,我问素琴,他回来之后,你们的改良平剧,还要重整旗鼓否?她说:想这么办,现在领导我们的人更多了,譬如郭沫若先生、田汉先生,都在上海。还有你大郎兄,也是领导我们的一个……她说到这里，我情不自禁的效法胡佩之的浅薄口吻，说我又不是"向导员"。那知这句话给素琴误解了，她说我要开向导社，当她们是向导女郎，一定要罚我。后来经之方替我申辩，说实在是大小姐听错的，大郎决不是这个意思，素琴这才明白过来。我于是懊悔，原来胡佩之的浅薄滑稽，有时不好随便效法，因为不了解的人，简直听不懂它，好在我们兄妹情深，纵使豆腐吃得过分了，素琴也不会怨我到底的。

说起改良平剧，予倩与素琴她们合作的时候，与我的印象，非常深刻，也非常优美，譬如《渔夫恨》与《玉堂春》等，实在比原来的结构更好。假使予倩回来，真要重新干一番的话，我倒想参加他们的集团，帮他们做一些事，领导有予倩先生，我同培林他们，都愿意摇旗呐喊。

(《七日谈》1946年6月5日第25期，署名：刘郎)

吸 毒 者 死

鸦片烟的寿命，到六月底终止了。过了六月，"吸毒者死！"这几个字，时常可以在报上发现，见之颇怵人心目！

在我很小的时候，我父亲已开始吸烟，因此忽略了家人生产。记得我在小学读书时，曾经写过一封信，给作客在上海的父亲，信里劝他把鸦片戒除，后来父亲写回信来，将我大骂一场，他说：抽烟用我自己的钱，你管得着吗？将来要用到你的钱时候再说。我碰这个钉子，从此也不愿在这一点上，妄加讥谏。

二十岁后，我也在烟铺上躺躺，觉得这味道真是为乐无穷，但我对这件东西，表示万分好感，而它却缠不住我，我只能抽这么小小的一筒，继续第二筒时，我醉了，甚至呕吐，我什么荒唐的都能做，惟有抽大烟，想做而做不上，到现在始终也没有上过瘾，在我竟认为是自己的奇迹！

今年起，禁毒令是雷厉风行了，我时时为我父亲忧虑，他已然暮年忍性，又时常多病，戒烟将是不可能的事，大概也真的焦急起来，以致一病不起，与其戒不掉到将来受到糟蹋，还不如这样牺牲了。

我悲己忧人，在"吸毒者死"的日期到来之后，真替那些终身离不掉瘾癖的人们担心,他们以后的日子,如何过法?听说有许多人,他们已预备以身殉烟,法是法,抽是抽。除非杀,戒却不戒。这一副精神,够得上当"烈士"而无愧,这些人对于别人的替他们担心,觉得多余。

(《七日谈》1946年6月19日第27期,署名:刘郎)

荡媮之闻

曾经在《铁报》上写过一节关于童芷苓的文字,其中著了两句是"童十载甂甀,未尝构荡媮之闻"。后来看见有人对我这两句话加以指正,他还引了当年童芷苓与言慧珠在南京对垒的一事,作为证据。唱戏的人牵涉到政治人物,是古来已有的事。从前,北洋政府时代,吴景濂、程克他们,也时常为了几位当世的"名旦",闹着"蹩扭"。男角尚且如此,何必责难雌类。

我所谓"荡媮"云者,是要童芷苓不像一般人都十分乱七八糟,她也并没有"标治价",她们一向听见上海来的北方坤旦,有几个是皮大衣、钻戒、现钞,甚至于几百张戏票都可以商量大事的,童芷苓至少没有这一种新闻,漏到我们的耳朵里来。

童芷苓我不是熟人,近来听过她的几次戏,觉得她真有造就,我很悔恨,忽略了这一个艺人。

(《七日谈》1946年7月17日第29期,署名:刘郎)

直将皮肉污红妆!

"辚辚一路走香车,若有请先伴晚霞。报道深秋将九月,却持灯火看桃花。"在四五年前,我写过三十二首怀人诗,上面的一绝,是为大华舞人张翠红写的。

那时我夜夜到大华舞厅,张翠红不做半夜舞,我则半夜始去。所以难得碰着她。有一次给我突然发现,便惊为天人,她非常健硕,风貌并不细丽,但相当秀艳,像夭桃一样。她非常温静,不大会应肆客人,我嫌她太和气一点。

记得我太太并不欢喜这个人,她是有个原因的,我现在想起来了,她反对我说她美,到现在还时常调笑我,说我永远把看张翠红的看法,去衡量女人的美丑。

自后我留心她的情形,知道她嫁了位老年人,前两年那人死了,她做了孤孀,沈克明来告诉我:她,穿着重孝,出入于证券市场。我当时因手里有美亚中法,有时候也去跑跑,留心寻访这一位别鹄离鸾,但没有看见着,我非常懊丧!

最近真使我难过了,一张报上,说她已经流为夜莺。我不大相信,这个人的收成结果,会走到这条路上去的,但那节文字,说得非常清楚,而且还提到了我。

近来耳目所触,有好几桩人间无可奈何的事,压在我的心头,使我透不出气!

想不到她的处境竟如此惨。

(《七日谈》1946年7月24日第30期,署名:刘郎)

我与童芷苓

白雪记一夜在丽都花园予遇姚凤贞,闻童芷苓并未嬬周荣事,惊的是白雪对此事夸张太甚,使予难堪,且文中力言姚凤贞诋毁周某,亦足使周某衔姚于次骨,而不知凡此者,举为白雪之逾分渲染也。喜的是白雪的东山再起,其泼墨一文,往往为党国大事,发挥宏论,不料出其余绪,议论及于鲰生,是真鲰生之幸,又焉得不喜哉?

愚近来屡屡为童芷苓张扬,信是事实,其原因有二,去年偶与陆小洛先生闲谈,小洛盛誉芷苓,谓芷苓为人,天真无邪,其性情亢爽,而心地纯良,亦颇知自爱;北来坤伶,秽德彰闻,令人冷齿,求如芷苓者,盖已难得其选,愚故心仪其人。又此次芷苓南来,愚闻其歌,如读龚定厂诗,才气与工力并沛,以为此真不世出之才也。姚凤贞与芷苓为盟兄弟,姚言:芷苓唱一次《蝴蝶梦》,则怨一次。《蝴蝶梦》非芷苓得意之作,芷苓自具极诣,欲顾真赏无人,独以此调靡靡,为轰传之具,又谁识蛾眉之一腔孤愤哉？坐是愚益觉其人之可敬,向往之情,曾无已时,虽然,愚观苤苓剧不及五六回,尊前与共,第有一朝,白雪所述,轻薄如许,语之于人,不将视之为谵语者几希矣。

（《七日谈》1946年8月7日第32期,署名：刘郎）

敏莉登场之夜

五日起,新仙林花园之舞女阵容,忽为海上惟一坚垒,盖萃大都会与百乐门之精华,成无敌之局也。管敏莉置身于野,垂一岁有半,比以参加竞选舞后,亦于八日登场,新仙林以霓虹为榜,所以告人者：舞丛宿将,卷土重来。是夜愚偕友辈五六众,亦莅止,吾妇良悦敏莉,亦入座捧场,是为新秋之夜,明月隐灭于林梢,为意甚爽。

是夜敏莉与愚等同饭于蜀腴,饮茅台酒,薄醉而已,着白色衣,缀以红花,花巨,光艳如其人,发以新烙,故短不及肩。儿恒时,以雾鬓风,增无涯妍俏。乃以炎暑,故截短,茗边怅望,还觉老成,乃悟惟长发能助女人婉娈之姿耳。

愚尝偕妇同舞,舞以吾妇技勿佳,谓十年来了无进步。其实愚平时常入舞场,辄未经心于舞步,愚特欲嬲女人说说笑笑耳,不想开跳舞学堂,抢韩森、苏少秋之饭,精研舞法奚为者？

（《七日谈》1946年8月14日第33期,署名：刘郎）

我同太太的做人态度

在天还没有大热的时候,我重覆看过一遍《流言》,现在是太太在那里看了。凡是张爱玲的小说散文,她都看过。她未必有能力,会欣赏张爱玲文字的杰出的地方。但经过我几次在她面前对张爱玲的夸扬,她于是尽力地去读,读不通的地方跳,读通的地方拼命咀嚼。所以她看张爱玲的作品是不同于其他的闲书。她说看得她真累！

从前我太太在一位朋友家里,遇见过张爱玲。吃饭的时候,她们挨着肩坐,张小姐对我太太说:"我晓得唐太太曾经到过一趟北平,唐先生写过几首诗,寄给你的,非常动人。我想你可以多出几趟门,让唐先生好多写几首。"她听了只是笑笑,没有答词。回来告诉我说:"张小姐学问太好,我不敢多说话,说错了怕被她见笑。"记不得是杜牧或是李义山了,有两句诗:"虽然同是将军客,不敢公然仔细看。"对某一个人,起了一种"肃仰"之后,一朝晤对,的确有这种境界的。我太太的做人态度,比我严肃得多,凭张爱玲的令望,于是把她慑服了!记得三年前,有一次我当着梅兰芳先生面前,吊过一次嗓子。吊完之后,梅先生也在鼓掌,他对我说:"唐先生你唱得真不错!"我得意洋洋地回去,告诉太太,我太太却扫兴了! 她说:"我替你想想,应该难为情死了,你倒得意!"十年八载的夫妻,她永远不能了解她的丈夫,凭这一点,我就有理由讨二个姨太太来"温温"。

(《沪报》1946年8月16日,署名:刘郎)

劝童芷苓唱《纺棉花》

　　童芷苓"皇后"之局将届满,院方要其贴《纺棉花》,不允。谓《大劈棺》可唱,《纺棉花》则不可唱也。一夕,觏芷苓于樽畔,因问何不唱《纺棉花》? 则曰,《蝴蝶梦》为旧本,《纺棉花》则纯是玩笑戏。其实童为此言,亦遁词耳! 若《戏迷家庭》,何尝为老戏? 而童老板贴之不已。若以《戏迷家庭》与《纺棉花》比,《纺棉花》且为"本"弥"旧"。童之所以不肯唱,正如陆某在社会局席上替袁雪芬之饰词,一恐"人言可畏",二恐治戏剧文字者之不肯"笔下超生"耳。

　　十年前看碧云霞唱《纺棉花》无数次,当时故都有禁令,不许公然贴《纺棉花》,演词者乃改剧名为《络纬娘》,愚方髫年,已觉地方行政者之头脑,为陈腐可怜,不图二十年后之上海,执笔之士,就对《纺棉花》大施非议,其迂旧正复惊人。童芷苓在坤旦队中,其才不世出,老戏成就之美,已为众口称扬,苟出其余绪,嘻笑氍毹,绝非大逆不道,前贴

《蝴蝶梦》,后贴《纺棉花》,轰动亘三月,管什么叶家三盛,又管什么小梅兰芳?童老板必可以举此一堆人而压倒之。芷苓近三十人矣,唱戏能再几年?此时不出足风头,更待何时?

(《沪报》1946年8月17日,署名:刘郎)

关于舞女大班

舞女大班,纵然有许多不是的地方,亦何至今日之下,弄到"国人皆曰可杀"?这两年来,我在跳舞场里,涉足过久,所以对于他们的品类,比较看得清楚,以舞客的身份来讲,我是不反对用舞女大班的;我觉得有舞女大班的便利,犹之以前看戏之有案目,譬如像我这种脱底棺材型的舞客,尤其少不得他们。因为有许多熟的舞女大班,都相信我,我没有钱,也好进舞场,台子坐罢,我关照他们,舞票替我买一买,明天来算账。

舞女大班之受人讨厌,因为一部分的品行不端,更有一部分是不看风云气色,向客人刺刺不休,我总觉得舞女大班之为"人才",实在太容易训练,所以日增月盛,这是他们倾覆的危机。他们不曾顾到应该自肃一番,让他乌烟瘴气下去,而造成今日的后果。我承认对他们有一点偏私阿好,但毕竟是偏私阿好,总不好意思振振有词的替他们一部分人来伸张公道。

(《沪报》1946年8月19日,署名:刘郎)

"琳琅满眼"

已故之王兰芳,与北方之小翠花,皆花衫之杰,然二人旦气极重,其动作似女人,其行为亦往往能替女人也。二人相见,辄互詈,詈则亦用女人习用之词,如曰:"你这个骚×。"又曰:"你这只臭×。"闻者以为趣,愚则以为秽鄙,令人作恶耳!顾此种人才,梨园中今日尚有继承者,以琳琅为尤著。琳琅非梨园世家,自琳琅始习剧,一登氍毹,状姚冶妩人,生香活色,见者不疑其为男子。然亦可狎,若干年来,狎之者弥众,有专司接角儿之某,尝躬试。某薄倖无人道,试则到处宣扬,谓其泥夜之工,胜于妖妇。闻者乃跃跃咸欲试。海上有多人或体力精壮之士,尤为向往,谓骄阳如炙,不敢为,俟秋凉图之。"浅薄大王"闻此消息,必将来四个字之成句,谓:金风振爽之日,我人将见"琳琅满眼"之盛矣。

(《沪报》1946年8月21日,署名:刘郎)

仁　义

旬日前,与愚妇哄于闺中,愚弃家七日,夜宿逆旅中。敏莉闻之,滋勿安。一日诣妇,挥泪相慰。又一日,友人招愚饮于妓家,亦及敏莉。时愚髭长未剃,敏莉不欢。愚曰:毋以吾家事而扰汝心意。时敏莉方举盏,闻语,停杯不饮,视之,泪复被于颡,俯首为嘤嘤泣矣。愚大感动,则力噢之。敏莉曰:阿兄疏狂成性,乌可无家！髭长如许,而不及刈,想见流浪之苦,故忧戚耳！

竞选之夕,敏莉率家人坐场隅,其旁为难童乐队。子夜乐队归,有人告敏莉,谓:"诸童自漕河泾徒步来,今将徒步归矣。"敏莉极怜诸童曰:自我斥资,唤搬场汽车,送诸童返。顾乐队中人曰:愿以饼饵飨诸童。诸童犹健步也。上述二事,前者言敏莉之重义气,后者则属仁者之用心,其人之所以不能相忘也。在此,纵其行事,可美之事多,可议之事少,终今以往,未尝为人切齿,第鸾漂凤泊,退隐无期,为阿兄者心意怏怏,如忧向平之愿,了何时也！

(《沪报》1946年8月24日,署名:刘郎)

没有了丈夫的女人

顾兰君从香港回到上海,在二十一日那天,她打个电话给我,说明天要来看我。第二天她果然来了。凡是出名的女人,最好没有丈夫,哪怕有要好一点朋友倒不在乎,因为可以叫闲人的看法两样。譬如我这一天看见兰君,她是没有丈夫的女人了,我的"观感"与心理就不同。

她比以往显得丰腴,我对她说:"你发福了。"她说:"是啊,我是一直的心里有气,但越气却身体越胖。"我问她:"你找我有什么事吧?"她说:"一点事都没有,我是特地来望望你,你替我望望嫂嫂。"她这样说,我倒不好意思再问她的家务事了。她也绝口不提。

我想想还是吃吃豆腐罢,故对她说:"兰君,从今以后,男人们可以公开的追求你了。"说到此处,怕她误会,我自己也在"色霉",连忙注解说:"我说的是别的男人,于我则无关。"她大笑起来,说:"老太婆了,还会有人来追求我吗?大郎哥,你末又要寻开心哉。"

兰君昨天上苏州去,帮朋友的忙,去演《雷雨》里的鲁侍萍的。

(《沪报》1946年8月25日,署名:刘郎)

原子炸弹投在"垃圾桶"上

这一期的天蟾舞台,是天厂居士与周剑星先生合作经营的。他们都是我最要好的朋友。

有一天,天厂请童芷苓吃饭,席上谈起《纺棉花》《大劈棺》上演之后,上海所有的平剧院,生意都受了影响。天蟾那一堆角儿,凡是逢着叶盛兰大轴戏,总是十足满堂,但有一天的《罗成叫关》,却也因为《劈》《纺》关系,才卖了九成座。培林说笑话,对童芷苓说:童老板你真是个原子炸弹。我说:原子炸弹投在"垃圾桶"上。我把天蟾的那一堆角儿譬喻为"垃圾"。天厂居士听了这一句话,当时不大高兴,对我说:你的话,实在太过分一点。我当时虽自悔失言,但并没有向天厂谢过。

生平就犯这一点毛病,我存心要夸耀一个人,一定要丝毫不苟,尤其是捧女人,可以不顾亲情,不顾道义,只要被捧的人听得窝心,得罪了朋友再说。

(《沪报》1946年8月26日,署名:刘郎)

"吃捧女人饭"

真有许多人要疑心我捧女人是我的"职业"。我有时候自己看看,我好像是"吃捧女人饭"的。张爱玲就这样怀疑过我,在她《流言》里写过一篇短文,她根据我一首打油诗:"樽前相对两'头牌',张女云姑一样佳。塞饱肚皮连赞道:难寻任使踏穿鞋。"这在张文涓、姜云霞出演于时代剧场的时候,是我请她们吃了饭而写的。但诗中的语气,却像她们请我吃了饭,而我有这一首诗的。所以叫张小姐挖苦了一场。是我写得技巧拙劣,倒不是张小姐存心损我。

今年春天,同一位朋友吃饭,朋友带了一个仙乐斯的舞女,他死七八赖要我用文字来替这位小姐张扬,她还摸出一张照片,叫我登在报上。跟着说:"唐先生,我几时请你吃饭。"我不大高兴,后来倒底一个字也不提。这舞女现在到处看见我,当我像冤家一样。

我不是"吃捧女人饭"者,有过两句诗,表现得非常明白,我是这样写的:"原要老夫高兴写,写它敏莉一千篇。"

(《沪报》1946年8月27日,署名:刘郎)

太 忠 厚 了

同业各报上,时常刊载柳絮先生对于韩菁清一种"辟清"式的文字,其实我有两句话,说给柳絮听,我想诛彼之心,亦当首肯,这是古人说的:"口之所不忍,正其心之所难忘也。"

我是这样的,对一个女人真正冷漠了,别说笔下不会再提,连看见她影子都要讨厌。若还是"不能已于言者",那是为了余情犹炽,像这一类尴尬的事,我是经历有素了,非要过三年二载,才得恝然。再是三年两载,便成为自己哑然失笑的资料。

我一向同之方谈起,我们朋友之中,柳絮是好人,他有时候,想刺伤一个人,也总是留着很多的余地。在"上海女人竞选"的前两天,我同韩菁清在"百乐门"跳舞，我对她说："在你的男朋友之中，柳絮该是对你最刻骨铭心的人了。"她回答我是："唔，不过我们好久没有碰头，他这个人太忠厚了。"太忠厚的人，小姐你说他不好吗？她好像不忍再回答我，我也不再问下去了。

"凭君莫作多情客，自古多情损少年。"希望柳絮先生，不要让温飞卿的这一屁将你放着，因为我看来看去，你太不会宽慰自己！

(《沪报》1946年8月30日，署名：刘郎)

林小云老八死耗

林小云老八，二十年前，已蜚声花间，知其历史者，谓其人实不祥身也。尝与花会大王良宏、茂棠私，二人先后遭狙击死。又一度嫁樊绍良，先隳樊之业，后樊亦以病死，八至此，几投老漂零矣。沦陷时期，忽见宠于杨杰。杨为伪府军人，显赫极一时，八待之弥谨，故爱好甚至。去年，杨遭逮捕，旋判极刑。八于闻讯后三日，亦死，非以身殉杨，特以忧急亡其身焉。

林氏三雌，美云死于前岁，今存者惟再云一人。此三人者，俱饶游侠气、豪爽不类女子。愚初识小云时，唱麒派戏，着长袍，卷袖及肘，有时谈吐出之秽鄙，盖"操那操那"之声，不绝于口也，惟其心地亦纯良，亦不如美云之多淫行。美云以纵于色欲，死于子宫发炎，八则以忧夫而亡，以取死之道言，亦可知姊妹性格之自有分别矣。

(《沪报》1946年9月1日，署名：刘郎)

于素莲忆语

于素莲在当年，亦红氍毹上之尤物。其人活色生香，秾艳不可方物。愚识于于红莲寺时代，时在战前，为愚作介者，犹忆为沈秋雁先生也。及后信芳组移风社于卡尔登，聘于氏来归，接叙之机会遂多，知其学艺甚苦，而求进之心綦切。自辅信芳，造诣乃日进一日，故时人之论素莲者,金称之为风冶坤旦,其实皆浅测之词也。

当时捧角,写捧角诗甚夥,赠素莲者亦复不少,顾泰半已散佚。第记其演翠屏山绝句云:"乱颤凤鬘作艳装,近人总是一身香。翠屏不障云兼雨,为有销魂唤大郎。"诗殊风冶,而不失为浑成,近岁仍作绮语,顾生拗已无曩昔之风致矣。

别素莲甚久,顷闻其在"中国"登台,演《血滴子》,俟其贴老戏时,愚将重为座上客焉。

(《沪报》1946年9月2日,署名:刘郎)

记 李 玉 茹

传李玉茹将来沪,辅李少春出演于"天蟾",顾久久不克成行,原因在侯玉兰之泥少春不得南下也。玉兰奇妒,疑玉茹与少春尝苟且,故禁二人更同台。惟北来人言,玉茹与内行中人,腻事甚多,今且与管事颜某私,梨园中遂益鄙其人焉。

玉茹在坤旦群中,为花衫之最好材料,以自甘暴弃,不特无精进,且日陈衰退,滋可惜也。往年,嗜阿芙蓉甚深,屡戒屡犯,故益损容光,寻至今日,其口之两角已下垂,在扮相上已无法补救,况窥唇之齿,焦且黑,张口即令人作呕。

又传其嗓音日低,吃调不到派字,而常唱调底,将来青衣戏恐不能再动。其人微矮,两胫奇粗,此为先天之缺憾,惟其不洁,则为后天之恶习惯。三年前,某夫人爱其才,劝其戒烟,款之夫人家中。天暑,某夫人发现其三天不洗澡,以为此人惰性天生,恶嗜未必能去,遂与之绝焉。

(《沪报》1946年9月3日,署名:刘郎)

小菜场上的女人

有人说:上海"揭眼药"最好地方,无过于"美琪""国泰"散戏的时候,那些雍容华美的女人,真的是目不暇接。但我却主张假使有工夫的话,早晨上小菜场去看看,收获一定比"美琪""国泰"更多,更好。

小菜场上,没有粉妆玉琢的女人,夏天不着袜子,一头乱发,掩映着颐项间白腻的光采,更见得风致嫣然。

每天我经过两处菜市,总是留心看看。有一天碰着一个从前认得的舞女,臂上挽着一只菜筐,她看见我笑一笑,以示招呼,我问她可嫁了人了?她还是笑一笑,而没有回答。这情景也非常优美。

我于是想起了严小姐来。最近她又向风尘中打滚,她告诉我:当她在嫁人时期,天天上菜市,着了一件蓝布衫,提着筐子,低头疾走,怕被从前的客人看见。其实给熟人看见她上小菜场,不算是寒蠢的事。我以为在女人做舞女时候,客人带她们上菜馆去吃饭,望着小菜,这一样不对胃口,那一样也不好吃的任意挑剔,这才最最的讨厌。

(《沪报》1946年9月4日,署名:刘郎)

谭富英听者!

谭富英将在"皇后"登台,据说他同院方的公事谈得下面几个结果,方始登台的,凡是靠把戏,如《战太平》、《定军山》、《珠帘寨》、《阳平关》等等,这一次都不贴,《四郎探母》要到卖座衰落的时候再贴。唱过一星期,要休息一星期。

是京朝角儿应该摆的架子,谭富英都摆足的了!架子要摆,钞票要赚,迭排瘪三,一生一世,就只当上海人是糟兄。什么叫"英秀文孙",还不是狗戎的劣种!

谭小培常说:他的儿子身体不好,太累的戏,动不了。其实唱不动戏,你们就不必来,你们不来,上海不致于为了听不着你们的戏会大乱,既然来了,就得痛痛快快的唱,不要尽犯狗戎脾气。狗戎脾气,于你们没有损害,于听众也没有坏处,倒霉的只是几个开戏馆的老板。但我决不同情他们,谁教他们别的事业不干,尽干这一行专门培养狗戎人才的行当。不过现在大众公认,数十年来,旧剧绝对没有进步,我想最大的原因,还是你们普遍的犯有狗戎脾气,故步自封,自以为了不得,门户之见太深。这种种原因,都足以妨碍旧剧的进步。这种恶劣的现象,在谭富英一代里,已成了积重难返,无法改进。好言相劝,果然不听,似我这样的痛骂,明知也无动天君。他们本身就不是知识分子,也不是情感的动物,所以要好也得看下一代了!

(《沪报》1946年9月7日,署名:刘郎)

女 先 生

前进作家的狂捧袁雪芬,甚至于称袁雪芬为袁雪芬先生。我曾经这样说:在袁雪芬本人是其志可嘉,然其事则不伦。譬如我每次看到"袁雪芬先生"五个铅字的时候,立刻联想到她在唱《十八相送》里"梁兄呀,走路只管走路吧,管他柴担不柴担"的唱词,总不禁哑然失笑的。

战前,上海的前进作家欢喜用"先生"两个字来称呼某一个也在前进中的女人,于是陆小洛先生,便大吃豆腐了,他写起文章来,提到女人,不管是王熙春也好,陈曼丽也好,甚至十里红她们,下面都加上"先生"二字。陆先生倒不一定存心讽刺他同行中,不过一时高兴,上海人打话"扰扰"罢了。

《新民报》的女掌柜邓季惺,谁都称她为邓先生。龚翁的夫人,大家管她叫张先生,我则常以嫂嫂相称。朱尔贞也有很多人称她为朱先生的,我于是也先生她了。她说,一天到晚教书,接触到都是学生,自然都称她为先生;"小姐"二字,在她反而听得不习惯了。

(《沪报》1946年9月8日,署名:刘郎)

沉 默

有一个"唱滑稽"的人,天天在"空气里"替闻兰亭抱不平,大声疾呼地为闻兰亭喊冤枉!其实,这些举动,是无补于事实的。我更担心,非特无补,容或有害。

几个月以来,报上看审汉奸嫌疑犯的记载,到某某数人时,人们都有许多不能说不能写的话,闷在肚里,烂在心里。及至看完了报,所得到往往是不少时候的"窒息"!

譬如说:公审周作人,想起了他就是知堂老人,更想着他的文章,一种清奇恬淡的风格时,人们该是怎样的一副心境?

一个所谓"多感"的人,当然不限于正义感一种,这种人处今日之世,最好会得沉默。骂汉奸的绝技,要让正义感过分丰富的人去尽量发挥。我便是在刻意学习沉默中的一人。

(《沪报》1946年9月10日,署名:刘郎)

二 名 净

当金少山尚未冒出来,袁世海、裘盛戎还着青布大褂啃窝窝头时,梨园中之名净而雄镇南北者,郝寿臣与侯喜瑞二人而已。今二人皆归没落,寿臣辍演久,侯潦倒尤甚。其人年老,艺日衰退,今且沦于天桥之茶馆内清唱,比之王少楼为尤不幸。兰亭言,昔年沪上戏院拟聘侯南下者,侯辄索重价,而挈妇牵雏,膳宿之用,皆取给院方,业戏院者乃不能胜,故不复相邀。暮年拂逆,遂败其嗓!至于寿臣自北都沦陷,即弃粉墨;有子,为辅仁大学教授,抗战期间,适内地,寇兵以郝子有抗敌嫌疑,屡屡盘诘其父,寿臣良苦。有一时期,沪上传寿臣之宅,被贼兵所闭,即系此也。及其子归来,复员于辅仁,怜老父年高,不堪卖艺,其实寿臣非裕豫,惟有儿能孝,景况故不似喜瑞之悲哀耳。

(《沪报》1946年9月11日,署名:刘郎)

周信芳与张镜寿

许久没有遇见周信芳先生了,听说他开戏馆开得非常不得意,每天亏本。有人说他一天亏一根条子,或是一根半,或是二根。不关痛痒的人,在背地里对他放了不少的冷嘲热讽,而我则是寄以无限同情的。

曾经有位朋友看见信芳先生亏得实在太多,因此向他建议,劝他将戏馆盘与别人接办；而周先生却坚决地拒绝，表示犹有能力的时候，他还是要开下去，现在尚未到山穷水尽之境，不谈让渡。这一种锲而不舍的精神，更加使我为之向往。有一天，孙兰亭先生同我谈起"皇后"张镜寿先生那一分办戏馆的毅力和魄力，也足以使人徘徊嗟赏。"皇后"的设座不多，开销则奇巨，往往请一期角儿，天天卖满堂，也赚不了十万八万，若是上座打一个九折或者八折便有亏蚀之虞。在四五个月以前，上海电影院的生意，没有一家不利市十倍，当时凡是张先生的朋友，都劝他将"皇后"改映电影，一天可以稳赚一根条子；而张先生却并不理会这些，依旧夜夜敲着锣鼓，情愿背定了这一行苦卖买不放。

办事业而真肯同钞票怄气的，毕竟不多，只有开戏馆朋友，才肯发这一股傻干的劲道。

（《沪报》1946年9月13日，署名：刘郎）

送桑弧上七里泷

桑弧为了要看外景，于昨天动身，上杭州去。预备在杭州过一夜，到富阳。从富阳溯江而上，到桐庐。更从桐庐，一直到严滩。记得民国二十六年，我是从杭州坐汽车到桐庐，在桐庐雇了轮船，直到严子陵的钓台折回的。富桐道上，那一派路转峰回的景象，已足够流连的了。但据说富春江的水程，还要幽美。桑弧说：他到过严州，揽括苍之胜，而不曾到过桐庐。

与桑弧同行的，有陆洁与黄绍芬二兄，都是胜侣。其实我也应该同他们跑这一趟的，只为天热，想像不出那地方会得风凉，于是没有勇气了。又听说富春江上，情形还太平，一过桐庐，到了七里泷，便不甚安谧，时有盗匪出入，在抗战期间，这一区胜景，永远罩在火药气之下，我时常想念这地方。

桑弧要我到十月里一同去，那是肃肃霜飞的时期，怕草木不像现在好看了。风景也像女人，带一点病容，便教人不得兴奋，与其看入冬后的风景，还不如在上海多看几个穿上黄狼皮坎肩大衣，多少有几分暖意的女人。

（《沪报》1946年9月14日，署名：刘郎）

记万墨林

万墨林以粮贷案羁于狱中，此人在上海沦陷时期，固建殊功者也。上海沦陷时，习闻之地下英雄，为吴绍澍，为蒋伯诚，万则直可与吴、蒋方驾也。其第一次被捕，为敌兵与七十六号鞭笞甚苦，破其腹膜，肋下创口，久不能复。及释归，由任廷贵医师诊治，日夜用护士侍候。万为人好动，至此如瘫废，心焦不已。朋友延女弹词家，献唱其病榻旁，为解寂寞。一夜招汪梅韵说《描金凤》，至徐蕙兰受酷刑一节时，万竟纵声大号。盖以书中人之遭际，酷类自身，不觉悲从中来也。

万第一次被捕，在金门饭店门口，第二次则在其寓邸中。时在黎明，贼兵叩门甚急，万自起开门，出"市民证"授贼兵，贼兵曰：我固审汝，毋观此也。万曰：然则如何？曰：随我行耳。则曰：亦不能过急，我当漱盥，早餐，更容我如厕。贼兵一一许之。万将漱口，女仆呈面盆上，辄阴嘱之曰：报与恒来此间诸客，速速远扬。至此始随贼兵从容去。万未尝读书，亦不识字，顾记忆力极强，凡与杜氏有交往之电话号码，无不熟记胸中，计之，得数百号，亦"绝技"矣。前三年，万病少瘥，愚于新雅楼上遘之，持一卷，视为《杂志》，语愚曰：此中有《杜月笙论》，故买归去看看。因知其人亦渐通文字矣。

（《沪报》1946年9月15日，署名：刘郎）

闻华慧麟沦落！

报间竞记新艳秋之漂零，华慧麟之摇落，皆使人不快。华称华小姐，初为坤票，后下海为坤角者。上海芮庆荣捧之甚至，为置行头，耗金无算。名义上华以父礼尊庆荣，其实为庆荣侧室耳。芮性刚暴，然华了无惧意，芮且遭其诃叱，不敢忤，语人曰"我狠天狠地，对迭个小鬼，真拿伊呒哪能"耳。

华在舞台上之造就,并不甚高,特结束登场,便有生香活色之观。《打花鼓》一剧,为其绝唱,愚屡屡观之。而大名府之贾氏,说苏白,听之尤足以冶骨销魂。昔刘斌昆为李固,送员外出门,及归,报与贾氏,华慧麟至此,作脉脉状,徐曰:"实梗说起来,便宜仔你个小赤老哉。"腻语如环,遂陷台下人于疯狂状态中。华慧麟之腾踔氍毹,在此,不在循规蹈矩也。

抗战以后,似未闻华来沪上。某岁,翼华自故都归,谓在北曾诣慧麟,维时已癖烟霞,故容光已清减。惟当夏日,慧麟见客时,不袜,着短裤,双肤如雪而大袖宽胸,为态甚淫。今闻其人益老丑。嗟夫!人间花草,一瞥忽忽,可哀者又宁止慧麟一人哉!

(《沪报》1946年9月17日,署名:刘郎)

如 花 消 息

洋囡囡李珍,自小洋囡囡堕地后,闻即与橐砧割席矣。前年李嫁与贾某为侧室,贾父本名流,居蜀中,贾留海上,于役某银行。在胜利以前,贾忽只身赴内地,李珍送之白下,始折回,当时之情好盖未替也。及贾随胜利归来,犹挈珍同游,时珍方孕,腹便便似五石匏,贾则尽刈其发,光颅似和尚,而李珍不以为丑。愚以为二人必全终始矣,不意临褥未久,遂不暇诘其底蕴也。

近三年来之舞女,论貌艳如花者,特推陈美娟一人。美娟亦久隐,闻其与一李某同居。李为蜀人,情爱甚至,然每日必"造孽"(此二字为甬人土白,犹言诟詈),或打或骂,打后,二人互视手臂,累累皆青紫之痕,然以此而益增情好。近闻一事尤噱。某夜,四川人方洗脚,以事触美娟之怒,一言不合,挥手互殴。美娟擎起脚盆,覆四川人之头上,水淋淋渍遍体,而尽室如淹,所谓闺房之乐,往往如此!

(《沪报》1946年9月18日,署名:刘郎)

捎 边 记

膺外号曰"浅薄大王"之某君,一夕游夜花园,遘某舞人只身来,以人之介,与王同坐。某视王,曰:我常茶舞于高士满,见足下时徜徉其间,殆彼舞场之执事人耶?时王不及答,王友范君,遽羼言曰:否,渠为高士满房子之大房东,房东与高士满之租约上订明房租须按日结算,故渠每日于茶舞时,莅舞场,半为收房钿,半亦为选色来耳。寥寥数语,某舞人大惊王之财富,力媚王。是夜,遂圆好梦。明日散去,舞人犹不知吃进了夹铜洋钿也。

三月前,愚与某闻人坐于舞榭,招一陌生舞女来,甫落座,闻人指愚告舞人曰:是唐先生,为波司登公司主人,汝要玻璃丝袜或玻璃皮包者,恣言之,主人必勿吝也。时玻璃货方出风头,波司登尤炫耀一时。顾愚不待闻人之言竟,已自失笑,告舞女曰:其言诳汝,乃不可信者。

刘郎曰:范与闻人,"捎边"之术皆奇工,然王有承受之度,愚则不受抬举,故不如王之多傥来艳福也。

(《沪报》1946年9月19日,署名:刘郎)

垃圾桶砸,飞机跑了

童芷苓在贴《劈》《纺》以前,我写过一篇文字,是《原子炸弹投在"垃圾桶"上》。把《劈》《纺》比为原子炸弹,而把天蟾舞台那一堆人马,比为垃圾桶。意思是说:《劈》《纺》上,小梅兰芳,以及叶家兄弟都黯然失色。在当时我是一种预测,现在我的预测是中了。

《劈》《纺》的夜夜满堂,大家都晓得的。童芷苓在如火如荼的时候,突然煞住,业已离开上海。而天蟾舞台,却天天卖不到本,这一期下来,有人替他们预计,要亏蚀到至少一万二千元。短短的日子,而亏耗之重,当以目下的天蟾舞台为最甚!

垃圾桶是砸了！飞机却在投过了炸弹以后,悄然地跑了！

(《沪报》1946年9月20日,署名:刘郎)

感 念 友 情

  我是从来忘记做生日的,今年因为三十九岁,几个朋友,必需要替我闹猛闹猛,于是在事前几天,由之方、桂庚、李林森诸兄的筹备,更由五六十位好友的参加,把我热烈地捧了一场。

  向来自己惭愧,菲躬德薄,而朋友真好,有许多朋友,他们从心坎中流露的至忱,来爱护卑人的。往往清夜思量,而不自禁其热泪盈眶者,终是为感念我的朋友。

  这一天,使我最感动的是孙兰亭兄,他病得很厉害,嗓子也哑了,还在发烧,从床上特地穿了衣服,跑来向我道歉,回去再睡。桑弧在赴七里泷以前,他没有知道这一天的局面,回到上海恰巧是这天的六点半钟,七点钟他就赶来了。我本来在想,今天就是缺一个桑弧,不能无憾。但喜出望外的,他居然赶到。还有童芷苓小姐,她在上一天从香港回来,这一天她老早就来,待要散席时方才走的。她是酬答我的知遇之情,真够我兴奋。

(《沪报》1946年9月22日,署名:刘郎)

小 先 生

  过蝶兰家,此中多雏伎,惟新媛甫凿鸿濛耳,席上人称之为新娘子。犹有文娟,房间中人言:是犹小先生。愚曰:我不信。前数日间,某小报记蝶兰家有某伎人,被一体肥之客,论价梳栊,点大蜡烛之日,天燠,房间中热度高至一百〇二度,客劳则狂喘,为状如犇岭之牛,亦有是乎?愚言竟,尽室哗然,亦有指我为谣传者,亦有人细算日期,告愚曰:客所描绘者,殆非文娟,而新媛耳。愚亦大笑不已。

  席上有人召玲芳者,来二人,其一明眸善睐,其一瘠弱如病鸡。

367

二人亦小先生也。明眸善睐,称飞笺之客为姊夫。愚谓客曰:姊夫必谙其家世,今玲芳谓清倌人者,言可信乎?客曰:愿以人格信用为渠保证。愚大喜曰:然则尔我联姻娅之谊,不尤佳邪?客曰我为渠母言之,而我必取信唐君。玲芳真金刚不坏身也。其实实愚性耽闲逸,而不胜繁剧,故无此好,言之,特吃吃豆腐耳。

(《沪报》1946年9月23日,署名:刘郎)

切 口

小马之吐属,非秽鄙即幼稚。秽鄙者,白相人之切口太多也,而"操那"一词,尤其常挂唇边。有时复极幼稚,譬如称收音机为"无线电话",称汽水为"荷兰水",皆土气十足。一日,自小马口中,流出"窑堂"二字,愚不谙其义,则曰:白相人谓"家里"是,故住到家里去,又称"落窑"。愚向时亦喜将白相人之切口熟习者运用,一日,与"金闺国士"数人谈,一人谓:唐先生之言,我乃泰半勿懂,闺阁中人,不与下层社会接触,故似"孵豆芽"一言,亦勿知何指。在我以为最恒常者,渠等且以为费解,自无怪其听来吃力矣。

(《沪报》1946年9月24日,署名:刘郎)

生命力强盛的人

从前我不大要理发,及至有了现在的太太,她督促我常常理发,我答应她三个礼拜理一次,她要我十天理一次,后来取了折衷办法,半个月理一次。在没有到半个月的时候,她总有两三回催我,生怕我忘记。

据说常常理发,对于一个人的精神有莫大关系,刚理过发的人,永远神采奕奕,别人看见了,总以为他是干练的人,而不会疑心他是一个十足的庸才。

我有两位相熟的人,一位是卞毓英,一位是唐宝琪,每次看见我两位朋友的时候,印象是他们才从混堂里渹过浴剃过头出来。但卞先生在事业上，毕竟有了绝好的成就，唐先生的才干如何，我不大清楚。不过历年来观察所得，他的生命力，比谁都强盛，什么挫折，都打击不了他的。

我不认识那一位参加清查团的王参议员，有人告诉我，王参议员终年梳着光可鉴人的头发，而脑后永常是雪的的一圈，衣裳同那双皮鞋，又常常是纤尘不染，所以我相信这位先生同唐先生定有若干相似的地方，而生命力之强，则为必然的事实。因为我忘不了上海才胜利后两三天，便发现这位王参议员回沪执行律务的广告。

(《沪报》1946年9月25日，署名：刘郎)

所 谓 郁 案

"郁案"真该办得严，敢将民意吁青天。咬人此口兼那口，送节礼钱即贿钱。世上贪官原要杀，眼前静女始堪怜！不同敌宪刑房里，神气何须活现焉？

偌大一桩路局舞弊案，把中心人物转移在一个女人身上，而称之为"郁案"。因此郁香岩这个人，特意在法庭上撒娇撒野。我看了报纸上记载此案审询经过之后，起了极大反感。譬如她供称关于陈伯庄诸点，纵使是千真万确的事实，但因为郁香岩态度的恶劣，就使人无法置信。何况一个泼野的妇人，在情急之时，欢喜以色情来咬人一口。她说陈局长对她有暧昧企图，我们也不能不疑心她在情急的情形之下，而有一胡供。

其实，法官应该当庭纠正她的态度的。一个人真价实货犯了法，应该驯顺地听候法律制裁，这种倨傲的样子，放在从前敌宪兵队被拷打的时候，不失为忠贞不屈；贪污案例，用不着这一套。现在郁香岩这副戎腔，正同谢葆生在判决之时，对他家属打哈哈说："我譬如住疗养院"一样的为硬滑稽而已。

我同情过袁美云吃这许多时候的官司，她每次受审，总是清泪盈眸，十足的哀艳名旦作风，这是真戏。郁香岩的一味蛮横，乃是矫情，徒使看戏者厌恶,决不同情。

(《沪报》1946年9月26日,署名:刘郎)

财阀夫人仰药别记

　　财阀夫人既仰药死矣,道路传说,谓夫人之死,死于博负之后,信为事实。但致死原因,则不基于博负。夫人曩处蜀中,健于博,输赢甚巨。既抵沪上,亦沉湎此中。死之前,累博皆负,一次为四千万,一次为六千万,一次亦数千万金;至最后一次,则为二万万。次日,遂以自戕闻。论者谓夫人志傲,以其时财阀适离沪上,博资无由出,无由出,则财阀声威,将从此大替,遂以一死谢其婿耳。然真知内幕者,则异此说,乃谓,往日者夫晚归,忽有人来访,其人则凌云壮士也。与夫人密谈于室中,良久,而财阀陡归,叩扉入,当时之形势大僵!是夜财阀诘夫人,夫人尽吐所蕴,吐已大啼,谓十载侍郎,未尝逾越,今有此变,不敢腼然从郎偕老矣。故此时已蓄死志,及博负之夜,乃服强烈之麻醉剂,竟死。当气未绝时,舁之赴医院,肌肤已易色,财阀知不可救,亦为殒涕。

　　报间记夫人吞安眠药片逾量,因致死者,是不欲謦财阀闺房之秘。又谓夫人四川人,亦不确。夫人十年前在汉皋,张艳帜,及嫔财阀始返蜀中,为财阀篷室,比财阀之妻亡,夫人始扶正。夫人则上海人也,为人婉亮大方,能干有治家才,财阀故笃爱之。一朝痿谢,财阀神伤,凡夫人之相知,亦群我扼腕焉!

(《沪报》1946年9月27日,署名:刘郎)

宜　惩　淫　伶

　　海上著名商人某,在抗战期间,赴内地,遗其妻于沪上。妻方少艾,为当世倾城之选,嗜平剧,着声于票房中。数年前与一北来伶人私,伶人好色而贪财,一度妇从伶人走北都,妇举家大恐,惧中冓之言,传至远方,使妇婿知之者,则家且破矣。今年商人还沪上,审妇之隐,顾以妇艳于花,不忍弃去,则央妇曰:第望终今以来,毋越毋纵,而重笃关雎之爱,已往事,不敢咎也。妇以商人之用意至诚,颇惭感,亦涕泪谢过。上述之某伶人,即今在"天蟾"之叶盛长,叶与商人妇事,知者甚多,商人以委曲求全,不欲置叶于法,叶乃益无忌惮。在昔,北方治淫伶至严,上海地方,则任令拆白横行。安得有贤令尹,使若辈剃和尚头,置樊笼中,当街示众哉?

(《沪报》1946年9月30日,署名:刘郎)

唐人短札（1946.10—1947.4）

如花消息

一夜止于"新仙林"，此地乃有万花如海之感。席上招舞女四人来，为李珍、徐萍、朱佩贞与管敏莉是。李珍有绰号曰洋囡囡，殊健谈。论气度之娴雅，与姿色之清华，当推徐萍。徐旧居杭州，颇驰艳誉。比来沪，被舞衫不过三数月耳。吾友审之者，晤谈间，忽睹徐汪然有泪，大奇。诘其故，不肯吐实。吾友乃言，徐犹不习欢场生活，与一客颇矢情好，顾其爱猝为徐之闺友所夺，叹世道多厄，用是悲耳。

场中遇杨娟娟，每为佳笑。此人之红，突过侪侪。娟娟以仪态胜，特辗然一笑时，樱口微斜，倘亦所谓缺陷美欤？又晤周莉娟，与之谈，喑不成声。莉娟"嗓音失润"，为时已久，一若其人在长期重伤风中，滋可虑也！又晤小北京，犹未进场，而门外霓虹，已烂然逼人双目。来时，舞场执事者，问其看见霓虹灯否？小北京曰："见之，那个小字已看不出，你们真缺德。"可知争"牌位"之风，今已自梨园而流入舞场矣。

（《沪报》1946年10月1日，署名：刘郎）

朱尔贞初习皮黄

海上女书画家之健歌者，昔闻有庞左玉，今后则将见朱尔贞之献唱于氍毹矣。朱北平人，居沪甚久，未尝习剧，近顷始动登台之兴，首排《洪羊洞》，取其身段之勿多也。尝问愚曰：当世伶人之歌《洪羊洞》者，以孰为最胜？愚举杨宝森。宝森在舞台上，动作勿火，故以《洪羊洞》

《奇冤报》一类戏为宜。尔贞无小嗓,不然宜习青衫,窈妙女儿,奚为挂髯口而作男子音者?海内闺彦,浸淫于谭调余腔,为数綦众,偶然兴到,反串青衣,观其扮相,华美无伦,使人乃叹楚材晋用之为可惜也!

江南小阳春日,尔贞将登台,为胡桂庚先生献寿。桂庚今年四十晋九,生日当肃肃秋深时也。其友好谋尽一日之欢,设堂戏以娱桂庚,兼所以博海上周郎,轩眉一笑耳。

(《沪报》1946年10月2日,署名:刘郎)

"阿伯苦恼"

汉奸真是做不得的,一做汉奸,便比灰孙子,什么都是错,人人可以指戟而詈。这还不算数,我觉得最最难过的,汉奸坐在监牢里了,他的子弟,大多若无其事,从前在外面乱闯惯的,一到他老头子不在眼前,立刻变本加厉,更终日的花天酒地。你说他们"没有心肝",他们则说"大义灭亲",上面这种例子,真的举不胜举!

有人告诉我袁森斋兄的情形,这是"异数"。森斋是我朋友,一年以来,我没有看见过这个人,知道他是杜门不出。他忠厚谨慎,不肯得罪任何一人,凡是他父亲所有的好处,他都有,缺点是读书读得太少,学问太差,没有办事的能力。自从他父亲入狱之后,他哀痛逾恒,一个人老是喊"阿伯苦恼""阿伯苦恼"。喊罢继之以哭,满家都在愁云惨雾中过着日子。他虽然不出门,他朋友有婚丧大事,他还是要到一到的。听说他看见熟人,不大说话,总是先含着一包眼泪。这情景是叫人不忍想像的!

(《沪报》1946年10月5日,署名:刘郎)

窥 向 记

贱体既久病,宵来乃戒迟归,归时在十时后,就床头听收音机,收音机中,有女人司报告之役者,其音朗澈,然在朗澈中,带三分柔腻,故亦有滞人神意之美。其人自雷霆电台,迁职至大中国电台,大中国则受克雷斯香烟之托,广播"天蟾"之平剧者,故报告人亦服役于此。凉秋之夜,乃诣"天蟾",问播音台位于何许?应者曰:设台上。更自前台诣后台,播音台位于台缘,偏于一角,支木为屋,屋小,容三四人,肩踵可接。搴台左之帘,可以望此屋,一人临窗坐,低鬟素面,肤发自春,睹有人来窥,辄为佳笑。私意劝人吃克雷斯香烟者,必是此儿。愚将迳登其室,忽一人立身后,谢曰:屋小如舟,未堪容客。愚回首笑曰:其实无他,我特欲巡视室中,亦有人遗克雷斯香烟头否?患戏台乃遭回禄,是戏馆者,吾至友所经营也。闻者亦笑。

既闻人言:彼低鬟素面女儿,氏向,未尝以名字示人,人特以向小姐称之,无线电听众,慕其音调,投书问其名姓者有之,示爱悦者亦有之,向小姐乃不胜其扰。向旧家女,为人颇矜持,其性格初不类其报告时之吐属,浑成俏利,对听众似闲话家常焉。

(《沪报》1946年10月27日,署名:刘郎)

怕老婆的故事

秋翁在酒席筵前,讲了一节怕老婆的故事,他说:"有一桌人在吃饭,这些人都是出名的怕老婆者,忽然有个人立起来发言,说:凡是怕老婆的人,都立起来站在右边,不怕的人,则站在左边。说罢,只见满桌的人都站向右边,只有一个人却立了起来,不到东,也不到西。有人问他你这是什么意思?他说:我老婆关照我的,人多的地方不要去。"这笑话至此为止,自足引听者哄堂。

凡是怕老婆的笑话,都编得好,但惟一缺点,与事理距离太远,而不切实情。最近我听见有两个朋友的怕老婆故事,第一个对大太太怕得很厉害,但对他的两个姨太太,也同样的畏惮,一张影片,或者一场话剧,往往分别陪了三位太太去看,明明不要看,也强着要同去,他告诉人说:这真是为丈夫者难堪之境。其实这还不算难堪,那第二个朋友他的情形与第一个相同,而这三个太太都要他回去吃饭,于是这位朋友的一顿饭,往往要分三次吃饱。他痛苦到情愿自己酝成严重的胃病,从此不要吃饭,免得受此大罪!

(《沪报》1946年10月29日,署名:刘郎)

面上朱痕

马妹妹为"丽都"艺人,曾嫁作商人妇,育子女矣,而所天忽下世,遂于去岁年终,重为舞人,仍隶"丽都"。余见之而惊为绝色,招来同坐,则软语依依,见闻良广。尝谀以诗云:"红灯曾此照娉婷,惟我须眉欲减青。谁分泪枯肠断后,还渠妍爽似秋星。"顾不久遂辍舞,从一周某同居。周工修饰,少年时曾以缺一齿,故补一金质者,年来往往为同伴所笑,谓其窥唇灿然者,是三十年前之美男子耳。周故掘去金牙,别镶一磁质者。

春夏之交,周经商香岛,马从之往,又被舞衫于岛上,夜则与周同宿逆旅中。有人自香岛归者,述其艳迹,乃谓马妹妹范周綦严,入舞场之前,使周裸卧床上,匿其衣裤,防其外逸。如此且虑未周,复浓涂唇红,吻周之两面殆遍,使唇红之印,皆留面上,始出门去。后此,朋友之访周于逆旅者,见状靡不为掩口胡卢焉。

(《沪报》1946年11月2日,署名:刘郎)

重壳轻友

在我许许多多朋友中,证明重"壳"轻友,是一般人的天性,简直难得有几个人是重友轻"壳"的。我新近想发起一个重"壳"轻友会,要征求广大的会员。这会的暂时主席,我们已推定荣先生担任。荣先生即是某君笔下的大道先生。大道先生也是我平日酒食征逐的一位同伴,假使他身边背了一个得意之"壳",要一天不见的话,他便尽日无欢。好"壳"天性,本无足怪;所使朋友不满者,他在有"壳"之时,便不大喜欢朋友,大伙儿吃完夜饭,他会拎了"壳子"先跑。据他说:女人还要两个人在一块儿的时候有趣。这大概是根据"单嫖双赌"原理来的。

我自己承认是该会的当然会员。因为我有时候权衡轻重之间，往往是舍朋友而就女人的。北方人骂重"壳"轻友，叫做孝母不孝父。其实这不也是人类的恒情吗？

（《沪报》1946年11月4日，署名：刘郎）

消 灾 之 道

昨天碰着某报的主持人，他告诉我，某同文有一篇辱骂你的文字，我已留中不发了。我说其实发也没有关系。他说：固然没有关系，不过同文之间，在报上骂来骂去总不大好。

这一回我承认得罪过某同文的，得罪以后，我就写信给几位编辑的朋友，假如有某同文骂我的文字，尽管发下去，我得罪了他，他应该骂我，不能让人家蹩住了这口气不出。

我老是这么想：自己以前骂人骂得太多，现在该轮到别人来骂我，这是报应，在我倒认为是消灾延寿之道。前几天生病，近几天忽然身体轻快起来，我知道一定有人在替我解晦。

好在我打定一个主意，知道别人在骂我时，我就什么小报都不看了。这倒不是怕我沉不住气，只恐在他人的文字里，被我抓住了一点，情不自禁地来发挥发挥，岂非弄得没有个完？这才是真正不大好呢。

（《沪报》1946年11月5日，署名：刘郎）

不得梅俞期之欧阳

程砚秋登台之日，将有一《程砚秋图文集》问世，所以纪念此一旷代艺人之生平者。故书之质量印刷，俱臻上乘。当着手时，征文之役，自愚任之。愚亟愿梅兰芳、周信芳、俞振飞诸先生，各治一文。犹未及问兰芳，先丐友人往说振飞，振飞唯唯否否，其言曰：将在"中国"辅兰芳，若作此文，则为砚秋张目，以我与砚秋私谊言，无勿可；特戏班中人，责难之来,我将焉饰？坐是终曳白。愚以振飞如此,不敢复问兰芳,盖梅、程对垒之局,日趋严重,在势必不可能。惟叹滔滔者,其为梨园子弟,尤不足以言雅度耳。

所幸足为此集宠耀者,乃得郭沫若、田汉、吴祖光、洪深、桑弧及石挥诸先生致语,愚更力请于予倩先生,亦贶雄文。苟能得此,庶可以弥梅、俞二先生缺席之陷。愚实梦寐期之矣。

(《沪报》1946年11月6日,署名:刘郎)

钱无量之艳妻

夜既过午,开收音机,闻钱无量播音。钱作词甚卑,似乞儿语,可知其潦倒也。听众以电话致钱者,大率要其述钱丽丽往事。钱乃曰:是我家庭事,亦是我伤心事,不欲与听众言。我弃旧业已八年,我愿以八年来经历,悉贡诸君。钱丽丽去帷已久,其人负我良深,故不欲言;旋复曰:闻伊人处境亦奇艰,且未必似我今日之广大听众之拥戴也。

钱丽丽即王爱玉,为王雪艳之亲姊,既与钱无量仳离,嫁万国储蓄会之董某,愚几十年不见其人,而不闻其消息者,亦五六年矣。论姿色之艳,爱玉实胜于雪艳。王美玉在盛时,华美殆可方之牡丹,王爱玉则为月下海棠,腮红两朵,似流照朱霞,一笑尤媚。愚不知回肠荡气为何物,昔闻爱玉作吴歈歌,始悟此境,钱无量既失爱玉,心痛欲裂,其后益沦落,至近顷始重上电台,听众嬲之讲钱丽丽事,非听众之偏嗜钱无量也,特有人羡其曾娶艳妻,又怜其艳妻之终为别人所夺耳。

(《沪报》1946年11月8日,署名:刘郎)

我 当 承 过

俞振飞先生为《程砚秋图文集》制一文,既杀青,送呈吾友,时友方游香岛,及其归来,再送我,则全书之稿已集成。顾以振飞之文为可宝,仍交印刷所插入,使此集弥增声价。然而"不得梅俞"之文,已见昨日本篇矣!振飞读报,大愠,以吾文示吾友,友大窘,更诘愚,愚亟承过,丐其致语,谓某实不慎,曩言振飞不足与言雅度者,正见其雅度为不可及耳。

振飞与砚秋合作甚久,二人之交谊亦契。近与砚秋谈,数及振飞,砚秋盛道其艺事卓绝,为人敦厚。先是,天蟾既约砚秋,亦拟礼聘振飞。勿知何故,议不获协,振飞乃终辅兰芳。程、谭阵容,铮铮如铁,言缺陷者,其惟振飞之不获来归欤?

(《沪报》1946年11月9日,署名:刘郎)

女人的照片

我家里有不少女人的照片,那都是她们送给我留纪念的,我没有向她们讨过。这些女人,不一定是我平时欢喜的,真正是我刻骨铭心的,她们又不一定肯送给我。譬如说童芷苓的照片,我一张也没有。

我的太太不大好对付,但因为我职业的关系,所以女人的照片,尽管放在身边,带回家里。有时被她发现,她问:这是什么人?我就舞女、女歌手乱说一泡。她又问:放在身边做什么?我就说朋友托我,做块铜版,替她在报上登登。太太一听到我"事业"上关系,她就没有兴趣再盘问下去。

近来我发现一位朋友,身边老放着许许多多女朋友的照片,那就是柳絮先生。他的照片,可以一叠一叠掏出来,一个人有几种式样,尺寸大小不一,四寸、六寸、八寸、十二寸、二十四寸都有(下面两种尺寸我没有看见过,我疑心他挂在裤子带上)。柳絮是非常讲究修饰的一个人,我常常替他难过,以为放大量的照片在身上,比放大量的钞票还要难受,钞票多放在身边,觉得不舒适而已,照片则还要留神它,伛一伛腰时,会将它折皱。而且腰眼边头,一块一块突出的地方,也足以影响到爱好修饰者的身材之美。

(《沪报》1946年11月10日,署名:刘郎)

这就叫"怪现象"

在电台上满口"正义感",又自称常常有人要暗杀他的筱快乐,自从拥有多量浅薄听众之后,此人便头轻脚重起来。以为上海唱滑稽戏的,他就是领袖。于是转出念头,登台表演叫什么《怪现象》的一剧,居然由他领衔,"统率"全沪滑稽名家,联合演出。但上海所有唱滑稽戏的,谁也不曾把他放在眼里,筹备之时起了许多变卦,害得筱快乐手足无措,只好向每一个演员,分别讲价钿,由他们开价,筱快乐依得到依,依不到吹。

《怪现象》几天唱过,各演员包银摊派去了,前台方面的租价,以及职员津贴和一切开销打下来,轮到筱快乐本身,只拿得一百多万元。筱快乐暴跳起来,他对张冶儿说:"我用尽心血,筹备演出,现在别人有比我多拿好几倍,而我则只剩这几个钱。"当时张冶儿便冷冷地对他说:"阿弟,格个末就叫怪现象。"唱滑稽戏的,毕竟有许多缺德天才,张冶儿这一句,真是刺到筱快乐心里的话!

(《沪报》1946年11月14日,署名:刘郎)

"硬滑稽"的痛苦

前两天有一位小报的主干人对我说:你为什么将好的稿子都给别张报上,而给我们的都是些不好的稿子? 我当时非常惭愧,只好说我实在写不出什么,稿子是一样的稿子,所谓好坏,那是材料的好坏;我近来不大白相,孵豆芽哪里有什么好材料可写? 我曾经把这些话对一般的小报主持人说过,有一位他了解我的苦衷,就由他供给材料,由我来写,所以在他的报上,偶然有几段可以看看的东西。

没有材料而强要写,这种"硬滑稽"的痛苦,真不是人受的。我近来也感到这样的悲哀。从前在某一位同文的写作里,看出他那篇文字的构思之苦时,我往往笑他在骗稿费,现在该轮到笑我自己了。但我是有自知之明的人,这样下去,我将对不住许多朋友,所以今天要吁请诸君,答应我的要求,我决不存心抵赖,有得写,我一定写,没有只好脱一天,或者连脱几天,于我图一个心安意泰,于你们不致于把其实不想登而又不好意思不登的东西来乱占篇幅,你们功德无量。

(《沪报》1946年11月21日,署名:刘郎)

听韩秋萍记

周一星先生忽然枉驾,约我们去听韩秋萍唱歌。韩秋萍这个名字,我以前没有听到过,一星也不大明白她的底细。报上说她是唱"时歌"的,地点是青年会,日夜二场,连唱三场。我们去听的是第一天的日场。到的人太少,临时流会,改为夜场开始。在场内碰着了韩小姐,淡素的服装,把面部修饰得很鲜艳。她招待我们,温文娴雅。因为会开不成,她频频对我们表示歉意。

我们对韩小姐印象很好,所以晚上又去了。台上是朱尧天教授在演述,那是一篇"解放区"的闻见录。朱教授的口才很好,因为他在讲述时,态度神情,都不大严肃,一望而知他是不满于"解放区"的。但材料毕竟枯燥,我坐在前排,回头望望,一共也不过三四十个人,里面有娘姨,有厨房司务,有三轮车夫,一大半在昏昏欲睡,有几个连鼾声都起了。我明白门票虽然一万五千元一张,但拿票子的人,并不向往于这些节目,所以出动的都是他们府上的佣人。朱教授因为限于时间,讲了十分之几,就截止了。我看他下台时,有不尽依依之概!接着是韩小姐的歌唱,一共唱三支:《莫忘今宵》、《真善美》,还有一支忘了,好像是《秋水伊人》。单单一只钢琴伴奏,台前倒放了十数只花篮。因为听的人太少,韩小姐是不够兴奋的。她黯然地唱,黯然地下去。小姐们谁不喜欢出风头,她为什么不到跳舞场去唱?自然有一片欢呼声,来胡你的调,而摆在青年会里,地既不灵,人自难望杰了。

(《沪报》1946年11月22日,署名:刘郎)

王 玲 事 件

舞女中有一个王玲,大家都晓得她是红星之一。王玲家里养着一个丈夫,也是公开的秘密。但王玲在外头随便轧轧朋友,也是不容讳饰的事实。这一次王玲从香港回来,她随了某一位舞客,在百乐门跳舞,她的丈夫居然发起狠来,闯进舞场,预备触一触那位客人的霉头。客人因为要顾面子,拔脚便蹓,而王玲则被丈夫一把头发,当时闹得天翻地覆。这一重公案,据说隔了半个多月,还未了结。

这一来我倒不明白起来了!一个男人把自己的妻子放出来做舞女,我们以舞客的立场,当然承认这个男人是存心叫老婆出来放生意的,而这个男人,也应该默认自己在在有担当做乌龟的一步。近年来,养活这个男人的,直接是王玲,间接是花钱的舞客。所以这个男人,除了乖乖的做缩头公以外,没有它发骠劲的理由。百乐门这一幕活剧,若不是王玲当场受点委屈,我们简直要疑心做舞女的也在干那仙人跳的勾当了。

一向听人说:王玲之视这个男人,正同附骨之疽一样,几次三番,想与它脱离"赡养"关系,而男人无耻,赖住了不放。我认为抱憾的是:那天王玲的客人,太要面子。而护花无意,不肯挺身出来,与乌龟吃斗。否则吃瘪了乌龟,也是惩一龟以儆百龟之道。因为舞女家里养着男人的不止王玲一人,所以乌龟猖獗之风,此风万不可长,跑跑跳舞场的朋友们,曷速起图之?

(《沪报》1946 年 11 月 23 日,署名:刘郎)

引起"食欲"的女人

前天我记韩秋萍这个人,我们不大晓得她的来历,昨天听人说起她曾经投身过电影界的,不知如何,她始终没有成名。她还拜过徐欣夫做过房爷,所以与顾兰君姊妹俩,都很熟悉。

那一天,我碰着她时,我觉得她面部的轮廓,有几分像死去的英茵。后来她把大衣脱下,在台上唱歌,显出她的身材时,那就不及英茵的好看。因为韩秋萍矮着一些,下部嫌得臃肿。我当时又想起了沈元豫,记得十几年前我看见沈元豫,同今日的韩秋萍一样二十多岁的年纪,她们在某一种地方,都会引起我一种"食欲"来的。她们好比清水蟹,剖开了那一只壳,壳里一定满贮膏腴,吃起来,都是这种可口胶牙的滋味。

(《沪报》1946年11月24日,署名:刘郎)

竖　子

太太面上,有一家亲戚,他们一个孩子在某一家公司里当练习生,发生了背信侵占行为,公司当局,把他送到警察局去侦询此事。这份人家来托我采问事实的真相,我忙了一个上午,打听出孩子的犯罪是成立的。因为公司方面,声请究办,所以警局那里无法保释,而且立刻要解地检处的。

我在警局里见着了这个孩子,他已经拘禁过一宵,见了我若无其事的,先是叫了我一声,再说:你也到这里来,我不要紧的,没有什么关系。他这样子是满不在乎。以我看来,真是恬不知耻。我当时非常生气,一共二十来岁的人,犯了法还硬装"好汉"。我们不必嗟叹到道德沦胥,以情理来说,他这种表演,也是不伦不类的。我向来总算能够以忠恕看人,但昨天看了这个孩子,真担心他将来没有救药。报国志士的慷慨捐躯,或者江洋大盗的从容受戮,都足以使人徘徊凭吊,惟有鸡鸣狗盗之流的硬装好汉,不值得同情,尤其这一种刚刚成年而没有出息的孩子!

我回去向太太呼冤,白忙了我一个早晨。

(《沪报》1946年11月26日,署名:刘郎)

谭富英大轴之夜

程砚秋与谭富英合作之始,尝声明愿分数日,俟富英演大轴,上星期六,实行此议。谭贴《战太平》,唱送客剧矣。议定,捧程者闻之,示:"窃期期以为不可。"哗然欲与戏院交涉,程为之不安。于是一家一家登门叩谢,谓诸君厚我,情谊直薄云天,特我必践我诺言,愿诸君听《玉堂春》既毕,勿去座,成全富英,视成全程某,尤可感也。闻者咸大感动,于是向日取五十券一夜者,是夜乃多取二十券,至富英剧终,捧程者始散。

《战太平》之夜,天蟾得净钿为二千四百万元,比《红鬃烈马》为多,特勿及《荒山泪》。《荒山泪》第一夜为二千六百万元,此为最高纪录,《金锁记》犹勿逮焉。闻谭将贴第二次大轴,将为《定军山》,连演《阳平关》,以坚号召。天蟾之局,叶盛兰人缘最恶。而最好对付,英过于谭,自谭小培北归,富英益随人摆布,培林恒誉此人之质地纯良,观此乃可信也。

(《沪报》1946年11月28日,署名:刘郎)

狐　　臭

一位前辈的女歌手,数年前她正在献唱的时期,有一个同伴,患着狐臭毛病,这位小姐非常厌恶她,简直要同她绝交。后来这位小姐嫁人了,嫁的那个丈夫,虽然年轻貌俊,却也患着浓烈的狐臭,但这位小姐对他非常亲爱。据她的其他同伴说起,她丈夫的狐臭是最最厉害的一种,换下来的衬衫,腋下往往是两大摊浓黄颜色,用任何方法洗涤,不能把颜色洗去,而臭味也洗不掉的。这在别人嗅之,都觉得不堪向迩,而这位小姐则充"鼻"不闻,岂非怪事?有人说,中国人的老话,男女间有一个患狐臭毛病的,另一个的嗅觉,便不作兴发生作用。万一发生作用了,这对夫妇便不易久长,这就是佛家"缘法"之说。所以有缘的夫妇,不论哪一方面,有恶劣的毛病,都会无知无觉的。

我因此又想着一个朋友来,这个朋友有脚臭毛病,一到夜里,雇好一个混堂里专门捏脚的人。在捏脚当口,有人去看他,一进门,就有奇臭扑鼻,为之窒息。我们背后议论,这位朋友的太太,如何抵挡得住这一阵臭气的？于是有人也归纳于"缘法"之说,我则说夫妇是有"缘法"在维持,但那个捏脚的人,又如何也会不打恶心？这又有人解说:譬如摇粪船的人,他们既寝馈于斯,自然无所用其掩鼻了。

(《沪报》1946年12月1日,署名:刘郎)

家　　世

前几年,我写过一首舞场竹枝词,是完全叙述一个舞女的家世的。那首诗我还记得:大兄开店卖西装,更有二兄写字(吃写字间饭)忙。娘自清安诸弟读,郎来正好作东床。"当时我是信笔写了下来,但过后思量,核与情理不符。她既然有这么一分好的家世,为什么再要出来当舞女呢？

最近又有一个姐上氤氲,她叙述了一番家世之后,我又写了下面一首小诗:"阿翁死后一家孤,兄是游民妹尚雏。娘已为鱼儿作肉,视郎狠勇似屠夫！"其实这一番话,子楼主人的"但觉眼前千嫒嫒,可怜姐上一氤氲",可以包括了的,而自我写来,就不能像别人那样,有蕴藉之致。

(《沪报》1946年12月3日,署名:刘郎)

姊妹花味道

今年我特别怕冷,暴冷的一天,简直不想出门,身体虚弱到了极点。前两年,我穿皮鞋过冬,不过加一双鞋罩,还可支持。今年如其冷得更加厉害,我预备买棉鞋穿了。当我正在转念头的时候,之方已买了一双花羊毛的拉练的棉鞋回来,他说任凭天怎么冷,一双脚窝在这里吗,也够抵抗了。因此也劝我去买一双。这鞋子的式样、质料我都欢喜,但想了一想,还是没有去买。原因是平时常常与之方走在一淘,这两双同样的鞋子出现在人前,自己觉得太难看。我最讨厌两个女人一样的打扮,认为天下恶腔之事,无过于此。男人更加不应该有苟同的地方,否则

"姊妹花味道"太浓烈了。所以之方买了,我不想再买,至少也要拣另外一种颜色的羊毛呢买。

(《沪报》1946年12月5日,署名:刘郎)

孟丽君流转归来

孟丽君既重起舞丛,愚两遘之。小巧似昔,惟以面盘丰满,两腮益外拓,为状乃如圆月。况入鬓双蛾,为观弥丽。孟旧在"国泰",时"国泰"为全盛时期,此中诸儿,有可念者:王慧琴、王莉曼、顾凤兰,及孟丽君俱是也。最可异者,王、孟、顾三人,并与愚为同里。王有"小迷汤"之号,愚与舞时,视愚如亲长,娱我乃如娱其父。嗣后下嫁,谢绝粉华,作乡人妇。凤兰前年犹临舞榭,比亦久藏。孟则自华北归来,而效懒云之出岫者也。复论诸儿性格,王最宽柔,顾则深沉,而孟独健爽,少时气势甚嚣。一日者,有客忤之,孟奋臂起,欲踬其人,一场哗然。愚顷以旧事问之,则曰:少日所为,无不遗后来之悔,幸老友毋重道往事矣!

(《沪报》1946年12月6日,署名:刘郎)

李 宁 夫 人

愚自"乐华"以后,未尝看过足球,直至最近,始与兰亭、伯铭、小蝶诸兄,赴逸园看"龙杰"与"乐华"之赛。球不足观,特有人傍愚坐者,为旧日之伎人英华老七。七颀长而美,擅于词令。兰亭识之,谓其人已嫔球员李宁既有年,故亦浸淫于球事。既赛,李夫人乃滔滔作不绝谈,如数家珍。遇乐华军打门,中一球,则亦鼓掌欢呼,其声腔乃娇如昔日也。

愚于球员名字,大半勿熟,赖李夫人之口讲指划,如听译意风之传语,始知场上受创者为何人,被打门一蹴而中者,又为何人。兰亭遇球赛必莅场,值紧张时,注以全神,为态甚庄,不似恒时之为玩世状矣。

(《沪报》1946年12月10日,署名:刘郎)

冷天的跳舞场

我曾经浴晕过一次，记得那一天我一个人在洗澡，被热汽熏蒸得昏迷了，从浴缸里爬出来去开门，等门开了的时候，我已倒在地上，十几分钟之后，才苏醒过来。

前两天，同沈琪到浴德池去沏浴，原意是要去尝试白玉池大汤汰的，但我一进了大汤的门，又逃了出来，恐怕又要晕在里面。因为里面实在太热，我不敢冒险。这事大为沈琪所诽笑。就是这一夜，我着了打汽袍子到"大都会"去，"大都会"里水汀开得吱吱发响，我越坐越热，半小时后，实在坐不住，又逃了出来。

前两年的冷天，到了跳舞场里，哪怕皮大衣背在身上，还在发抖，叫一个舞女来坐台子，看她两只手捧了一杯热茶，鼻子在缩发缩发，不由你会起一种怜香惜玉之心。我要跳舞，她阻住我不要跳，她说得很对，跳舞跳不热的，但动了几动，反而加一点冷。这种情形，现在想起来，都是奇迹。

你们不必担心今年的煤价奇昂，跳舞场却已恢复了战前的温度。假使今年的圣诞节里要去轧闹猛，女人尽管着短袖子旗袍，若再像去年那样的丝棉旗袍着到舞场里，又要成为笑话了。

（《沪报》1946年12月12日，署名：刘郎）

一 代 怪 物

当程砚秋到南京去，"天蟾"预备休演三日的前一天，曾经同北平李丽去商量，请她出来垫三天空挡。李丽倒很高兴，毕竟因为时间局促，此事没有实现。周剑星兄跑来对我说：李丽还开过戏码，有一天的戏顶怪，全本《翠屏山》带《时迁偷鸡》。李丽前饰潘巧云，后饰时迁，我以为剑星说说玩儿的。不料这一夜我在李丽家里吃饭，问起此事，她完全承认。她说：一点勿打朋，我家里现在请好武丑教师，为什么不能上去？

她因此还说了许多身段给我听，她说有一个跟斗，翻过来时，照例要用两只脚将店家的帽子夹住。她演这一节，预备把它省了，因为自己还没有把握。吃火她也学过，她说这绝对是取巧的，并不希奇。所以她唱起来，也把它删去。她是滔滔不绝的讲，我在暗暗惊奇。最后我告诉她：李丽，你不是一代尤物，你简直是一代怪物！

（《沪报》1946年12月14日，署名：刘郎）

与其散漫毋宁浓缩

近来的小型报，竞争得有些血肉模糊，这是好现象，反正是在讨好读者，同时也在打深小型报本身的基础。

从前的竞争，不过在质的方面，大家力求改进，以勾心斗角来争取读者。这一次却又在量的方面增加了。他们的煌煌告白，是以"日出一张半"来号召。因此有人说：这是多余的，因为多出半张，实在是决不了小型报固有的范畴！

我的意见是，决了范畴也好，不决范畴保持原来的面目，也未始不好，能够在原来的面目中，处理得它精湛朗澈，岂不更好？所以有的同业，他们对于量的增加，都放弃竞争，这态度并没有错。

我曾经说过，针对"日出一张半"的广告句子，应该是"与其散漫，毋宁浓缩"。但有一家同业，却同我这个意思，而他们的广告句子是用"精兵制，勿冲酱油汤！"直拨直的对付那个"日出一张半"了。

（《沪报》1946年12月15日，署名：刘郎）

小　白　脸

朱锵锵说，他同孟丽君认识得很早，一向晓得孟丽君是欢喜小白脸的，所以他相定我这一只照会，是不能博孟小姐欢心的。这一夜我把锵锵的话告诉孟丽君，我问她，你还像从前一样的欢喜飞机头吗？她说：

从前的事,请你不必再提,我已经吃过苦头的人了,自己心里有数,这一回出来,罚咒不再同小白脸热络了。"

听完了她的话,使我从心底里浮起一阵悲哀。孟小姐是出名灌"孟婆汤"的人,她这话说给我,她确定我不是小白脸是事实。而她不知道我近来顾影自怜得厉害,早晨起来,从镜子里横照竖照,看看没有什么不等样了才跑出来。一个人到了中年将要消逝的时候,往往会把年纪月生忘记,现在的我,就是这一副心境。所以孟小姐的话,我没有当她是迷汤,而是一盆冷水!

(《沪报》1946年12月20日,署名:刘郎)

雾　　面

桑弧兄看见过一次谢家骅,是在她为"上海小姐"以后。他们在一处吃饭,不过没有交谈。他后来告诉我说:谢家骅长得很美,乍一见时,只觉得她光艳过人,望过去好像她是雾里之花。我也有这样的感觉,我还说:从前人形容的美,用"烟笼芍药"四字,一向不知它的逼真,及至看见过谢家骅,方始领悟到这一境界。我还记得,少年时候,迷恋过银幕上的丽琳甘许的片子,几乎没有一张漏掉过,我始终觉得戏里的她,好像周身笼罩着一层薄雾,尤其是她的面上,自依稀中,传出她一分楚楚可怜之色。后来我问过电影界里的人,他们说这是摄影上的技巧,在内行他们有一个专门名词,叫作"雾面"。但我没有再打听下去,为什么别人不用"雾面",而单用在丽琳甘许身上?谢家骅好像天生带"雾面"出来给人看的,真是奇迹。

(《沪报》1946年12月22日,署名:刘郎)

看一位督席的老人

前两天,我们一家子回到故乡去,住在姑母家里。我是十四年没有回去过了,劫后诸邻,容颜都减。姑母家里正干着喜事,有一位姓何的在招呼筵席的男相帮,他还认识我,我也认识他。前三十年,我才九岁,那时我的祖母死了,我披着麻服,他随时在搀扶着我;同年,我的五叔父又死了,大热天,在祭奠的时候,搀扶我的又是他,拿了一把大蒲扇,替我打风。这印象到现在还似在眼前。

我二十三岁结婚,他也来的。等这一次再看见他,他已然是个老人了!须发如银,但依旧健康,依旧齿牙伶俐。在乡下干喜事,督席是一桩烦重的差使,他一点也不疲倦。我坐在酒席上,永远在瞩目这一个人,茸茸的银髯中间,藏着一只和祥的笑脸。我于是出了神,像是我回复到了幼年,又好像他在做戏,脸上的皱皮,和一头的白毛,不是年岁叫它们生长出来的,他是经过化装之后,搬演我从前看过他的动作,再给我看一遍的。

(《沪报》1946年12月31日,署名:刘郎)

张大千画赠看巷人

若干年前,张大千、善孖兄弟来沪上,恒居于平和里。平和里在爱文义路派克路间,距本报馆盖近在咫尺也。时平和里看弄堂者,震张氏弟兄名,照护甚勤,大千兄弟,亦深感其意之厚。

善孖既作古人,大千于昨岁返沪上。在开画展之日,忽有老者来访,大千且不识其人。其人曰:我为平和里之司阍人,当年曾侍翁者也。大千悟曰:我犹忆之,然则今日之来,有所言乎?曰:震翁高名,特以空白扇头五事,求翁法绘。大千笑而受之,曰:留此,更三日再来。老者于三日复往,则扇页五事,皆实书画,更附以小立轴一,付之,老者欣然去。既归,出诸件以示吾友魏绍昌兄,魏亦卜居平和里,识为真品。绍昌故庆老者所得之丰,而谓大千先生毕竟性情中人,故能念旧情深耳。

(《沪报》1947年1月8日,署名:刘郎)

有 事 酒

昨天是荣梅莘先生同谢家骅女士结婚的日子(起句极像来宾致词),但在前此两天,我已吃过他们的有事酒。据说有事酒是宁波规矩,凡是正日那天,需要在婚礼中帮忙的亲友,这一天都该请到。梅莘一共请了五六十客。

我坐的地方靠近朱承勋律师,朱律师在海上法家中,是渊雅的一位。《新闻报》上登荣谢联姻的一副对联,嵌新郎新娘姓名的,上下联一共十六个字,而嵌得天衣无缝,这就是朱律师的手笔。朱律师谦虚地说:写写便当,作作它真难!

我是准时报到的,何五良先生已先我而至,所谓"叔世的好人",何先生当是一个。混在上海,耳朵里不大听得见有人来给我提世道人心这一类的事,惟有五良先生,永远关心这一点。胜利以后,他更加灰心,索性将一切事业都放弃了。他说:真想遁迹幽壑。老年人实在看不过这个局面,也难怪其然。童芷苓替我介绍她一个朋友,说是李绮莲,我听错了是李绮年,而李小姐头一句话是"我的国语不大好"。广东人说国语不大准确,原是常事,我更加相信是李绮年了;但后来越说越不对,才知道她是李绮莲,我真是个冒失鬼。

(《沪报》1947年1月12日,署名:刘郎)

挨过年关再付学费

记得我小时候读书,寒假开学,总在过了阴历正月半以后。上课之日,始将学费缴清。但近年来我替孩子筹措学费,发觉寒假的学费,往往赶在阴历年内,须一律缴齐。穷苦人家,张罗过年盘缠之外,还要罗掘这一笔必需的开支,真不啻雪上加霜。教育事业,不同于商业,但目下的教育事业,也实在无道德可言了!

我自己活不落,也在连想别人的处境艰难。前两天,两个儿子,都来问我要留学金,去缴付学校里了。忽然想着留学金之后,逼着就该要付学费、书籍费,以及一切杂费了。我因为自己荒唐,对于儿子的教育费,从来不敢稍示吝色。我倒是在替一般正正经经栽培儿女而又是心余力薄的老子们着急,今年的当势,比任何一年都坏,他们对于这一笔费用,一定在镇天的忧煎着,恨不得要去哀告那些学店老板们,做做好事,过了这穷年再说。

其实市参议员,这件事何不提出来讨论讨论,由市教育局通知学校,照此办理?虽然是迟早要付,但挨过一个年关,多少好透一点气。

(《沪报》1947年1月13日,署名:刘郎)

李素兰印象记

"大都会"自从去年秋天大举以后,在许多霓虹灯牌子中,仿佛李素兰是陌生的一个。我第一次去,陈小小便替我介绍李素兰。高健的身体,乳部挺得很起,脸不甚难看,比前天《申报》上登的那张照片好看。在坐我台子的时候,南宫生跑过来,说:"大郎兄在喊嗲媛坐台。"我方始晓得李素兰的绰号叫"嗲媛"。但就我所看见的李素兰,她是沉默寡言,一点也不"嗲",大概她看我这个客人,"嗲"不出来?我也并不欢喜她这样一个女人,所以后来屡次到"大都会",没有想着过要叫李素兰。

最后一次看见她,是王老二坐在我们台子上,忽然上来的舞女是她。其时离开打烊不远,她屁股揭了一揭就走了。这一次不幸她坠机而死,报纸上揭出她的名字,我立刻寻出上面的许多迹象来。

(《沪报》1947年1月17日,署名:刘郎)

年 夜 饭

地瘠民穷的当口,吃年夜饭实在是可以省省的。我又不喜欢在挨年夜的应酬,所以我自己不请人吃年夜饭,也不想别人来请我吃年夜饭。

但今年例外的,吃过两次年夜饭了。昨天敏莉请我吃,前几天却是一位隐居已久的小姐,请我吃的。她的年夜饭并不丰盛,她说她的大司务是做惯西菜,今天偶然试一试东西,她从早晨担心起,一直到临吃的时候,怕离谱太远,怠慢了宾客。这位小姐,我们有几年不曾见面了,她依然当年风采,而一向她的那分安详神态,到现在还保留着。再过两三个月,我们又快要看她照耀人前了。

敏莉请客的一天,都是我们几个常日相聚的人。近一时期,她好像落寞得很。这位小姐,真是捉摸不定,一会她到处飞扬,一会又甘于岑寂。

(《沪报》1947年1月18日,署名:刘郎)

"万金油"的第一名

《和平日报》海天副刊的第十期"诗钟",它们发表的是我同胡桂庚先生主课,其实我哪里敢担此重任。当全部卷子,收齐以后,由桂庚看过一部分,我也看了一部分。但看到眼睛花了,连先后也来不及分列,这是我对于易君左先生最抱不安的地方。

第十钟是"万金油"用鸿爪格。第一名是"万线穿金莺织柳,一灯如豆鼠窥油"。也是胡先生所鉴定的。但揭晓以后,有许多人表示异议,说这两句诗,非特不堂皇典丽,而且失之小气。但我统阅全卷,实在认为没有比这两句再好的。诗钟也者,还是要顾到"诗"的,诗不以堂皇典丽为上乘,而以意境之美,格调之高,为最高原则。从这十四字看来,嵌用"万金油"三字,平整熨切,写景真实,所谓无斧凿痕者,实在非后面诸联,所能并比,如其自我鉴定,我也舍此莫属。

(《沪报》1947年2月8日,署名:刘郎)

失 犬 记

久未与朱尔贞女士聚晤,丙戌岁尾时,李宗善来,为言遇朱于途,朱方懊丧若痴。李询以故,则谓其爱犬乃走散,觅之竟不得也。因丐宗善如晤刘郎,烦刊其事于报间,以告沪人,凡睹此迷途之犬者,辄反其家,尔贞将贮厚币礼之焉。宗善之言,愚未暇置意。后十日,乃晤尔贞,则谓彼喑喑者,珠还无恙矣。一日,尔贞行路上,忽睹其犬,唤之,奋身扑尔贞怀,遂怀之以归。连朝郁结,至此皆摅。顾所勿知者,自犬去后,留养谁家? 抑犬但流浪街头,不遑归宿,尔贞故疑若不见其犬,纵非受僇于人,亦冻馁死耳。

(《沪报》1947年2月10日,署名:刘郎)

勇 酒

近来常常与秋翁先生同桌用饭,往往逢到轰饮局面,秋翁是勇不可当。有一夜,他用茅台酒打过一次通关,真把我吓死了。近两年,固然不大同秋翁共游宴之局,但四五年前有一个夏天,我们几乎天天在一淘,吃饭,跳舞,而从来没有看见秋翁有过这大的酒量。现在的吓,是吓他突如其来的猛。

终席之后,他没有醉,不过闲话多一点,但态度是好的。我们还一同到跳舞场去,秋翁神色不变的同在座的女客,一只一只轮流起舞,身体有点摇晃,更显得他的舞是成了"憨跳",非常有趣。

将要散场之前才各自回去。有人担心秋翁回家后,或者要呕吐,据我看他的神气,不像会吐,嘻嘻哈哈地丝毫没有中酒的现象。他怎样学会吃酒的,真想问问他,我羡慕他酒酣以后那样的开心。

(《沪报》1947年2月16日,署名:刘郎)

敬 男

孙兰亭先生结婚的那一天,绍华来接我去道喜。我忽然觉得手足冰冷,好像要死去,精神疲倦到万分。外面天又冷,我只好不去了。所以请绍华之方代我向老友道贺。

送礼的回来，一看请帖，才知道新夫人张小姐，芳名叫作"敬男"。我当时立刻意会到"敬男"一定是从"金媛"两个字上变化来的。因为孙小姐久居上海，上海人家的小姐，乳名往往叫金媛、毛媛的。孙先生是聪明人，他想起了章士钊先生的太太叫弱男，就把他新夫人的小名改为敬男，用意甚多，除了字面典雅之外，还要她太太恭敬她的丈夫，结婚以后，寻起相骂来，少骂几声瘪三、死人！

（《沪报》1947年2月17日，署名：刘郎）

韩森死矣

星期日上午出门，途遇乔奇，他问我认识那个教授跳舞的韩森吗，我说认得的。乔奇说：他在昨天晚上死了，现在去办理丧事。

怪不得老没有看见这个人，在苏少秋同丁芝在丽都表演什[么]伦巴机巴舞的时候，我倒也想起过韩森，还以为他出外经商。谁知他生着严重的肠胃病，一年多没有起床，卒至不治而死。

丁芝写起文章来，常常要怀念她的老师苏少秋。苏之与韩，是一种流品的人。苏少秋活不落，要拉丁芝帮忙，丁芝便同她表演。有人非议丁芝什么都肯干，我则谅解她。因为她自有念旧的高风。观乎苏少秋，可知韩森的死，当然为了贫病交迫。

韩森是一个小大块头，体格十分强壮，但经不起贫病的摧残，明明吃的跳舞饭，而始终没有经营过跳舞场，自然要长困穷乡了。

（《沪报》1947年2月18日，署名：刘郎）

搁 电 话

半夜里听无线电，说故事的人，常常有人把电台上的电话空搁了，电台上打不出，别人打不进，于是叫卖的东西，受到阻碍。原因是有人同播音者过不去，故意弄这套把戏，要他好看。

有一夜，一个叫什么花馆主的，受到了这个困难，便像苍蝇掐掉了头一样,一会儿恫吓,一会儿软求,一会儿询问某局长可在听他播音,请局长替他调查搁电话的是什么人。那种语无伦次的情形,真使听的人为之齿冷。

据周翼华先生说:有一夜陆希希也被人搁了电话。这是一个阿弥陀佛的人,所以他只有操着一口吴侬软语,一味软求:"作兴我无意间得罪仔唔笃,格末搁仔实梗一歇,唔笃格气也好出哉。"听的人真有"其鸣也哀"之感。

(《沪报》1947年2月19日,署名:刘郎)

题 画

今世能画者大都不善题,能题者,又不以画鸣,例如白蕉作兰,兰之好歹我不懂,而题画之句,则又无不风致便娟也。符铁年先生曾为胡桂庚先生写松竹梅,自题句云:"画松爱画竹梅俱,劲节高风了不殊。闭户老夫堪永日,时招三友到吾庐。"自写襟怀,堪称佳作。苟有人画松者,丐亡舅钱山华先生题诗云:"老去风怀百不然,梅花嫌瘦杏嫌妍。看来只有青松好,霜干风枝总可怜。"亡舅生前,为人题画之作绝夥,既殁,搜其遗诗,得一卷,顾无题画者,亦可见散佚之多也。

(《沪报》1947年2月20日,署名:刘郎)

劝 君 自 肃

有一次,在雪园座上,碰着洋囡囡李珍。那时候报纸上天天在登她的艳闻艳事,我们闲谈之间,说起了这一件事。李珍就对我说:唐先生你可好替我想想办法,请报纸上不要再寻我开心,我实在受不住了。我告诉她说:是我的熟人,我可关照一声,但因为同行太多,招呼不一定打得舒齐,所以有不到之处,还要请你原谅。自后,她忽然想出一个办法,说:有人曾经告诉过她,只要请一趟客,就可以太平了。李珍虽然久处风尘,世故到底不深,竟也老老实实的对我说了,还说唐先生,这样办你看好不好呢？当时在座没有外人，所以我倒没有为了她这一句话露出窘态。我回答她，我假使不了解你，我会怪你侮辱我的。

最近又碰着"小北京"，"小北京"也有类似李珍的口气。我因此疑心，我们的同道中，或者有不良分子，受喂于伶人不够，还要受喂于舞女的。我现在除了自己管好自己，不再肝经火旺，向我党败类来开炮，而心平气和地劝告同文，能够检束一点最好，免得贻人话柄。

（《沪报》1947年2月21日，署名：刘郎）

吃 花 酒

过了元宵以后，吃过好几次花酒，都是主人一个人会钞的，声明了不要买票，其实假使他们要我买票，我就不去。我不白相堂子，但白相舞场。为什么白相堂子，要朋友津贴，而白相舞场，坐台子，塞狗洞，总是一个人会钞？所以我的朋友在堂子里请客，不要别人买票，以"意识"来讲，是准确的。

吃了几次花酒，从来没有叫过一个堂差，看看别人叫的堂差，简直穷天下之奇丑于一堂，所以我的心也冷了下来。这一年之内，我所看见的堂差中，只有一个楚云宝宝是全世界第一了，但不久退隐良家。最近又见号称"平望街小老虫"者，也是好的，但我从来没有打听过她的堂子是什么牌子。

我吃过花酒，回去总是老老实实告诉太太，假如她不许我去，我就不去，因为我在堂子里没有什么摔不落的，不比跳舞场里，我平时总念念不忘。

几时我想跟柳絮青子他们跑两趟，要见识见识他们替做起居注的她们，究竟如何好法？

（《沪报》1947年2月24日，署名：刘郎）

吃与白相

连三日吃广东菜,一夜有徐州朋友请在新新第一楼吃饭,坐十人,一席所需,达九十余万元,辄惊为过奢。盖饮酒虽不少,然为普通黄酒,非白兰地也。新新第一楼,论高贵不足数,论顾客之流品,亦多勿类,其地有广东音乐,已讨厌,复有一夷妇与一华人表演,夷妇奇丑,华人则服装敝旧,体格复羸瘠。舞一匝,面白如纸,睹状,使人不堪健饭。似此地方,售似此高价,窃为不甘。前一夜,坐于大都会,坐打样台子四只,泡茶八杯,台子每只一律阳春,合计之,不过二十万元强。愚谓南宫刀曰:白相真便宜,我有精力,何为而不白相?南宫刀笑而然之,今以吃得太贵,益觉跳舞之廉,今年若不久陷穷乡者,行且见我重为"孝子"于舞场焉。

(《沪报》1947年2月26日,署名:刘郎)

为张月亭祝福

老伶工张月亭在同文同乐会那天晚上,抹彩以后,突然中风了。他下后台的时节,我还同他寒暄过几句,看他比从前胖了,心想他的老境正复不恶。不料不多时候,就有人发现他中风!这时候西平的关公,如春的魏延都已勾脸,西平急得浑身战抖,如春也大呼不得了不已,这两个人都是好人,因为张月亭之来,是特地请他的,而毛病就出在这时间内,他们一百个过意不去。

我那时还没上装,在后台默祝这位老伶工安全无恙。他是信芳的好帮手,旧戏的根柢打得厚,新戏的角儿,也自成面目,今年五十九岁了,早年的境况还好,如今一家子都靠着他,真有不测,的确是成问题的。

(《沪报》1947年2月28日,署名:刘郎)

摩天楼是延阳楼

"国际"之摩天楼,近移茶舞于外面之舞池中,盖自重用乐工以后,茶舞又恢复,虑来客勿众,因移于外面。上座较少,亦不致难看也。阳春三月,下午五六时,日光犹炽,摩天楼乃掩其窗帷,顾以窗帷之设置不良,为淡花呢,松而有隙,日光乃晒至窗内,见者辄骂此场合,似小舞厅,亦似破落人家也。惟至六、星日,茶舞生涯故自不恶,此中人乃告余,谓一来复后,将移至里面,里面设圆舞池所在者,即所谓摩天楼也。

◆ 吾家石霞

易君左先生将至皋兰,桂庚兄以盛宴为之祖饯,有女宾四人,一为吴佩佩,字浣蕙,为吴子深女公子,亦画得一手好丹青矣;一为郁钟馥,习梅派青衣,为海上有名坤票;一为稚青;又一为唐石霞女士,着猩红旗袍,自项以下,皆绰约可观,惟貌则勿丽。然于"金闺国士",谈丽勿丽,多见余之为粗人耳。

(《沪报》1947年4月2日,署名:刘郎)

乏 角 之 言

善宏兄要我为《沪报》撰文,致余厚酬,拒之,曰:写不出,亦无心想写述。余至今日,负逋达七千万金以上,余本身信用名誉,行将崩溃,试问写出来的钞票,叫我派啥用场?若干小报老板,皆余债主,所举虽不大,债主终是债主,余故不能不写,为状乃大类金少山先生,不欠戏馆钱,不肯唱戏,惟少山先生为巍巍大角,余则为一乏角耳。

◆ 声色之奉

之方既有所寄托,余乃有失群之苦。夜饭以后,恒以一人置身舞榭,沉湎声色之好,至今不减。越是危困,越想借此刺戟。余至今日,他人之犹疑余为多财之贾者,惟吃食馆中,及跳舞场之管理员与仆欧而已。

(《沪报》1947年4月3日,署名:刘郎)

天 火 烧

余近在《新闻报》为出版物刊一广告，结果目录全部看不出。《新闻报》销路弥广，而印刷之窳败乃日甚，然广告印不出，广告刊费，依然要收。犹之医生，看好了病人，固然要钱，医死了病人，亦一样的要钱。余难得登广告，受此打击，为肉痛灰钿计，惟有一瓣心香，但祝新闻报馆，降一场天火，烧得它精光耳。

◆ 装胡羊

丽都舞厅之徐琴芳，近忽受大都会之延聘，将进场矣。事先，曾约余捧场，余允之。四月一日看报，大都会称徐琴芳今夜进场，同时丽都亦刊一告白，徐琴芳常驻本厅，余为舞客者，免得两头赶起见，索性一家不去，可以借此原因"装胡羊"矣。而其他舞客之心理，亦大都类此，是亦鬼相打难为生病人也。

（《沪报》1947年4月4日，署名：刘郎）

看 房 子

昨天，有位朋友，带了一位小姐去看房子，他们从此将度其同居生活。因为房子太旧，根本没有谈条件就走了。这位小姐是好人，曾经有人送她房地产，想娶她做太太；她因为对象不大满意，拒绝了人家，而万丈幽情，却钟在我朋友的一人身上。我的朋友自然也感恩流涕了。当他们开始同居生活，我的朋友是踌躇满志，我却送他前人的两句诗，劝他谨守勿替。那两句是："后日悲欢凭妾命，此身轻重恃郎心"。

◆ 天平

施叔范先生，最近录了一位诗徒。此人姓丁名道恒，道恒与其兄道宏，都能作诗，龚翁先生盛道二人。君左先生告诉我，有一次以"天平"二字为诗钟，终以丁道宏的一联为压卷之作："天宝一朝诗律细，平原十日酒杯宽。"真无怪老辈为之叹服了。

(《沪报》1947年4月6日,署名:刘郎)

臂　　痛

一日晨起,觉左腕作痛。举时,牵连及臂,亦为隐痛。平时心理上恐慌已极,偶然发现身体上有一点异象,便张皇万状。是日诣沈永康医师,问其故,沈曰,是必夜里厢有人把头搁在你臂上耳。余为大笑。其实并无其事,然沈医生以滑稽口吻出之者,亦正以此病之并不如何严重耳。

◆ 一百三十磅

余间日必至沈医师处,沈处有称人之磅,每至,必立磅上,得一百三十磅。有生以来,殆未尝有此体重,余至今日,殆不必自忧其身体之孱羸,特心意上之忡忡不宁,最足以妨碍健康。永康先生,屡屡以此诮予,谓前年一病,初无危状,而我则于神志昏迷时,竟欲召家人于榻前,安排身后事宜矣。

(《沪报》1947年4月7日,署名:刘郎)

行　不　得

余患失眠,而神志勿宁,拟借山水以涤荡襟怀。与之方约,于十二日赴杭,再向友声旅行团报名,于十九日游雪窦。顾至近日,之方忽呈难色,恐旅途羁滞过久,第二期《大家》,将不及如期出版也。余则殊不可耐。顾独行无伴,不欲漫游。余近来双目又赤,皆以不获好睡之故,若不啸嗷烟霞,看来要睏到医院里去矣。

◆ 陈莉莉

昨夜又坐于新仙林,遘陈莉莉。此人昨岁赴港,在港居七十日,又返沪,妙年玉貌,风致嫣然。性亦静婉,规规矩矩做舞女,未尝以秽德彰闻也。居中央公寓,吾友宋小坡亦寄宿于是,与莉莉为贴邻。小坡亦盛道其人。莉莉谓于去年夏日,曾逢盗劫,损失达数千万金。盗至,缚其手足,凡贵重饰物,无不搜去,莉莉遂无长物,抑郁者久,遂买棹为香岛之游矣。

(《沪报》1947年4月13日,署名:刘郎)

王 启 梅

王启梅在丽都时,屡见之,而未尝置意。于昨岁十月间,移植新仙林,生涯忽然美茂,其人亦亭亭弥丽,近来乃二次遘之,招来同坐。然启梅则大忙,颇自笑其锦上添花之为多事也。王业此垂七八年,而未尝腾踔,至近顷始一飞冲天,正似头白童生之不负十载寒窗焉。顾久游舞榭者,无不谂其舞艺之好,以及性格之温良。与之谈,作语清柔,为态甚美。本来尤物,不为辕下之伏者,宜耳。

◆ 徐琴芳

余于他报为《偃武修文》篇,记舞人徐琴芳事。一夕,乃遘琴芳,辄一本正经语余曰:"侬晓得哦?报浪勒拉登伲两家头格事体。"余曰:"伲两家头哚啥啥也,登登何碍?"则曰:"报上言我已弃大力士而勿爱,别慕一文人,然则刘郎知之,我与刘郎固哚啥啥,与大力士之役,当亦谣传。"余笑曰:报上之言,皆我所言。琴芳未看报,以耳代目,余则腹笑不已。

(《沪报》1947年4月17日,署名:刘郎)

周 寿 女 宾

翼华兄三十晋九诞辰,友人举行公祝,筵设戈登路之"凯歌归",肴槎甚美。此地自经改组,以治馔之精,交称众口。而是日祝寿者,皆时下胜流,女宾胥以盛服至,如李玉茹、童芷苓、管敏莉,及韦伟等诸人。李与童,默默当筵,状至静好。敏莉于酒后则叫嚣,韦伟听独脚戏,笑至于前俯后仰。此人健笑,平时余作语略谐,韦辄狂笑,然当其现身说法,搬演戏剧时，转不笑。或曰：此韦伟之所以旷世艺人焉。

◆ 终无成就

宋玉狸先生震韦伟名，是日相见，余为介绍。且指韦小姐而为玉狸致语曰：不肖曾一度追求，终无成就。玉狸莞尔，韦伟又笑。韦伟对余，渐有认识，以余只在嘴上吃豆腐，故无所用其忤耳。

（《沪报》1947年4月19日，署名：刘郎）

健笔凌云

之方丐丁芝为《大家》第二期治小说，于吃夜饭时所请，至翌日下午二时，已得万余言，嘱往取稿，稿至，读其内容，笔墨之生动，故事之曲折，为前所罕觏。之方惊服，谓丁芝健笔，乃压倒一切。凤三兄恒自言其落笔之快，以今观之，恐亦非丁芝之敌，盖兹万余言者，在丁芝仅费一清早功夫耳。

◆ 香港传言

赵金弟自香岛来，为言张珍珍自沪抵港，即入凯旋舞厅，生涯甚美。金弟归时，珍珍相托曰：在跳舞场中，如睹刘郎，为其道念，以渠曩日在沪，刘郎尝善遇之也。珍珍为人，至仁厚，故无手腕，虽玉貌花颜，而终难腾踔。去港之后，余甚冀其所业昌隆，以红星身份，重归海岸也。

（《沪报》1947年4月20日，署名：刘郎）

吴苑吃茶

十九日，自沪赴苏州，自苏州诣常熟，更自常熟返苏州，时在下午四时，小游狮子林后，即就吴苑吃茶。予闻吴苑之名甚久，楼上下盈座皆茶客，为全世界第一大茶馆，上海之得意楼渺不可及也。顾余所踞之座，并不舒服，是日蒸热，虽坐近窗前，亦无风至，零碎食亦无可吃者，点心又不是分好，乃知苏州人之日日临此，非胃口好，实闲散无聊耳。余在常熟，见儿童于桥畔垂纶，操湖北白，审此地犹有外省人居，一入苏城,则所闻尽为软语。闻邻座苏人,有谈"二百五"之出处者,曰:"昔有弟兄二人,分七百五十铜钿,而不获均匀,有为鲁仲连者,执钱在手,语弟曰:汝得二百五。又语兄曰:汝亦二百五,更有二百五,我得之矣。兄弟之讼遂息。"此诚笑话,出之于苏州人口中,自别有一股劲道焉。

(《沪报》1947年4月22日,署名:刘郎)

春　心

凤老为我言:一夜天燠甚,赴天蟾看芷苓上装,时芷苓着单旗袍,无袖,呈其双臂,以肉多,似嫌衣窄,不可掩其身上肉。凤老之言,寥寥数句,使不肖春心,为之狂动。因诘凤老曰:为啥勿带我去看看?则笑曰:下趟带你去。嗟夫!二十年前,不堪闻此,闻此者,是夜归寝,指尖儿告了消乏矣。

◆ 真与假

为人可贵者在真,一夜筵上,有人指范雪君作假,故不可爱。余则曰:言慧珠亦假,白玉薇亦假。老凤先生曰:刘郎之言不诬,但玉薇对我说真的。此老真忠厚人也。

(《沪报》1947年4月23日,署名:刘郎)

四　淫

某画家于席上为妙论,其言曰:人生有四淫,弱冠后为意淫,进之乃为手淫。洎乎四十岁,爱看女人,乃成眼淫。至六十高龄,则为项淫,盖看见女人漂亮,不禁喟然曰:"好是好的,可惜我无能为力矣。"言已频摇其首,四淫中故以项淫为最幽默。

◆ 轰饮

胡桂庚先生嗜杯中物,然有度,故未尝见其有醉态。之方时夸其酒量之宏,然昨岁仙乐斯与丽都两次呕吐之状,毕竟狼狈不堪也。一日桂庚拔两齿,痛甚,乃至于寝室俱废。然是日同席,见人轰饮不耐,亦忍痛干杯,识者因誉其有舍命忘生之勇。此夜谢豹亦饮,而漫郎饮最多,之方为之失色。

(《沪报》1947年4月24日,署名:刘郎)

徐琴芳讲故事

十五年前,常闻苏凤言:舞女之会做生意者,恒就客肩上,讲故事。故事又繁长,一舞不能尽,为舞客者,必欲听其竟,故频频起舞。当时以一舞论值,坐是舞女之进益乃大盛。今则讲究坐台子,更无舞女讲故事者矣。

一夜,余过丽都,与徐琴芳起舞,琴芳忽为余讲故事。谓昔有老夫妇二人,夜互得一梦,梦中有神仙示之曰:明日汝往深山某处,掘为潭,潭成,则有明珠三颗,汝等需何物,告于珠,则所需之物皆集。及明日,二老如言往,果得珠,媪欲金银,而金银皆至。叟不慎,忽出秽言,于是累累者,皆男子之性器官,丛挂于二老眼前矣。媪大恐,辄曰:去之去之。言已,金银去,丛挂于眼前者亦去。而叟之向日固有者,亦随之去。媪抚面大悲……此笑话甚旧,琴芳复矜持,徐徐不能直吐。余不暇听,第顾其讲故事之神情,则弥堪嗢噱焉。

(《沪报》1947年4月25日,署名:刘郎)

朱 尔 贞 酒

席曙天兄屡屡记朱尔贞、管敏莉斗酒事,皆有出入。朱、管诚相识,惟未尝斗酒。名书画家符铁年先生之丧,尔贞哀毁逾恒,故绝酬酢。翼楼主人称觞于凯歌归之夜,朱以九时后来,缘符病已深,故小坐即去,时敏莉已在酩酊中,朱且未暇为一言与寒暄也。

◆ 管敏莉病

席兄又记余探敏莉病,实为信史。惟去过仅一次,以其非大病也。敏莉自虞山归,辄病,此儿坐轿,未尝使其跋涉,居然亦病,乃知其人之号称挺拔者,亦虚有其表耳。医者谓,病在心脏衰弱,不宜觐风,故迩日家居,勿能出门。余去其家时,无寒热,倚枕且能为雄谈矣。

(《沪报》1947年4月29日,署名:刘郎)

么二三集(1947.4—1947.9)

题　记

《力报》属余涂抹,余题篇名为《么二三集》,意每日于此文中,写一段,二段,或三段也。有人曰:上海人用么二三如缩脚韵为乃等"四"字,四与"先"为谐音,以指"堆老",则亦可通,余文直如堆老之臭,并屁且不如了。

◆ 七里泷

月内拟往雪窦寺一游,下月则趋七里泷,桑弧导演之《江村儿女》,以沈从文之《边城》所改编者,即取意于此。严滩之行期以七日,我将度水乡生活于此,骚人所谓浊座万斛,至此或可一举而廓清之乎?

◆ 徐秀娟

业余舞人徐秀娟所居,见此人方持一书为背诵,桌上有网拍并羽毛球,自言早晨七时即起,赴公园与女同学拍球。此人为舞甚久,而舞人之习气全无,心直口快,亦不谙应肆之术,真好女儿也。

(《力报》1947年4月6日,署名:郎虎)

殉难报人

殉难报人,每人除得国府明令颁布褒扬状外,更有抚恤金三万元。殉难得三万元,曾遭敌寇之凌辱而致身体残废者,得一万五千元,或问:然则若五千元之头寸,该送与何等样人?余曰自胜利现在,一开口一落笔,骂汉奸,骂"敌伪时期红人"这一群专放马后炮之文化人了。

◆ 消防运动

今年多火,余所居邻近,最近三日内已两次起火。昨夜火起在丽都花园附近,余方闲谈友人家,以电话抵家中,乃知邻近方被祝融凌虐中,全家妇孺皆惶急,余闻而不安,则匆匆归去。火势已减,消防运动之在今日,殆不可一日或废矣。

(《力报》1947年4月11日,署名:郎虎)

郎　虎

余署"郎虎"之名垂二十年,今为《力报》治文,亦署此名,而往往为校雠者倒植,植为"虎郎"。小型报作者中,最近自有虎郎其人,然非余也。志之,以定文责。

◆ 扫青

近数月来,余发现价值在步步立升中,厥为剃头,余闻二星期理发一次,而无一次不涨,所涨不多,或为一千元,或一千元以下,然擅涨则事实也。市政当局,如其存心要惩乱抬物价之商人,请自理发业开刀,惟"剃头钿"不能算物价耳。

◆ 不了情

陆小洛看《不了情》,赞不绝口,谓剧本导演,两俱成功,在影评人眼光中,此是好片子,在生意眼上讲,不了情亦交关能卖铜钿也。

(《力报》1947年4月12日,署名:郎虎)

虹桥诗

　　钿车一路走虹桥,况是春来人面娇。赖有同行红袖在,已教我辈浊尘消。眼中桃李如张锦,身畔秋千似画桡。谁令罗敷成绝艳,者回好事佛能饶。

此时代友所作也,时为阳春四月十一日,游虹桥后第三日也。

(《力报》1947年4月14日,署名:郎虎)

游 虞 山 记

余与之方、志豪、沈琪、啸年及敏莉游虞山,于十九日上午八时半抵苏,拟雇小包车。一车已载客,闻我六人将专用其车,则驱车上人,门启,车上一人出,布裹头顶,面上累累然,似天花犹未脱痂,余大骇,亟止群人,群人皆肤栗,不敢更坐此车。敏莉忧虑万状,谓今岁乃未种痘也。及别雇一车,既行,达于第一站,站上人曰:前面二车,方遭洗劫,公等如恇懦,不宜更前。沈琪惧,予则无可无不可,问敏莉,敏莉乃曰:随身无长物,劫我何惧,余旌其勇。曰:谁不往者,乃不及娥眉。于是皆奋勇前,在虞留四小时,返苏州。沿途更无盗迹,惟柳絮扑窗,点点惹敏莉衣鬓间,平添阿元诗料耳。

(《力报》1947年4月22日,署名:郎虎)

电 话 簿

新电话簿问世,此中舛误百出,例如卡尔登戏院之新号码,未予更正,遂致其营业上,多少受些损失。电话簿印成后,初则限期领取,甚至电话公司内有"排队"之壮举,更有不肖之徒,赖此为买卖者,向用户索取巨额送费。舍间之电话簿,始终不曾掉换,洎乎近日,电话公司派人来,将旧的收回,新的送到,可知不关紧要之事,正不必性急也。

◆ 个簃石鼓

王个簃为缶庐先生及门弟子,其书法固足以承吴门一脉,而为篆隶,亦矫健无伦。近顷出其书画二百余点,陈列于宁波同乡会。个簃生平,反对展览,而终有此会者,以其门人如刘伯年等黽之力耳。前日,个簃以所作石鼓联示余,寓淡逸于谨严中,而气足神完,真神品也。

(《力报》1947年4月24日,署名:郎虎)

一　窝　风

赚得先生几点铜？而今小报一窝风。看来登记殊多证,岂是编排不计工？过去色情今自东,方才发刊(仄)已愁穷。悬知纸价腾昂再,东也茄门西送终。

(《力报》1947年4月28日,署名:郎虎)

招牌两块一般红

◆ 赋得金蝶与老虫

莫耳先逢后耳东,招牌两块一般红。温文我自怜金蝶,跳荡人皆爱老虫。时共清谈谙雅度,每从斗酒见雄风。虽抛心力扬双艳,无奈唐生已是翁。

北里名雌,以"含香金蝶"与"赛湘妃小老虫"称一时瑜亮,一年以来,予亦与此二人为最相习也。"老虫"氏郑,名爱美,"金蝶"则陈氏而不知其字,此人静婉,而老虫爽朗,二人之风格盖迥不侔也。

(《力报》1947年9月28日,署名:郎虎)

入梦篇（1947.5—1947.9）

无米之嗟

米价暴涨不已，米店又无米可买，沦陷时期，发生上项情形，民间犹期清明之来临，今兹更何所望？余妇节俭持家，余则不善治家人生产，使吾妇不获为远谋，白米垂尽，适值米市风潮，澎湃不已，妇持钱入市，叩米肆门，不应，故焦虑万状，说与诸君，谁能信我？平日跳舞场跑跑之客人，其家中正兴无米之嗟也！

◆ 指教不成

王启梅辍舞半月，于五月一日重进新仙林"候教"，约余"指教"。是夜桂秋录沈氏女为徒，邀饭于包小蝶府上，席散过新仙林，则院落深沉，长门镇闭，知此为劳动节，舞场乃休业一日也。王从舞甚久，曾偕一客隐去，亦多年，及其重来，则已二十七，饰貌不足言上选，特心气柔和，不失为佳人本色，舞步亦精娴，盖亦似能为柔骨之舞者，于是为跳舞而跳舞之客争趋之，王启梅之双胫疲矣。

（《光报》1947年5月4日，署名：云郎）

寻　春

今年余屡想赴杭，而屡以事阻，始以五月五日上午成行，余妇亦随往，余子久咳未已，此次挈之同行，余诗所谓"因疑入梦都无路，尚喜寻春别有乡"。虽然，余抵杭之后一日，大好春光，即将离我而不可逐矣。

◆ 静女

乔金红将于本月二十日，重为舞人于新仙林，不审一方、灵犀诸兄闻之，复将兴"静女无家"之喟否？金红在舞人中，"幽娴贞静"四字，当之无愧色，今则投老风华，厕身欢场，光景都改，人事全非，其不习惯为可想而知。昨日葛章林挈金红理旧业之消息来告，为之惘然者终夕，亦不知何以有此也！

（《光报》1947年5月7日，署名：云郎）

香岛之行

余在港居八日，六日皆雨，第星期一全日晴好，张爱玲所谓"清如水，明如镜之秋天"，此一日乃仿佛似之也。余日既困于雨，气候又闷热，颇不快，远人遂多羁旅之感。早出晚归，更无美绪，搦笔为文，本报通信之约，终不获践，思之良用歉疚。

在港八日，第二日，以王引为导，坐汽车四小时，绕九龙一周，大埔青山间，风景之美，无逊于香港。第四日，乃偕桂庚坐汽车，亦四小时，绕香港一周，食海鲜于香港仔，坐于浅水湾，经石壕，又夜夜坐舞场。人言香港舞场，视上海为隘小，以余观之，亦足供留连。相识舞女之居于香岛者，为数亦众。闵汝英货腰于大华，改名为徐英，嗟穷愁困，不能自已。余返沪前四日，敏莉与徐敏华来，甫下飞机，即晤于渡船上，亦巧事也。渠将于星六进凯旋，病后腰围已减，居六国饭店。余归来前一日，同饭于香港酒家，萍踪乍聚劳燕又分，敏莉之为状颇惘惘也。

（《光报》1947年5月24日，署名：云郎）

广东龚满堂

抵港之日，即购大小各报尽阅之。小报文字，以土语多，读之不可解。某小报刊广告于别一小报上，其言曰："睇死人，冇命赔，越出越加势?!"译为沪语，即曰："看煞人，勿偿命，越出越精彩哉！"其语气之夸张，疑制此广告者，为广东龚满堂之流，客邸宵深，以示一方，互为笑乐焉。

◆ 色情小报

香港小报几无一张不以色情为号召者,即刊新闻,亦以杜造资料,以诲淫为能事,最可异者,小报之外,大报中之《成报》,亦以色情饵读者。《成报》之一、四两版,刊新闻稿,二、三两版,咸为副刊,而满版俱载长篇小说,乃无一篇不写妖精打架之戏者,销路虽不能独霸,然盈利甚丰。人言一到香港呼吸便觉自由,观此殆可征信。

(《光报》1947年5月24日,署名:云郎)

上海男星

在港屡与王引同游,尤以涉足舞场之时间为多。与王引久违,此人好酒如故,然酒量之不好亦如故,闻其在港,夜深,时以电船渡海,僵卧舱中,则已烂醉如泥矣。一夜,又晚归,然不醉,坐电船,风巨,浪势拍天,舟几覆,王引魂魄如丧,为余等言时,有余悸焉。又遇吕玉堃于电影公司中,海上名舞人陈明明,为吕之外甥女,陈与余等同机返沪,玉堃送之,央余曰:一路之上,愿代照顾明明也。黄河亦在港,顾此行不及一见。余返沪之前一夜,饭于香港酒店,会刘琼甫于是日抵港,在二层楼上"摆架子"矣。

◆ 命薄如纸

返沪后一夜,坐于新仙林,乔金红不至,王启梅亦不至,枯坐多时,听唱片,继念听唱片不如回家听收音机,遂归去。金红数载不莅舞场,此次定二十日进场,余许其必自港赶回,为故人壮声势,余终不获践其约。以后一日甫归,又孰意其进场之日,即无乐队,人言彼偋偋者,真命薄如纸矣。

(《光报》1947年5月26日,署名:云郎)

鬼 跑 马

在罗君强做沦陷时期上海警察局长的时候,曾经在跑马厅内,枪毙过两个警察,后来有个骑马师驰骋过此,突然摔了一交,当时传说,这是两个警察的鬼魂作祟,因此有人在那地方焚化锡箔,以绝后祸。天下事无独有偶,我到香港的前几天,香港正发生一桩神怪事件,也是出在跑马场里的,原来有一次香港跑马,一个骑师不小心从马上跌下来,立刻重伤至死。过了些时,又有一个骑师跑马,经过死者堕马的地方,恰巧有人替他拍一张照,不料晒印出来,在那骑师的前面,适当那条马的颈项上边,坐着另一个骑师,这骑师的面貌与服装,与死者一模一样,于是万口哗然,都说跑马场里,有鬼出现了。

鬼照相的故事,就我所耳闻的,已不止一次,报纸上也曾经把原照登出来过,以昭征信。香港这件事,还是最近发生的,对我讲述的人,是亲眼目睹,当然不是谎语。

(《光报》1947年5月28日,署名:云郎)

星期六下午

上星期六下午,往观吴子深书画展览会。子深之画,为近代一大家,书法亦高秀,故其题识,无不可诵,惜勿能诗耳。场中陈其七言联达数十点,画一百余点,胥为绝构,张大千与子深合作之件亦多,所谓二难并者,尤为观者争购。参观既竟,遂赴龙华,桃花盛放之日,未尝过此,今日之来,则已四月江南矣。龙华一寺一塔之外,惟多呼乞之童。游览一过,赴虹桥路二百九十四号,海上人士游此者甚众,入门为广圃,芳草如茵,繁花似锦,厅事内设椅座,供游人憩息,其旁为芦棚,亦设客座,后为游泳池,奇小,仿佛浴德池之大汤耳。闻楼上有数室,可供游客偃卧,雌雄投宿,为临时阳台,此实最宜。余等食杨梅冰结淋一客,遽行,车抵市区,有雨,至静安寺路,雨且甚,是夜绍华招饭于雪园,九时后,又小坐于郑爱珍家。余本定星六夜车赴镇江,游扬州,更如白下,荡舟行玄武湖,而之方因于尘事,不果行。龙华虹桥之游,要足以小豁胸襟也。

(《光报》1947年6月3日,署名:云郎)

记潘玲九

识潘玲九于盈盈十五六时,维不名潘玲九,名多,今且不胜记忆,及其为舞人,始改此号。复一年,潘遂嫔吾友,于飞之乐,不啻神仙眷属也。而潘忽奋发,学字画,读诗书外,又精研音律,人自聪明,所造乃无不可观。洎吾友系狱,一年而还,报间所刺刺者,胥为玲九荡踰之闻,其实诬也。往岁,报纸传其与正宗须生事,潘以电话抵余,余曰:嫂氏苦节,唐某知之,然举世滔滔,正是祸延妻孥之日,辩亦无益,置之可也,何况贞木劲草,经疾风严霜,尤显之耳。未几,彼须生之妇,辄为玲九谢罪谓:妾有言不慎,使夫人蒙不洁名。潘终一笑遣之。近顷又有传其与说书先生事者,玲九又来告,悲且泣,曰:唐先生视此如何者?我与正宗须生,固相识,犹可为谣诼之因。十数年之莅书场,说书先生之姓名举不知,乃亦布为中冓,是仗笔之士,直欲驱我而堕于地狱矣。余久久不能答,终曰:更忍此一时,毁誉之乘,不必再较。第以我所知,凡相知者,无不称玲九之义,为不可及。悠悠之口,未必能为嫂氏轻重也。

(《光报》1947年6月17日,署名:云郎)

过节记

端阳日,在家吃中饭,夫人入厨下,亲手作羹汤。余啖饭二碗,置箸曰:不能进矣。菜不甚佳,使余不能以此而加餐也。夫人愠,当时乃无语。饭已,忽得电话,以是夜九如之郁钟馥女士,招余晚宴,而临时改日期,故以电话通知。夫人知余无饭局,余将出门时,忽致语曰:今夜仍请归来,吃一顿汝不想吃的饭也。余漫应之曰:容徐图报命。

午后,张伯铭、姚绍华二兄来,遂围坐打十三只头,至六时,夫人电话来矣,遂下泻,匆匆收场。比返家,妇遂笑曰:汝谓家中之饭菜为粗粝者,我故强汝今日须勉尽之也。余亦笑,是夜乃啖饭二碗,实告诸君,上一夜,余饭于雪浪厅,尽麦退尔一杯,不复能啖,故终席未尝饱,可知酒食征逐,实无补于营养,家中寒俭,然膳食正常。既夜,看稚子指手划脚,为阿翁说地北天南,令人喜快。

(《光报》1947年6月26日,署名:云郎)

"倚醉"的滋味

近来我常常吃一点酒,这次犯了感冒,尤其尽量的吃,但没有吃醉过。一夜病没有好,到新雅吃饭,新雅的冷气,我有些怕,为解寒计,席上不觉放开量吃,之方以为我要醉了。其实我丝毫不醉,我暗暗自惊,我的酒量真在进步。

吃罢之后出去白相,毕竟有点"倚醉"的神气,因为往常没有这两天的高兴,大约就是酒的关系,韩冬郎所谓"倚醉无端寻旧约,却令惆怅转难胜"。这种境界,这种滋味,我也领略过了。前人的好诗,假使不去实地体会,决不会了解,我是到底比较尚能达观,游戏人间,不轻易惹愁牵恨,所以,没有烂醉如泥过。所以白居易的"事大如山醉亦休"这个好处,我还不曾觉得。

(《光报》1947年7月6日,署名:云郎)

青山西林间

媿翁闻余归自香港,辄贻书谓:前在香港三年与杨云史兄为诗词之往还,所作正复不少,云史翩翩,正如足下。一日偕游青山,同至西林,车行万山中,得二绝句,以其为绮语未存。昨夕为人写便面检得旧书包内,有小条,正写此二诗,钞为郢政。下走生平,不解温柔,偶学绮语,恐亦大大外行,然诗实写实,以此题材,以大郎生花之笔,点染成章,方是名作,不知大郎有此雅兴否?诗云:"渡海我送作生涯,海是吾乡船是家。有客停舷凌碧浪,阿谁携手卧晴沙?初闻笑语在山隈,百折千盘往复回。路转峰回疑去远,钗光鬓影忽飞来。"

(《光报》1947年7月9日,署名:云郎)

多情来作秘书郎

殷四贞义舞启事,出余之手笔。义舞后二日,四贞又要余为之致书与两广水灾救济委员会,通知账款若干金,已存送于某银行矣。是夜同饭于功德林,席上某君笑曰,云郎乃为四贞作秘书郎矣。"秘书郎"三字甚俏,去年此时,余寄某书家诗云:"余生无意遁幽场,一事萦心未忍忘。愿待磨砻圭角后,多情来作秘书郎。"沈禹钟先生曰:此是大郎好诗,惜事终无谐耳。

尝饭于一俱乐部中,为装冷气之第一日,乃叹有钱人享受之华。近闻老友某君,将于其公寓房子内装冷气,宴客憩坐时,用以祛暑,此则似比前者尤为豪举矣。

(《光报》1947年7月28日,署名:云郎)

一万张嘴

李浩然先生触车惨死后,相识者有一万张嘴,一万张嘴都在骂《新闻报》,然而今日亦有人言:《新闻报》者,金饭碗也。谁知金饭碗,只不过三四只哉?

◆ 喝采

有人挽浩然先生联:"二年秘书,卅年主笔。活得无味,死得可怜。"读毕,情不自禁,为之喝采。

◆ 人缘

先要威风,再要钞票,三要人缘,威风显过,钞票已多,惟人缘不易修。而三缺一,总是一种遗憾。李浩然先生之死,有不少人代其呼冤,以李先生无威风,无钞票,惟有人缘。

(《光报》1947年7月30日,署名:云郎)

袁 简 斋

近读某杂志上,有人写袁简斋一文,颂扬备至,词都溢美,非至论也。余少日读袁诗,以其浅近能解,故酷喜之,及后读大家诗愈多,乃知简斋所为,无非松薄不类也。袁诗讲究性灵,其实并不深刻,譬如上述某君之文中集哭婿诗云:"怕见多情天上月,夜深犹自照东床。"某君谓其至性至情,而语有双关之妙,以余观之,此亦似胡派之硬滑稽耳。又集其遣仆诗两句云:"交还锁钥知谁托,欲扫楼台误唤名。"此诗全文,余亦记得,惟好句决非此二言,是末二句云:"留取他年相见地,临阶微叹两三声。"此真情深一往矣。余常语人,谓子才诗刊,好句勿多,倒是他在几岁时,重阳之日,简斋登塾,塾师令其作对,出上联曰:"家有登高处",简斋遽对曰:"人无放学时"。师大笑,命其休读一日。师自解人,诗亦好诗,后来之作不及也。

(《光报》1947年7月31日,署名:云郎)

只为夫人是女人

我应酬的规定是这样的,有人请我吃饭,桌上一定要有女人,没有女人,我就懒得应酬。最近有人请客,因为要我去,特地说出同席有童芷苓、周璇等等,但周璇没有来,却另外来了一位蒋天流,谈谈说说,倒也呒啥。

新近又有一个朋友请我吃饭,他报了许多同席的人,但是没有一个女人,到时候我写封信去回绝他,忽然诗兴大发,便写了一首七绝,题目叫《读送来请简有感》,诗云:

读罢临风一欠伸,尊筵所蓄皆男宾。归家要伴夫人吃,只为夫人是女人。

(《光报》1947年8月6日,署名:云郎)

礼　貌

天衣生日之夜,余等坐于阿根廷总会,遇项墨瑛、任问芝二女士于此,相谈甚欢。李曼箴女士亦偕一友同来,见余与之方在,乃过我小坐,乐起,曼箴请曰:唐先生跳舞好哦?余曰:不方便邪!终不成舞,李又请之方,之方则与曼箴为躤步。既已,之方大数余非,谓余乃不谙礼貌。其实亦知小姐请舞,不能拒绝,否则为势甚僵。特予实顾到曼箴同来之友,不论其关系何若,认此经悖乎恒情耳;虽然我嫚曼箴,此愆将不可赎也。

◆ 永好

余记杨娟娟归夫之文,后一日,梅菁告余,谓八月二日之夜,杨与其婿同莅新仙林,亲昵之状,见者皆为感动。梅菁乃曰:我乃默此二人,爱好无间,情波中不复有微澜矣。

(《光报》1947年8月13日,署名:云郎)

万人如海一花无

俗谚,废历之六月二十四日,为荷花生日;舞人白莲花,其生日则为荷花生日后二日也,是夜余游新仙林,而莲花不至,闻之人言:莲花乃度其生日也。清诗人舒立人作《六月二十四日游吴门荷花荡》诗,有"应是荷花避生日,万人如海一花无"之句,此夜之情景乃仿佛似之也。

◆ 来自故都

舞人之以北都产者,新仙林有白羽与王水春。白羽娇小,而水春颀长,瘦甚,性自齿牙清朗,与之谈,自有可爱者。近在百乐门遇白莉,亦北人,第操沪语甚流利,白羽则勉强能为上海话,不知水春如何耳?

(《光报》1947年8月15日,署名:云郎)

我 的 写 作

前两天我替本报写过一篇新闻性的稿子,本报的编者因为有点出入,特地跑来向我商量,预备不把它刊载了。我非常感谢他对于作者的一番尊重之意。昨天又在他报写了一段,该报主辑因想改掉一句,也打电话和我商量。其实我绝对无所谓的。我的稿子,假如报馆认为有不便的地方,尽管不登,尽管退还我,我决不存丝毫歧视,更说得坦白些,我决不利用报纸,做我活动的工具。

编者尊重我,我也尊重编者。举一个例,陈蝶衣兄他不喜欢写稿子的人写"投兰赠芍"之诗,这大概针对我的,我立刻服从他,立刻不写。其实我写"投兰赠芍"之诗,是有"发表欲"的,但也有许多真正爱好我诗的人,劝过我,叫我写下来不必发表,他们以为现在报纸的风格,不一定适宜于我这种作品的。

(《光报》1947年8月16日,署名:云郎)

孟 小 冬

孟小冬一向在上海,这两天,天天在同赵培鑫先生排《八义图》,预备演出,而十八日的《新民晚报》上,则刊一北平专电上说"孟小冬今日飞沪"。你说小报是造谣生事,乃大报虽不生事,而亦在造谣也。

◆ 桑弧

桑弧先生,是我最要好的朋友,他自从导演《不了情》之后,又在导演《太太万岁》,我们许多时候,不曾看见,我想念他。有一夜,我到徐家汇去为他慰劳,看见他比从前更加消瘦,蒋天流、路珊她们对我说:李先生拍到午夜的时候,真有些不能支持。我因此又为他的身体担忧,其实这工作太不相宜他的身体,但他却爱好这一个。我常常说像桑弧这种佳子弟,就应该"玉想琼思过一生"的。

(《光报》1947年8月21日,署名:云郎)

惆 怅 词

惆恨西风立一时,唐生依旧者般痴。从今烧却胭脂笔,不见莲花不写诗。

西郊闻说夜凉生,辜负归来大月明。终是天灵轻侮我,不教折福为倾城。

两诗俱为白莲花咏也。前一首为十八夜记事,后一首则余尝约莲花宵征西郊,白曰:何时得闲者,我必侍唐生游也。

(《光报》1947 年 8 月 22 日,署名:云郎)

七 夕

七夕,最容易想着女人的日子,记得我在追求我现在这位太太的时候,那一年的七夕我同她在伊文泰里,我不想讳言我自己的情痴,我对她说:"天上双星,人间尔我。"这是多么酸而又肉麻的词儿,但倒底情不自禁地说出口了,现在想想还是可笑。

曾经听见有一位小姐议论双星的故事。她说:真要好的男女,假使一年只一次见面,那女人是我。我连这一次也放弃了,留他个"长相思"不更好吗?我于是告诉她说:从前有个鳏夫,在七夕那天作的悼亡诗,有两句诗"但有生离无死别,果然天上胜人间",这一个多情的鳏夫却又是一种想法了。

(《光报》1947 年 8 月 23 日,署名:云郎)

白雪这个朋友

前两天晓得白雪兄的心境不好,我同之方特地请他吃一顿饭,还邀了几个说得来的朋友作陪,更有许多声名藉甚的小姐。

这一天白雪的出气还在紧张,我就劝他何必如此?万事看得开一点不好吗？我劝他学学我，我近来能够做到心平气和了，外头人还不惜较量较量，行交行的争执，可以说绝对没有。譬如同文惹到我身上，我看不起他的，不理他就完了，看得起他的，他犯了我，也许我还会给他陪笑脸。

　　白雪这个人，其实是好人，他有许多人家不可及的地方。就是议论怪一点，不是我说笑话，有时我同他坐在一起，席面上，看看他一分庄严的风度，再想到他写出来的那些文字，我会情不自禁地笑出来的。因为这个人与他这枝笔，如果加以比较起来，便觉得太不谐和的缘故。

　　这一夜，他感到友情的融洽，非常高兴，我也非常安慰。我是血性男儿，白雪的心术，也决无可议，凭这一点，我就敬重这位朋友。

　　(《光报》1947年8月24日，署名：云郎)

入梦新篇(1947.9)

怀 人 诗

三日晚,以十一时归,枕上无寐,作怀人诗,所以诉相思之苦,亦所以倾郁积也。

记得清樽伴醉眠,当时一散去如仙。刘郎从此辞酬舞,说与天人也惘然!

时抽离绪乱于丝,不是悲伤直是痴。罢舞人如花落去,更谁能诵大郎诗?

断魂此去向西行,检点裙边有重轻。昨夜始闻青鸟报,美人幸不薄狂名。

(《光报》1947年9月6日,署名:云郎)

百乐门座上

八日的晚上,我们在百乐门,虽然短短的一个半钟头,但跳舞跳得很快乐,是近来最最痛快的一天。回家之后,睡在床上,想起了百乐门座上,成口号二首。

是夜归来稳稳眠,感它豪雨写凉天。刘郎终为多情老,一座何人最少年?

尼人绣陌共香车,兴更清时意莫奢。要刺江南才士眼,故宜华艳似桃花。

(《光报》1947年9月11日,署名:云郎)

"云郎念白"

　　方寸灵台修至哀,已推开去又成堆(旧句)。可怜撑眼扶头坐,不见分花拂柳来。将信伊人能杀我,正因红袖解怜才。一贫哪有明珠赎,何况明珠赎不回!

　　这首诗是白莲花退隐后一个月,我在新仙林厅上写的。写一个风华盖代的女人,不是这样写,不够痛快的。近来看见凤三兄写夏丹维,同情于夏丹维是通文之女。我的纪念白莲花,何尝不是为此。白小姐是绝对通品,她对我没有感情,然而有一分怜才之愿。我的才,不想结交于当今显贵,只要有一个心里欢喜的女人,能够了解我,我比什么都开心。我是想十年八年的把白莲花写下去,使她晓得茫茫人海中,有我一个人,在念念不忘她,她应该永远青春的。最近有一张报要出版请我写身边小品,我的题目就用《云郎念白》四字,这四个字有一点浅薄滑稽,但也仿佛不通。

(《光报》1947年9月17日,署名:云郎)

对苏青撒谎

　　昨天有两位女作家一同来看我,一位苏青小姐,一位张宛青小姐,才从北平回来不到半个月,我问她住在什么地方?她说目下暂耽搁在潘柳黛小姐家里。我说:张小姐瘦了,苏小姐则发福了许多。苏小姐说:我也瘦了,最胖的时候,唐先生不曾看见。

　　苏小姐住在维多利亚公寓,这公寓里住着许多今日闻名的舞女,张梅菁、严九九都卜家于此。她晓得我同梅菁、九九都是相熟的,她问我,你常去看看她们吗?我说,我是常常去的。苏小姐便责问我,那你为什么不来望望我?我倒窘了,情急之下,只得乱造谣言,对她们说,我是半夜里到她们家里去的,你已然睡觉,哪里敢惊动?这一来果然把她愣住了。

其实梅菁家里我从来没有去过，倒是九九那里，我吃过两顿饭。好几年前，我在追求九九，有人说，我是她的"大令"，其实是一眼吭啥啥的棺材户头。

(《光报》1947年9月26日，署名：云郎)

唐某快意之作

含香金蝶，习缝纫于胜家公司，先一日，余以电话告之曰：明日，我将迟汝于门外也。后一日，以十时三刻往，立橱窗外，窗以内当杼者七八人，金蝶座迫窗前，勤于课事，目不外扬，殆不知窗以外隐观者如堵也。十一时始散课，挈之同步于顾家宅花园，秋将老，林树已呈衰色，罗列群花，昔日之艳艳迷人目者，亦俱憔悴可怜矣。是日，云湿凝空，有雨意，久步乃不觉炎蒸。既而离去，餐于锦江，为薄饮。金蝶勇于酒，然一盏既倾，红云翳其靥，视金蝶益妍爽无伦。饭已，又就乐健啜咖啡，既举盏，余语金蝶曰：公园兜风，咖啡吃吃，凡此俱为上海普罗阶级之享受。唐某乃得俊人如金蝶者共之，真年来快意之作矣。

(《光报》1947年9月28日，署名：云郎)

中 秋 前 夕

中秋前一日，忽有所怀，因寄，兼呈光羽。

高秋何日不思君，一纸哀哀倘所闻？与论交情清若水，即言行事烁于云。渠当望月团圞夜，我取名香次第熏。多谢孙郎频寄语：美人曾不薄斯文。

(《光报》1947年9月30日，署名：云郎)

一部连续几十年的私人观察史

(《唐大郎文集》代跋)

唐大郎的名字,现在可能也算得上轻量级网红了,知道的人并不少,甚至有学者翘首以盼,等着更为丰富的唐大郎作品的发布,以便撰写重量级的论文和论著。这是我们作为整理者最乐意听到的消息。现在,皇皇大观12卷本的《唐大郎文集》的最后一遍清样,就静静地摆放在我们的书桌上,不出意外的话,今年上海书展上,大家就能看到这部厚厚的文集了。

唐大郎是新闻从业者,俗称报人,但他又和史量才、狄平子、徐铸成等人有所不同,他是小报文人,由于文章出色,又被誉称为"小报状元""江南第一枝笔"。几年前,我曾在一篇小文中阐述过小报的地位和影响:"上海是中国新闻界的重镇,尤其在晚清民国时期,几乎撑起了新闻界的半壁江山,而这座'江山',其实是由大报和小报共同打造而成的。大报的庙堂气象、党派博弈与小报的江湖地气、民间纷争,两者合一才组成了完整的社会面貌。要洞察社会的大局,缺大报不可;欲了解民间的心声,少小报也不成。大报的'滔滔江水'和小报的'涓涓细流',汇合起来才是完整的、有着丰富细节的'江天一景'。可以说,少了这一泓'涓涓流淌的鲜活泉水',我们的新闻史就是残缺不全的。一些先行一步、重视小报、认真查阅的研究者,很多已经尝到甜头,写出了不少充满新意、富有特色的学术论文。小报里面有'富矿',这已经成为越来越多的专家学者的共识。我始终认为,如果小报得到充分重视,借阅能够更加开放,很多学科的研究面貌一定会有很大的改观。"现在,我仍然这样认为。《唐大郎文集》的价值,就在于这是一个小报文人的文集,它的文字坦率真挚,非常接地气;它的书写涉及三教九流,各行各业;它更是作者连续几十年的私人观察史,因之而视角独特,内容则极为丰富多彩;而且,如果我记得不错的话,这是小报文人第一次享受这样高规格的待遇:12卷本,400万字的容量。有心的读者,几乎可以在里面找到他想要找的一切。

为了保持文集的原生态,除了明显的错字,我们不作任何改动,例如当年的一些习惯表述,有些人名的不同写法,等等。我们希望,不同专业的学者,以及喜欢文史的普通读者,都能在这部文集中感受来自那个时代的精神氛围,从中吸取营养,找到灵感,得到收获。

这样一部大容量文集的出版,当然不是我们两个整理者仅凭努力就可以做到的,期间受到来自方方面面的帮助是可以想象的,也是我们要衷心感谢的。这里尤其要感谢唐大郎家属的大力支持,感谢黄永玉先生、方汉奇先生、陈子善先生答应为文集作序,还要感谢黄晓彦先生在这个特殊的疫情期间为之付出的辛劳。他们的真情、热心和帮助,保证了这部文集的顺利出版。请允许我们向所有关心《唐大郎文集》的前辈和朋友们鞠躬致意。

张　伟
2020年6月5日晨于上海花园